历代名著精选集

[南朝宋]刘义庆 撰
宁稼雨 注评

世说新语

凤凰出版传媒集团 凤凰出版社

图书在版编目（CIP）数据

世说新语 / （南朝宋）刘义庆撰 ；宁稼雨注评. --
南京 ：凤凰出版社，2010.10（2018.11重印）
（历代名著精选集）
ISBN 978-7-80729-980-6

Ⅰ. ①世… Ⅱ. ①刘… ②宁… Ⅲ. ①笔记小说－中国－南朝时代②世说新语－注释 Ⅳ. ①I242.1

中国版本图书馆CIP数据核字(2010)第203522号

书　　名	世说新语
著　　者	(南朝宋)刘义庆 撰　宁稼雨 注评
责任编辑	汪允普
出版发行	凤凰出版社(原江苏古籍出版社) 发行部电话025-83223462
出版社地址	南京市中央路165号,邮编:210009
出版社网址	http://www.fhcbs.com
照　　排	江苏凤凰制版有限公司
印　　刷	江苏凤凰新华印务有限公司 中国江苏南京经济技术开发区尧新大道399号,邮编:210038
开　　本	960×1304毫米　1/32
印　　张	13.375
字　　数	398千字
版　　次	2010年10月第1版　2018年11月第4次印刷
标准书号	ISBN 978-7-80729-980-6
定　　价	39.00元

(本书凡印装错误可向承印厂调换,电话:025-68037411)

目　录

前　　言

《世说新语》是南朝宋刘义庆组织门人编纂的一部笔记体小说，它可称为一部中古文化的百科全书，也是古代志人小说的代表作品。

刘义庆(403—444)，彭城(今江苏徐州)人。他本是刘宋长沙王刘道怜的次子，后来过继给临川王刘道规。宋武帝永初元年(420)袭封为临川王，并任侍中。以后一直担任朝中和地方要职。他为人简淡寡欲，为官也很有政绩，声望很高，尤其以爱好文学而闻名于世。《世说新语》就是他组织周围文人一起编纂而成的。

《世说新语》原书8卷，后经南朝刘孝标加注后分为10卷。现在通行的版本为3卷36门类。书中主要记叙东汉至东晋间士族文人的言行轶事。内容大都采集汉魏以后的笔记小说和诸子、史传散文中的故事成分，它广泛反映了当时的风尚习俗，具有多方面的参考价值。

书中以大量篇幅记载了魏晋文人的清谈玄学和人物品藻的活动。清谈玄学活动主要收在《言语》、《文学》两门中。如《文学》篇记载支遁在郭象、向秀有关《庄子·逍遥游》的解释之外，又另起炉灶、标新立异，被众人所接受。同篇记载谢尚与殷浩清谈，竟然汗流满面。孙盛与殷浩清谈时候饭菜加热四次仍然没有顾上吃。通过这些故事，既可以看到清谈玄学的具体内容，也可以了解清谈活动的具体形式。人物品藻活动主要收在《赏誉》、《品藻》两门中。如《品藻》篇记载当时的名流当谈论第一流人物快要结束时，被认为是二流人物的温峤便面色尴尬。这说明了人物品藻风气对当时社会心理的重大影响，并说明人物品藻已经从汉魏时期的社会政治需要，转而为审美的自觉要求。

与玄学和清谈活动相关，书中还记载了很多魏晋文人在苦闷的精神状态下的放达行为和奇妙玄远的言行，反映了他们审美的人生态度和鲜明的个性特征。如《任诞》篇记载王徽之在雪夜中动情不寐，饮酒吟诗，又划舟访友，到门又不进而返，追求以自我过程为中心的兴之所至的主体意识。《雅量》篇记载谢安与孙绰、王羲之等人在海上游玩时，不为生命安危所动，从狂风巨浪的壮观景色中得到审美快感。《任诞》篇记载刘伶、阮籍等人嗜酒如命的有趣故事，更具有个性色彩。这些精妙的言行成为后代很多文人向往和欣赏的范式，也代表了魏晋文人的时代精神，是"魏晋风度"的真实写照，所以《世说新语》被鲁迅称为一部名士的教科书。

书中还记载了在魏晋风度影响下，妇女冲破传统礼教的束缚，追求自由解放的故事。她们有的不顾社会和家庭对自己婚姻的干涉，以各种方式，与意中男子结成良缘。如《惑溺》篇记载韩寿和贾充的女儿两情相悦，私定终身，迫使家长承认自己的婚事。《假谲》篇记载温峤与表妹心有灵犀，瞒过姑妈，如愿结合。有的婚后继续在家庭中争取自立地位。《贤媛》篇记载阮氏和诸葛诞女，据理力争，驳斥男子对妇女的歧视，维护了女子在家庭中的地位。同篇还记载阮氏在丈夫许允被捕和遇难后临危不惧，镇定自若，应对局面，表现出闺中女子的超人胆识。这些说明当时人们对女子的价值取向，已经不是传统的闺中淑女，而是掌握自己命运，与广大名士志趣相同的新女性。所以，书中《贤媛》篇中又记载谢道韫的林下风致，要远胜顾家妇的闺房之秀。

书中还批判继承了传统道德中的精华部分，记载了若干人物的嘉言懿行。如《自新》篇记载周处悔过自新除三害，《德行》篇记载阮光禄因别人没有借自己的车子而焚车自责，荀巨伯愿代友人去死等等。另外还有一些鞭挞生活中丑恶现象的故事。如《汰侈》篇记载石崇和王恺斗富；石崇宴客，用杀美人的办法向客人劝酒；《惑溺》篇记载曹操父子争夺甄氏；《文学》篇记载曹丕令曹植七步成诗、同根相煎等等。这些均可见门阀士族一旦物质生活富有之后，必然表现出来的骄奢淫逸和凶残暴虐的本质。

此外，在有关门阀士族观念、宗教文化潮流，以及人物才能、性格及各种社会风俗等方面，都有很多精彩而生动的故事。

《世说新语》在艺术上有两个显著的特点，一是以类相从的体例。这种体例把书中故事按内容分为若干门类，每一门类中故事性质相似，人物各异。而每个人物的事迹,又散见于各个门类中。这样,以各门类为经线,人物为纬线,形成一个庞大的网状结构。既可以加深对某一门类内容的认识,又可将人物在各门类中的活动整合成一个相对完整的人物形象,从而体现出中华民族崇尚空灵的审美意识。这种体例可以上溯到秦汉时期杂家著作和刘向《说苑》、《新序》。不同的是,《世说新语》采用这种体例不是作为谈说道理的需要,而是以品评人物为中心的审美需要。二是简练生动的语言。作者往往只用片言只语,勾勒形象,叙述故事,便能取得传神写照的功效,并产生一种令人回味无穷的韵味。从本书问世以来,它的语言就一直受到人们的高度评价和深深喜爱。

《世说新语》的题材、体例和语言风格对后人产生极大的影响。从唐代到民国初年,有几十种这种风格的作品,形成一个可以用"世说体"命名的小说系列。而书中的很多内容,又成为后代很多小说、戏曲的题材来源。至于书中故事被引为典故,或成为成语的,更是不胜枚举。所以本书可以称为中古文化的百科全书,是体现中国文化精神的重要典籍之一。

本书使用的原文底本,为中华书局 1984 年版徐震堮整理的《世说新语校笺》本。为方便当前普通读者,本书没有采用原书刘孝标注。本书注释由整理者参考前人相关材料撰写,力求简明扼要。注释主要针对原文中人物和相关名物制度,以表述简明清晰为目的,避免繁琐书证,以适应社会普通读者。每条故事后附有"导读"部分,帮助读者理解领会该条故事的历史背景、文化蕴含,以及文学价值等。为方便读者阅读,整理者在参考前人有关成果的基础上,为每条故事编制一个名字。并按每条故事在该门类中的排列顺序编号列次。

本书在注释整理中主要参考了余嘉锡《世说新语笺疏》,徐震堮《世说新语校笺》,李毓芙《世说新语新注》,姚宝元、刘福琪《世说新语文白对照全本》等,并参考使用了张永言《世说新语辞典》、张万起《世说新语词典》诸书,以及其他前贤著述。限于体例,无法一一注明,谨表示歉意和谢意。导读部分则主要依据整理者本人的相关学术成果。

《世说新语》内容精深,词意难懂,前贤研究众多,仍难以尽善尽美。

本书作者才疏学浅，只是希望能在消化前人成果的基础上，提出一家之言，为当今普通读者提供简易通俗的读本。舛误疏漏之处，恳祈海内外方家赐正。

宁稼雨

2009年11月25日于津门雅雨书屋

卷　上

德行第一

一、仲举礼贤　陈仲举言为士则[①]，行为世范，登车揽辔，有澄清天下之志。为豫章太守，至，便问徐孺子所在[②]，欲先看之。主簿白："群情欲府君先入廨[③]。"陈曰："武王式商容之闾[④]，席不暇暖。吾之礼贤，有何不可！"

【注释】

① 陈仲举：名蕃，东汉汝南平舆（今河南省平舆县）人，少有大志。② 徐孺子：名稚，豫章南昌人，清妙绝俗，陈蕃重之。③ 廨：官衙。④ 式：通"轼"，用作动词，扶轼致意。商容：商代大夫，因直言遭纣王贬斥。

【导读】

本篇记述陈仲举礼贤下士，展现出士人在门第形成过程中为得到社会好评而做出的努力。

二、鄙吝复生　周子居常云[①]："吾时月不见黄叔度[②]，则鄙吝之心已复生矣[③]。"

【注释】

① 周子居：名乘，东汉汝南安城（今河南省原阳东南）人。② 黄叔度：名宪，汝南慎阳（今河南省正阳县）人，时人视之为颜回复生。③ 鄙吝：鄙陋贪婪。

【导读】

本篇记述周子居对黄叔度的推崇，体现东汉人物品评中对德的推崇，周子居的率直亦体现得淋漓尽致。

三、叔度之器　郭林宗至汝南造袁奉高[①]，车不停轨，鸾不辍轭[②]。

诣黄叔度,乃弥日信宿[③]。人问其故?林宗曰:"叔度汪汪如万顷之陂[④]。澄之不清,扰之不浊,其器深广,难测量也。"

【注释】

① 郭林宗:名泰,东汉太原介休(今山西省介休)人,东汉末年太学生领袖。汝南:汉郡名,在今河南平舆北。造:拜访。袁奉高:名阆,曾荐举郭林宗。② 鸾:鸾铃。轭:套在马颈上的横木。③ 弥日:整日。信宿:再宿。④ 汪汪:水深的样子。陂:水池。

【导读】

本篇通过郭泰对袁阆和黄宪态度的对比,表现出汉末人物品藻对人物器量的推崇,是汉末人物品藻活动的一个范例。

四、跃登龙门　李元礼风格秀整[①],高自标持,欲以天下名教是非为己任。后进之士,有升其堂者,皆以为登龙门[②]。

【注释】

① 李元礼:名膺,字元礼,东汉颍川襄城(今河南省襄城县)人,尚节操,有隽才,因党事被害。风格秀整:仪容秀美整洁。② 登龙门:比喻得到李元礼援引而添声誉。龙门,又名河津,水悬绝,鱼跃而化龙。

【导读】

本篇表现了清议运动领袖人物李膺在社会上的崇高威望,反映出士人追随潮流的心态。

五、元礼赞贤　李元礼尝叹荀淑、钟皓曰[①]:"荀君清识难尚[②],钟君至德可师[③]。"

【注释】

① 李元礼:李膺。荀淑:字季和,东汉颍川颍阳(今河南省许昌)人,方正博学,官至朗陵相,后隐乡里。钟皓:字季明,东汉颍川长社(今河南省长葛)人,德行出众,隐居密山。② 清识难尚:指荀淑识见高明,无人超越。尚,加也。③ 至德:极高的品德。

【导读】

本篇通过李元礼对荀淑、钟皓识见与品德的称赞,表现出当时人物品藻活动中道德和才能的两个评价标准，从中可见名士受到宗族乡党褒扬的场面。

六、真人东行　陈太丘诣荀朗陵[①]，贫俭无仆役。乃使元方将车[②]，季方持杖后从[③]。长文尚小[④]，载箸车中。既至，荀使叔慈应门[⑤]，慈明行酒[⑥]，余六龙下食[⑦]。文若亦小[⑧]，坐箸膝前。于时太史奏："真人东行[⑨]。"

【注释】

① 陈太丘：名寔，东汉颍川许（今河南省许昌）人，至德绝俗，为官清廉。荀朗陵：荀淑，曾任朗陵侯相。② 元方：陈寔长子，名陈纪。将车：驾车。③ 季方：陈寔少子，名陈谌。④ 长文：陈寔孙，名陈群。⑤ 叔慈：荀淑第三子，名荀靖。⑥ 慈明：荀淑第六子，名荀爽。⑦ 六龙：荀淑其余六子，分别为俭、鲲、焘、汪、肃、敷。下食：上菜。⑧ 文若：荀淑孙，名荀彧。⑨ 真人：指有才德的人。

【导读】

本篇记述陈寔率子孙拜访荀淑，荀淑及家人热情接待的故事，可见才德兼备的大族备受世人推崇及产生的巨大影响。陈梦槐评云："摹两家德素，风景俨然。"

七、泰阿之桂　客有问陈季方[①]："足下家君太丘[②]，有何功德，而荷天下重名？"季方曰："吾家君譬如桂树生泰山之阿[③]，上有万仞之高，下有不测之深；上为甘露所沾[④]，下为渊泉所润。当斯之时，桂树焉知泰山之高，渊泉之深，不知有功德与无也！"

【注释】

① 陈季方：陈谌。② 太丘：陈寔。③ 阿（ē）：山的角落。④ 沾：滋润。

【导读】

本篇记述陈谌答客问，以泰阿之桂喻其父功德之高，展现出东汉世家大族的优越感和自信心。发语吐词，风流蕴藉，文采斐然。

八、难兄难弟　陈元方子长文有英才[①]，与季方子孝先[②]，各论其父功德，争之不能决，咨于太丘[③]。太丘曰："元方难为兄，季方难为弟[④]。"

【注释】

① 陈元方：陈纪。长文：陈群。② 季方：陈谌。孝先：陈谌之子，名陈忠。③ 太丘：陈寔。④“元方难为兄”两句：意谓兄弟俩才德相当，难分高下。难，不容易。

【导读】

本篇记述陈寔对陈纪、陈谌二子的评定，展现出世家大族对名声的重视及巩固、播扬名声的自觉。

九、舍生取义 荀巨伯远看友人疾[①]，值胡贼攻郡[②]，友人语巨伯曰："吾今死矣，子可去！"巨伯曰："远来相视，子令吾去；败义以求生[③]，岂荀巨伯所行邪？"贼既至，谓巨伯曰："大军至，一郡尽空，汝何男子，而敢独止[④]？"巨伯曰："友人有疾，不忍委之[⑤]，宁以吾身代友人命。"贼相谓曰："我辈无义之人，而入有义之国[⑥]！"遂班军而还[⑦]，一郡并获全。

【注释】

① 荀巨伯：东汉桓帝时颍川（今河南省许昌）人，生平不详。② 胡贼：当时对西北方少数民族入侵者的统称。③ 败义：败坏道义。④ 止：停留。⑤ 委：抛弃。⑥ 国：泛指方域。⑦ 班军：撤军。

【导读】

本篇记述荀巨伯危难中不弃朋友，对其高义进行褒扬，展现了东汉以德为上的人物品评标准。宋刘辰翁云："巨伯固高，此贼亦当入德行之选矣。"

一〇、雍熙之轨 华歆遇子弟甚整[①]，虽闲室之内[②]，严若朝典[③]。陈元方兄弟恣柔爱之道[④]，而二门之里，两不失雍熙之轨焉[⑤]。

【注释】

① 华歆：字子鱼，东汉高唐（今山东省高唐县）人，仕魏官至太尉，封侯。遇：对待。整：严整。② 闲室：私室。③ 严：同"俨"。朝典：君臣间遵守的礼仪。④ 陈元方：陈纪。恣：放纵，不拘束。⑤ 雍熙之轨：和乐之道。

【导读】

本篇记述华、陈两家的教导子弟之道，虽不同，但皆和乐，展现出世家大族为维护自身地位在教育子弟方面的努力。

一一、割席分座 管宁、华歆共园中锄菜[①]，见地有片金，管挥锄与瓦石不异，华捉而掷去之[②]。又尝同席读书，有乘轩冕过门者，宁读如故，歆废书出看[③]。宁割席分坐曰："子非吾友也。"

【注释】

① 管宁：字幼安，东汉末北海朱虚（今山东省临朐县）人，不仕而终。② 捉：捡拾。③ 废书：放下书本。

【导读】

本篇记述管、华绝交的故事，展示了两人不同的志趣：华歆向往富贵，管宁淡泊名利。细节生动、描摹细腻，这亦是汉末士人喜通过人物行为品评人物的生动表现。

一二、形骸之外 王朗每以识度推华歆[①]。歆蜡日[②]，尝集子侄燕饮，王亦学之。有人向张华说此事[③]，张曰："王之学华，皆是形骸之外[④]，去之所以更远。"

【注释】

① 王朗：字景兴，东海郯（今山东省郯城县）人，魏司徒。② 歆：华歆。蜡（zhà）日：节日名。③ 张华：字茂先，晋范阳方城（今属河北省）人，博学多才。④ 形骸之外：指表面的东西。

【导读】

本篇通过张华对华歆、王朗识度高低的品评，展现了魏晋时品评人物重神不重形的风气。

一三、危不相弃 华歆、王朗俱乘船避难，有一人欲依附，歆辄难之[①]。朗曰："幸尚宽，何为不可？"后贼追至，王欲舍所携人。歆曰："本所以疑，正为此耳。既已纳其自托[②]，宁可以急相弃邪？"遂携拯如初。世以此定华、王之优劣。

【注释】

① 辄：总是。难（nàn）：拒绝。② 纳其自托：接纳了他的请托。

【导读】

本篇通过华歆、王朗的对照，赞扬了华歆不负所托，危不相弃，对王朗的违信背约进行贬斥，具体生动，体现了汉末通过人物行为来考察人物的风尚。宋刘辰翁评云："阅世而后知其难，赖有此语。"

一四、王祥至孝　王祥事后母朱夫人甚谨[①]，家有一李树，结子殊好，母恒使守之。时风雨忽至，祥抱树而泣。祥尝在别床眠，母自往暗斫之[②]。值祥私起[③]，空斫得被。既还，知母憾之不已[④]，因跪前请死。母于是感悟，爱之如己子。

【注释】

① 王祥：字休徵，晋琅邪临沂（今山东省临沂）人，以孝著称。② 斫：砍。③ 私起：因小便起床。私，小便。④ 憾：遗憾。

【导读】

本篇记述王祥侍奉后母至孝的故事，对其孝行进行褒扬，从中可见汉代以孝至上观念在入晋后仍遗风尚存。文中王祥之谨顺、后母之狠恶皆在细节铺展中展现得淋漓尽致。

一五、阮籍至慎　晋文王称阮嗣宗至慎[①]，每与之言，言皆玄远，未尝臧否人物[②]。

【注释】

① 晋文王：司马昭，字子上，温县（今河南省温县）人，司马懿第二子。阮嗣宗：名籍，三国魏陈留尉氏（今河南省尉氏县）人，放达不羁，不拘礼俗。② 臧否（zāng pǐ）：评论，褒贬。

【导读】

本篇记述司马昭赞阮籍慎言，表现出当时代表封建皇权的司马昭对名士代表人物的笼络手段。

一六、未见喜愠　王戎云[①]："与嵇康居二十年[②]，未尝见其喜愠之色[③]。"

【注释】

① 王戎：字浚冲，晋琅邪临沂（今山东省临沂）人，"竹林七贤"之一。② 嵇康：字叔夜，魏谯国铚（今安徽宿州）人，正直多才，官至中散大夫。

③ 喜愠之色：喜怒的表情。

【导读】

本篇记述王戎赞嵇康的品性涵养，德行中注入至慎，展现出魏晋士人对儒家道德规范的新理解。

一七、王戎死孝 王戎、和峤同时遭大丧[①]，具以孝称。王鸡骨支床[②]，和哭泣备礼。武帝谓刘仲雄曰[③]："卿数省王、和不[④]？闻和哀苦过礼，使人忧之。"仲雄曰："和峤虽备礼，神气不损；王戎虽不备礼，而哀毁骨立。臣以和峤生孝，王戎死孝。陛下不应忧峤，而应忧戎。"

【注释】

① 和峤（jiào）：字长舆，晋汝南西平（今河南省西平县）人，仕晋武帝，性吝啬。大丧：指父母之丧。② 王鸡骨支床：指王戎过于哀痛，身体消瘦。鸡骨，形容其瘦态。③ 武帝：司马炎，晋朝开国皇帝。刘仲雄：名毅，东莱掖（今山东省莱州）人，亮直清方。④ 省（xǐng）：探望，拜访。

【导读】

本篇记述晋王戎、和峤各自居父母之丧的情状，赞赏王戎居丧尽哀之实，远胜和峤只能恪守礼制，只能尽哀之形的做法，展现了魏晋文人在生活中追求得意忘形的人生态度，同时也是自然战胜名教的生动体现。

一八、乞富济贫 梁王、赵王[①]，国之近属[②]，贵重当时。裴令公岁请二国租钱数百万[③]，以恤中表之贫者[④]。或讥之曰："何以乞物行惠？"裴曰："损有余，补不足，天之道也[⑤]。"

【注释】

① 梁王：梁孝王司马彤，字子徽，位至太宰。赵王：司马伦，字子彝，位至相国。② 近属：宗室亲属。③ 裴令公：裴楷，字叔则，晋闻喜（今山西省闻喜县）人，博览群书，官至中书令。④ 恤：体恤，周济。中表：中表亲属。⑤ "损有余"句：语出《老子》。

【导读】

本篇记述裴楷乞富济贫的事迹，展现了裴楷任心而动、毁誉晏然的个性，是魏晋时期通脱风气的一种反映。

一九、德掩其言　王戎云："太保居在正始中①，不在能言之流。及与之言，理中清远②，将无以德掩其言③！"

【注释】

① 太保：王祥，仕晋，官任太保，为王戎族祖。② 理中：合乎道理。中，适合。③ 将无：莫非。

【导读】

本篇记述王戎称赞王祥善于谈玄，说明清谈风气盛行之时，德行仍是人们关注的重要问题。

二〇、灭性之讥　王安丰遭艰①，至性过人。裴令往吊之②，曰："若使一恸果能伤人，濬冲必不免灭性之讥③。"

【注释】

① 王安丰：王戎。遭艰：居父母丧事。② 裴令：裴楷，任中书令。③ 濬冲：王戎字。灭性：居父母丧过于悲戚，以致危害生命，是为不慈不孝。

【导读】

本篇记述裴楷评价王戎居丧期间，哀痛过礼，展示了魏晋时期礼法被自然之情取代，人们对真情实感的重视及个性自由的觉醒。

二一、拒不受赙　王戎父浑有令名①，官至凉州刺史。浑薨②，所历九郡义故③，怀其德惠，相率致赙数百万④，戎悉不受。

【注释】

① 王浑：字长原，有才望，历尚书、凉州刺史。令名：美名。② 薨：死。③ 九郡：指凉州州郡。义故：义从和故吏。④ 赙(fù)：财物。

【导读】

本篇记述王戎遭父丧，拒不受赙，展示出王戎视金如土的名士之风。《晋书》曰："戎亦由是显名。"

二二、道真为徒　刘道真尝为徒[1]，扶风王骏以五百匹布赎之[2]，既而用为从事中郎。当时以为美事。

【注释】

① 刘道真：名宝，晋高平人。以歌酒闻名。徒：服劳役的犯人。② 骏：司马骏，字子臧，晋宣帝第十七子，封扶风王，好学至孝。

【导读】

本篇记述扶风王骏赏识并提拔刘道真，受到世人称赞，从中可见晋代司马氏政权对世家大族的依赖和特殊关照。

二三、任放为达　王平子、胡毋彦国诸人[1]，皆以任放为达，或有裸体者。乐广笑曰[2]："名教中自有乐地[3]，何为乃尔也[4]！"

【注释】

① 王平子：名澄，西晋人，任荆州刺史。胡毋彦国：胡毋辅之，西晋人，任湘州刺史。② 乐广：字彦辅，尚清谈，官至尚书令。③ 名教：儒家礼教。④ 乃尔：如此。

【导读】

乐广对王澄等人缺乏内涵的放达行为的批评，反映出西晋玄学试图用名教协调自然的主观努力和思想潮流。

二四、郗公吐饭　郗公值永嘉丧乱[1]，在乡里甚穷馁[2]。乡人以公名德，传共饴之[3]。公常携兄子迈及外生周翼二小儿往食[4]。乡人曰："各自饥困，以君之贤，欲共济君耳[5]，恐不能兼有所存。"公于是独往食，辄含饭著两颊边，还吐与二儿。后并得存，同过江。郗公亡，翼为剡县，解职归，席苫于公灵床头[6]，心丧终三年[7]。

【注释】

① 郗公：郗鉴，字道徽，高平金乡（今山东省金乡）人，以儒雅著称。② 穷馁：穷困饥饿。③ 传：轮流。饴：通"饲"，给人食物吃。④ 迈：郗迈，字思远。周翼：字子卿。⑤ 济：周济。⑥ 席苫（shàn）：设置居丧睡的草荐，睡卧守灵。⑦ 心丧：不穿孝服，心中悼念。多指非孝子守孝。

【导读】

本篇记述郗鉴受乡人周济，并养活两小儿，共度饥馑之年，表现出浓浓的亲情，是魏晋玄学"有情"观念在生活中的具体反映。

二五、顾荣施炙 顾荣在洛阳[1]，尝应人请，觉行炙人有欲炙之色[2]，因辍己施焉[3]。同坐嗤之。荣曰："岂有终日执之，而不知其味者乎？"后遭乱渡江，每经危急，常有一人左右己[4]，问其所以，乃受炙人也。

【注释】

① 顾荣：字彦先，吴郡（今江苏省苏州市）人，朗俊风颖，历廷尉正。② 行炙人：烤肉的人。欲炙之色：流露出想吃烤肉的神色。③ 辍：停止。施：给予。④ 左右：帮助。

【导读】

本篇记述顾荣施炙，并最终得受炙人相报，展示出晋人对推己及人、知恩图报传统美德的赞美。

二六、奴价倍婢 祖光禄少孤贫[1]，性至孝，常自为母炊爨作食[2]。王平北闻其佳名[3]，以两婢饷之[4]，因取为中郎。有人戏之者曰："奴价倍婢。"祖云："百里奚亦何必轻于五羖之皮邪[5]？"

【注释】

① 祖光禄：祖纳，字士言，官至光禄大夫。② 炊爨：烧火做饭。③ 王平北：王乂，字叔元，官至平北将军。④ 饷：赠送。⑤ 百里奚：春秋时人，虞国大夫，曾被楚人所执，秦穆公闻其贤，以五羖皮赎之，称五羖大夫。羖（gǔ）：黑色公羊。

【导读】

本篇记述祖纳因孝行得到王乂的赏识。对祖纳的自信机智及王乂的知人善任表示激赏，对话轻快机智，明王世懋评云："始则称祖孝行，继乃入于排调。"

二七、周镇之清 周镇罢临川郡还都[1]，未及上住，泊青溪渚。王丞相往看之[2]。时夏月，暴雨卒至[3]，舫至狭小，而又大漏，殆无复坐处[4]。王曰："胡威之清[⑤]，何以过此！"即启用为吴兴郡。

【注释】

① 周镇：字康时，官至太守，清约寡欲，颇有政绩。② 王丞相：王导，字茂弘，恬畅乐道，历事三朝。③ 卒：同"猝"，突然。④ 殆：几乎。⑤ 胡威：字伯武，晋武帝时官至青州刺史，以清廉著称。

【导读】

本篇通过王导对周镇清廉行为的推崇，表现东晋士人对清贫人格的向往。

二八、邓攸买妾 邓攸始避难[①]，于道中弃己子，全弟子[②]。既过江[③]，取一妾，甚宠爱。历年后讯其所由[④]，妾具说是北人遭乱，忆父母姓名，乃攸之甥也。攸素有德业，言行无玷[⑤]，闻之哀恨终身，遂不复畜妾[⑥]。

【注释】

① 邓攸：字伯道，晋平阳襄陵（今山西省襄汾）人，性清慎平简。② 全：保全。③ 既过江：过江后。④ 历年后：过了年余。所由：来历。⑤ 玷：污点，过失。⑥ 畜：养。

【导读】

本篇记述邓攸逃难弃子全侄，并不复蓄妾的事迹，可见尽管晋代儒家思想地位滑坡，但人们对儒家德行内核仍然珍视。

二九、长豫谨顺 王长豫为人谨顺[①]，事亲尽色养之孝[②]。丞相见长豫辄喜[③]，见敬豫辄嗔[④]。长豫与丞相语，恒以慎密为端[⑤]。丞相还台[⑥]，及行，未尝不送至车后。恒与曹夫人并当箱箧[⑦]。长豫亡后，丞相还台，登车后，哭至台门。曹夫人作簏[⑧]，封而不忍开。

【注释】

① 王长豫：王悦，丞相王导长子，仕至中书侍郎。② 色养：容色柔顺，奉养亲人。③ 丞相：王导。④ 敬豫：王恬，王导次子，卓荦不羁，不为导所重，官至中军将军。⑤ 慎密：谨慎周密。端：首要。⑥ 台：古代官署名。⑦ 曹夫人：名淑，长豫母。并当：整理。⑧ 簏（lù）：竹篾编的盛物器。

【导读】

手心手背都是肉，本是人之常情。但身为丞相的王导却对二子态度截然相反。其根本原因还是在于王悦事亲尽孝。故事对比鲜明，细腻感人，韵味悠长。

三〇、敬重深公 桓常侍闻人道深公者[①]，辄曰："此公既有宿名[②]，加先达知称[③]，又与先人至交，不宜说之。"

【注释】

① 桓常侍：桓彝，字茂伦，东晋人，官至散骑常侍。深公：竺法深，东晋高僧。② 宿名：素来有名声。③ 先达：有声望的先辈。知称：称道。

【导读】

本篇以桓彝高度礼遇名僧竺法深的故事，表现当时佛教和竺法深在社会上的崇高威望。

三一、不卖的卢 庾公乘马有的卢[①]，或语令卖去。庾云："卖之必有买者，即当害其主。宁可不安己而移于他人哉？昔孙叔敖杀两头蛇以为后人[②]，古之美谈，效之，不亦达乎[③]！"

【注释】

① 庾公：名亮，字元规，晋颍川鄢陵（今河南省鄢陵）人，渊雅有德量，官至征西大将军、荆州刺史。的卢：传说中妨主的凶马。② 孙叔敖：春秋时楚国令尹。③ 达：通达。

【导读】

本篇记述庾亮不肯转让凶马，祸害他人，反映晋人对儒家"己所不欲，勿施于人"的传统美德的推崇。庾亮之言率直旷达，活现其真诚洒脱的形象。

三二、阮裕焚车 阮光禄在剡[①]，曾有好车，借者无不皆给。有人葬母，意欲借而不敢言。阮后闻之，叹曰："吾有车而使人不敢借，何以车为[②]？"遂焚之。

【注释】

① 阮光禄：名裕，字思旷，晋陈留尉氏（今河南尉氏县）人，通达有理

识，累迁侍中，以疾筑室剡山。剡：县名，今浙江省嵊州西南。② 何以车为：要车何用。

【导读】

本篇记述阮裕焚车的故事，反映晋人对传统儒家仁爱精神的坚守。

三三、老翁可念 谢奕作剡令①，有一老翁犯法，谢以醇酒罚之，乃至过醉，而犹未已。太傅时年七、八岁②，着青布绔，在兄膝边坐，谏曰："阿兄！老翁可念③，何可作此。"奕于是改容曰："阿奴欲放去邪④？"遂遣之。

【注释】

① 谢奕：字无奕，陈郡阳夏（今河南省太康县）人，少有器鉴，累迁豫州刺史。② 太傅：谢安，字安石，奕弟，温雅宏通，卒赠太傅。③ 可念：可悯。④ 阿奴：晋人对亲爱之人的称呼。

【导读】

本篇记述谢奕以酒罚一获罪老人，谢安怜悯并相救的故事，表现了酒已渗入到晋人的生活，成为魏晋文人的时代风骨。

三四、季野不言 谢太傅绝重褚公①，常称："褚季野虽不言，而四时之气亦备。"

【注释】

① 绝重：极重。褚公：褚裒（póu），字季野，简淡冲默，赠侍中、太傅。

【导读】

本篇记述谢安称赞褚季野的涵养，展现了晋人在生活中对"贵无"理论的追求。用四时之气喻人之涵养，新奇活泼。

三五、莫得淫祀 刘尹在郡①，临终绵惙②，闻阁下祠神鼓舞。正色曰："莫得淫祀③！"外请杀车中牛祭神。真长答曰："丘之祷久矣④，勿复为烦。"

【注释】

① 刘尹：名惔，字真长，相县（今安徽省萧县）人，清谈大家，为政信诚。② 绵惙：短促将绝之象。③ 淫祀：滥行祭祀。④ 丘之祷久矣：语出

《论语·述而》，此处指刘尹认为自己一生行为合乎正道，无需祈祷。

【导读】

本篇记述刘惔临终嘱禁淫祀，表现晋人对内在品德永恒价值的重视，刘惔坦荡的形象亦呼之欲出。

三六、谢公教儿 谢公夫人教儿①，问太傅："那得初不见君教儿②？"答曰："我常自教儿③。"

【注释】

① 谢公夫人：谢安之妻，刘耽之女，刘真长之妹。② 初不：一点也不。③ 常自教儿：以身作则。

【导读】

谢安的教育方法是看不见教育痕迹的方法，这正是玄学"贵无"理论在现实生活中的具体体现。宋刘辰翁评云："使人想见其度，益叹其真。"

三七、简文鼠迹 晋简文为抚军时①，所坐床上尘不听拂，见鼠行迹，视以为佳。有参军见鼠白日行，以手板批杀之②，抚军意色不说③，门下起弹④。教曰⑤："鼠被害，尚不能忘怀，今复以鼠损人，无乃不可乎⑥？"

【注释】

① 晋简文：司马昱，字道万，元帝司马睿少子，仁闻有智度。② 手板：笏板。③ 说：通"悦"。④ 门下：门客。弹：弹劾。⑤ 教：辞。⑥ 无乃：恐怕。

【导读】

本篇记述晋简文帝不以鼠损人的故事，展现出晋人对生命个体的尊重与珍惜。

三八、范宣受绢 范宣年八岁①，后园挑菜，误伤指，大啼②。人问："痛邪？"答曰："非为痛，身体发肤，不敢毁伤，是以啼耳！"宣洁行廉约，韩豫章遗绢百匹③，不受。减五十匹，复不受。如是减半，遂至一匹，既终不受。韩后与范同载④，就车中裂二丈与范，云："人宁可使妇无裈邪⑤？"范笑而受之。

【注释】

① 范宣：字子宣，陈留（今属河南省）人，隐居不仕。② 啼：哭。③ 韩豫章：韩康伯，颍川（今河南省长葛）人，任豫章太守。遗：赠送。④ 同载：同车。⑤ 裈（kūn）：裤子。

【导读】

本篇通过伤指大啼、受绢二丈的细节生动展示范宣恪守孝道和清廉俭约的品行，体现了士人对清贫的坚守及安贫乐道的精神。

三九、子敬首过 王子敬病笃[①]，道家上章应首过[②]，问子敬："由来有何异同得失[③]？"子敬云："不觉有余事，惟忆与郗家离婚[④]。"

【注释】

① 王子敬：王献之，王羲之之子，咸宁中，诏尚余姚公主，迁中书令。② 上章：道士替人上表天神，祈求消灾去祸的迷信活动。首过：自陈过失。③ 异同得失：偏义词，指过失。④ "惟忆"句：指与郗昙女道茂离婚，有愧于心。

【导读】

本篇记述王子敬临终首过，体现出晋人对"情"的珍视。明王世懋评云："此得入德行者，见子敬生平无隐慝耳。"

四〇、仲堪尚俭 殷仲堪既为荆州[①]，值水俭[②]，食常五碗盘[③]，外无余肴。饭粒脱落盘席间，辄拾以啖之[④]。虽欲率物[⑤]，亦缘其性真素[⑥]。每语子弟云："勿以我受任方州[⑦]，云我豁平昔时意[⑧]。今吾处之不易。贫者士之常，焉得登枝而捐其本[⑨]？尔曹其存之[⑩]！"

【注释】

① 殷仲堪：晋陈郡（今河南省淮阳县）人，官至荆州刺史。② 水俭：由水灾而造成歉收。③ 五碗盘：一种五件套装简单餐具。④ 啖：吃。⑤ 率物：为人表率。⑥ 真素：纯真、俭朴。⑦ 方州：指荆州。⑧ 豁：忘掉。⑨ 捐：弃。⑩ 尔曹：你们。存：保存。

【导读】

本篇以殷仲堪生活节俭，并教导子弟不要忘本的故事，表现晋人对竹林名士风骨的继承：爱好清贫并志趣高远。

四一、殷觊弃官　初桓南郡、杨广共说殷荆州[①]，宜夺殷觊南蛮以自树[②]。觊亦即晓其旨[③]，尝因行散[④]，率尔去下舍[⑤]，便不复还。内外无预知者，意色萧然，远同斗生之无愠[⑥]。时论以此多之[⑦]。

【注释】

① 桓南郡：桓玄，字敬道，大将军桓温少子，袭封南郡公。杨广：字德度，汉代杨震后人。说：劝说。殷荆州：殷仲堪。② 殷觊(jì)：字伯道，以率易才悟著称。自树：树立自身势力。③ 其旨：桓玄等起兵的意图。④ 行散：晋人喜服五石散，服后需散步，以散发药性，称为行散。⑤ 率尔：贸然。⑥ 斗生：字子文，春秋时楚成王令尹，三为令尹，三次去职，无喜怒之色。愠：怒。⑦ 多：赞扬。

【导读】

本篇记述殷觊借服用五石散后散步的机会逃离政治漩涡，从中可见服药在晋代政治生活中的缓冲作用。

四二、试守孝子　王仆射在江州[①]，为殷、桓所逐，奔窜豫章，存亡未测。王绥在都[②]，既忧戚在貌，居处饮食，每事有降[③]。时人谓为试守孝子[④]。

【注释】

① 王仆射：王愉，字茂和，安北将军王坦之子，出仕为江州刺史。② 王绥：字彦猷，王愉子。③ 每事有降：事事贬抑自己。④ 试守孝子：指未测父亲存亡，先有丧容。

【导读】

本篇以王绥为父亲的安危担忧的故事表现其恪守孝道。其中未知父亲生死而忧心忡忡的描写十分传神。

四三、罗母焚裘　桓南郡既破殷荆州[①]，收殷将佐十许人，咨议罗企生亦在焉[②]。桓素待企生厚，将有所戮，先遣人语云："若谢我[③]，当释罪。"企生答曰："为殷荆州吏，今荆州奔亡，存亡未判[④]，我何颜谢桓公？"既出市[5]，桓又遣人问欲何言？答曰："昔晋文王杀嵇康，而嵇绍为晋忠臣[6]。从公乞一弟以养老母。"桓亦如言宥之[7]。桓先曾以一羔裘与企生母胡，胡时在豫章，企生问至[8]，即日焚裘。

【注释】

① 桓南郡：桓玄。殷荆州：殷仲堪。② 罗企生：字宗伯，豫章人，兵败被俘，不屈就义。③ 谢我：向我谢罪。④ 判：断定。⑤ 出市：到达刑场。⑥ 嵇绍：字延祖，嵇康子，晋八王之乱，因保护惠帝而死。⑦ 宥：饶恕。⑧ 企生问至：凶信传来。问，音信。

【导读】

本篇记述罗企生的忠烈事迹，体现晋人对儒家舍生取义价值观的推崇，罗母深明大义的形象亦鲜明生动。

四四、身无长物　王恭从会稽还[1]，王大看之[2]。见其坐六尺簟[3]，因语恭："卿东来，故应有此物，可以一领及我。"恭无言。大去后，既举所坐者送之。既无余席，便坐荐上[4]。后大闻之甚惊，曰："吾本谓卿多，故求耳。"对曰："丈人不悉恭[5]，恭作人无长物[6]。"

【注释】

① 王恭：字孝伯，晋太原晋阳(今山西省太原市)人。② 王大：王忱，字元达，小字佛大。看之：看望他。③ 簟(diàn)：竹席。④ 荐：草席子。⑤ 丈人：对长辈的尊称。⑥ 长(zhàng)物：多余的东西。

【导读】

本篇记述王恭身无长物，不仅王恭的简率生动在目，而且体现了晋人以清贫为美的生活风尚。

四五、纯孝之报　吴郡陈遗[1]，家至孝，母好食铛底焦饭[2]。遗作郡主簿，恒装一囊，每煮食，辄贮录焦饭[3]，归以遗母[4]。后值孙恩贼出吴郡[5]，袁府君即日便征[6]，遗已聚敛得数斗焦饭，未展归家[7]，遂带以从军。战于沪渎[8]，败。军人溃散，逃走山泽，皆多饥死，遗独以焦饭得活。时人以为纯孝之报也。

【注释】

① 陈遗：东晋末吴郡人，少为郡吏。② 铛（chēng）：锅。③ 贮录：贮存收藏。录，收藏。④ 遗：赠送。⑤ 孙恩：字灵秀，琅邪人，晋时农民起义领袖。⑥ 袁府君：袁山松。征：出征。⑦ 未展：未及。⑧ 沪渎：水名。

【导读】

本篇记述陈遗事母至孝，终得善报，展现了晋人对儒家孝道的尊崇。宋刘辰翁评云："如此细事，写得宛至，更有不厌。"

四六、安国涕泗 孔仆射为孝武侍中[①]，豫蒙眷接[②]。烈宗山陵[③]，孔时为太常[④]，形素羸瘦，著重服，竟日涕泗流涟[⑤]，见者以为真孝子。

【注释】

① 孔仆射：孔安国，以儒素见称。孝武：晋孝武帝司马曜。② 豫：同"预"，早先，曾经。眷接：礼遇。③ 烈宗：孝武帝庙号。山陵：帝王坟墓，这里用为动词，指孝武帝去世。④ 太常：官名，主管宗庙礼仪。⑤ 流涟：泪流不断貌。

【导读】

本篇记述孔安国居帝丧尽哀，展现晋人对传统儒家忠烈观念的崇奉。

四七、二吴之哭 吴道助、附子兄弟[①]，居在丹阳郡。后遭母童夫人艰[②]，朝夕哭临。及思至，宾客吊省[③]，号踊哀绝[④]，路人为之落泪。韩康伯时为丹阳尹，母殷在郡[⑤]，每闻二吴之哭，辄为凄恻。语康伯曰："汝若为选官[⑥]，当好料理此人[⑦]。"康伯亦甚相知。韩后果为吏部尚书。大吴不免哀制[⑧]，小吴遂大贵达。

【注释】

① 吴道助、附子兄弟：指晋吴坦之、吴隐之兄弟。坦之字处靖，小字道助。隐之字处默，小字附子。② 遭艰：遭逢父母丧事。③ 吊省：吊唁问候。④ 号踊：边哭边顿足，表示悲痛至极。⑤ 母殷：韩康伯母殷氏，为殷浩之妹。⑥ 选官：选拔官吏的官。⑦ 料理：关照。⑧ 哀制：礼制规定的居丧期限。

【导读】

本篇记述吴氏兄弟恪守孝道，韩康伯听从母训，重用贤才，体现晋人对儒家忠孝一体观念的信仰。

言语第二

一、尧德未彰 边文礼见袁奉高①，失次序②。奉高曰："昔尧聘许由③，面无怍色④。先生何为颠倒衣裳⑤？"文礼答曰："明府初临⑥，尧德未彰，是以贱民颠倒衣裳耳。"

【注释】

① 边文礼：边让，字文礼，东汉陈留人，官九江太守。袁奉高：袁阆，官至太尉掾。② 失次序：举止失措，不合常态。③ 许由：古代的高洁隐士。④ 怍(zuò)：惭愧。⑤ 颠倒衣裳：举止失措。⑥ 明府：对太守的尊称，此处指袁奉高。

【导读】

本篇记述边文礼嘲讽袁奉高不具备尧的德行，是汉末清议风气的一个小小缩影。

二、徐稚答月 徐孺子年九岁①，尝月下戏。人语之曰："若令月中无物②，当极明邪？"徐曰："不然。譬如人眼中有瞳子，无此必不明。"

【注释】

① 徐孺子：徐稚，见《德行第一》。② 若令：假使。

【导读】

本篇徐孺子对月中之物的巧妙回答，有机敏过人之处。刘辰翁评价："此语极未易。"

三、小时了了 孔文举年十岁①，随父到洛。时李元礼有盛名②，为司隶校尉③。诣门者皆俊才清称及中表亲戚乃通。文举至门，谓吏曰："我是李府君亲。"既通，前坐。元礼问曰："君与仆有何亲？"对曰："昔先君仲尼与君先人伯阳有师资之尊④，是仆与君奕世为通好也⑤。"元礼及宾客莫不奇之。太中大夫陈韪后至[6]，人以其语语之。韪曰："小时了了[7]，大未必佳！"文举曰："想君小时必当了了！"韪大踧踖[8]。

【注释】

① 孔文举：孔融，东汉鲁国（治今山东曲阜）人，孔子二十世孙，建安十三年(208)被曹操所杀。② 李元礼：李膺，颍川襄城人，东汉末年的士人领袖，后因党锢之祸被害。③ 司隶校尉：主管巡察京师及周边各郡的纠察官。④ 先君：泛指祖先。仲尼：孔子。伯阳：老子，姓李名耳。据说孔子曾向老子问礼，所以孔文举称孔子和老子有师资之尊。⑤ 奕世：累世，世代。⑥ 陈韪(wěi)：《后汉书·孔融传》作"陈炜"。⑦ 了了：聪慧。⑧ 踧踖：局促不安的样子。

【导读】

本篇的主角是孔融，面对一般人难以接近的士人领袖，孔融表现得有胆有识，面对陈韪不以为然的轻视，孔融又能巧妙应答。

四、偷不及礼 孔文举有二子[1]，大者六岁，小者五岁。昼日父眠，小者床头盗酒饮之。大儿谓曰："何以不拜？"答曰："偷，那得行礼[2]！"

【注释】

① 孔文举：孔融。② "偷，那得行礼"句：意谓偷与礼相悖，故不得行礼。

【导读】

孔融小儿偷饮床头美酒，面对兄长指责，能够据理应答，一个顽皮而又聪颖的少儿形象跃然纸上。

五、孔融被收 孔融被收[1]，中外惶怖[2]。时融儿大者九岁，小者八岁。二儿故琢钉戏[3]，了无遽容[4]。融谓使者曰："冀罪止于身[5]，二儿可得全不？"儿徐进曰[6]："大人岂见覆巢之下，复有完卵乎？"寻亦收至[7]。

【注释】

① 收：逮捕。② 中外：朝廷内外。③ 故：依然如故。琢钉戏：一种儿童游戏。④ 了：全。遽容：惶恐的样子。⑤ 冀：希望。⑥ 徐进：从容上言。⑦ 寻：不久。

【导读】

本篇通过孔融两个年少的儿子在父亲被捕后自知不能幸免于难的言行，表现了二人镇定自若的神态和少有见识的气度。

六、忠臣孝子 颍川太守髡陈仲弓[①]。客有问元方[②]："府君如何[③]？"元方曰："高明之君也。""足下家君如何[④]？"曰："忠臣孝子也。"客曰："《易》称：'二人同心，其利断金；同心之言，其臭如兰。'何有高明之君而刑忠臣孝子者乎？"元方曰："足下言何其谬也！故不相答。"客曰："足下但因伛为恭不能答[⑤]。"元方曰："昔高宗放孝子孝己[⑥]，尹吉甫放孝子伯奇[⑦]，董仲舒放孝子符起[⑧]。唯此三君，高明之君；唯此三子，忠臣孝子。"客惭而退。

【注释】

① 髡：古代的一种刑罚，剃去犯人的头发。陈仲弓：陈寔。② 元方：陈寔之子。③ 府君：对太守的尊称，此处指颍川太守。④ 家君：父亲的尊称。⑤ 因伛(yǔ)为恭：驼背者为了掩饰病情假装弯腰恭敬。⑥ 高宗：殷王武丁，曾因为听信后妻的话放逐孝子孝己。⑦ 尹吉甫：周宣王时的贤臣，尹吉甫听信后妻的谗言放逐了孝子伯奇。⑧ 董仲舒：西汉武帝时期著名的儒生和政治家。

【导读】

本文记述元方引用历史典故解释父亲被颍川太守处罚的事情，既不触犯太守，又维护了父亲的声誉。

七、亲亲之义 荀慈明与汝南袁阆相见[①]，问颍川人士，慈明先及诸兄。阆笑曰："士但可因亲旧而已乎？"慈明曰："足下相难，依据者何经？"阆曰："方问国士，而及诸兄，是以尤之耳[②]。"慈明曰："昔者祁奚内举不失其子[③]，外举不失其仇，以为至公。公旦《文王》之诗[④]，不论尧舜之德而颂文武者，亲亲之义也[⑤]。《春秋》之义[⑥]，内其国而外诸夏。且不爱其亲而爱他人者，不为悖德乎[⑦]？"

【注释】

① 荀慈明：荀爽，字慈明，东汉颍川人。② 尤：认为不当。③ 祁奚：春秋时晋国人，曾先后推举仇人解狐和自己的儿子接替自己的职位，所以被人称为内举不失其子，外举不失其仇。④ 公旦：周公，姓姬名旦。据说《诗经·大雅·文王之什》是周公为颂扬文王圣德的作品。⑤ 亲亲：敬爱自己的亲人。⑥《春秋》之义：《春秋》的要旨是尊王攘夷，所以下文称"内其国而外诸侯"。⑦ 悖：违背，谬误。

【导读】

本文以荀爽举贤不避自己亲人并引经据典作为依据的故事，说明汉末以才为贤的社会风气。

八、祢衡击鼓 祢衡被魏武谪为鼓吏[①]，正月半试鼓。衡扬枹为《渔阳掺挝》[②]，渊渊有金石声，四坐为之改容。孔融曰："祢衡罪同胥靡[③]，不能发明王之梦[④]。"魏武惭而赦之。

【注释】

① 祢衡：东汉末平原般县人，有才气，性情高傲，曾因得罪曹操而被贬为鼓吏。魏武：曹操。② 枹(fú)：鼓槌。《渔阳掺(càn)挝(zhuā)》：鼓曲名。③ 胥靡：古代奴隶之称。④"不能"句：指祢衡不能启发曹操醒悟。

【导读】

本文记述祢衡因得罪曹操被贬为鼓吏的事情，反映了当时士人的任诞风气。这是较早的《击鼓骂曹》故事蓝本，对后来有关题材具有相当影响。

九、德操采桑 南郡庞士元闻司马德操在颍川[①]，故二千里候之[②]。至，遇德操采桑，士元从车中谓曰："吾闻丈夫处世，当带金佩紫[③]，焉有曲洪流之量[④]，而执丝妇之事？"德操曰："子且下车，子适知邪径之速，不虑失道之迷。昔伯成耦耕[⑤]，不慕诸侯之荣；原宪桑枢，不易有官之宅[⑥]。何有坐则华屋，行则肥马，侍女数十，然后为奇。此乃许、父所以忼慨[⑦]，夷、齐所以长叹[⑧]。虽有窃秦之爵[⑨]，千驷之富，不足贵也！"士元曰："仆生出边垂，寡见大义，若不一叩洪钟，伐雷鼓，则不识其音响也。"

【注释】

① 庞士元：庞统，字士元，南郡襄阳人，刘备谋士。司马德操：司马徽，汉末颍川人。② 候：拜访。③ 带金佩紫：比喻担任高官。④ 曲洪流之量：比喻埋没出色的才能。⑤ 伯成耦耕：禹有天下，伯成子高见德政日衰，遂辞官而耕于野。⑥“原宪”句：原宪是孔子的弟子，安贫乐道，住着简陋的房屋而不愿意换豪华的官宅。⑦ 许、父：许由、巢父，古代的隐士，不慕名位。⑧“夷、齐”句：伯夷、叔齐是商代孤竹君二子，周灭商后，伯夷、叔齐耻食周粟，隐居于首阳山，采薇而食。⑨ 窃秦之爵：指吕不韦以阴谋手段窃取富贵。

【导读】

司马徽回答庞士元的话，表现了他不慕荣华，志在隐逸的高雅情趣。从中可见汉末隐逸文化盛张之一斑。

一〇、纲目不疏 刘公干以失敬罹罪[①]。文帝问曰[②]：“卿何以不谨于文宪[③]？”桢答曰：“臣诚庸短，亦由陛下纲目不疏。”

【注释】

① 刘公干：刘桢，东汉末东平宁阳人，建安七子之一。罹罪：获罪。② 文帝：魏文帝曹丕。③ 文宪：法令条文。

【导读】

面对曹丕“不谨于文宪”的指责，刘桢给予反驳，指出曹魏政权法令严苛的现状。

一一、汗不敢出 钟毓、钟会少有令誉[①]，年十三，魏文帝闻之[②]，语其父钟繇曰[③]：“可令二子来。”于是敕见。毓面有汗，帝曰：“卿面何以汗？”毓对曰：“战战惶惶，汗出如浆。”复问会：“卿何以不汗？”对曰：“战战栗栗，汗不敢出。”

【注释】

① 令誉：美好的名声。② 魏文帝：曹丕。③ 钟繇：字元常，汉末颍川人，善书法。

【导读】

本文是钟氏兄弟解释是否出汗的原因，说法不同，却各自在理，不失机警。可见当时人们对辞藻机锋的热衷。

一二、偷本非礼 钟毓兄弟小时，值父昼寝，因共偷服药酒。其父时觉，且托寐以观之①。毓拜而后饮，会饮而不拜②。既而问毓何以拜，毓曰："酒以成礼③，不敢不拜。"又问会何以不拜，会曰："偷本非礼，所以不拜。"

【注释】

① 托寐：假装睡觉。② 会：钟会，钟毓的弟弟。③ 酒以成礼：酒是用来完成礼仪的东西。

【导读】

本文记述钟毓、钟会兄弟少时聪慧、对答机敏。

一三、渭阳为名 魏明帝为外祖母筑馆于甄氏①，既成，自行视，谓左右曰："馆当以何为名？"侍中缪袭曰②："陛下圣思齐于哲王，罔极过于曾、闵③。此馆之兴，情钟舅氏，宜以'渭阳'为名④。"

【注释】

① 魏明帝：曹睿，文帝曹丕长子，母为文帝甄夫人。筑馆于甄氏：在甄氏家为外祖母建筑馆舍。② 缪袭：字熙伯，魏东海兰陵人。③ 罔极：孝道。曾、闵：曾参、闵子骞，孔子弟子，以孝道著称。④ 渭阳：《诗经·秦风》有《渭阳》诗，据说是秦穆公子送舅氏重耳所作，后以此比喻笃爱舅氏之情。

【导读】

本文记述魏明帝为外祖母建筑馆舍，以"渭阳"为名，表示笃爱舅氏之情。也可见时人思古之风。

一四、神明开朗 何平叔云①："服五石散②，非唯治病，亦觉神明开朗。"

【注释】

① 何平叔：何晏，三国魏南阳宛人，美姿容，善清谈。② 五石散：又名寒食散，由紫石英、白石英、赤石脂、钟乳、石硫五种矿物质和其他药物按比例配成的一种药物，是魏晋时期士族文人喜好的一种药物。

【导读】

本篇记何晏称道五石散功效，反映最初士人服药更加注重精神层面的作用。

一五、何必在大 嵇中散语赵景真[①]："卿瞳子白黑分明，有白起之风[②]，恨量小狭。"赵云："尺表能审玑衡之度[③]，寸管能测往复之气[④]，何必在大，但问识如何耳！"

【注释】

① 嵇中散：嵇康。赵景真：赵至，晋代郡人，论议清辩，有纵横之才。② 白起：战国郿人，秦国名将。③ 玑衡：古代测量天文的仪器。④ 寸管：古代定律吕的工具，据说黄帝命伶伦所制。

【导读】

本文以赵至对嵇康评价自己形象的反驳，显示玄学"得意忘言"、"得意忘形"学说的深入人心。

一六、畏法而至 司马景王东征[①]，取上党李喜[②]，以为从事中郎。因问喜曰："昔先公辟君不就[③]，今孤召君，何以来？"喜对曰："先公以礼见待，故得以礼进退；明公以法见绳[④]，喜畏法而至耳！"

【注释】

① 司马景王：司马师，司马懿长子，正元二年，镇东将军毌丘俭反，司马师统兵讨之。② 李喜：字季和，魏晋上党人，《晋书》作"李熹"。③ 先公：去世的父亲，此处指司马懿。辟：征聘。④ 绳：约束。

【导读】

李喜对应司马师征召的解释，反映当时文人行藏出处的两难心态。

一七、邓艾口吃 邓艾口吃[①]，语称"艾艾"。晋文王戏之曰[②]："卿云

‘艾艾’，定是几艾？”对曰：“‘凤兮凤兮’[3]，故是一凤。”

【注释】

① 邓艾：字士载，三国魏末棘阳人，仕魏。口吃：说话结巴。② 晋文王：司马昭。③ “凤兮”句：语出《论语·微子》。

【导读】

本文记述晋文王调侃邓艾口吃，邓艾借用《论语》中的文字巧妙对答。

一八、不慕巢许　嵇中散既被诛[1]，向子期举郡计入洛[2]，文王引进[3]，问曰：“闻君有箕山之志[4]，何以在此？”对曰：“巢、许狷介之士[5]，不足多慕。”王大咨嗟。

【注释】

① 嵇中散：嵇康。② 向子期：向秀，三国魏河内怀县人，与嵇康、吕安相善，嵇康被杀，秀应朝廷征聘入京。③ 文王：司马昭。④ 箕山之志：比喻归隐志趣。⑤ 巢、许：巢父、许由，古代的隐士。狷（juàn）介：性情正直，不肯同流合污。

【导读】

本文记述向秀在权势压迫下变节为官，反映竹林七贤的分化，表现出部分文人务实的人生态度。

一九、裴楷解策　晋武帝始登阼[1]，探策得一[2]。王者世数，系此多少[3]。帝既不说[4]，群臣失色，莫能有言者。侍中裴楷进曰：“臣闻天得一以清，地得一以宁，侯王得一以为天下贞。”帝说，群臣叹服。

【注释】

① 晋武帝：司马炎，字安世，司马昭长子，嗣爵为晋王。登阼：登上皇位。② 探策：用蓍草占卜吉凶。③ “王者”二句：帝王传承世代，根据探策结果表明。④ 说：通“悦”。

【导读】

本文记述裴楷以《老子》为晋武帝解策，是魏晋玄学命题中“一多”关系解释的形象写照。

二〇、吴牛见月 满奋畏风[①]。在晋武帝坐，北窗作琉璃屏，实密似疏，奋有难色[②]。帝笑之，奋答曰："臣犹吴牛，见月而喘[③]。"

【注释】

① 满奋：字武秋，晋高平人，官至尚书令。② 难色：为难的样子。③"臣犹"句：吴地水牛怕热，看见月亮，误认为太阳，大喘粗气。

【导读】

满奋畏风，以吴牛见月自喻，反映了当时南方人在北方统治者面前的自卑和奴性心理。

二一、仲思之思 诸葛靓在吴[①]，于朝堂大会。孙皓问[②]："卿字仲思，为何所思？"对曰："在家思孝，事君思忠，朋友思信，如斯而已。"

【注释】

① 诸葛靓：字仲思，三国琅邪人，仕吴，官至右将军、大司马。② 孙皓：字元宗，三国吴最后一任帝王，晋破吴，皓出降，封为归命侯。

【导读】

诸葛靓的回答，既是对自己人品的肯定，也隐含对孙皓贪虐残暴的讽刺。

二二、蔡洪赴洛 蔡洪赴洛[①]，洛中人问曰："幕府初开[②]，群公辟命[③]，求英奇于仄陋[④]，采贤俊于岩穴[⑤]。君吴、楚之士，亡国之余[⑥]，有何异才，而应斯举？"蔡答曰："夜光之珠，不必出于孟津之河；盈握之璧[⑦]，不必采于昆仑之山。大禹生于东夷[⑧]，文王生于西羌[⑨]。圣贤所出，何必常处[⑩]。昔武王伐纣，迁顽民于洛邑[⑪]，得无诸君是其苗裔乎[⑫]？"

【注释】

① 蔡洪：字叔开，晋吴郡人，初仕吴，后至洛阳仕晋。② 幕府：军政大吏的衙署。③ 群公辟命：当政者征召贤才。④ 仄陋：穷乡僻壤。⑤ 岩穴：山洞，指隐士居住的地方。⑥ 亡国之余：亡国遗民。⑦ 盈握：满把，表示大。⑧ 大禹：为东部民族首领，姓姒，古帝颛顼之孙，以治水著名，夏代开国君主。⑨ 文王：周文王，姓姬名昌，生于岐周，为西部民族首领。⑩ 常处：固定的地方。⑪"昔武王"句：周武王，姓姬名发，西

周开国帝王，灭商后把商遗民中不顺从的人迁往洛邑。⑫ 得无：莫非。苗裔：后代。

【导读】

在蔡洪与洛人之间的对话中尽显出汉魏以来吴人对中原人居高临下、盛气凌人的优越感的不满和针锋相对。

二三、共戏洛水 诸名士共至洛水戏，还，乐令问王夷甫曰①："今日戏乐乎？"王曰："裴仆射善谈名理②，混混有雅致③；张茂先论《史》、《汉》④，靡靡可听⑤；我与王安丰说延陵、子房⑥，亦超超玄著⑦。"

【注释】

① 王夷甫：王衍，晋琅邪人，好清谈，官元城令，累迁司徒。② 裴仆射：裴頠（wěi），晋闻喜人，官至尚书左仆射。名理：辨明析理的学问。③ 混混：奔流不息貌。雅致：高雅有情致。④ 张茂先：张华，晋范阳方城人。《史》、《汉》：司马迁《史记》、班固《汉书》。⑤ 靡靡：词采华丽。⑥ 王安丰：王戎。延陵：春秋吴公子季札，有才德。子房：张良。⑦ 超超玄著：言论高超玄妙。

【导读】

这是一个"永嘉清谈"的具体场面，永嘉清谈那种注重辞采华美和论辩姿态的"理中之谈"的风采，于此可见一斑。

二四、各言其地 王武子、孙子荆各言其土地人物之美①。王云："其地坦而平，其水淡而清，其人廉且贞。"孙云："其山嶵嵬以嵯峨②，其水泙渫而扬波③，其人磊砢而英多④。"

【注释】

① 王武子：王济，晋太原晋阳人，晋武帝女婿，卒赠骠骑将军。孙子荆：孙楚，字子荆，晋太原中都人。② 嶵（zuì）嵬、嵯峨：山高貌。③ 泙（yā）渫（xiè）：水清貌。④ 磊砢（luǒ）：卓越。

【导读】

本文记述王济、孙楚各自称扬自己家乡的美好。这也是清谈活动的方式之一。

二五、五男一女 乐令女适大将军成都王颖[①]，王兄长沙王执权于洛[②]，遂构兵相图[③]。长沙王亲近小人，远外君子，凡在朝者，人怀危惧。乐令既允朝望[④]，加有婚亲，群小谗于长沙。长沙尝问乐令，乐令神色自若，徐答曰："岂以五男易一女[⑤]。"由是释然[⑥]，无复疑虑。

【注释】

① 适：嫁。成都王颖：司马颖，晋武帝子，字章度，封成都王。② 长沙王：司马乂，晋武帝子，字士度，封长沙王。③ 构兵相图：起兵交战。④ 允：确实。朝望：在朝有声望。⑤ "岂以"句：意谓绝不因婚姻关系而亲成都王颖。⑥ 释然：疑虑消除。

【导读】

本文记述西晋政局动荡，乐广遭受谗言，向司马乂表白自己的立场。可见言谈技巧在政治生活中的作用。

二六、千里莼羹 陆机诣王武子[①]，武子前置数斛羊酪[②]，指以示陆曰："卿江东何以敌此？"陆云："有千里莼羹[③]，但未下盐豉耳[④]。"

【注释】

① 陆机：字士衡，晋吴郡人。王武子：王济。② 斛（hú）：量器名。羊酪：用羊乳制成的食品。③ 莼（chún）：水生植物，叶嫩可食。④ 豉（chǐ）：煮熟的大豆发酵后制成的调味品。莼菜下盐豉味美，未下盐豉就可以和羊酪相当。

【导读】

王武子与陆机称赞家乡物产，表现北人与南人各自的地理优越感。西晋时期南北政治文化的对峙，可见一斑。

二七、君子病疟 中朝有小儿[①]，父病，行乞药。主人问病，曰："患疟也。"主人曰："尊侯明德君子，何以病疟[②]？"答曰："来病君子，所以为疟耳[③]。"

【注释】

① 中朝：东晋建都江南，称建都于中原的西晋王朝为中朝。② "尊侯"二句：谓你的父亲是道德高尚的君子，怎么会生疟疾呢？（古人认为导

致疟疾的是小鬼。)尊侯,对别人父亲的尊称。③“来病”二句:正因为使得君子生病,才称为疟。

【导读】

本文中小儿机敏作答,回敬主人刁难,维护父亲声望。

二八、崔如陈去 崔正熊诣都郡[①],都郡将姓陈,问正熊:“君去崔杼几世[②]?”答曰:“民去崔杼,如明府之去陈恒[③]。”

【注释】

① 崔正熊:崔豹,晋燕人,著有《古今注》。② 去:距离。崔杼:春秋齐大夫,以犯上弑君著名。③ 明府:太守的称呼,此处指都郡将。陈恒:春秋末齐大夫,事简公,因与阚止争宠而弑简公。

【导读】

缺少为真理而辩的“谈中之理”,也没有追求清谈辞采风度的“理中之谈”,东晋清谈已流入相互人身攻击的“嘲戏之谈”。

二九、过江怀惭 元帝始过江[①],谓顾骠骑曰[②]:“寄人国土,心常怀惭。”荣跪对曰:“臣闻王者以天下为家,是以耿、亳无定处[③],九鼎迁洛邑[④],愿陛下勿以迁都为念。”

【注释】

① 元帝:司马睿,字景文,317 年于建康即位,建立东晋王朝。② 顾骠(piào)骑:顾荣。③ 耿、亳(bó):地名,商代的祖乙和盘庚分别迁居于此。④ 九鼎迁洛邑:据说禹收天下之金,铸造九鼎,后成为世代相传的国宝,周武王克商后,把九鼎迁往洛邑。

【导读】

东晋元帝过江,来到江东地区,竟然有寄居他乡的感觉,说明当时南北政治文化对峙隔阂之深。

三〇、清虚日来 庾公造周伯仁[①],伯仁曰:“君何所欣说而忽肥[②]?”庾曰:“君复何所忧惨而忽瘦?”伯仁曰:“吾无所忧,直是清虚日来,滓秽日去耳。”

【注 释】

① 庾公:庾亮。造:拜访。伯仁:周颢(yǐ),晋汝南安成人,任尚书左仆射等职。② 欣说:高兴。说,通"悦"。

【导 读】

庾周之间一段关于体重增减的戏谑,是东晋清谈带有相互人身攻击味道的"嘲戏之谈"的表现。

三一、新亭对泣 过江诸人[①],每至美日[②],辄相邀新亭[③],藉卉饮宴[④]。周侯中坐而叹曰[⑤]:"风景不殊,正自有山河之异[⑥]!"皆相视流泪。唯王丞相愀然变色曰[⑦]:"当共戮力王室[⑧],克复神州,何至作楚囚相对[⑨]!"

【注 释】

① 过江诸人:西晋灭亡后,南迁的中土士族。② 美日:好日子。③ 新亭:也称劳劳亭,故址在今南京市东南。④ 藉卉:坐在草地上。⑤ 周侯:周颢。⑥ "风景"二句:风景和以前一样,只是山河改变了。是对山河破碎的感慨。⑦ 王丞相:王导。⑧ 戮力:尽力。⑨ 楚囚:楚国的囚犯,语出《左传》,后泛指落魄者。

【导 读】

王导号召大家克复神州的壮举,历来传为爱国精神的典范。然而周颢认为江东"正自有山河之异"的南北隔阂观念,也不容忽视。

三二、卫玠渡江 卫洗马初欲渡江[①],形神惨悴,语左右云:"见此芒芒,不觉百端交集。苟未免有情,亦复谁能遣此[②]!"

【注 释】

① 卫洗马:卫玠,字叔宝,晋河东安邑人,风神秀异,喜谈玄理,官至太子洗马。② "苟未"两句:人如果不能没有感情,谁能消除这些愁绪呢?

【导 读】

卫玠感慨中充满离乡的愁绪,在其极不情愿之处透视出中原人对江东的冷漠。

三三、珪璋机警 顾司空未知名[①],诣王丞相。丞相小极[②],对之疲睡。顾思所以叩会之[3]，因谓同坐曰："昔每闻元公道公协赞中宗[4]，保全江表[5]。体小不安，令人喘息[6]。"丞相因觉，谓顾曰："此子珪璋特达，机警有锋[7]。"

【注 释】

① 顾司空：顾和，字君孝，晋吴人，历任吏部尚书等职。② 小极：困乏或者小病。③ 叩会：旁敲侧击。④ 元公：顾荣，顾和的族叔。协赞：协助。中宗：东晋元帝司马睿。⑤ 江表：江南之地。⑥"体小不安"二句：谓王导身体稍有不适，别人都会感到焦虑。⑦"此子"句：称赞顾和人品出众，才智机敏。

【导 读】

本文描写顾和对日夜为国为民操劳的王导身体的关心，表现其才智机警。宋刘辰翁评："在写一时小小节次，如见可想。"

三四、海内之秀　会稽贺生[1]，体识清远[2]，言行以礼。不徒东南之美，实为海内之秀[3]。

【注 释】

① 贺生：贺循，字彦先，会稽山阴人，博识多才，任武康令等职。② 体识：见解。③"不徒"二句：谓贺循不仅仅是东南这个地方的人才，而且是天下的优秀人士。

【导 读】

本文称赞贺循是海内之秀，是当时人物品评风气的展示。

三五、志存本朝　刘琨虽隔阂寇戎[1]，志存本朝。谓温峤曰[2]："班彪识刘氏之复兴[3]，马援知汉光之可辅[4]。今晋祚虽衰[5]，天命未改，吾欲立功于河北[6]，使卿延誉于江南，子其行乎？"温曰："峤虽不敏，才非昔人，明公以桓、文之姿[7]，建匡立之功，岂敢辞命！"

【注 释】

① 刘琨：字越石，晋中山魏昌人，有文才武略。隔阂寇戎：谓刘琨远在北方，与江南之间有寇戎阻隔。② 温峤：字太真，晋太原祁县人。③ 班彪：东汉扶风人，任徐令、望都长等官。④ 马援：字文渊，东汉扶风人，辅

佐汉光武帝,拜伏波将军。⑤ 祚:皇统。⑥ 河北:黄河以北。⑦ 桓、文:齐桓公、晋文公,春秋时候有作为的霸主。

【导读】

刘琨与温峤的对话志同道合,磊落慷慨,充满协力抗敌的雄心壮志。

三六、江左管仲 温峤初为刘琨使来过江。于时江左营建始尔,纲纪未举①。温新至,深有诸虑。既诣王丞相②,陈主上幽越③,社稷焚灭,山陵夷毁之酷,有《黍离》之痛④。温忠慨深烈,言与泗俱,丞相亦与之对泣。叙情既毕,便深自陈结,丞相亦厚相酬纳。既出,欢然言曰:"江左自有管夷吾⑤,此复何忧!"

【注释】

① 纲纪:纲领法纪。② 诣:拜见。王丞相:王导。③ 主上幽越:指晋愍帝被囚禁。④《黍离》:《诗经·王风》篇名,喻亡国之情。⑤ 管夷吾:管仲,春秋颍上人,辅佐齐桓公完成霸业,此处喻王导。

【导读】

本文借温峤之口,称赞王导为晋室的中流砥柱。可见王导为东晋王朝的功臣,并非虚言。

三七、蒙尘路次 王敦兄含为光禄勋①。敦既逆谋,屯据南州,含委职奔姑孰②。王丞相诣阙谢③。司徒、丞相、扬州官僚问讯④,仓卒不知何辞。顾司空时为扬州别驾⑤,援翰曰⑥:"王光禄远避流言,明公蒙尘路次⑦,群下不宁,不审尊体起居何如?"

【注释】

① 王敦:字处仲,晋临沂人,王导从兄,永昌元年(322)谋反。含:王含,字处弘,从王敦谋反,被诛。② 委职奔姑孰:放弃原来的官职,投奔(王敦盘踞的)姑孰。③ 诣阙(què)谢:到朝廷谢罪。④ 司徒、丞相:王导。⑤ 顾司空:顾和。⑥ 援翰:引笔。⑦ 明公:对人的尊称,此处指王导。蒙尘路次:流亡在外蒙受风尘。

【导读】

本文记述王导因从兄王敦谋反上朝谢罪,顾和作书慰问王导,以别忠奸。

三八、朱博翰音 郗太尉拜司空[①]，语同坐曰："平生意不在多，值世故纷纭，遂至台鼎[②]。朱博翰音[③]，实愧于怀。"

【注 释】

① 郗太尉：郗鉴。拜：授官。②"值世故"二句：适逢世间变乱多故，才升任宰辅之职。台鼎，指宰相职位。③ 朱博：字子元，汉杜陵人，传说他任丞相职时，有大声如钟鸣。翰音：飞扬的声音。后人以朱博翰音比喻有名无实。

【导 读】

本文记述郗鉴担任要职，谦称无能。是古代文人辞令技巧的展示之一。

三九、不作汉语 高坐道人不作汉语[①]。或问此意，简文曰[②]："以简应对之烦[③]。"

【注 释】

① 高坐道人：西域僧人，永嘉中来中土。② 简文：简文帝司马昱。③ 简：避免。

【导 读】

高坐道人不作汉语和司马昱的解释，都是佛教和玄学崇尚"空"、"无"境界的反映。

四〇、不舍明公 周仆射雍容好仪形[①]。诣王公[②]，初下车，隐数人[③]，王公含笑看之。既坐，傲然啸咏。王公曰："卿欲希嵇、阮邪[④]？"答曰："何敢近舍明公[⑤]，远希嵇、阮！"

【注 释】

① 周仆射：周顗，曾任尚书左仆射。② 诣：拜访。王公：王导。② 隐数人：隐字费解，或曰精神隐映数人，或曰依凭数人而行。④ 希：希慕。嵇、阮：嵇康、阮籍，晋名士，任性放达。⑤ 明公：指王导。

【导读】

周颉的回答认为王导倡导的仕隐兼修的人生态度胜过嵇康、阮籍任自然的人生态度。

四一、疲于津梁 庾公尝入佛图[①]，见卧佛，曰："此子疲于津梁[②]。"于时以为名言。

【注释】

① 庾公：庾亮。佛图：佛寺。② 疲于津梁：佛忙于超度众生，以致困倦了。

【导读】

庾亮的话反映出当时佛教广泛流传的盛况。表现出玄学与佛教合流过程中双方的理解和友善。

四二、挚瞻万石 挚瞻曾作四郡太守[①]，大将军户曹参军，复出作内史，年始二十九。尝别王敦，敦谓瞻曰："卿年未三十，已为万石[②]，亦太早。"瞻曰："方于将军[③]，少为太早；比之甘罗[④]，已为太老。"

【注释】

① 挚瞻：字景游，晋长安人，依王敦，为户部曹参军。② 万石(dàn)：挚瞻多次任两千石的官职，因此王敦称之万石。③ 方：比。④ 甘罗：秦上蔡人，出使赵国有功，十二岁封为上卿。

【导读】

本文记述挚瞻巧言对答王敦，表现其积极用世的儒家观念。

四三、杨氏小儿 梁国杨氏子九岁，甚聪惠。孔君平诣其父[①]，父不在，乃呼儿出。为设果，果有杨梅。孔指以示儿曰："此是君家果[②]。"儿应声答曰："未闻孔雀是夫子家禽[③]。"

【注释】

① 孔君平：孔坦，晋会稽山阴人，历任吴郡太守等职。② 君家果：杨梅与杨氏都有杨字，所以孔坦戏称君家果。③ 夫子：尊称，此处指孔君平。

【导读】

孔坦以杨氏家讳挑衅，遭到杨氏小儿敏捷反击。反映当时门第观念影响下家讳问题的敏感。

四四、孔沈受裘 孔廷尉以裘与从弟沈[①]，沈辞不受。廷尉曰："晏平仲之俭[②]，祠其先人[③]，豚肩不掩豆，犹狐裘数十年[④]，卿复何辞此！"于是受而服之。

【注释】

① 孔廷尉：孔坦。与：赠给。沈：孔沈，字德度，官至琅邪王文学。② 晏平仲：晏婴，春秋时齐大夫，以节俭力行名于世。③ 祠：祭祀。④"豚肩"二句：猪腿没有盛满祭祀容器，好像一件狐裘穿几十年。

【导读】

本文记述孔廷尉以晏婴的事例说服孔沈接受所赠狐裘，可见其辞令之巧。

四五、善交诸石 佛图澄与诸石游[①]，林公曰[②]："澄以石虎为海鸥鸟[③]。"

【注释】

① 佛图澄：晋代僧人，与石勒、石虎交往甚厚。② 林公：支遁，晋代高僧。③ 海鸥鸟：比喻与人交往密切。

【导读】

本文记述支遁称道佛图澄与石勒、石虎的交往，表现晋代僧人与帝王关系的密切。

四六、坐无尼父 谢仁祖年八岁[①]，谢豫章将送客[②]。尔时语已神悟[③]，自参上流[④]。诸人咸共叹之，曰："年少一坐之颜回[⑤]。"仁祖曰："坐无尼父，焉别颜回[⑥]？"

【注释】

① 谢仁祖：谢尚，字仁祖，晋陈国阳夏人。② 谢豫章：谢琨，仁祖父，曾为豫章太守。③"尔时"句：(谢仁祖)当时言谈流畅敏捷。④ 自参上

流：参与上等人物之列。⑤ 颜回：孔子弟子，敏而好学，安贫乐道。⑥ 尼父：孔子，字仲尼。别：识别。

【导读】

本文记述谢尚与诸人的对答，表现其幼敏早慧。

四七、时无竖刁 陶公疾笃[①]，都无献替之言[②]，朝士以为恨。仁祖闻之，曰："时无竖刁[③]，故不贻陶公话言[④]。"时贤以为德音。

【注释】

① 陶公：陶侃，字士行，晋浔阳人，官至侍中、太尉。② 献替：臣下对君主劝善规过，建议兴废。③ 竖刁：春秋时齐国宦官，见宠于齐桓公，后乱齐。④ 贻：留下。

【导读】

本文记述谢仁祖从逆向思维角度，解释陶公无献替之言的原因是朝无奸臣，值得借鉴。

四八、朱门蓬户 竺法深在简文坐[①]，刘尹问："道人何以游朱门[②]？"答曰："君自见朱门，贫道如游蓬户。"或云下令[③]。

【注释】

① 竺法深：晋高僧。② 朱门：指官宦人家。③ 或云下令：有人说是下令问竺法深。

【导读】

竺法深既皈依佛教，又游走于朱门，体现其既不执著空，又不执著有的"不二"的人生态度。

四九、从公于迈 孙盛为庾公记室参军[①]，从猎，将其二儿俱行[②]。庾公不知，忽于猎场见齐庄[③]，时年七八岁，庾谓曰："君亦复来邪？"应声答曰："所谓'无小无大，从公于迈'[④]。"

【注释】

① 孙盛：字安国，晋太原中都人，曾任秘书监。庾公：庾亮。② 将：带领。③ 齐庄：孙放，孙盛次子。④ "无小无大"句：出《诗经·鲁颂·泮

水》。迈，出行。

【导读】

本文记述孙齐庄幼时聪慧应对庾亮的问话。

五〇、弃孔慕庄　孙齐由、齐庄二人①，小时诣庾公。公问齐由何字，答曰："字齐由。"公曰："欲何齐邪？"曰："齐许由②。"齐庄何字，答曰："字齐庄。"公曰："欲何齐？"曰："齐庄周③。"公曰："何不慕仲尼而慕庄周？"对曰："圣人生知④，故难企慕。"庾公大喜小儿对⑤。

【注释】

① 孙齐由：孙潜，孙盛长子。齐庄：孙放。② 许由：古代的高洁隐士。③ 庄周：庄子。④ 圣人生知：圣人天生就知道。⑤ 对：回答。

【导读】

孙放以"圣人生知，故难企慕"之语回避兄弟名字仰慕许由、庄子隐逸思想的实质，又不公开否定贬低孔子儒家思想。小儿智慧聪敏，可见一斑。

五一、弟子何泣　张玄之、顾敷是顾和中外孙①，皆少而聪惠。和并知之，而常谓顾胜，亲重偏至，张颇不恹②。于时张年九岁，顾年七岁。和与俱至寺中，见佛般泥洹像③，弟子有泣者，有不泣者。和以问二孙。玄谓："被亲故泣④，不被亲故不泣。"敷曰："不然。当由忘情故不泣⑤，不能忘情故泣。"

【注释】

① 张玄之：字祖希，吴郡太守澄之孙。顾敷：字祖根，吴郡人。中外孙：孙子和外孙。② 不恹：心怀不平。③ 佛般泥洹像：佛祖圆寂时像。④ 被亲：身受爱抚。⑤ 忘情：淡泊而不为情感所动。

【导读】

相比之下，顾敷的说法更具玄学色彩，也更能反映当时重情的思想风尚。

五二、麈尾犹在　庾法畅造庾太尉①，握麈尾至佳②。公曰："此至佳,那得在?”法畅曰:“廉者不求,贪者不与[3],故得在耳。”

【注释】

① 庾法畅:晋时僧人。造:拜访。庾太尉:庾亮。② 麈尾:扇形,用麈尾制成,为名士清谈的重要道具。③ 与:赠给。

【导读】

麈尾是名士的标志,庾法畅的回答又语涉玄妙,真是从形式到内涵都充满玄味。

五三、扇不在新 庾稚恭为荆州[1],以毛扇上武帝[2],武帝疑是故物[3]。侍中刘劭曰[4]:“柏梁云构[5],工匠先居其下;管弦繁奏,钟、夔先听其音[6]。稚恭上扇,以好不以新。”庾后闻之,曰:“此人宜在帝左右。”

【注释】

① 庾稚恭:庾翼,晋颍川人,曾任荆州刺史。② 毛扇:羽扇。武帝:晋武帝司马炎。按,庾翼与晋武帝非同时代人,据本条刘孝标注和《晋书·庾怿传》,献扇事当为庾怿献给晋成帝司马衍。故此事主人公当为庾怿和晋成帝之误。③ 故物:旧物。④ 刘劭:字彦祖,晋彭城人,官至豫章太守。⑤ 柏梁:汉代台名。云构:高耸入云。⑥ 钟、夔:钟,钟子期,善辨音。夔,古代乐官。

【导读】

庾怿献扇、司马衍起疑、刘劭开脱,三人言行是一幅古代君臣微妙关系的形象写照。

五四、自有周公 何骠骑亡后[1],征褚公入[2]。既至石头[3],王长史、刘尹同诣褚[4]。褚曰:“真长何以处我[5]?”真长顾王曰:“此子能言。”褚因视王,王曰:“国自有周公[6]。”

【注释】

① 何骠骑:何充,字次道,东晋庐江灊县人,曾官扬州刺史。② 褚公:褚裒。③ 石头:城名,在今南京西。④ 王长史:王濛。刘尹:刘惔。⑤ 真长:刘惔。⑥ 周公:周文王的儿子姬旦,这里喻指会稽王司马昱。

【导读】

王濛以司马昱比周公，讽谏褚裒让位于贤，辞令委婉却凌厉。

五五、人何以堪　桓公北征[①]，经金城[②]，见前为琅邪时种柳[③]，皆已十围，慨然曰："木犹如此，人何以堪！"攀枝执条，泫然流泪[④]。

【注释】

① 桓公：桓温，东晋谯国人，以大司马专权擅政，晚年图自立未成而死。② 金城：地名，晋时属南琅邪江乘县。③ 为琅邪时：为琅邪内史时。④ 泫然：流泪貌。

【导读】

本文记述桓温感慨时光如逝，人生无常，李贽云："极感，极悲。"

五六、为王前驱　简文作抚军时[①]，尝与桓宣武俱入朝[②]，更相让在前。宣武不得已而先之，因曰："伯也执殳[③]，为王前驱。"简文曰："所谓'无小无大，从公于迈'。"

【注释】

① 简文：简文帝。② 桓宣武：桓温。③"伯也"句：见《诗经·卫风·伯兮》。伯，妻子对丈夫的称呼。殳，古兵器名。下句"无小无大"句出《诗经·鲁颂·泮水》。

【导读】

本文记述简文帝为抚军将军时与桓温彼此引诗谦让的场景。刘辰翁云："两得词体。"

五七、蒲柳松柏　顾悦与简文同年[①]，而发早白。简文曰："卿何以先白？"对曰："蒲柳之姿[②]，望秋而落；松柏之质[③]，经霜弥茂。"

【注释】

① 顾悦：字君叔，晋陵人，官尚书右丞。② 蒲柳之姿：此处顾悦自喻体质弱。③ 松柏之质：此处比喻简文帝体质强。

【导读】

顾悦以蒲柳自喻，以松柏喻简文帝，陈梦槐评："答语雅正而意怅。"古代君臣关系中辞令技巧十分重要，于此可见。

五八、忠臣孝子 桓公入峡①，绝壁天悬，腾波迅急，乃叹曰："既为忠臣，不得为孝子②，如何？"

【注释】

① 桓公：桓温。峡：三峡。② "既为"二句：意谓奉旨西征，历险阻，难以保全性命。

【导读】

本文中桓公即景抒情，抒发忠孝不得两全之感。这种感受在封建时代容易引起共鸣。

五九、简文忧阼 初，荧惑入太微①，寻废海西②，简文登阼③，复入太微，帝恶之。时郗超为中书④，在直⑤。引超入曰："天命修短，故非所计。政当无复近日事不⑥？"超曰："大司马方将外固封疆⑦，内镇社稷，必无若此之虑。臣为陛下以百口保之⑧。"帝因诵庾仲初诗曰⑨："志士痛朝危，忠臣哀主辱。"声甚凄厉。郗受假还东⑩，帝曰："致意尊公⑪，家国之事，遂至于此。由是身不能以道匡卫⑫，思患预防。愧叹之深，言何能喻？"因泣下流襟。

【注释】

① 荧惑入太微：火星侵入太微垣，古人认为属不祥之兆。② 寻废海西：不久桓温篡逆，废帝奕为海西公，更立简文帝。③ 登阼：即帝位。④ 郗超：字景兴，高平金乡人。⑤ 在直：值班朝。直通"值"。⑥ "政当"句：该不会再次发生废立的事吧。⑦ 大司马：桓温。⑧ 百口：身家性命。⑨ 庾仲初：庾阐，字仲初，晋鄢陵人。⑩ 受假还东：请假东行。⑪ 致意尊公：犹言给桓温捎个话。尊公，指桓温。⑫ 匡卫：挽救保卫。

【导读】

本文记述大权旁落的情况下，简文帝对朝政的忧虑。从而形象地描绘出东晋门阀政治背景下皇权式微之状。张懋辰评："写得悲楚。"

六〇、君臣暗室 简文在暗室中坐，召宣武①。宣武至，问上何在。

简文曰："某在斯[2]。"世人以为能。

【注释】

① 宣武：桓温。② 某在斯：我在这里。语出《论语·卫灵公》，孔子扶持乐师登堂的话。

【导读】

本文记述简文帝在暗室召见桓温时引用古语巧妙对答，其实也是皇权黯淡的写照。

六一、会心之处 简文入华林园，顾谓左右曰："会心处不必在远[1]，翳然林水[2]，便自有濠、濮间想也[3]，觉鸟兽禽鱼自来亲人。"

【注释】

① 会心：心领神悟。② 翳(yì)然：树木荫覆貌。③ 濠、濮：二水名，语出《庄子·秋水》，比喻游览胜境。

【导读】

本文是简文帝对游乐之境的看法，"会心"二字，点出了他对现实生活能够"得意忘形"的诀窍所在。

六二、年在桑榆 谢太傅语王右军曰[1]："中年伤于哀乐[2]，与亲友别，辄作数日恶[3]。"王曰："年在桑榆[4]，自然至此，正赖丝竹陶写[5]，恒恐儿辈觉，损欣乐之趣。"

【注释】

① 谢太傅：谢安。王右军：王羲之。② 伤于哀乐：为哀乐情绪伤感。③ 恶：指情绪不好。④ 年在桑榆：比喻人到晚年。⑤ 丝竹：代指管弦音乐。陶写：陶冶心情。

【导读】

本文记述谢安与王羲之谈论人到晚年的心绪，既体现了复杂的人生态度，又表现出丝竹陶情的生活情趣。

六三、重其神骏 支道林常养数匹马[1]。或言："道人畜马不韵[2]。"支曰："贫道重其神骏[3]。"

【注释】

① 支道林：支遁，字道林，晋高僧。② 道人：出家人。韵：风格高雅。③ 神骏：神采高逸。

【导读】

本文记述高僧支道林回答养马爱马的原因，表现了其潇洒俊逸的生活情趣，也是玄学“得意忘形”命题的体现。

六四、共论《礼记》 刘尹与桓宣武共听讲《礼记》[①]。桓云：“时有入心处，便觉咫尺玄门[②]。”刘曰：“此未关至极，自是金华殿之语[③]。”

【注释】

① 刘尹：刘惔。桓宣武：桓温。② 咫尺玄门：有所领悟，但未了解深义。③ “此未”二句：谓虽然没有达到尽善尽美，但也符合金华殿里的言论，不失精彩。金华殿，汉殿名，学者常在此讲学。

【导读】

本文记述刘惔和桓温谈论听讲《礼记》的心得体会，充分表现出玄学背景下人们对于日常生活的一种形而上的判断和意蕴探求。

六五、胤绝圣世 羊秉为抚军参军[①]，少亡，有令誉[②]，夏侯孝若为之叙[③]，极相赞悼。羊权为黄门侍郎[④]，侍简文坐。帝问曰：“夏侯湛作羊秉叙，绝可想[⑤]。是卿何物[⑥]？有后不？”权潸然对曰：“亡伯令问夙彰[⑦]，而无有继嗣，虽名播天听[⑧]，然胤绝圣世[⑨]。”帝嗟慨久之。

【注释】

① 羊秉：字长达，晋太山平阳人，年三十二卒。② 令誉：好的名声。③ 夏侯孝若：夏侯湛，晋谯国人。叙：悼文。④ 羊权：字道舆，官至尚书左丞。⑤ 绝可想：绝妙可以想见。⑥ 是卿何物：是你什么人。⑦ 夙彰：一向显扬。⑧ 天听：为天子知晓。⑨ 胤：后代。

【导读】

简文帝与羊权的对话，谈及羊秉身后凄凉，反衬出羊氏门第在社会上的显赫地位。

六六、天之自高　王长史与刘真长别后相见①，王谓刘曰："卿更长进②。"答曰："此若天之自高耳。"

【注释】

① 王长史：王濛。刘真长：刘惔。② 长进：学问修养有进步。

【导读】

刘惔以"自高"回绝"长进"之誉，可见清谈背景下人们习惯于词锋争胜。

六七、长松清风　刘尹云①："人想王荆产佳②，此想长松下当有清风耳。"

【注释】

① 刘尹：刘惔。② 王荆产：王微，字幼仁，晋琅邪人。

【导读】

文中刘惔解释人们推想王微风格高雅的原因，为人物品藻活动之一例。

六八、不解蛮语　王仲祖闻蛮语不解①，茫然曰："若使介葛卢来朝②，故当不昧此语③。"

【注释】

① 王仲祖：王濛。蛮语：古代中原地区对少数民族语言的蔑称。② 介葛卢：春秋介国君主，通牛语。③ 昧：不明。

【导读】

王濛以牛语喻蛮语，表现中原人对少数民族语言的歧视。

六九、逸少高论　刘真长为丹阳尹①，许玄度出都②，就刘宿，床帷新丽，饮食丰甘。许曰："若保全此处，殊胜东山③。"刘曰："卿若知吉凶由人，吾安得不保此！"王逸少在坐④，曰："令巢、许遇稷、契⑤，当无此言。"二人并有愧色。

【注释】

① 刘真长：刘惔。② 许玄度：许询，字玄度，晋高阳人，辞官不就，隐

居山林，为著名玄言诗人。③“若保全”二句：谓如果能保全此职，胜过东山隐居。殊胜，大大胜过。东山，山名，在浙江上虞东。④ 王逸少：王羲之。⑤ 巢、许：巢父、许由，古代隐士。稷、契：周之始祖。

【导读】

王羲之对刘惔和许询保全名位，忧患得失的言论有所嘲讽，从中可见隐逸文化的蜕化。

七〇、清言致患　王右军与谢太傅共登冶城①，谢悠然远想②，有高世之志③。王谓谢曰：“夏禹勤王④，手足胼胝⑤；文王旰食⑥，日不暇给。今四郊多垒⑦，宜人人自效⑧；而虚谈废务⑨，浮文妨要，恐非当今所宜。”谢答曰：“秦任商鞅，二世而亡⑩，岂清言致患邪？”

【注释】

① 王右军：王羲之。谢太傅：谢安。冶城：城名，相传春秋时吴王夫差在此冶铸，在今南京朝天宫一带。② 悠然：闲静自得貌。③ 高世之志：超凡脱俗的志趣。④ 勤王：勤于王事。⑤ 胼胝(pián zhī)：因为操劳，手足摩擦生茧。⑥ 旰(gàn)食：忙于政事顾不上吃饭。⑦ 四郊多垒：四野多军事堡垒，比喻战乱不安。⑧ 人人自效：人人为国尽力。⑨ 虚谈废务：空谈荒废政务。⑩ 二世而亡：秦朝经历二代便亡国。

【导读】

本文记述谢安尽享游乐之趣，否认清谈致患的指责，表现了晋人对清谈活动的自信。

七一、道韫咏雪　谢太傅寒雪日内集①，与儿女讲论文义，俄而雪骤②，公欣然曰：“白雪纷纷何所似？”兄子胡儿曰③：“撒盐空中差可拟④。”兄女曰：“未若柳絮因风起。”公大笑乐。即公大兄无奕女⑤，左将军王凝之妻也⑥。

【注释】

① 谢太傅：谢安。内集：家人聚会。② 雪骤：雪下得紧。③ 胡儿：谢朗小字，谢安次兄谢据长子。④“撒盐”句：雪花飘落，像空中撒盐。⑤ 无奕女：谢奕的女儿谢道韫，以聪明文才传世。⑥ 王凝之：字叔平，王羲之次子。

【导读】

本文记述谢安招集子侄辈咏雪，谢道韫文采尤佳。此事为千古文坛美谈。

七二、两可之间　王中郎令伏玄度、习凿齿论青、楚人物①，临成，以示韩康伯，康伯都无言。王曰："何故不言？"韩曰："无可无不可②。"

【注释】

① 王中郎：王坦之，字文度，太原晋阳人。伏玄度：伏滔，字玄度，平昌安邱人。习凿齿：字彦威，襄阳人。② 无可无不可：对事物看法模棱两可。

【导读】

对于伏玄度、习凿齿的论说，韩康伯模棱两可的态度体现了佛教强调内心对事物毫无差别的"不二"态度。

七三、清风朗月　刘尹云①："清风朗月，辄思玄度②。"

【注释】

① 刘尹：刘惔。② 玄度：许询。

【导读】

本文记述刘惔借清风朗月赞喻许询谈吐风雅，为人物品藻之一例。

七四、北固望海　荀中郎在京口①，登北固望海云②："虽未睹三山③，便自使人有凌云意。若秦、汉之君④，必当褰裳濡足⑤。"

【注释】

① 荀中郎：荀羡，字令则，晋颍川人。京口：地名，今江苏镇江市。② 北固：山名，在京口北。③ 三山：道教仙山，蓬莱、方丈、瀛洲。④ 秦、汉之君：秦始皇、汉武帝。⑤ 褰裳濡足：提起下衣涉水。

【导读】

本文记述荀羡因景生情，抒发凌云之志。李贽云："说迩，犹是远。"

七五、圣贤在迩　谢公云："贤圣去人①，其间亦迩②。"子侄未之许③，公叹曰："若郗超闻此语，必不至河汉④。"

【注释】

① 去：距离。② 迩：近。③ 许：认同。④ 河汉：天河，比喻渺远。

【导读】

故事以谢安在圣人与人距离问题上与子侄看法的不同，表现了他和名士郗超的心有灵犀，抒发了知音难求的感慨。

七六、支公好鹤 支公好鹤[1]，住剡东岇山[2]。有人遗其双鹤[3]，少时翅长欲飞，支意惜之，乃铩其翮[4]。鹤轩翥不复能飞[5]，乃反顾翅垂头，视之如有懊丧意。林曰："既有凌霄之姿，何肯为人作耳目近玩！"养令翮成，置使飞去。

【注释】

① 支公：支遁(314—366)字道林，东晋高僧。林虑(今河南省林州)人。本姓关，在余杭山入佛，终于洛阳。世称支公，也称林公。② 剡：县名，治所在今浙江省嵊州。岇(àng)山：山名，在嵊州东。③ 遗(wèi)：赠送。④ 铩：剪除。翮(hé)：羽根，引申为羽翼的代称。⑤ 轩翥(zhù)：鸟高飞貌。

【导读】

本篇通过支遁放鹤飞归的故事，反映出晋人崇尚个性自由，自觉体味生活意蕴的精神境界。

七七、纳而不流 谢中郎经曲阿后湖[1]，问左右："此是何水？"答曰："曲阿湖。"谢曰："故当渊注渟著，纳而不流[2]。"

【注释】

① 谢中郎：谢万，晋阳夏人，谢安弟。② "渊注"二句：地形弯曲，渊水注而不流。

【导读】

谢万称曲阿湖水注不流，或有借题发挥之意。

七八、欲者不多 晋武帝每饷山涛恒少[1]，谢太傅以问子弟[2]，车骑答曰[3]："当由欲者不多，而使与者忘少[4]。"

【注释】

① 饷：赠送。② 谢太傅：谢安。③ 车骑：谢玄，曾为车骑将军。④“当由”二句：所求不多，因此赠送的人不觉得所赠微少。

【导读】

谢玄的回答在于说明山涛廉洁不贪求，措辞十分巧妙。

七九、济河焚舟　谢胡儿语庾道季[①]："诸人莫当就卿谈，可坚城垒[②]。"庾曰："若文度来[③]，我以偏师待之[④]；康伯来[⑤]，济河焚舟[⑥]。"

【注释】

① 谢胡儿：谢朗，小字胡儿。庾道季：庾龢，鄢陵人。② 坚城垒：牢固防守。③ 文度：王坦之。④ 偏师待之：比喻不使用全力。⑤ 康伯：韩康伯。⑥ 济河焚舟：比喻全力以赴。

【导读】

庾龢通过比喻说明了王坦之与韩伯的才学高下，为人物品藻的典型方式。

八〇、屈志百里　李弘度常叹不被遇[①]。殷扬州知其家贫[②]，问："君能屈志百里不[③]？"李答曰："《北门》之叹[④]，久已上闻。穷猿奔林，岂暇择木[⑤]？"遂授剡县。

【注释】

① 李弘度：李充，晋江夏郢人，官至中书侍郎。② 殷扬州：殷浩，字渊源，晋陈郡长平人，曾任扬州刺史，后战败被废庶人。③“君能”句：你是否愿意当一个小的地方官呢？④《北门》：《诗经·邶风》篇名，抒写仕宦不得志的感慨。⑤“穷猿”二句：谓处境困窘不挑选官职。

【导读】

本篇以李充屈身求仕的故事表现部分士人出于现实利益入世求官的心态。

八一、日月清朗　王司州至吴兴印渚中看[①]，叹曰："非唯使人情开涤[②]，亦觉日月清朗。"

【注释】

① 王司州：王胡之，字修龄，晋琅邪人，曾任吴兴太守。印渚：水名。② 人情开涤：心情开阔舒畅。

【导读】

王胡之称赞印渚风景秀美，表现其寄情山水的生活情趣。

八二、粗有才具 谢万作豫州都督，新拜[①]，当西之都邑，相送累日[②]，谢疲顿。于是高侍中往[③]，径就谢坐，因问："卿今仗节方州[④]，当疆理西蕃[⑤]，何以为政？"谢粗道其意。高便为谢道形势[⑥]，作数百语。谢遂起坐。高去后，谢追曰："阿酃故粗有才具[⑦]。"谢因此得终坐。

【注释】

① 拜：授官。② 相送累日：送行者连日不断。③ 高侍中：高崧，字茂琰，广陵人，官至侍中。④ 仗节方州：出任州长官。⑤ 疆理：管理政务。⑥ 形势：政要。⑦ 阿酃(líng)：高崧小字。

【导读】

本文记述高崧为谢万论说行政之要得到赞赏，表现时人对才能的看重。

八三、江山辽落 袁彦伯为谢安南司马[①]，都下诸人送至濑乡[②]。将别，既自凄惘，叹曰："江山辽落[③]，居然有万里之势！"

【注释】

① 袁彦伯：袁宏，晋陈郡阳夏人，有文才，官至东阳太守。谢安南：谢奉，字弘道，官至吏部尚书。② 濑乡：地名，江苏溧阳县。③ 辽落：渺远广阔。

【导读】

本文记述袁宏赴任时与友人相别，赞叹江山辽阔，可见晋人山水之情。

八四、止足之分 孙绰赋《遂初》[①]，筑室畎川[②]，自言见止足之分[③]。斋前种一松树，恒自手壅治之[④]。高世远时亦邻居[⑤]，语孙曰："松树子非不楚楚可怜，但永无栋梁用耳！”孙曰：“枫柳虽合抱，亦何所施？”

【注释】

① 孙绰(chuò)：字兴公，晋太原中都人，博学善文，官至廷尉卿。《遂初》：赋篇名，表示隐逸情怀。② 畎(quǎn)川：会稽地名。③ 止足之分：安守本分，不求名利。④ 壅：培植树木根部。⑤ 高世远：高柔，字世远，曾任安固县令。

【导读】

孙绰认为，松树能否成为栋梁之才，就像人是否对社会有用一样，无关紧要，重要的是要追求一种“俯仰自得，游心太玄”的境界。

八五、目城赏婢 桓征西治江陵城甚丽[①]，会宾僚出江津望之，云：“若能目此城者[②]，有赏。”顾长康时为客[③]，在坐，目曰：“遥望层城[④]，丹楼如霞[⑤]。”桓即赏以二婢。

【注释】

① 桓征西：桓温。② 目：品评。③ 顾长康：顾恺之。④ 层城：神话记载中昆仑山上的城楼。⑤ 丹楼：红色城楼。

【导读】

顾恺之对江陵的品评显然是采取了人物品评的路数，说明他对人物美、自然美、艺术美三者的共性了然于心。

八六、何与人事 王子敬语王孝伯曰[①]：“羊叔子自复佳耳[②]，然亦何与人事[③]，故不如铜雀台上妓。”

【注释】

① 王子敬：王献之。王孝伯：王恭。② 羊叔子：羊祜，晋泰山南城人。③ 与：参与。

【导读】

王子敬讥讽羊祜热衷人事，实际是在宣扬一种逍遥自适的人生态度。

八七、长山坦迤 林公见东阳长山曰[①]：“何其坦迤[②]！”

【注释】

① 林公：支道林。东阳：郡名，今浙江金华。长山：山名。② 坦迤(yǐ)：平坦而长。

【导读】

支道林称道长山地形，实际是借景说人。刘辰翁评："极似无谓，亦有可思。"

八八、山川之美 顾长康从会稽还[①]，人问山川之美，顾云："千岩竞秀，万壑争流，草木蒙笼其上[②]，若云兴霞蔚[③]。"

【注释】

① 顾长康：顾恺之。② 蒙笼：枝叶覆盖。③ 云兴霞蔚：云升霞灿。

【导读】

顾恺之把人物品评的方法用于自然美的品藻，反映时人崇尚自然的美学追求。

八九、何常之有 简文崩，孝武年十余岁立[①]，至瞑不临[②]。左右启："依常应临。"帝曰："哀至则哭[③]，何常之有？"

【注释】

① 孝武：司马曜，字昌明，简文帝第三子。② 瞑：日暮。临(lìn)：哭悼死者。③ 至：极。

【导读】

本文记述孝武帝不拘守传统丧礼，显然是竹林七贤以来诸多不守礼法的名士风范影响的结果。

九〇、明镜清流 孝武将讲《孝经》[①]，谢公兄弟与诸人私庭讲习[②]。车武子难苦问谢[③]，谓袁羊曰[④]："不问则德音有遗[⑤]，多问则重劳二谢[⑥]。"袁曰："必无此嫌[⑦]。"车曰："何以知尔？"袁曰："何尝见明镜疲于屡照，清流惮于惠风？"

【注释】

① 孝武：孝武帝。② 谢公：谢安。私庭讲习：私家讲授。③ 车武子：

车胤,南平人,官至吏部尚书。难苦问谢:再三向谢请教为难。④ 袁羊:袁乔,陈郡人,曾任尚书郎。或云此袁羊为袁宏(小字虎)之误。⑤ 德音:善言。⑥ 重劳:多加麻烦。⑦ 嫌:疑虑。

【导读】

本文记述袁羊以明镜和惠风作比,称赞二谢诲人不倦,修辞手法精湛。

九一、山川映发 王子敬云①:"从山阴道上行,山川自相映发②,使人应接不暇。若秋冬之际,尤难为怀③。"

【注释】

① 王子敬:王献之。② 映发:辉映。③ 尤难为怀:尤其使人难以忘怀。

【导读】

王子敬称道山阴美景,反映时人追求山川自然之美的热情。

九二、芝兰玉树 谢太傅问诸子侄①:"子弟亦何预人事②,而正欲使其佳?"诸人莫有言者,车骑答曰③:"譬如芝兰玉树④,欲使其生于阶庭耳。"

【注释】

① 谢太傅:谢安。② 预:关涉。③ 车骑:谢玄。④ 芝兰玉树:传说中的香草仙树,后多喻优秀子弟。

【导读】

谢玄以芝兰玉树喻子女,表现出中国自古以来的"望子成龙"心态。

九三、在道所经 道壹道人好整饰音辞①,从都下还东山②,经吴中。已而会雪下③,未甚寒,诸道人问在道所经④。壹公曰:"风霜固所不论,乃先集其惨澹⑤;郊邑正自飘瞥⑥,林岫便已浩然。"

【注释】

① 道壹道人:晋代高僧,俗姓陆,名德。整饰音辞:修饰词语。② 都下:东晋都城建康。③ 已而:不久。会:适逢。④ 道所经:沿途所见。

⑤ 惨澹：天色阴暗。⑥ 飘瞥：飘忽可见。

【导读】

道壹对沿途经历极富文采的描述，蕴含了浓郁的佛教认识论，是“心有物幻”的反映。

九四、人无嫉心 张天锡为凉州刺史[①]，称制西隅[②]。既为苻坚所禽[③]，用为侍中。后于寿阳俱败，至都，为孝武所器[④]，每入言论，无不竟日。颇有嫉己者，于坐问张[⑤]：“北方何物可贵？”张曰：“桑椹甘香，鸱鸮革响，淳酪养性，人无嫉心[⑥]。”

【注释】

① 张天锡：字纯嘏，安定乌县人，曾把持前凉政权，后降晋。② 称制：代行皇帝职权。③ 苻坚：前秦君主。禽：通“擒”。④ 孝武：晋孝武帝。⑤ 坐：通“座”。⑥ “桑椹”四句：张天锡称道北方物产，反击嫉己者。

【导读】

张天锡反唇相讥妒忌者，从侧面反映出旧时官场的险恶，是锤炼论辩机锋的用武之地。

九五、鱼鸟何依 顾长康拜桓宣武墓[①]，作诗云：“山崩溟海竭，鱼鸟将何依[②]！”人问之曰：“卿凭重桓乃尔[③]，哭之状其可见乎？”顾曰：“鼻如广莫长风，眼如悬河决溜[④]。”或曰：“声如震雷破山，泪如倾河注海。”

【注释】

① 顾长康：顾恺之。桓宣武：桓温。② “山崩”二句：比喻重要人物去世后从属失去依靠。③ 凭重：借重。乃尔：如此。④ “鼻如”二句：形容顾长康哀恸之至。

【导读】

这里以顾恺之悼念桓温的悲恸词句，尽显二人知己之情。

九六、宁为兰玉 毛伯成既负其才气[①]，常称：“宁为兰摧玉折，不作萧敷艾荣[②]。”

【注释】

① 毛伯成：毛玄，晋颍川人。② "宁为"二句：谓宁可像兰玉般芳洁被摧，不愿如恶草荣茂。

【导读】

毛玄以兰玉自喻，表现出对高洁人格的追求。

九七、世尊默然 范宁作豫章[①]，八日请佛有板[②]，众僧疑，或欲作答。有小沙弥在坐末，曰："世尊默然，则为许可。"众从其义。

【注释】

① 范宁：字武子，晋南阳顺阳人，曾为豫章太守。② 八日：十二月初八，佛教节日。板：用于写礼佛文的简牍。

【导读】

佛教教理深奥难懂，各人理解不一，小沙弥的解释具有一定的随意性，也是当时佛教"语默齐致"观念的表现。

九八、滓秽太清 司马太傅斋中夜坐[①]，于时天月明净，都无纤翳[②]，太傅叹为佳。谢景重在坐[③]，答曰："意谓乃不如微云点缀。"太傅因戏谢曰："卿居心不净，乃复强欲滓秽太清邪[④]？"

【注释】

① 司马太傅：司马道子，简文帝第五子。② 都：全。纤翳：细小的阴影。③ 谢景重：谢重，陈郡阳夏人，官至骠骑长史。④ 滓秽：玷污。

【导读】

或赞天月明净，或喜微云点缀，司马道子和谢重的审美偏好不同，耽情自然，以自然美为追求目标却是一致的。

九九、知见有余 王中郎甚爱张天锡[①]，问之曰："卿观过江诸人，经纬江左轨辙[②]，有何伟异？后来之彦，复何如中原？"张曰："研求幽邃，自王、何以还[③]；因时修制，荀、乐之风[④]。"王曰："卿知见有余，何故为苻坚所制？"答曰："阳消阴息，故天步屯蹇，否剥成象，岂足多讥[⑤]？"

【注释】

① 王中郎：王坦之。② 经纬：治理能力。轨辙：法度。③“研求”二句：研究玄理，沿袭王弼、何晏的路数。④“因时”二句：根据情况制定法度，依据荀顗、乐广的先例。⑤“阳消阴息”四句：引用《周易》卦名，意谓由于时势变易，国运艰难，形成这种现象，不足加以讥讽。

【导读】

张天锡以天命解释自己为苻坚所制，有开脱之嫌，但他对过江人士无论是清谈还是治国方面的成就都不亚于前人的说法，充分表现出东晋门阀士族的自信。

一〇〇、景重善对 谢景重女适王孝伯儿①，二门公甚相爱美②。谢为太傅长史③，被弹④，王即取作长史，带晋陵郡⑤。太傅已构嫌孝伯⑥，不欲使其得谢，还取作咨议⑦，外示縶维⑧，而实以乖间之⑨。及孝伯败后，太傅绕东府城行散⑩，僚属悉在南门要望候拜⑪。时谓谢曰：“王宁异谋⑫，云是卿为其计。”谢曾无惧色，敛笏对曰：“乐彦辅有言⑬：‘岂以五男易一女？’”太傅善其对，因举酒劝之曰：“故自佳，故自佳。”

【注释】

① 谢景重：谢重。王孝伯：王恭。② 爱美：交好。③ 太傅：司马道子。④ 被弹：被弹劾。⑤ 带：统辖。⑥ 构嫌：结怨。⑦ 咨议：官职名。⑧ 縶维：系缚，挽留。⑨ 乖间：离间。⑩ 行散：服散后漫步以促使药性散发。⑪ 要望：希望。⑫ 王宁：王恭小字阿宁。⑬“乐彦辅”句：见卷上《言语第二》“五男一女”条。

【导读】

本文记述谢景重答语，表示不因亲戚关系为王恭设异谋。从中可见当时政治环境的复杂。

一〇一、裁之圣鉴 桓玄义兴还后①，见司马太傅②，太傅已醉，坐上多客。问人云：“桓温来欲作贼③，如何？”桓玄伏不得起。谢景重时为长史，举板答曰④：“故宣武公黜昏暗，登圣明，功超伊、霍⑤，纷纭此议，裁之圣鉴⑥。”太傅曰：“我知，我知。”即举酒云：“桓义兴，劝卿酒！”桓出谢过。

【注释】

① 桓玄:桓温少子。② 司马太傅:司马道子。③ 作贼:谓桓温有篡位野心。④ 板:笏板。⑤"故宣武公"三句:谓桓温废除昏暗君主海西公,拥立圣明君主简文帝,功劳超过尹、霍。伊,伊尹,商名臣,辅佐汤有天下。霍光,西汉重臣,历武帝、昭帝、宣帝朝。⑥"纷纭"二句:谓对桓温的各种议论,希望作出合理的判断。

【导读】

本文记述司马太傅醉言桓温作贼,谢景重为桓玄解释。可见门阀士族在皇权面前的威严。

一〇二、纡曲尤佳 宣武移镇南州[①],制街衢平直。人谓王东亭曰[②]:"丞相初营建康[③],无所因承,而制置纡曲,方此为劣[④]。"东亭曰:"此丞相乃所以为巧。江左地促[⑤],不如中国[⑥]。若使阡陌条畅,则一览而尽,故纡余委曲[⑦],若不可测。"

【注释】

① 宣武:桓温。南州:姑孰,在建康南。② 王东亭:王珣,字元琳,临沂人,王导的孙子。曾在桓温手下任职。③ 丞相:王导。④ 方:比较。⑤ 促:狭小。⑥ 中国:中原。⑦ 纡余委曲:迂回曲折。

【导读】

本文记述王珣称赞王导经营城市街道取纡曲胜过桓温取平直,颇能反映当时追求玄远幽深的审美取向。

一〇三、贤贤易色 桓玄诣殷荆州[①],殷在妾房昼眠,左右辞不之通[②]。桓后言及此事,殷云:"初不眠,纵有此,岂不有贤贤易色也[③]!"

【注释】

① 桓玄:桓温少子。诣:拜访。殷荆州:殷仲堪。②"左右"句:手下人拒绝通报。③ 贤贤易色:语出《论语·学而》,用好贤来取代好色。

【导读】

殷仲堪引"贤贤易色"来自我解嘲,难以掩饰其纵欲享乐的生活方式。

一〇四、共重吴声 桓玄问羊孚[①]:"何以共重吴声[②]?"羊曰:"当以其妖而浮[③]。"

【注释】

① 羊孚:字子道,晋泰山郡人,曾任太尉记室参军。② 吴声:吴地民间歌曲。③ 妖而浮:声调妖冶轻佻。

【导读】

本文记述羊孚论吴地歌曲,或有轻视之意。

一〇五、接神之器 谢混问羊孚[①]:"何以器举瑚琏[②]?"羊曰:"故当以为接神之器。"

【注释】

① 谢混:字叔源,阳夏人,官至尚书左仆射。② 瑚琏(liǎn):古代祭神器皿。

【导读】

羊孚解释瑚琏之所以被人看重,是因为属于祭神的器皿。

一〇六、圣德渊重 桓玄既篡位后,御床微陷[①],群臣失色。侍中殷仲文进曰[②]:"当由圣德渊重[③],厚地所以不能载。"时人善之。

【注释】

① 御床:皇帝坐床。② 殷仲文:晋陈郡人,仲堪从弟。③ 渊重:厚重。

【导读】

桓玄篡位,殷仲文谀称圣德,颇显谄媚之态。也可见皇权在门阀政治面前的苍白无力。

一〇七、虎贲无省 桓玄既篡位,将改置直馆[①],问左右:"虎贲中郎省应在何处[②]?"有人答曰:"无省。"当时殊忤旨[③]。问:"何以知无?"答曰:"潘岳《秋兴赋·叙》曰:'余兼虎贲中郎将,寓直散骑之省[④]。'"玄咨嗟称善。

【注释】

① 直馆：宫廷宿卫的官署。直通“值”。② 虎贲(bēn)中郎：官名，掌皇宫宿卫。③ 忤旨：违反圣旨。④ “余兼”二句：谓虎贲中郎寄寓在散骑省上班，引用此文解释“无省”。

【导读】

引《秋兴赋·叙》解释无省，极其巧妙，或对桓玄篡位有微言大义。

一〇八、不舍曲盖 谢灵运好戴曲柄笠①，孔隐士谓曰②：“卿欲希心高远，何不能遗曲盖之貌③？”谢答曰：“将不畏影者未能忘怀④。”

【注释】

① 谢灵运：南朝宋阳夏人，谢玄孙，著名山水诗人。曲柄笠：一种类似曲盖的笠。② 孔隐士：孔淳之，字彦深，南朝宋鲁国人，以乐山水，隐居闻名。③ “卿欲”二句：谓谢灵运志向高远，为什么不舍得曲盖的形貌。④ “将不”二句：典出《庄子》，意谓自己戴曲柄笠与钦慕权位无关。

【导读】

谢灵运解释自己戴曲柄笠纯属个人喜好，并非钦慕权位，表现出一种逍遥自适的人生态度。

政事第三

一、不忠不孝 陈仲弓为太丘长①，时吏有诈称母病求假。事觉收之，令吏杀焉。主簿请付狱，考众奸②。仲弓曰：“欺君不忠，病母不孝。不忠不孝，其罪莫大，考求众奸，岂复过此？”

【注释】

① 陈仲弓：陈寔。太丘长：太丘县长。太丘县治在今河南省永城西北。② 考众奸：指拷问此人更多的奸邪行为。

【导读】

本篇记陈寔严惩不忠不孝之人，表明儒家忠孝观念是重要的为政原则。

二、残害骨肉 陈仲弓为太丘长，有劫贼杀财主，主者捕之。未至发所[1]，道闻民有在草不起子者[2]，回车往治之。主簿曰："贼大，宜先按讨。"仲弓曰："盗杀财主，何如骨肉相残？"

【注释】

① 发所：事件发生的地点。② 在草不起子：指生子而不养育。在草，指妇女分娩。

【导读】

本篇记陈寔查办生子而不肯养育的小民，突出儒家注重亲情血缘的仁爱精神。

三、互不相师 陈元方年十一时[1]，候袁公[2]。袁公问曰："贤家君在太丘，远近称之，何所履行[3]？"元方曰："老父在太丘，强者绥之以德[4]，弱者抚之以仁，恣其所安[5]，久而益敬。"袁公曰："孤往者尝为邺令，正行此事。不知卿家君法孤？孤法卿父？"元方曰："周公、孔子，异世而出，周旋动静，万里如一。周公不师孔子，孔子亦不师周公。"

【注释】

① 陈元方：陈纪。② 候：探望问候。袁公：其人不详。③ 履行：实践执行。④ 绥：安抚。⑤ 恣其所安：放任百姓自在地生活。

【导读】

本篇写陈纪巧妙回答袁公带有挑衅刁难的问话，既维护了其父的为政原则，又不公开得罪袁公的非难，是儒家涵养和智慧的表现。

四、会稽鸡啼 贺太傅作吴郡[1]，初不出门。吴中诸强族轻之，乃题府门云："会稽鸡，不能啼。"贺闻故出行，至门反顾，索笔足之曰[2]："不可啼，杀吴儿！"于是至诸屯邸[3]，检校诸顾、陆役使官兵及藏逋亡[4]，悉以事言上，罪者甚众。陆抗时为江陵都督[5]，故下请孙皓[6]，然后得释。

【注释】

① 贺太傅：贺邵，字兴伯，会稽山阴（今浙江绍兴）人。任吴郡太守，后升任太子太傅。② 足：补足。③ 屯邸：世家豪族的庄园。④ "检校"句：谓查核顾家、陆家役使官兵，以及窝藏逃亡罪犯等违法的事。顾、陆，

吴中两个豪门大姓。逋，逃亡。⑤ 陆抗：字幼节，吴郡（今属江苏省）人。丞相陆逊子，陆机之父。为江陵都督，累迁大司马荆州牧。《三国志·吴志》有传。⑥ 下：当时陆抗所在的江陵居上游，孙皓所在的建业居下游，故说“下”。

【导读】

本篇记贺邵为吴郡太守时，与当地世家大族的政治交锋竟然以失败告终。由此可见东吴豪门大族势力之盛。

五、如牛被制 山公以器重朝望[①]，年逾七十，犹知管时任[②]。贵胜年少[③]，若和、裴、王之徒[④]，并共言咏[⑤]。有署阁柱曰：“阁东，有大牛，和峤鞅，裴楷鞦，王济剔嬲不得休[⑥]。”或云潘尼作之[⑦]。

【注释】

① 山公：山涛。器重朝望：在朝廷中有声望、受器重。② 知管：掌管。时任：重任，山涛当时为吏部尚书。③ 贵胜年少：显贵而年轻之人。④ 和：和峤。裴：裴楷。王：王济。⑤ 言咏：谈论吟咏。⑥ “阁东”等句：以山涛为大牛，和峤是鞅，裴楷是鞦，王济忙迫无休止。鞅（yāng），套在牲口脖子上的皮套子。鞦（qiū），套在牲口屁股后的皮带。剔嬲（niǎo），纠缠，忙迫。⑦ 潘尼：字正叔，潘岳之侄。官至太常卿。《晋书》有传。

【导读】

本篇记山涛勤勉为政，却遭人讥笑。题柱诗以牛为喻，讽刺山、和、裴、王四套马车为政不遗余力的情态，惟妙惟肖。

六、小加弘润 贾充初定律令[①]，与羊祜共咨太傅郑冲[②]。冲曰：“皋陶严明之旨，非仆暗懦所探[③]。”羊曰：“上意欲令小加弘润[④]。”冲乃粗下意[⑤]。

【注释】

① 贾充：字公闾，平阳襄陵（今山西省襄汾）人。曹魏时任廷尉。入晋后，历任尚书令等职。② 郑冲：字文和，荥阳开封（今河南省开封市）人，博通儒术。入晋后，官至太傅，进爵为公。咨：指征求意见。③ 皋陶（yáo）：虞舜时制定律令的大臣，此代指贾充。“皋陶”二句，谓贾充所

定律令宗旨严明，自己愚懦无知，不能提出什么意见。④ 小加弘润：指稍微增饰。⑤ 下意：提出意见。

【导读】

本篇记贾充制定律令后向郑冲咨询，郑冲谨慎表态，表现了谦虚谨慎的为官美德。

七、选无失误 山司徒前后选，殆周遍百官[①]，举无失才。凡所题目[②]，皆如其言。惟用陆亮[③]，是诏所用，与公意异，争之不从。亮亦寻为贿败[④]。

【注释】

① "山司徒"二句：谓山涛前后两朝为官时所选拔的人才，几乎遍及各方面的官员。山司徒，山涛晚年曾任司徒，故称。前后选，指山涛在曹魏和晋武帝朝两任吏部尚书，负责选拔任免官吏。殆，几乎。② 题目：品评。③ 陆亮：字长舆，河内野王县(今河南省沁阳)人，因与贾充交密而被推荐为吏部尚书，山涛屡次反对未果。见刘孝标注引《晋诸公赞》。④ 寻：不久。

【导读】

本篇用一反例证明山涛善于识人用人，举无失才，以此表明山涛的慧眼和政绩。

八、山涛出处 嵇康被诛后，山公举康子绍为秘书丞。绍咨公出处[①]，公曰："为君思之久矣！天地四时，犹有消息，而况人乎[②]？"

【注释】

① 出处(chǔ)：出或处，做官或归隐。《易·系辞》："君子之道，或出或处。"泛以此表示处事之进退。② "天地四时"三句：谓天地四时亦有盛衰变化，世事变迁也是如此，人要顺应时势。意劝嵇绍应时做官，不必固执一端。消息，消长，指自然界的盛衰变化。

【导读】

本篇以山涛劝说嵇绍做官的故事表现其政治立场的灵活和处世的圆滑，与嵇康的宁死不屈形成鲜明对照。

九、何惜池鱼 王安期为东海郡①，小吏盗池中鱼，纲纪推之②。王曰："文王之囿③，与众共之。池鱼复何足惜！"

【注释】

① 王安期：王承，字安期，太原晋阳（今山西省太原市）人。为人清虚寡欲，行政尚宽恕。东海郡，郡治在郯（tán），今山东省郯城县北。② 纲纪：主簿的异称。推：推究，追查。③ 囿：园囿，指蓄养鸟兽的园子。"文王之囿"典出《孟子》，民众可自由出入周文王园囿。

【导读】

本篇通过写王承宽恕偷鱼小吏的故事，表明了他实施德政、与民同乐的为政原则。

一〇、不挞宁越 王安期作东海郡，吏录一犯夜人来①。王问："何处来？"云："从师家受书还②，不觉日晚。"王曰："鞭挞宁越以立威名③，恐非致理之本④。"使吏送令归家。

【注释】

① 录：拘捕。犯夜：触犯夜行禁令。② 从师家受书：听老师讲书。③ 宁越：战国时人，以苦学成名。事出《吕氏春秋》。④ 致理：应为"致治"，唐人为避高宗讳而改，指求得政治上的安定太平。

【导读】

本篇记王承赦免因苦学而犯夜禁之人，表现了其为政宽恕、爱民求治的为政主张。

一一、任让不赦 成帝在石头①，任让在帝前戮侍中钟雅、右卫将军刘超②。帝泣曰："还我侍中！"让不奉诏，遂斩超、雅。事平之后，陶公与让有旧，欲宥之③。许柳儿思妣者至佳，诸公欲全之④。若全思妣，则不得不为陶全让，于是欲并宥之。事奏，帝曰："让是杀我侍中者，不可宥！"诸公以少主不可违，并斩二人。

【注释】

① 成帝：司马衍，字世根，明帝长子，在位十六年（326—341）。石头：今南京市西。成帝咸和二年（327）历阳太守苏峻起兵反叛，次年攻

陷建康，把晋成帝迁到石头城。② 任让：乐安人，随苏峻作乱。钟雅：字彦胄，颍川长社（今河南省长葛）人，有才学，官至侍中。刘超：字世瑜，琅邪临沂（今山东省临沂）人，官至右卫将军。③“陶公”二句：陶公与任让有旧交情，想赦免任让。陶公，陶侃，为荆州刺史，讨平苏峻之乱。④“许柳”二句：朝廷当政者觉得许柳的儿子许思妣很不错，想要赦免他。许柳，字季祖，高阳人，随苏峻作乱，用为丹阳尹。乱平，以罪诛，其子亦受牵连。

【导读】

本篇记任让杀人，晋成帝坚决不赦免他的故事，以此表明为政的赏罚分明原则。此为东晋政局动荡的投影。

一二、人人愉悦 王丞相拜扬州，宾客数百人并加沾接[①]，人人有说色[②]。唯有临海一客姓任及数胡人为未洽[③]，公因便还到过任边云："君出，临海便无复人。"任大喜说。因过胡人前弹指云[④]："兰阇，兰阇[⑤]。"群胡同笑，四坐并欢。

【注释】

① 沾接：遍受款待。② 说：通"悦"。③ 临海：郡名，治在今浙江省临海东南。胡：指西域。④ 弹指：佛教仪式，用以表示欢喜、赞许、告诫等意。⑤ 兰阇（shé）：梵文音译，为赞扬人之语。

【导读】

本篇通过写王导在席上恭维临海客和胡人的故事，表明了王导极强的语言应变能力和人际应酬能力。

一三、陆玩翻异 陆太尉诣王丞相咨事[①]，过后辄翻异[②]。王公怪其如此，后以问陆。陆曰："公长民短[③]，临时不知所言，既后觉其不可耳。"

【注释】

① 陆太尉：陆玩，字士瑶。吴郡（今属江苏省）人。为人器量宏雅，谦如布衣。② 辄：常常。翻异：改变前面的说法。③ 公长民短：谓王导才能高，自己才能低。

【导读】

本篇记陆玩向王导汇报事情，事后又常常有改变，说明陆玩处理政事的谦虚与谨慎。

一四、天下未允 丞相尝夏月至石头看庾公[①]。庾公正料事[②]，丞相云："暑可小简之[③]。"庾公曰："公之遗事[④]，天下亦未以为允。"

【注释】

① 丞相：指王导。庾公：庾冰，字季坚，鄢陵(今河南省鄢陵)人，庾亮的弟弟。王导死后，庾冰代理丞相。② 料：处理。③ 小简：稍微简略。④ 遗：抛开。

【导读】

本篇记王导以暑热为由，劝庾冰简化政务，实际上是想让他仿效自己的宽松政策，但庾冰不以为然。

一五、思念糊涂 丞相末年，略不复省事[①]，正封箓诺之[②]。自叹曰："人言我愦愦[③]，后人当思此愦愦！"

【注释】

① 略不复：完全不。省(xǐng)事：处理事务。② 正：只，仅仅。箓(lù)：文书。诺：画诺，在文书上签字，表示同意。③ 愦愦：糊涂。

【导读】

本篇写王导主张简易为政，不以"愦愦"为非。从实际出发采取宽松的政治策略，使东晋王朝在江左站稳脚跟，王导功不可没。

一六、废物不废 陶公性检厉[①]，勤于事。作荆州时，敕船官悉录锯木屑[②]，不限多少，咸不解此意。后正会[③]，值积雪始晴，听事前除雪后犹湿[④]，于是悉用木屑覆之，都无所妨。官用竹皆令录厚头[⑤]，积之如山。后桓宣武伐蜀，装船，悉以作钉。又云：尝发所在竹篙，有一官长连根取之，仍当足，乃超两阶用之。

【注释】

① 陶公：陶侃。检厉：严谨，严厉。② 敕：命令。录：收集。③ 正(zhēng)

会：农历正月初一集会。④ 听事：处理政事的大堂。⑤ 厚头：厚的竹头，指竹根节。

【导读】

本篇记陶侃为政，提倡节约，善于变废为宝，并提拔善用“物利”的下属，体现了陶侃勤俭为政的美德。

一七、虞存批示 何骠骑作会稽①，虞存弟謇作郡主簿②，以何见客劳损，欲白断常客，使家人节量，择可通者，作白事成以见存。存时为何上佐③，正与謇共食，语云：“白事甚好，待我食毕作教。”食竟，取笔题白事后云：“若得门庭长如郭林宗者④，当如所白。汝何处得此人？”謇于是止。

【注释】

① 何骠骑：何充。② 虞存：字道真，会稽山阴(今浙江省绍兴)人，风姿高逸，官至吏部郎。虞謇(jiǎn)：字道直，官至郡功曹。③ 上佐：即佐史，辅佐行政。④ 门庭长：主管守门的官。郭林宗：郭泰。

【导读】

本篇记虞謇本打算建议何充让门人鉴别选择客人相见，以减少会客人数。虞存认为看门人无识人眼光，不能以此谢绝来客。

一八、政务为要 王、刘与林公共看何骠骑①，骠骑看文书不顾之。王谓何曰：“我今故与林公来相看②，望卿摆拨常务③，应对玄言，那得方低头看此邪④？”何对曰：“我不看此，卿等何以得存？”诸人以为佳。

【注释】

① 王、刘：王濛、刘惔。林公：支遁。② 故：特地。③ 摆拨：撇开，摆脱。④ 方：仍然。

【导读】

三位清谈大师本想邀请何充畅谈玄理，不想受到冷落。故事表现了何充对清谈玄学脱离现实的不满态度。

一九、令史受杖 桓公在荆州①，全欲以德被江、汉，耻以威刑肃物②。令史受杖③，正从朱衣上过。桓式年少④，从外来，云：“向从阁下过，见令史受杖，上捎云根，下拂地足[5]。”意讥不著[6]。桓公云：“我犹患其重。”

【注释】

① 桓公：桓温。② “全欲”二句：谓一心要在江、汉地方实施德政，认为用严厉的刑罚对待人可耻。③ 令史：官职名，掌管文书。④ 桓式：桓歆小字，桓温第三子，后官至尚书。⑤ “上捎”二句：谓上拂云，下掠地，形容打不中。⑥ 著(zhuó)：中。

【导读】

本篇通过桓式讥笑令史受杖之轻的场面描写，表明桓温当政以德治民，不用威刑。明凌濛初评云：“每见桓公有仁厚之处，愈觉阿黑(王敦)之狠。”

二〇、不能不迟　简文为相[1]，事动经年[2]，然后得过[3]。桓公甚患其迟，常加劝勉。太宗曰：“一日万机[4]，那得速！”

【注释】

① 简文：东晋简文帝。② 动：动辄，动不动。③ 过：完成。④ 万机：比喻繁多的日常政务。

【导读】

本篇记简文帝处理政事谨慎细心，不以延迟之论为意。

二一、猛政之后　山遐去东阳[1]，王长史就简文索东阳云[2]：“承藉猛政[3]，故可以和静致治[4]。”

【注释】

① 山遐：字彦林，河内怀县(今河南省武陟)人，山简之子，任东阳太守时为政严猛，多施刑杀。② 王长史：王濛。句意谓王濛向简文帝请求做东阳太守。③ 承藉：继承凭借。④ 故：自然，必然。

【导读】

本篇记王濛求为东阳太守的故事，王濛认为猛政之后，继之以和静的宽和之政，地方才能得到治理。

二二、不犯宵禁　殷浩始作扬州[①]，刘尹行[②]，日小欲晚[③]，便使左右取襆[④]。人问其故，答曰："刺史严，不敢夜行。"

【注 释】

① 殷浩：字渊源，陈郡长平(今河南省西华县)人。善谈玄理，曾任扬州刺史。后率兵北伐中原大败，被废为庶人。② 刘尹：刘惔，曾为丹阳尹，故称。③ 小：稍微。④ 襆(fú)：包袱。

【导 读】

本篇通过写刘惔不敢触犯宵禁的细节，反映出殷浩治理扬州时法禁之严明。

二三、为政宽容　谢公时，兵厮逋亡[①]，多近窜南塘下诸舫中[②]。或欲求一时搜索[③]，谢公不许，云："若不容置此辈，何以为京都?"

【注 释】

① 谢公：谢安。兵厮：兵士与仆人。② 窜：躲藏。南塘：秦淮南岸，在今南京市。舫：船只。③ 一时：同时。

【导 读】

本篇记谢安认为京都可容纳流民，从而见谢安的为政宽容。谢安不治流民，只是为了维护江左大族的利益，从而稳定政局。

二四、为王忱难　王大为吏部郎[①]，尝作选草[②]，临当奏，王僧弥来[③]，聊出示之。僧弥得便以己意改易所选者近半，王大甚以为佳，更写即奏。

【注 释】

① 王大：指王忱。② 选草：准备选拔任用官员的名单。③ 王僧弥：王珉，字季琰，小名僧弥，琅邪人。王导孙，王珣弟。少有才艺，善行书。官至中书令。

【导 读】

本篇写王珉大肆改写王忱选拔官员的名单，王忱却乐而接受的故事。可见二人任人唯贤的共识。

二五、小令誉兄　王东亭与张冠军善[①]。王既作吴郡[②]，人问小令曰[3]:"东亭作郡,风政何似[4]?"答曰:"不知治化何如,唯与张祖希情好日隆耳[5]。"

【注释】

① 王东亭:王珣,封东亭侯,故称。张冠军:张玄,字祖希,有才学,名望高,曾任冠军将军,故称。② 作吴郡:指作吴郡内史。吴郡,郡名,郡治在今江苏省苏州。③ 小令:王珉,东亭之弟。当时王献之和王珉是接连两任的中书令,时称大小王令。④ 风政:风化政绩。⑤ 隆:深,厚。

【导读】

本篇记王珉通过其兄与声望很高的张玄交情日深,委婉地称颂王珣的政绩和为官声望。

二六、仁德之辨 殷仲堪当之荆州[1],王东亭问曰:"德以居全为称[2],仁以不害物为名[3]。方今宰牧华夏[4],处杀戮之职,与本操将不乖乎[5]?"殷答曰:"皋陶造刑辟之制[6],不为不贤;孔丘居司寇之任[7],未为不仁。"

【注释】

① 当之:要到某地去。② 居:具有。称:名声,声誉。③ 物:人,公众。④ 宰牧:治理。⑤ 本操:素来的操守。乖:违背。⑥ 刑辟(bì):刑法,法律。⑦ 司寇:官名,掌管刑狱。孔子曾任鲁国司寇。

【导读】

面对王珣有关为官施行刑律和仁义道德是否矛盾的质疑,殷仲堪以古代圣贤为例,强调二者并不矛盾。

文学第四

一、礼乐皆东 郑玄在马融门下[1],三年不得相见,高足弟子传授而已。尝算浑天不合[2],诸弟子莫能解。或言玄能者,融召令算,一转便决,众咸骇服。及玄业成辞归,既而融有"礼乐皆东"之叹[3]。恐玄擅名而心忌焉。玄亦疑有追,乃坐桥下,在水上据屐[4]。融果转式逐之[5],告左右曰:“玄在土下水上而据木,此必死矣。”遂罢追,玄竟以得免。

【注释】

① 郑玄:字康成,东汉末高密(今属山东省)人,著名经学家。马融:字季长,东汉扶风郡(今陕西省兴平)人,经学大家,郑玄、卢植等都出其门下。② 浑天:算法的一种,古代天体论中有浑天说,人们以此推算日月星辰的位置,有一定的算法。③ 礼乐皆东:儒家的礼乐都随着郑玄传到东边去了。④ 据:用手抓住。屐:木屐,木板鞋。⑤ 转式:旋转栻来推演吉凶,是一种占卜方法。式,通“栻”,其形状上圆下方,象征天地。

【导读】

本篇记郑玄跟随马融受教的故事,结尾马融因忌才而欲追杀郑玄一事恐为揣测,由此亦可见郑玄之才学。

二、郑玄赠稿 郑玄欲注《春秋传》[①],尚未成时,行与服子慎遇宿客舍[②],先未相识,服在外车上与人说己注《传》意。玄听之良久,多与己同。玄就车与语曰:“吾久欲注,尚未了。听君向言,多与吾同。今当尽以所注与君。”遂为服氏注。

【注释】

①《春秋传》:即《春秋左氏传》,简称《左传》,左丘明著。② 服子慎:服虔,字子慎,东汉荥阳(今河南省荥阳)人,灵帝时官至九江太守。著名经学家,著有《春秋左氏传解谊》。

【导读】

本篇记郑玄帮助服虔完成《左传》注释的故事,郑玄对经学一丝不苟,只为学不求名的精神,是汉末北学学风的体现。

三、二婢雅对 郑玄家奴婢皆读书。尝使一婢,不称旨[①],将挞之。方自陈说,玄怒,使人曳著泥中[②]。须臾,复有一婢来,问曰:“胡为乎泥中[③]?”答曰:“薄言往诉,逢彼之怒[④]。”

【注释】

① 称(chèn)旨:称心。② 曳:拉。著:到。③“胡为”句:出自《诗经·邶风·式微》。胡为,为什么。④“薄言”句:出自《诗经·邶风·柏

舟》，我有话去申诉，正逢他发怒。

【导读】

本篇记郑玄家奴婢引诗言事的故事，可见北方河洛地区仍保留传统的章句旧学，从二婢的对话中，亦可窥见郑玄的治学路数。

四、服虔作注　服虔既善《春秋》，将为注，欲参考同异；闻崔烈集门生讲传[①]，遂匿姓名，为烈门人赁作食[②]。每当至讲时，辄窃听户壁间。既知不能逾己[③]，稍共诸生叙其短长[④]。烈闻，不测何人，然素闻虔名，意疑之。明蚤往，及未寤[⑤]，便呼："子慎！子慎！"虔不觉惊应，遂相与友善。

【注释】

① 崔烈：字威考，东汉高阳安平（今山东淄博）人，灵帝时，官至司徒、太尉，封阳平亭侯。② 赁：受人雇佣。③ 逾：超过。④ 稍：逐渐。⑤ 及：趁着。

【导读】

本篇记服虔为注《春秋》不惜匿名于崔烈门下，后与崔结交、友善的故事，可见服虔钻研经学的虔诚精神。

五、钟会掷书　钟会撰《四本论》始毕[①]，甚欲使嵇公一见[②]。置怀中，既定，畏其难[③]，怀不敢出，于户外遥掷，便回急走。

【注释】

①《四本论》：书名，魏晋时有才性同、异、离、合之论，钟会总合四论，编辑成书，故称《四本论》。② 嵇公：嵇康。③ 难（nàn）：辩诘，驳难。

【导读】

钟会在政治上属于司马氏死党，与嵇康等人势同水火。本篇写他在学术问题上畏惧嵇康，实际上也是双方政治对立的投影。宋刘辰翁评曰："令人畏至此，安得不为所中！"

六、王弼辩难　何晏为吏部尚书，有位望[①]，时谈客盈坐，王弼未弱冠往见之[②]。晏闻弼名，因条向者胜理语弼曰[③]："此理仆以为极，可得复难不？"弼便作难，一坐人便以为屈，于是弼自为客主数番[④]，皆一坐所不及。

【注释】

① 位望：地位声望。② 王弼：字辅嗣，山阳高平(今山东省邹城)人。少年高名，曾任魏尚书郎，有辩才，是魏晋玄学的主要开创者之一。弱冠：指男子二十岁。③ 条：分条陈述。向者：先前。④ 自为客主：指自己既做提问的一方，也做答辩的一方，自问自答。

【导读】

本篇记王弼在何晏处谈玄辩难，压服众人。由此可见，正始时期谈玄追求"谈中之理"，即以理服人。

七、可语天人 何平叔注《老子》[①]，始成，诣王辅嗣[②]。见王注精奇[③]，乃神伏曰[④]："若斯人，可与论天人之际矣[⑤]！"因以所注为《道德二论》。

【注释】

① 何平叔：何晏。② 诣：拜访。王辅嗣：王弼。③ 精奇：精微独到。④ 神伏：即神服，衷心佩服。⑤ 天人之际：哲学命题之一，指自然与人事的相互关系。

【导读】

本篇记何晏服膺王弼的《老子注》，认为二人志同道合，可以共论玄理，由此亦可见玄学精神追求的最终目标是"论天人之际"。

八、圣人体无 王辅嗣弱冠诣裴徽[①]，徽问曰："夫无者，诚万物之所资[②]，圣人莫肯致言[③]，而老子申之无已，何邪？"弼曰："圣人体无，无又不可以训[④]，故言必及有；老、庄未免于有，恒训其所不足。"

【注释】

① 裴徽：字文季，三国魏河东闻喜(今山西省闻喜县)人。善谈玄理，仕至冀州刺史。② 资：凭借。③ 圣人：指孔子。致言：发表言论。④ 无：无和有，是道家的两个哲学范畴。训：解释。

【导读】

本篇记王弼向裴徽陈述自己关于有无的观点，由此逐渐确立"贵无"的思想。

九、争不相喻 傅嘏善言虚胜[①]，荀粲谈尚玄远[②]。每至共语，有争而不相喻[③]。裴冀州释二家之义[④]，通彼我之怀[⑤]，常使两情皆得，彼此俱畅。

【注释】

① 傅嘏（gǔ）：字兰硕，年少知名，官河南尹、尚书，善论才性异同。虚胜：指道的本体无形地超越物质之上的美妙境界。② 荀粲：字奉倩，好老庄之学，年二十九卒。玄远：指道的玄妙深远。③ 喻：明白，了解。④ 裴冀州：裴徽，官至冀州刺史，时称裴冀州。⑤ 怀：情怀，心意。

【导读】

本篇记傅嘏与荀粲谈玄各执其理，难分高下，裴徽能居中调解，贯通二家之意，由此可见，正始清谈重谈中之理。

一〇、何晏注书 何晏注《老子》未毕，见王弼自说注《老子》旨[①]。何意多所短，不复得作声，但应诺诺[②]，遂不复注，因作《道德论》。

【注释】

① 旨：意思。② 诺诺：连声答应。

【导读】

本篇与《文学第四》"可语天人"条内容相似，写何晏自叹不如王弼，因而放弃了注《老子》的故事。

一一、逸民在近 中朝时[①]，有怀道之流[②]，有诣王夷甫咨疑者[③]。值王昨已语多，小极[④]，不复相酬答，乃谓客曰："身今少恶[⑤]，裴逸民亦近在此[⑥]，君可往问。"

【注释】

① 中朝：东晋人称当初建都中原的西晋为中朝。② 怀道之流：怀有道术的人。③ 王夷甫：王衍。④ 小极：困倦，小病。⑤ 身：自称之词。少恶：有点不舒服。⑥ 裴逸民：裴頠，字逸民，善谈玄，时人称为"言谈之林薮"。

【导读】

本篇记王衍因疲劳将咨事者打发到裴頠处，表明王衍对裴頠才学的推重。

一二、攻难崇有 裴成公作《崇有论》[①]，时人攻难之，莫能折[②]，唯王夷甫来，如小屈[③]。时人即以王理难裴，理还复申[④]。

【注释】

① 裴成公：裴頠，谥号“成”。《崇有论》：裴頠为纠正时尚虚浮之弊作此论，抨击当时的“贵无”思想，认为世界的根本是有，不是虚无。② 折：折服，使屈服。③ 如小屈：好像稍微理亏。④ 申：表白。

【导读】

本篇记裴頠作《崇有论》，遭到王衍等人的辩难反驳，表现了玄学中“贵无”和“崇有”的思想论争，就现实影响而言，此时“崇有论”已经占了上风。

一三、天才卓出 诸葛厷年少不肯学问[①]。始与王夷甫谈，便已超诣[②]。王叹曰：“卿天才卓出，若复小加研寻[③]，一无所愧。”厷后看《庄》、《老》，更与王语，便足相抗衡。

【注释】

① 诸葛厷(gōng)：字茂远，晋琅邪(今山东省临沂)人，有逸才，官至司空主簿。② 超诣：达到高超的境界。③ 研寻：研讨探求。

【导读】

本篇记诸葛厷少有逸才，不学而有高超见解，及读《老》、《庄》，如虎添翼，可与王衍抗衡。

一四、梦是心想 卫玠总角时问乐令“梦”[①]，乐云：“是想。”卫曰：“形神所不接而梦[②]，岂是想邪？”乐云：“因也[③]。未尝梦乘车入鼠穴，捣齑啖铁杵[④]，皆无想无因故也。”卫思“因”，经日不得，遂成病。乐闻，故命驾为剖析之[⑤]。卫即小差[⑥]。乐叹曰：“此儿胸中当必无膏肓之疾[⑦]！”

【注释】

① 总角：古代未成年人把头发梳成双髻，形状如角，后借指幼年。乐令：指乐广，曾为尚书令，故称。② 形神：形体与精神。③ 因：哲学概念，

指因由，根据。④ 捣齑（jī）啖铁杵（chǔ）：捣碎咸菜给铁杵吃。⑤ 命驾：吩咐驾车。前往之意。⑥ 差（chài）：病愈。同“瘥”。⑦ “此儿”句：比喻有疑问必求剖释，不留下心病。膏肓之疾，指不治之病。

【导读】

为一个梦的成因的解释，竟然能思而生病，只有正始之音倡导的思辨精神才会产生这样深远的影响。

一五、庾敳读庄 庾子嵩读《庄子》[①]，开卷一尺许便放去[②]，曰：“了不异人意[③]。”

【注释】

① 庾子嵩：庾敳（ái），字子嵩，曾任东海王司马越太傅军咨祭酒。② 一尺许：一尺左右。③ 了：全。人：我。

【导读】

敢于和庄子等量齐观，只有把玄学“三玄”（《老子》、《庄子》、《周易》）吃透的人才敢出此言。

一六、乐广解庄 客问乐令“旨不至”者[①]，乐亦不复剖析文句，直以麈尾柄确几曰[②]：“至不？”客曰：“至！”乐因又举麈尾曰：“若至者，那得去？”于是客乃悟服。乐辞约而旨达[③]，皆此类。

【注释】

① 旨不至：语出《庄子·天下》“指不至，至不绝”。旨同“指”，意即指问一个物体并不能达到它的实质，就算达到了也不能穷尽它。② 直：只是。麈尾：魏晋文人清谈时的必备之物，扇形，柄上有麈尾之毛，可清暑拂尘。确：通“推”，敲击。③ 辞约而旨达：用简约的言辞表达意思。

【导读】

本篇写乐广用麈尾触几旋即离开的形象演示，准确表现出“至”与“不至”的相对性和变化性，达到了辞约旨达的艺术效果。

一七、郭象注庄 初，注《庄子》者数十家，莫能究其旨要[①]。向秀于旧注外为解义，妙析奇致[②]，大畅玄风。唯《秋水》、《至乐》二篇未竟而秀卒。秀子幼，义遂零落，然犹有别本。郭象者[3]，为人薄行[4]，有俊才。见秀义不传于世，遂窃为己注。乃自注《秋水》、《至乐》二篇，又易《马蹄》一篇，其余众篇，或定点文句而已[5]。后秀义别本出，故今有向、郭二《庄》，其义一也。

【注释】

① 旨要：要领，主旨。② 奇致：新异的旨趣。③ 郭象：字子玄，晋河南郡（今河南洛阳）人，少有才理，好清谈，官至东海王越太傅。④ 薄行：操行轻薄。⑤ 定点：点定，修改。

【导读】

本篇记向秀注《庄子》未完而卒，郭象窃为己注。一位玄学大师的八卦丑闻，于此大白天下。

一八、三语辟掾 阮宣子有令闻[1]，太尉王夷甫见而问曰[2]："老、庄与圣教同异[3]？"对曰："将无同[4]？"太尉善其言，辟之为掾[5]。世谓"三语掾"。卫玠嘲之曰："一言可辟，何假于三？"宣子曰："苟是天下人望，亦可无言而辟，复何假于一？"遂相与为友。

【注释】

① 阮宣子：阮修，字宣子，阮籍侄子，善清谈玄言。② 王夷甫：王衍。③ 圣教：儒家孔孟之道。④ 将无同：大概是一样的吧，此处为晋人特有的舒缓语气。⑤ 辟（bì）：征召。掾（yuàn）：属官。

【导读】

本篇记阮修因三语而被王衍赏识，聘为属官的故事。从中可见晋人在"得意忘言"思想影响下，在语言方面的从简和淡化。

一九、郭象受困 裴散骑娶王太尉女[1]。婚后三日，诸婿大会，当时名士，王、裴子弟悉集。郭子玄在坐[2]，挑与裴谈。子玄才甚丰赡，始数交未快[3]。郭陈张甚盛[4]，裴徐理前语，理致甚微，四坐咨嗟称快。王亦以为奇，谓诸人曰："君辈勿为尔，将受困寡人女婿[5]！"

【注释】

① 裴散骑：裴遐，字叔道，河东闻喜人，少有理称，辟为司空掾，散骑

郎。王太尉：王衍。② 郭子玄：郭象。③ 快：爽利。④ 陈张：铺张。⑤ 寡人：自谦之词。晋时士人偶尔借用古代王侯用语。

【导读】

本篇记裴遐与郭象谈玄，其所谈道理与谈玄姿态都有一种风韵，使得四座生风，由此可见裴遐才理。

二〇、达旦微言　卫玠始度江，见王大将军①。因夜坐，大将军命谢幼舆②。玠见谢，甚说之，都不复顾王，遂达旦微言③。王永夕不得豫④。玠体素羸，恒为母所禁。尔夕忽极⑤，于此病笃，遂不起。

【注释】

① 王大将军：王敦。② 谢幼舆：谢鲲，字幼舆，陈郡阳夏(今河南省太康县)人，好玄学，王敦引为长史。③ 微言：精深微妙的言谈。④ 永夕：一晚上。豫：参与。⑤ 尔夕：那一夜。极：疲劳。

【导读】

本篇记卫玠在王敦处遇到谢鲲，通宵达旦相与谈玄，以至疲病不起的故事。于此可见晋时玄风之盛。

二一、只言三理　旧云：王丞相过江左①，止道《声无哀乐》、《养生》、《言尽意》②，三理而已。然宛转关生，无所不入③。

【注释】

① 王丞相：王导。②《声无哀乐》：嵇康著，谓音声无常，随人的感情而分哀乐。《养生》：即嵇康著《养生论》，论养生要顺应自然。《言尽意》：晋代欧阳建著，认为语言能表达人们对客观事物及其规律的认识。③“宛转”二句：谓顺心生活，无不适宜。

【导读】

本篇记东晋王导只谈论《声无哀乐》等三理，可见王导一方面作为清谈领袖可以挥麈谈玄，另一方面又能够随顺世务，乐在其中，反映了东晋士人身名俱泰的人生态度。

二二、王殷清言　殷中军为庾公长史①，下都②，王丞相为之集，桓公、王长史、王蓝田、谢镇西并在[3]。丞相自起解帐带麈尾，语殷曰："身今日当与君共谈析理。"既共清言，遂达三更。丞相与殷共相往反[4]，其余诸贤，略无所关。既彼我相尽，丞相乃叹曰："向来语，乃竟未知理源所归，至于辞喻不相负[5]。正始之音，正当尔耳！"明旦，桓宣武语人曰："昨夜听殷、王清言甚佳，仁祖亦不寂寞，我亦时复造心[6]，顾看两王掾，辄翣如生母狗馨[7]。"

【注释】

① 殷中军：殷浩。庾公：庾亮。② 下都：到都中去。③ 桓公：桓温，即下文桓宣武。王长史：王濛。王蓝田：王述，字怀祖，太原晋阳（今山西省太原市）人。侍亲孝谨，袭爵为蓝田县侯。谢镇西：谢尚，仕至镇西将军，故称。④ 共相往反：指来回辩难。⑤ 辞喻：言辞和比喻。负：违背。⑥ 造心：心有所得。⑦ "辄翣（shà）"句：比喻二王拘束的神态，如母狗怕人之貌。馨，晋时口语，意为般，样。

【导读】

本篇写东晋时王导与殷浩谈玄时的一个精彩场面，群贤毕至，辩难畅快，各得其心。其追求理胜之思辨精神，颇得正始之音的流风余韵。

二三、经上玄理　殷中军见佛经云："理亦应在阿堵上[1]。"

【注释】

① 理：义理，玄理。阿堵：这个，魏晋时口语。

【导读】

本篇写玄学大家殷浩读佛经后的感悟，表现了佛学对于玄学的渗透和影响。

二四、求解难得　谢安年少时，请阮光禄道《白马论》[1]。为论以示谢，于时谢不即解阮语[2]，重相咨尽[3]。阮乃叹曰："非但能言人不可得，正索解人亦不可得[4]！"

【注释】

① 阮光禄：阮裕，曾任金紫光禄大夫，故称。《白马论》：战国时公孙龙著，提出了"白马非马"的命题，辩论名实的关系。② 不即：不能立即。

③ 重相咨尽：另外询问，以求全部理解。④“非但”句：不但没有能讲《白马论》的人，就是能理解它的人也没有。

【导读】

本篇记阮裕为谢安讲解《白马论》而谢一时难以理解的故事，由阮裕的感叹，可见阮是本着“言不尽意”的精神来讲解《白马论》和回答谢安的。

二五、南北学人 褚季野语孙安国云[①]：“北人学问，渊综广博[②]。”孙答曰：“南人学问，清通简要[③]。”支道林闻之曰：“圣贤故所忘言[④]。自中人以还，北人看书，如显处视月；南人学问，如牖中窥日[⑤]。”

【注释】

① 褚季野：褚裒。孙安国：孙盛。② 渊综：深厚而综括。③ 清通：清晰通达。④ 忘言：默记其意，无需用语言来说明。⑤“自中人”五句：谓就平常人来说，北人看书，虽求广博，但见解一般；南人看书精要，见解深入清晰。

【导读】

本篇记褚裒与孙盛、支遁谈论南人、北人治学态度和方法之不同。是南北文化差异的一个方面。

二六、渊源稍胜 刘真长与殷渊源谈[①]，刘理如小屈[②]，殷曰：“恶卿不欲作将善云梯仰攻[③]？”

【注释】

① 刘真长：刘惔。殷渊源：殷浩。② 屈：理亏。③“殷曰”句：您何不巧用云梯仰攻。恶(wū)，何。作将，制作。

【导读】

本篇记刘惔、殷浩谈玄的一个小场面，刘惔之小屈、殷浩之戏语，活现晋时清谈场面。明王世懋谓殷浩语意：“此言戏刘虽善攻，不能当己之墨守。”

二七、未得牙慧 殷中军云：“康伯未得我牙后慧[①]。”

【注释】

① 殷中军：殷浩。康伯：韩伯，字康伯，殷浩外甥。牙后慧：比喻微小

见解，皮毛之谈。

【导 读】

本篇记殷浩说韩康伯没有得到他的皮毛之谈。成语“拾人牙慧”出于此，表示因袭别人的言论见解。

二八、注神倾意 谢镇西少时[①]，闻殷浩能清言，故往造之。殷未过有所通[②]，为谢标榜诸义[③]，作数百语。既有佳致[④]，兼辞条丰蔚[⑤]，甚足以动心骇听[⑥]。谢注神倾意，不觉流汗交面。殷徐语左右：“取手巾与谢郎拭面。”

【注 释】

① 谢镇西：谢尚。② 过：过分。通：阐述。③ 标榜：揭示，阐发。④ 佳致：美好的情趣。⑤ 辞条丰蔚：文辞有条理，丰富华美。⑥ 动心骇听：动人心弦，激动人心。

【导 读】

本篇记谢尚听殷浩谈玄的故事，殷讲得动人心弦，谢听得十分专注，以至汗流满面而不自知，由此可见殷浩作为一代清谈大师的风采。

二九、每日一卦 宣武集诸名胜讲《易》[①]，日说一卦。简文欲听，闻此便还。曰：“义自当有难易，其以一卦为限邪[②]？”

【注 释】

① 宣武：桓温。名胜：名流。② 其：助词，表示反诘，如同“岂”。

【导 读】

本篇记桓温会集名士讲解《周易》，每日一卦，简文帝认为这样处理太过笼统。

三〇、不屑逆风 有北来道人好才理[①]，与林公相遇于瓦官寺[②]，讲《小品》[③]。于时竺法深、孙兴公悉共听。此道人语，屡设疑难，林公辩答清析，辞气俱爽[④]。此道人每辄摧屈。孙问深公：“上人当是逆风家[⑤]，向来何以都不言？”深公笑而不答。林公曰：“白旃檀非不馥，焉能逆风[⑥]？”深公得此义，夷然不屑[⑦]。

【注释】

① 道人：僧人。好才理：善于言谈析理。② 林公：支遁，晋高僧。瓦官寺：在都城建康（今南京市）西南。③《小品》：佛经有详本和略本，略本称《小品》。④ 辞气俱爽：言谈气度都很爽利。⑤ 上人：对僧人的尊称。逆风家：谓不会随风而倒的人，以此比喻其人论辩能力强。⑥“白旃檀”二句：谓白旃檀虽香气浓烈，但不能逆风散发；比喻深公虽有才能，但不能抗已。白旃（zhān）檀，檀香木。⑦ 夷然：安然，泰然。

【导读】

本篇记支遁与北来和尚讲论佛经义理，和尚每被折服。支遁乘机嘲讽在座的竺法深，说他辩论也不能敌已。而深公的“笑而不答”和“夷然不屑”亦表现了相当的自信。

三一、孙殷争论 孙安国往殷中军许共论[1]，往反精苦，客主无间[2]。左右进食，冷而复暖者数四。彼我奋掷麈尾，悉脱落，满餐饭中。宾主遂至莫忘食[3]。殷乃语孙曰：“卿莫作强口马[4]，我当穿卿鼻！”孙曰：“卿不见决鼻牛[5]，人当穿卿颊。”

【注释】

① 孙安国：孙盛，字安国。殷中军：殷浩。② 间：空闲。③ 莫：通“暮”，天晚。④ 强口马：烈性的马。⑤ 决鼻牛：挣破鼻子的牛。

【导读】

本篇写孙盛与殷浩谈玄棋逢对手，论辩激烈难解难分，以至忘食、对骂的故事，从中可见清谈家尊重真理的投入精神和争强好胜的竞争意识。明王世懋评曰：“何至作对骂！”

三二、林公解庄 《庄子·逍遥篇》，旧是难处[1]，诸名贤所可钻味[2]，而不能拔理于郭、向之外[3]。支道林在白马寺中，将冯太常共语[4]，因及《逍遥》。支卓然标新理于二家之表，立异义于众贤之外，皆是诸名贤寻味之所不得[5]。后遂用支理。

【注释】

① 旧：久，素来。② 钻味：钻研体味。③ 拔：超出。④ 将：与。冯太

常:冯怀,字祖思,历任太常、护国将军。见刘孝标注引《冯氏谱》。⑤ 寻味:探求体会。

【导读】

本篇记支遁以佛释玄为《逍遥游》带来新解而一时风靡的故事,表现名士追求和尊重真理的精神。成语"标新立异"即从此出。

三三、殷多游词 殷中军尝至刘尹所清言[①]。良久,殷理小屈,游辞不已[②],刘亦不复答。殷去后,乃云:"田舍儿[③],强学人作尔馨语[④]。"

【注释】

① 殷中军:殷浩。刘尹:刘惔。② 游辞:说虚浮而不着边际的话。③ 田舍儿:乡下人,含贬义。④ 强:故意,特意。尔馨:这样,这般。

【导读】

本篇记殷浩因理屈却词不穷而遭到刘惔的讥笑。明凌濛初评曰:"真长前岂可露此破绽伎俩!"

三四、汤池铁城 殷中军虽思虑通长[①],然于《才性》偏精[②]。忽言及《四本》,便若汤池铁城[③],无可攻之势。

【注释】

① 通长:淹通渊博。② 偏:特别。③ 汤池铁城:流着沸水的护城河,铁制的城墙,比喻非常坚固。

【导读】

本篇记殷浩善于清谈,又博中有精,长于"才性四本"之说,论辩周密,无可辩驳。

三五、无有文殊 支道林造《即色论》[①],论成,示王中郎[②],中郎都无言。支曰:"默而识之乎[③]?"王曰:"既无文殊,谁能见赏[④]?"

【注释】

① 造:写作。② 王中郎:王坦之。③ 默而识(zhì)之:出自《论语·学而》,意思是默默地把它记住。支遁用此典反问,如王承认,则等于承认对《即色论》的赞许。④ "既无"二句:引用《维摩诘经》典故,文殊菩萨问

维摩诘："何者是菩萨入不二法门？"维摩诘默然无言，文殊叹道："是真入不二法门也。"王意谓，你并非文殊，并不能领会我无言的含义，言外之意是并不赞许支遁学说。

【导读】

本篇记支遁作《即色论》后给王坦之看，王看后默然无言的故事。支王对话用二典故，颇值玩味。

三六、林公才气　王逸少作会稽①，初至，支道林在焉。孙兴公谓王曰："支道林拔新领异②，胸怀所及乃自佳，卿欲见不？"王本自有一往隽气③，殊自轻之。后孙与支共载往王许，王都领域④，不与交言。须臾支退，后正值王当行，车已在门。支语王曰："君未可去，贫道与君小语。"因论《庄子·逍遥游》。支作数千言，才藻新奇，花烂映发⑤。王遂披襟解带，留连不能已。

【注释】

① 王逸少：王羲之，字逸少，曾为会稽郡内史。② 拔新领异：标新立异，见解新奇高超。③ 一往：一腔，满腹。隽：同"俊"。④ 都：全，总。领域：此处为动词，设置界限之意。⑤ 花烂映发：繁花竞开，交相辉映。形容才气纵横，文采斐然。

【导读】

支遁以出色的才华征服了本来藐视自己的王羲之，亦可见永嘉前后清谈重"理中之谈"的特点。陈梦槐评此篇云："此是叙致风华，宜极赏。"

三七、三乘炳然　三乘佛家滞义①，支道林分判②，使三乘炳然③。诸人在下坐听，皆云可通。支下坐，自共说，正当得两④，入三便乱⑤。今义弟子虽传，犹不尽得。

【注释】

① 三乘：佛教用语。佛教认为人有三种不同的修行途径，好比所乘坐的三种车，就是三乘，即声闻乘（大乘）、缘觉乘（中乘）、菩萨乘（小乘）。滞义：难解的含义。② 分判：分析，辨别。③ 炳然：明明白白的样子。④ 正：只。得：领会。⑤ 入：涉及。

【导读】

本篇记支遁剖析三乘难解之意，众僧徒在支宣讲时还听得明白，等支下去，就不能自圆其说的故事，以此见佛理之深奥和支遁之才。

三八、许询论辩 许掾年少时[①]，人以比王苟子[②]，许大不平。时诸人士及于法师并在会稽西寺讲[③]，王亦在焉。许意甚忿，便往西寺与王论理，共决优劣。苦相折挫[④]，王遂大屈。许复执王理，王执许理，更相覆疏[⑤]，王复屈。许谓支法师曰："弟子向语何似?"支从容曰："君语佳则佳矣，何至相苦邪[⑥]？岂是求理中之谈哉!"

【注释】

① 许掾：许询，字玄度，曾任司徒掾，故称。② 王苟子：王修，字敬仁，小名苟子，曾任著作郎、琅邪王文学。③ 于法师：一作林法师（支遁）。④ 折挫：反驳，诘难。⑤ 覆疏：反复分辨说明。⑥ 相苦：以言辞使人窘迫。

【导读】

本篇记许询不满与王修齐名，急欲一决高下，得理不让人，但未得到支遁嘉许的故事。由此见许询的竞争和求名意识，亦可见此时的清谈风尚，于道理之外，更重言谈和风度之美。

三九、嫂言慷慨 林道人诣谢公[①]，东阳时始总角[②]，新病起，体未堪劳。与林公讲论，遂至相苦。母王夫人在壁后听之[③]，再遣信令还，而太傅留之。王夫人因自出云："新妇少遭家难，一生所寄，惟在此儿。"因流涕抱儿以归。谢公语同坐曰："家嫂辞情忼慨[④]，致可传述[⑤]，恨不使朝士见。"

【注释】

① 林道人：支道林。谢公：谢安。② 东阳：谢朗，谢安侄，官至东阳太守，故称。③ 王夫人：谢朗母，王韬女，名绥。④ 辞情：言辞感情。忼慨：慷慨。⑤ 致：通"至"，最，极。

【导读】

王夫人疼爱儿子的舐犊之情固然感人，所以明王世懋评曰："此可入贤媛。”但谢朗带病欲与支遁一决雌雄的雄心，却从一个侧面展示出清谈玄学那种为真理献身精神的更加感人之处。

四〇、二家之美　支道林、许掾诸人共在会稽王斋头[①]。支为法师，许为都讲[②]。支通一义，四座莫不厌心[③]。许送一难[④]，众人莫不抃舞[⑤]。但共嗟咏二家之美，不辩其理之所在。

【注释】

① 会稽王：东晋简文帝，当初曾为会稽王。斋头：静室。② 法师、都讲：讲经术语，分别指提问者和解答者。③ 厌心：犹言开心、满足。④ 难：诘问。⑤ 抃(biàn)：拍手。

【导读】

本篇记支道林、许询共讲佛经活动的精彩场面，是东晋清谈更重论辩姿态和辞采之美，追求“理中之谈”的具体表现。

四一、林公剧谈　谢车骑在安西艰中[①]，林道人往就语[②]，将夕乃退。有人道上见者，问云：“公何处来？”答云：“今日与谢孝剧谈一出来[③]。”

【注释】

① 谢车骑：谢玄，赠车骑将军，故称。安西：谢奕，谢玄父，曾任安西将军，故称。艰：父母之丧。② 林道人：支遁。③ 谢孝：谢玄正在居丧守孝期间，故称。剧：流畅，痛快。

【导读】

本篇通过写谢玄在守父丧期间与支遁整日谈玄的故事，反映了魏晋时玄风的盛行。

四二、了不长进　支道林初从东出，住东安寺中。王长史宿构精理[①]，并撰其才藻[②]，往与支语，不大当对。王叙致作数百语[③]，自谓是名理奇藻。支徐徐谓曰：“身与君别多年，君义言了不长进[④]。”王大惭而退。

【注释】

① 王长史：王濛。宿构：预先构思。② 撰：通“选”。才藻：有文采的言辞。③ 叙致：陈说道理。④ 义言：言论道理。了：全。

【导读】

本篇写王濛精心准备后与支遁谈玄，而被支遁视为全无长进的故事，反映出人们站在僧佛角度对名士的俯视心态和优越心理。

四三、中军小品　殷中军读《小品》，下二百签①，皆是精微②，世之幽滞③。尝欲与支道林辩之，竟不得。今《小品》犹存。

【注释】

① 签：书签，标记文字疑难处。② 精微：道理精深微妙。③ 幽滞：深奥难解。

【导读】

本篇记殷浩精心研习佛经的故事，反映了晋时名士的僧佛化趋势。

四四、陶练之功　佛经以为祛练神明①，则圣人可致②。简文云："不知便可登峰造极不③？然陶练之功④，尚不可诬⑤。"

【注释】

① 祛练：净化修炼。神明：精神，智慧。② 圣人：道德极高才智明达的人，在此指佛。致：达到。③ 登峰造极：比喻品行修养达到至高境界。④ 陶练之功：指读佛经陶冶人性情的作用。⑤ 诬：抹杀，否定。

【导读】

本篇写简文帝读佛经的切身体会，肯定佛经对于人性情的陶冶作用，表明了简文帝对佛教的推崇。

四五、于支争名　于法开始与支公争名，后精渐归支①，意甚不忿，遂遁迹剡下②。遣弟子出都，语使过会稽。于时支公正讲小品。开戒弟子："道林讲，比汝至，当在某品中。"因示语攻难数十番，云："旧此中不可复通③。"弟子如言诣支公，正值讲，因谨述开意。往反多时④，林公遂屈。厉声曰："君何足复受人寄载来⑤！"

【注释】

① 精：或言通"情"，指人心归向。② 剡（shàn）下：剡县一带。③ "旧此中"句：谓这些地方一向不易通晓。④ 往反：反复辩难。⑤ 何足：何必。

寄载:传言,授意。

【导读】

本篇记于法开与支遁争名的故事,支讲佛经,于授意弟子前去攻难,支虽斗败,但也识破了对方的把戏,由此可见晋时佛教内的派别之争及论争的激烈程度。

四六、泻水注地 殷中军问:“自然无心于禀受[1],何以正善人少[2],恶人多?”诸人莫有言者。刘尹答曰:“譬如写水著地[3],正自纵横流漫,略无正方圆者。”一时绝叹,以为名通[4]。

【注释】

① 禀受:授予,赋与。② 正:恰好。③ 写水著地:注水到地面上。写,通“泻”,倾泻。④ 名通:名言,明论。

【导读】

本篇记殷浩与刘惔谈论人性的由来,刘惔认为人性缘出自然,本无善恶之别,正如泼水到地上四散流淌一样自然而然。这是当年告子思想的翻版。明李贽评云:“刘语极妙。”

四七、僧渊知名 康僧渊初过江,未有知者,恒周旋市肆[1],乞索以自营[2]。忽往殷渊源许,值盛有宾客,殷使坐,粗与寒温[3],遂及义理。语言辞旨,曾无愧色。领略粗举[4],一往参诣[5]。由是知之。

【注释】

① 周旋:往来。市肆:集市。② 乞索:乞讨。营:谋生。③ 寒温:寒暄。④ 领略:领会。粗举:大略阐释。⑤ 一往:径直。参诣:进入境界。

【导读】

本篇通过康僧渊拜访名士、谈论玄理而知名的故事,表现了晋代僧佛名士化的走势。

四八、眼观万物 殷、谢诸人共集[1]。谢因问殷:“眼往属万形[2],万形来入眼不?”

【注 释】

① 殷、谢:殷浩、谢安。② 眼往属万形:眼睛观看万物。

【导 读】

本篇记殷浩谢安谈论玄理(眼与万物的关系),刘孝标注云:"谢有问,殷无答,疑阙文。"

四九、殷浩解梦 人有问殷中军:"何以将得位而梦棺器[①],将得财而梦矢秽[②]?"殷曰:"官本是臭腐,所以将得而梦棺尸;财本是粪土,所以将得而梦秽污。"时人以为名通。

【注 释】

① 位:官爵。棺器:棺材。② 矢秽:粪便秽物。

【导 读】

本篇通过殷浩解梦将官爵、钱财视为腐臭之物,表现了魏晋名士的高自标持。宋苏轼诗云:"梦尸得官真古语。"明王世贞评曰:"名言,名言。"

五〇、殷浩读经 殷中军被废东阳[①],始看佛经。初视《维摩诘》[②],疑"般若波罗密"太多[③],后见《小品》,恨此语少。

【注 释】

①"殷中军"句:谓殷浩被免官后移居东阳郡(今浙江金华)。②《维摩诘》:佛经名,全称《维摩诘所说经》。③ 般若(bō rě)波罗密:梵语,以智慧到达自由彼岸。般若指智慧,波罗密指到彼岸。佛经中常反复诵读。

【导 读】

本篇通过殷浩对《维摩诘》中"般若波罗密"一语有嫌多到恨少的转变,可看出他不仅对佛经有了深入理解,而且对于自己的人生历程有了深刻的反省。

五一、崤函之固 支道林、殷渊源俱在相王许[①],相王谓二人:"可试一交言。而才性殆是渊源崤、函之固[②],君其慎焉!"支初作,改辙远之[③],数四交,不觉入其玄中。相王抚肩笑曰:"此自是其胜场,安可争锋[④]!"

【注释】

① 相王：指简文帝，他曾以会稽王身份任丞相，故称。②“才性”句：谓殷浩擅长才性学说，将如崤、函一般坚不可摧。崤，崤山，在河南省洛宁县北，极其险峻。函，函谷关，崤函相连，故常并称，为秦之险塞。③ 改辙：改变话题。④ 安：哪里，怎么。

【导读】

本篇记支遁与殷浩谈玄的故事，尽管事先有提醒，支遁仍然未能逃出殷浩的圈套，加之司马昱的称扬，由此几乎神化了殷浩精于“才性四本”之说。

五二、谢安论诗 谢公因子弟集聚[①]，问《毛诗》何句最佳[②]？遏称曰[③]：“昔我往矣，杨柳依依；今我来思，雨雪霏霏[④]。”公曰：“讦谟定命，远猷辰告[⑤]。”谓此句偏有雅人深致[⑥]。

【注释】

① 因：趁着。②《毛诗》：即今本《诗经》，因由毛亨作传，故称。③ 遏：谢玄，小名遏。④“昔我”四句：出自《诗经·小雅·采薇》，写征人行役之苦，诗中以杨柳和雪表示季节，文辞优美。⑤“讦谟(xū mó)”二句：出自《诗经·大雅·抑》，写治国之道。大意为，有宏大的计划就定为号召，有远大的政策就及时宣告。⑥ 偏：最。

【导读】

本篇记谢安与子侄谈论《诗经》佳句的故事，谢玄推重“昔我”四句全从艺术特色着眼，而谢安“讦谟”二句，重政治内容，适宜垂教子侄。

五三、张凭才俊 张凭举孝廉出都[①]，负其才气，谓必参时彦[②]。欲诣刘尹，乡里及同举者共笑之。张遂诣刘。刘洗濯料事[③]，处之下坐，惟通寒暑，神意不接。张欲自发无端。顷之，长史诸贤来清言。客主有不通处，张乃遥于末坐判之[④]，言约旨远，足畅彼我之怀，一坐皆惊。真长延之上坐，清言弥日，因留宿至晓。张退，刘曰：“卿且去，正当取卿共诣抚军[⑤]。”张还船，同侣问何处宿？张笑而不答。须臾，真长遣传教觅张孝廉船[⑥]，同侣惋愕。即同载诣抚军。至门，刘前进谓抚军曰：“下官今日为公得一太常博士妙选[7]!"既前,抚军与之话言,咨嗟称善,曰:"张凭勃窣为理窟[8]。"即用为太常博士。

【注释】

① 张凭:字长宗,东晋吴郡(今属江苏省)人,历任太常博士、吏部郎、御史中丞。孝廉:原为选举人才的科目名称,中选者亦称孝廉,指孝顺父母、品行端正的人。汉武帝时令郡国每年考察并推荐孝、廉各一人,授予官职,魏晋沿用此例;孝、廉本为两种科目,后世合而为一。② 时彦:当世有才学、声誉的人。③ 料事:处理事务。④ 判:分析评判。⑤ 取:邀请。抚军:指简文帝司马昱,当时任抚军大将军,执掌朝政。⑥ 传教:指发布命令的人。⑦ 太常博士:官名,执掌礼乐事宜。⑧ 勃窣(sū):形容辞采缤纷。

【导读】

本篇记张凭靠谈玄的本领为上层统治核心赏识的故事,表明玄风在南方大盛也是南方人积极努力靠拢的结果。

五四、同归异名 汰法师云[1]:"六通、三明同归[2],正异名耳。"

【注释】

① 汰法师:竺法汰,晋高僧。② 六通:佛教用语,指经过修炼可达到的六种神通:天眼通、天耳通、身通、它心通、宿命通、漏(烦恼)尽通。三明:指心得到解脱,能知过去、现在、未来三世,宿命明则能知过去,天眼明则能知未来,漏尽明能知现在,割断一切烦恼。

【导读】

本篇记高僧竺法汰认为佛教的六通和三明旨趣相同。

五五、谢安压座 支道林、许、谢盛德[1],共集王家[2]。谢顾谓诸人:"今日可谓彦会[3],时既不可留,此集固亦难常。当共言咏,以写其怀[4]。"许便问主人有《庄子》不?正得《渔父》一篇[5]。谢看题,便各使四坐通。支道林先通,作七百许语,叙致精丽,才藻奇拔,众咸称善。于是四坐各言怀毕。谢问曰:"卿等尽不?"皆曰:"今日之言,少不自竭。"谢后粗难,因自叙其意,作万余语,才峰秀逸。既自难干[6],加意气拟托[7],萧然自得,四坐莫不厌心。支谓谢曰:“君一往奔诣,故复自佳耳。”

【注释】

① 许、谢:许询、谢安。② 王:王濛。③ 彦会:贤士名流的聚会。④ 写:抒发。⑤《渔父》:《庄子》篇名,记孔子与渔父的问答,渔父劝孔子放弃仁义之说,返璞归真,务求保身。⑥ 干:冒犯。⑦ 拟托:比拟寄托。

【导读】

本篇写支遁、谢安等人雅集共论《庄子·渔父》的精彩场面,从支遁的“才藻奇拔”和谢安的“才峰秀逸”可见晋时清谈于求理胜之外,更重谈玄时的意气风神和措辞之美。陈梦槐评云:“有此叙致,一日风流,千载可怀。”

五六、孙盛败北 殷中军、孙安国、王、谢能言诸贤[①],悉在会稽王许。殷与孙共论《易》象,妙于见形。孙语道合,意气干云[②]。一坐咸不安孙理,而辞不能屈。会稽王慨然叹曰:“使真长来,故应有以制彼。”即迎真长,孙意已不如。真长既至,先令孙自叙本理[③]。孙粗说己语,亦觉殊不及向[④]。刘便作二百许语,辞难简切,孙理遂屈。一坐同时拊掌而笑[⑤],称美良久。

【注释】

① 王、谢:王濛、谢尚。② 意气干云:意气冲天。干,冲。③ 本理:原来的义理。④ “孙粗说”二句:孙盛大略重述了一遍自己的话,也觉得赶不上当初所言出色。⑤ 拊(fǔ)掌:鼓掌。

【导读】

本篇记殷浩、孙盛诸人谈论《周易》,众人不服但无法驳倒孙盛,直到搬来救兵刘惔,孙盛才被斗败的故事,突出了刘惔谈玄的能力与风采,明凌濛初语曰:“写得安国小巫形态逼真。”

五七、谁运圣人 僧意在瓦官寺中[①],王苟子来,与共语,便使其唱理[②]。意谓王曰:“圣人有情不?”王曰:“无。”重问曰:“圣人如柱邪?”王曰:“如筹算[③],虽无情,运之者有情[④]。”僧意云:“谁运圣人邪?”苟子不得答而去。

【注释】

① 僧意：晋时僧人。② 唱理：首先提出玄理上的问题。唱，通“倡”。③ 筹算：古代计算用的筹码。④ 运：运用。

【导读】

本篇记僧意与王修辩论，僧意以佛入玄驳倒王修的故事，表现了佛学在向玄学的渗透中不仅牢固树立了自己的地位，甚至有后来居上、取而代之的趋势。

五八、妙不外传 司马太傅问谢车骑[①]：“惠子其书五车[②]，何以无一言入玄？”谢曰：“故当是其妙处不传[③]。”

【注释】

① 司马太傅：司马道子，曾为太傅，故称。谢车骑：谢玄。② “惠子”句：惠子读书、著述很多。惠子，惠施，战国时宋人，属于名家。《汉书·艺文志》著录《惠子》一篇，今亡佚。③ 故当：表推测，可能，也许。

【导读】

本篇记司马道子与谢玄谈论惠施著述的故事，谢玄答语真乃意外之想，表明玄学浸淫下名士高度发达的思辨头脑。

五九、殷浩求教 殷中军被废，徙东阳，大读佛经，皆精解。惟至“事数”处不解[①]。遇见一道人，问所签[②]，便释然。

【注释】

① 事数：佛教用语，指佛经中关于事物名相的术语，有数目的事类，如五阴、十二入、四谛、十二缘觉等。② 所签：有疑难而加了标注的地方。

【导读】

本篇记殷浩精研佛经不耻下问的故事，反映了东晋时名士学佛的潮流。

六〇、不能四本 殷仲堪精核玄论[①]，人谓莫不研究。殷乃叹曰：“使我解《四本》，谈不翅尔[②]。”

【注释】

① 核：研究，考察。② 不翅：通“不啻”，不仅，不止。

【导读】

本篇记殷仲堪广泛研习玄学，而以不解《四本》为憾的故事。由此可见“才性四本”作为玄学的一个基本命题被玄学家重视的程度。

六一、灵钟东应　殷荆州曾问远公①："《易》以何为体②？"答曰："《易》以感为体③。"殷曰："铜山西崩，灵钟东应④，便是《易》耶？"远公笑而不答。

【注释】

① 殷荆州：殷仲堪，曾为荆州刺史，故称。远公：释慧远，晋高僧，称远公，亦称远法师。② 体：主体。③ 感：感应。④ "铜山"二句：用《汉书·东方朔传》及《樊英别传》典故。前者言未央宫铜钟无故自鸣，东方朔说会有山崩，铜是山之子，山是铜之母，母子相感故钟鸣，后来，果然有南郡太守上书山崩。后者指东汉顺帝时宫殿里铜钟自鸣，而蜀地山崩。

【导读】

本篇记殷仲堪与惠远讨论《易》本体的故事，对于惠远的"笑而不答"，明王世懋认为："按，《易》理精微广大，谓此非《易》不可，执此言《易》又不可。"

六二、羊孚高论　羊孚弟娶王永言女①。及王家见婿，孚送弟俱往。时永言父东阳尚在②，殷仲堪是东阳女婿，亦在坐。孚雅善理义，乃与仲堪道《齐物》③。殷难之，羊云："君四番后当得见同④。"殷笑曰："乃可得尽，何必相同？"乃至四番后一通⑤。殷咨嗟曰："仆便无以相异。"叹为新拔者久之⑥。

【注释】

① 羊孚：晋泰山郡（今山东省泰安）人，其弟名辅，字幼仁。见刘孝标注引《羊氏谱》。王永言：王讷之，字永言。见刘孝标注引《王氏谱》。② 东阳：王临之，官任东阳太守，故称。③《齐物》：《庄子》篇名，论述世间万物没有差别。④ 见同：与我一致。⑤ 一：全部。通：贯通。⑥ 新拔：

立论高超。

【导读】

本篇记羊孚与殷仲堪谈论《齐物论》的故事，从殷仲堪的辩难到赞叹，突出羊孚谈玄才能。

六三、舌本闲强 殷仲堪云："三日不读《道德经》[1]，便觉舌本间强[2]。"

【注释】

① 《道德经》：即《老子》。② 舌本间强(jiàng)：舌根僵硬。强，僵硬。

【导读】

本篇记殷仲堪喜读《道德经》，从中隐约可透出殷天师道教徒的身份。

六四、小未精核 提婆初至[1]，为东亭第讲《阿毗昙》[2]。始发讲，坐裁半[3]，僧弥便云[4]："都已晓。"即于坐分数四有意道人[5]，更就馀屋自讲[6]。提婆讲竟，东亭问法冈道人曰："弟子都未解，阿弥那得已解？所得云何？"曰："大略全是，故当小未精核耳[7]。"

【注释】

① 提婆：晋高僧，西域人。② 东亭：王珣。第：当作"弟"，兄弟之意。据《晋书·王珉传》，提婆曾为王珣、王珉兄弟讲解《阿毗昙》经。《阿毗昙》：佛经名。③ 裁：通"才"。④ 僧弥：王珉的小字。他是王珣之弟。⑤ 数四：三四个，表约数。有意：有见解。⑥ 更：另行。⑦ 精核：精审严密。

【导读】

本篇记王珣与王珉同听提婆讲佛经，王珣未解，而王珉一听就心领神会的故事，充分反映了王珉悟性之佳，亦反映了晋时玄学与佛学合流的趋势。

六五、桓玄进退 桓南郡与殷荆州共谈[1]，每相攻难。年余后，但一两番[2]。桓自叹才思转退。殷云："此乃是君转解[3]。"

【注释】

① 桓南郡:桓玄,袭南郡公,故称。殷荆州:殷仲堪。② 番:回合。③“此乃”句:谓桓玄对自己所谈玄理日渐理解,因此攻难变少,非才思减退。

【导读】

本篇记桓玄与殷仲堪谈玄攻难由多到少,桓因此怀疑自己才思减退,殷认为是桓理解渐深所致。由桓玄的忧虑,可见名士对才能的敏感和重视。

六六、七步为诗　文帝尝令东阿王七步作诗[①],不成者行大法[②]。应声便为诗曰:“煮豆持作羹[③],漉菽以为汁[④]。萁在釜下然[⑤],豆在釜中泣。本是同根生,相煎何太急?”帝深有惭色。

【注释】

① 文帝:魏文帝曹丕。东阿王:曹植,曹丕胞弟,封东阿王。② 大法:重刑。③ 羹:汤汁。④ 漉:过滤。菽:豆类总称。⑤ 萁:豆秸。然:通“燃”。

【导读】

本篇写曹丕迫令其弟曹植七步作诗的故事,寥寥数语,曹丕的自私凶残和曹植的才思敏捷跃然纸上,由此生出两个成语:“煮豆燃萁”喻兄弟骨肉相残,“七步之才”喻敏捷的文才。

六七、阮籍神笔　魏朝封晋文王为公[①],备礼九锡[②],文王固让不受。公卿将校当诣府敦喻[③]。司空郑冲驰遣信就阮籍求文[④]。籍时在袁孝尼家,宿醉扶起[⑤],书札为之,无所点定,乃写付使。时人以为神笔。

【注释】

① 晋文王:司马昭。景元四年,魏元帝被迫封司马昭为晋公。② 九锡:帝王赏赐给诸侯或有功之臣的九种礼物。③ 公卿将校:泛指文武百官。当:将要。敦喻:劝说。④ 信:使者。⑤ 宿醉:经夜犹存的醉意。

【导读】

本篇记阮籍乘宿醉为司马昭作《劝进文》而被誉为神笔的故事,由此可见阮籍的文才、声望，亦可窥见阮作劝进文并非出于本意，为无奈之举。

六八、高名作序　左太冲作《三都赋》初成[1]，时人互有讥訾[2]，思意不惬[3]。后示张公。张曰："此二京可三[4]，然君文未重于世，宜以经高名之士。"思乃询求于皇甫谧[5]。谧见之嗟叹，遂为作叙。于是先相非贰者[6]，莫不敛衽赞述焉[7]。

【注释】

① 左太冲：左思，字太冲，临淄（今山东省淄博市）人。貌丑口讷而博学能文，是西晋初杰出的文学家。② 讥訾：讥笑诋毁。③ 不惬：不愉快。④ "此二京"句：谓左思《三都赋》可与东汉张衡所做《东京赋》、《西京赋》并列称为第三，以示赞扬。⑤ 皇甫谧：字士安，著有《高士传》，名望很高，晋武帝屡召为官，辞而不就。⑥ 非贰：非难毁谤。⑦ 敛衽：整理衣襟，以示恭肃。

【导读】

本篇记左思《三都赋》经皇甫谧作序称扬后身价倍增的故事，可见，受人物品藻风气影响，文学作品批评也出现了"声名成毁，决于片言"的情况。

六九、有所寄托　刘伶著《酒德颂》[1]，意气所寄。

【注释】

① 刘伶：字伯伦，晋沛国人。竹林七贤之一，其人不拘礼法，纵酒放达，官至建威参军。《酒德颂》：赞述饮酒乐趣的文章。

【导读】

本篇记刘伶的《酒德赋》寄托生平志趣，由此可见，在魏晋士人眼中，饮酒并非单纯的感官享受，而是作为进入个人精神逍遥境界的媒介和导引。

七〇、潘文乐旨　乐令善于清言[1]，而不长于手笔[2]。将让河南尹，请潘岳为表。潘云："可作耳。要当得君意。"乐为述己所以为让，标位二百许语[3]。潘直取错综[4]，便成名笔[5]。时人咸云："若乐不假潘之文，潘不取乐之旨，则无以成斯矣。”

【注 释】

① 乐令：乐广。② 手笔：文辞，文章。③ 标位：揭示，阐明。④ 错综：组织整理。⑤ 名笔：有名的文章。

【导 读】

本篇记乐广善言而潘岳善笔，两合其美，以成名笔的故事。由此可见，西晋时候言语和文章的区别已经趋于明确。

七一、夏侯之诗 夏侯湛作《周诗》成[①]，示潘安仁[②]，安仁曰：“此非徒温雅[③]，乃别见孝悌之性[④]。”潘因此遂作《家风诗》。

【注 释】

① 夏侯湛：字孝若，谯国谯县（今安徽省亳州）人，夏侯渊曾孙，有盛才，与潘岳相友善。② 潘安仁：潘岳，字安仁。③ 徒：仅仅，只。④ 孝悌：孝顺父母，尊敬兄长。

【导 读】

本篇记潘岳赞赏夏侯湛之诗、并受启发而作诗的故事，由此可见文人在创作上的相互触动，颇类后世的文人酬唱。

七二、文情并茂 孙子荆除妇服[①]，作诗以示王武子[②]。王曰：“未知文生于情，情生于文。览之悽然，增伉俪之重[③]。”

【注 释】

① 孙子荆：孙楚，字子荆。除妇服：按照礼法为妻子服丧期满，脱去丧服。② 王武子：王济，字武子，与孙楚友善。③ 伉俪：指夫妻。

【导 读】

本篇通过写孙楚的悼妻诗深深打动了王济的故事，反映了“缘情绮靡”的时代文风和士人“一往深情”的有情人生观。明李贽评曰：“孙子荆文生于情，武子情生于文。”

七三、此长彼短 太叔广甚辩给[①]，而挚仲治长于翰墨[②]，俱为列卿。每至公坐[③]，广谈，仲治不能对。退著笔难广[④]，广又不能答。

【注释】

① 太叔广：字季思，晋东平(今山东东平县)人。辩给：口才敏捷。② 挚仲治：挚虞，字仲治，京兆长安人，才学通博，历官秘书监、太常卿。翰墨：笔墨，借指文章。③ 公坐：公共聚会的场合。坐，通“座”。④ 著笔：写文章。

【导读】

本篇记善辩的太叔广和善做文章的挚虞各以所长，相互论争的故事，表明了晋代言语、文章的泾渭分明。

七四、辩讷之异 江左殷太常父子并能言理①，亦有辩讷之异②。扬州口谈至剧，太常辄云：“汝更思吾论。”

【注释】

① 殷太常父子：指殷融和殷浩叔侄，古代叔侄亦称父子。殷太常，殷融，字洪远，陈郡(今河南省淮阳县)人，曾任太常卿。殷浩曾为扬州刺史，时称殷扬州。② 辩：口才敏捷。讷：言语笨拙。

【导读】

本篇写善于口谈的殷浩和叔父辩论的场面，殷融口才不及侄子，但长于文笔。

七五、有无之间 庾子嵩作《意赋》成①，从子文康见②，问曰：“若有意邪，非赋之所尽；若无意邪，复何所赋？”答曰：“正在有意无意之间。”

【注释】

① 庾子嵩：庾敳。② 从子：侄子。文康：庾亮谥号。

【导读】

本篇记庾敳与庾亮讨论《意赋》主旨的故事，结尾一语犹妙，明王世懋评云：“此从《庄子》得来。”

七六、阮孚论诗 郭景纯诗云①：“林无静树，川无停流。”阮孚云②：“泓峥萧瑟③，实不可言。每读此文，辄觉神超形越。”

【注释】

① 郭景纯：郭璞，字景纯，晋河东闻喜（今山西省闻喜县）人。博学多才，善辞赋，传世诗歌作品有《游仙诗》。② 阮孚：字遥集，陈留尉氏县（今河南尉氏县）人，历任安东参军、丹阳尹。③ 泓峥萧瑟：谓郭诗境界高。泓峥，水深而澄澈。萧瑟，风吹林木声。

【导读】

本篇记阮孚赞扬郭璞诗能使人超凡脱俗，由山水审美上升到玄远幽深的哲学意识，宋刘辰翁评曰："八字慨然，不必有所起，不必有所指。"

七七、温庾双美 庾阐始作《扬都赋》[①]，道温、庾云[②]："温挺义之标，庾作民之望。方响则金声，比德则玉亮[③]。"庾公闻赋成，求看，兼赠贶之[④]。阐更改"望"为"俊"，以"亮"为"润"云[⑤]。

【注释】

① 庾阐：字仲初，颍川鄢陵（今河南鄢陵县）人，庾亮同族，少有文才。② 温、庾：温峤、庾亮。③ "温挺义"四句：称道温、庾德行人望。挺，举。标，风范。方，比。④ 赠贶（kuàng）：赠与礼物。⑤ 因"亮"犯了庾亮的名讳，故改为"润"，为了押韵，"望"改为"俊"。

【导读】

本篇记庾阐作赋呈给庾亮看的故事，可见当时写赋风气之盛。

七八、孙绰撰诔 孙兴公作《庾公诔》[①]。袁羊曰[②]："见此张缓[③]。"于时以为名赏。

【注释】

① 孙兴公：孙绰。《庾公诔》：哀悼庾亮的文章。诔，叙述死者功德以示哀悼的文词，亦指此种文体。② 袁羊：袁乔，小字羊。③ 从后文看，此句应为赞语，但"张缓"之意颇难解释，或疑是人名，或疑是刊误，明王世懋云："此未详，恐有误。"一说"张缓"意为紧张和轻松，语出《礼记·杂记下》："文武之道，一张一弛。"

【导读】

本篇记孙绰写《庾公诔》而得到袁羊赞赏的故事，可见当时文艺欣赏的流行。

七九、屋下架屋 庾仲初作《扬都赋》成[①]，以呈庾亮。亮以亲族之怀，大为其名价云[②]："可三《二京》、四《三都》[③]。"于此人人竞写，都下纸为之贵。谢太傅云[④]："不得尔，此是屋下架屋耳，事事拟学，而不免俭狭[⑤]。"

【注释】

① 庾仲初：庾阐。② 名价：抬高身价。③ 谓可与《二京赋》、《三都赋》媲美，参考《文学第四》"高名作序"条。④ 谢太傅：谢安。⑤ "不得尔"四句：谓不能如此吹嘘庾赋，此赋就像屋下架屋，处处模仿别人，为文难免简陋。

【导读】

本篇记庾亮因个人原因大肆溢美《扬都赋》，以至此赋名声大噪，而谢安认为庾赋并无新意，由此可见名人言行的风向标作用，亦可知当时文坛之弊。

八〇、凿齿遭际 习凿齿史才不常[①]，宣武甚器之，未三十，便用为荆州治中[②]。凿齿谢笺亦云[③]："不遇明公，荆州老从事耳！"后至都见简文，返命[④]，宣武问："见相王何如？"答云："一生不曾见此人！"从此忤旨[⑤]，出为衡阳郡，性理遂错[⑥]。于病中犹作《汉晋春秋》，品评卓逸。

【注释】

① 不常：非同寻常。② 荆州治中：官名，州郡刺史的助理，掌管文书。③ 谢笺：谢恩的书札。④ 返命：返回后复命。⑤ 忤：违反。因当桓温面赞扬简文帝，习凿齿从此在桓温处失宠。⑥ 性理：神智。

【导读】

本篇记习凿齿初受桓温器重，后因一语不合，被贬外任，以至神智错乱的故事。宋刘辰翁评曰："与奸雄语，正自难。然亦何至狂疾？"乱世中文人的命运，由凿齿遭际可窥一斑。

八一、五经鼓吹 孙兴公云[①]："《三都》、《二京》，五经鼓吹[②]。"

【注释】

① 孙兴公：孙绰。② 五经：五部儒家经典，即《易》、《尚书》、《诗经》、

《礼》、《春秋》。鼓吹：本意指用鼓、萧等乐器合奏，这里指宣扬。

【导读】

本篇记孙绰盛赞左思、张衡之赋，认为两篇可以作为经典的羽翼。

八二、为母作诔 谢太傅问主簿陆退①："张凭何以作母诔，而不作父诔？"退答曰："故当是丈夫之德，表于事行②；妇人之美，非诔不显。"

【注释】

① 谢太傅：谢安。陆退：字黎民，吴郡人，官至光禄大夫，张凭的女婿。② 事行：事迹行为。

【导读】

本篇记谢安问张凭为何只做母诔，陆退之回答颇值玩味，体现了玄风影响下士人高超的思辨能力。

八三、敬仁之论 王敬仁年十三①，作《贤人论》。长史送示真长②，真长答云："见敬仁所作论，便足参微言③。"

【注释】

① 王敬仁：王修，字敬仁。② 长史：王濛，王修之父。真长：刘惔。③ 参：参悟。微言：玄理。

【导读】

本篇记刘惔赞赏王修所作《贤人论》的故事，不过后人并不称赏王修之论，明王世懋云："《贤人论》，当时所谓名理。乃尔，文章一大厄也。"

八四、潘陆文章 孙兴公云："潘文烂若披锦①，无处不善；陆文若排沙简金②，往往见宝。"

【注释】

① 烂：灿烂，有光彩。② 排：除去。

【导读】

本篇记孙绰点评潘岳、陆机的文章。潘、陆虽同为"缘情绮靡"文风的代表，从孙绰的点评可见，潘文美于陆文。

八五、妙绝时人　简文称许掾云[①]："玄度五言诗，可谓妙绝时人[②]。"

【注 释】

① 简文：东晋简文帝。许掾：许询，字玄度。② 妙绝时人：超过当时诗人，谓其诗非常美妙。绝，超过。

【导 读】

本篇记简文帝称赞许询的五言诗非常精妙。许善作玄言诗，从山水自然中感悟到玄理，与谈玄的时代氛围相氤氲，因此受时人推崇。

八六、金石之声　孙兴公作《天台赋》成，以示范荣期[①]，云："卿试掷地，要作金石声[②]。"范曰："恐子之金石，非宫商中声[③]！"然每至佳句，辄云："应是我辈语。"

【注 释】

① 范荣期：范启，字荣期，慎阳（今河南省正阳县）人，官至黄门郎。② 金石声：指金属和玉石等制成的钟磬发出的响亮声音，借喻文辞优美，声调铿锵。③ 宫商：即宫、商、角、徵（zhǐ）、羽，称"五音"或"五声"，这里指音准。

【导 读】

本篇写孙绰、范启就《天台赋》打趣斗嘴的场面，从作者的自信与范启的读后感言，可见此时抒发个人性情的小赋更受文人青睐。

八七、安石碎金　桓公见谢安石作简文谥议[①]，看竟[②]，掷与坐上诸客曰："此是安石碎金。"

【注 释】

① 桓公：桓温。谢安石：谢安，字安石。简文谥议：议定简文帝死后谥号的文书。古人死后按其生时行迹立号，以劝善彰德，称为"谥"。议：文体之一种，用以议事、说理或陈述意见。② 竟：完毕。

【导 读】

本篇记桓温以"碎金"为喻，盛赞谢安所作简文谥议的故事。此后"碎金"成为典故，比喻文艺单篇佳作。

八八、袁宏吟诗　袁虎少贫[①]，尝为人佣载运租[②]。谢镇西经船行，其夜清风朗月，闻江渚间估客船上有咏诗声[③]，甚有情致。所诵五言，又其所未尝闻，叹美不能已。即遣委曲讯问[④]，乃是袁自咏其所作《咏史诗》。因此相要[⑤]，大相赏得[⑥]。

【注释】

① 袁虎：袁宏，字彦伯，小字虎。② 佣载运租：受人雇佣，运载租粮。③ 江渚：江中小洲。估客船：商贩船。④ 委曲：委婉曲折。讯问：探访。⑤ 要：通“邀”。⑥ 赏得：赏识亲近。

【导读】

本篇记袁宏贫贱时，以诗歌为媒结识谢尚的故事，由此可证袁宏之才，亦可见谢尚之雅好文学。

八九、潘陆文章　孙兴公云：“潘文浅而净[①]，陆文深而芜[②]。”

【注释】

① 净：纯净。② 芜：杂乱。

【导读】

本篇记孙绰评论潘、陆文章，明黄辉评云：“二语亦当。”可参照前条“潘陆文章”。

九〇、裴郎语林　裴郎作《语林》[①]，始出，大为远近所传。时流年少，无不传写，各有一通[②]。载王东亭作《经王公酒垆下赋》[③]，甚有才情。

【注释】

① 裴郎：裴荣（一说裴启），字荣期，河东（今山西省永济）人。见刘孝标注引《裴氏家传》。② 一通：一份。③《经王公酒垆下赋》：王珣赋。一说“王公”作“黄公”。

【导读】

本篇记《语林》问世后被远近传扬、风靡一时的故事，从其所记内容，略可窥见《语林》之编撰目的，是为抒发性情的名士风流张目。

九一、君齐作论　谢万作《八贤论》[①]，与孙兴公往反，小有利钝[②]。

谢后出以示顾君齐[③]，顾曰："我亦作，知卿当无所名[④]。"

【注释】

①《八贤论》评述屈原、贾谊等古代八个贤人，认为隐居者较优，出仕者为劣。孙绰反驳此论，认为不能以出处定优劣。② 利钝：高低胜负。③ 顾君齐：顾夷，字君齐，吴郡人。被征召任州主簿，不就。④"我亦作"二句：似为顾夷并不赞成谢万的观点。"名"的解释较为困难，一说是命名，一说是称扬。按：王世懋认为此二句难解，标点应为"我亦作知卿，当无所名"，解释为，我也算你的相知者，但不能因此称扬你。

【导读】

本篇记谢万作《八贤论》与孙绰辩论，又让顾夷评论的故事，表现了魏晋名士对于道理的执着追求。

九二、彦伯增句 桓宣武命袁彦伯作《北征赋》[①]，既成，公与时贤共看，咸嗟叹之。时王珣在坐云："恨少一句，得'写'字足韵[②]，当佳。"袁即于坐揽笔益云[③]："感不绝于余心，泝流风而独写[④]。"公谓王曰："当今不得不以此事推袁。"

【注释】

① 桓宣武：桓温。袁彦伯：袁宏。② 足韵：补足一韵。③ 揽：取。益：增益。④ 泝："溯"的异体字，迎着。写：倾吐，抒发。

【导读】

本篇记袁宏《北征赋》作成后，接受王珣建议当场补句，锦上添花，并得到桓温赞赏的故事，可见袁宏之文才。宋刘辰翁评云："谈文有法，补句自佳。"

九三、酷无裁制 孙兴公道曹辅佐才如白地明光锦[①]，裁为负版绔[②]，非无文采，酷无裁制[③]。

【注释】

① 孙兴公：孙绰。曹辅佐：曹毗（pí），字辅佐，喜好典籍，擅作辞赋，官至光禄勋。白地：白色底子。明光锦：色彩华丽的丝织品。② 负版：背着国家图籍的人，指差役、劳动者。绔：裤子。③ 酷：甚，很。裁制：剪裁制作。

【导读】

本篇记孙绰以明光锦作隶人裤比喻曹毗才学，形象恰当，委婉地表达了批评，即文辞繁缛而稍欠安排。

九四、游戏之言 袁彦伯作《名士传》成[1]，见谢公。公笑曰："我尝与诸人道江北事，特作狡狯耳[2]！彦伯遂以著书。"

【注释】

① 袁彦伯：袁宏。《名士传》：记三国、两晋的名士事迹，分正始名士、竹林名士和中朝名士。② 特：只，仅。狡狯(kuài)：开玩笑，戏谑。

【导读】

本篇记谢安评论袁宏《名士传》的故事，由此可知《名士传》的大致内容，以及它虚构性、传说性的风格。

九五、王珣敏捷 王东亭到桓公吏[1]，既伏阁下[2]，桓令人窃取其白事[3]。东亭即于阁下更作[4]，无复向一字[5]。

【注释】

① 王东亭：王珣。桓公：桓温。② 伏：拜伏。阁：官署。③ 白事：旧时文书的一种，犹言报告。④ 更：重新。⑤ 复：重复。向：先前的。

【导读】

本篇记桓温让人偷走王珣的报告，而王依靠才学丝毫不受窘的故事。由此可见王珣才思之敏捷，亦可见桓温之童趣。

九六、马前挥笔 桓宣武北征，袁虎时从，被责免官。会须露布文[1]，唤袁倚马前令作。手不辍笔，俄得七纸[2]，殊可观。东亭在侧，极叹其才。袁虎云："当令齿舌间得利[3]。"

【注释】

① 会：适逢。须：通"需"。露布文：指用为征召、声讨的紧急文书，不加封缄，露而宣布，因此称露布，常用于军中。② 俄：不一会。③ 当：应该。齿舌：言语辞令。明王世懋云："言袁有此才而官不利，徒得东亭叹赏，齿舌间得利而已，何益于事？"

【导读】

本篇记袁宏马前挥笔作露布文、得王珣叹赏的故事，可见袁宏之才，后人常以“倚马之才”表示文思敏捷。

九七、袁宏作赋　袁宏始作《东征赋》，都不道陶公[①]。胡奴诱之狭室中[②]，临以白刃[③]，曰：“先公勋业如是！君作《东征赋》，云何相忽略？”宏窘蹙无计[④]，便答：“我大道公，何以云无？”因诵曰：“精金百炼，在割能断。功则治人，职思靖乱[⑤]。长沙之勋，为史所赞。”

【注释】

① 陶公：陶侃，因封长沙郡公，故下文又称“长沙”。② 胡奴：陶范，字道则，小名胡奴，陶侃之第十子，历尚书、秘书监。③ 临以白刃：以刀胁迫。④ 窘蹙：窘迫，非常为难。⑤ 靖：平定。

【导读】

本篇记袁宏作《东征赋》未言及陶侃，侃子竟以白刃相逼，致使袁宏急中生智，当场作颂词的故事。此事虽可见袁宏为文声望，但更能看出作为寒族的陶氏家族在门阀社会中的窘迫之状。

九八、自论其赋　或问顾长康[①]：“君《筝赋》何如嵇康《琴赋》？”顾曰：“不赏者，作后出相遗[②]。深识者，亦以高奇见贵。”

【注释】

① 顾长康：顾恺之，字长康。② 遗：舍弃，轻视之意。

【导读】

本篇记顾恺之认为自己的《筝赋》不输于嵇康的《琴赋》，关键看读者是否赏识。明凌濛初评曰：“后出相遗，今古同然。”

九九、不减班固　殷仲文天才宏赡[①]，而读书不甚广，博亮叹曰[②]：“若使殷仲文读书半袁豹，才不减班固[③]。”

【注释】

① 宏赡：宏大而丰富。② 博亮：当为傅亮。傅亮，字季友，曾任尚书令、左光禄大夫。③ “若使”二句：按《晋书·殷仲文传》为谢灵运评价殷

仲文之语。读书半袁豹,读书有袁豹所读的一半数量。袁豹,字士蔚,陈郡(今河南睢阳)人,好学博文,多览典籍,历任著作佐郎、丹阳尹。班固,字孟坚,东汉著名历史学家,博览经传,著《汉书》。

【导读】

本篇记傅亮评论殷仲文之才学,由其感叹可见,有才而不好学,也是一种浪费和遗憾。

一〇〇、羊孚赞雪 羊孚作《雪赞》云:"资清以化,乘气以霏①。遇象能鲜,即洁成辉②。"桓胤遂以书扇③。

【注释】

① 霏:雪大的样子。② 即:接近。③ 桓胤:字茂祖,谯国人。少有清操,以恬退见称,仕至中书令。见刘孝标注引《中兴书》。书:写。

【导读】

本篇记羊孚所作《雪赞》得到桓胤喜爱,由此见羊孚才华,亦见桓胤清操。

一〇一、孝伯论诗 王孝伯在京行散①,至其弟王睹户前②,问:"古诗中何句为最?"睹思未答。孝伯咏:"'所遇无故物,焉得不速老③?'此句为佳。"

【注释】

① 王孝伯:王恭。行散:魏晋时士大夫多服食五石散以养生,称为服药;服药后,全身发热,需要外出步行运动以散发药性,是为行散。② 王睹:王爽,字季明,小名睹,王恭第四弟,官至侍中。③ 诗出自《古诗十九首·回车驾言迈》。

【导读】

本篇写王恭行散途中,与弟弟王爽交流古诗佳句的故事,表达了王恭对人生无常的感慨,亦可见魏晋士人服药目的,乃是及时行乐,求得精神平和与满足。

一〇二、桓玄作诔 桓玄尝登江陵城南楼云①:"我今欲为王孝伯作诔。”因吟啸良久[2]，随而下笔。一坐之间，诔以之成。

【注释】

① 江陵：在今湖北省荆州。② 吟啸：吟咏。

【导读】

本篇记桓玄登高作诔，一气呵成，表现了桓玄的文采风流。陈梦槐评曰：“登高望远，长怀自来，忽尔曰我欲作诔，无问音辞亮直，写得意气慷慨。”

一〇三、粲然成章 桓玄初并西夏，领荆、江二州[1]，二府一国[2]。于时始雪，五处俱贺，五版并入[3]。玄在听事上[4]，版至即答版后[5]，皆粲然成章，不相揉杂[6]。

【注释】

① 领荆、江二州：统领荆州、江州，为二州刺史。② 二府：指出任八州都督和后将军。一国：指袭其父桓温的南郡公，封国在广州。③ 版：简牍。④ 听事：厅堂。⑤ 后：反面。⑥ 揉杂：混杂。

【导读】

本篇记桓玄统领江夏，酬答五处贺雪之笺，各具面貌，均文采粲然，表现了桓玄的文才。

一〇四、百口赖卿 桓玄下都[1]，羊孚时为兖州别驾，从京来诣门，笺曰[2]：“自顷世故睽离[3]，心事沦蕴[4]。明公启晨光于积晦[5]，澄百流以一源。”桓见笺，驰唤前，云：“子道[6]，子道，来何迟！”即用为记室参军。孟昶为刘牢之主簿[7]，诣门谢，见云：“羊侯，羊侯，百口赖卿[8]。”

【注释】

① 桓玄下都：指桓玄谋反，于安帝元兴元年三月攻入京师建康。② 笺：公文的一种体裁。③ 顷：近来。世故：世事。睽离：背离。④ 沦蕴(yùn)：消沉郁结。⑤ 积晦：长夜，喻当时的世道。⑥ 子道：羊孚，字子道。⑦ 孟昶：字彦达，平昌(今山东省安丘)人。少有大志，为王恭所赏识。曾作丹阳尹，后卢循反叛，孟昶服毒自尽。刘牢之：字道坚，彭城(今江苏省铜山县)人，受命讨伐桓玄，为征西将军。投降桓玄，后自缢而死。

⑧ 百口：全家人。

【导读】

本篇记桓玄篡位，羊孚上表阿谀奉承而得赏识，孟昶由此求羊孚保全家人的故事。

卷　中

方正第五

一、元方答客　陈太丘与友期行[①]，期日中。过中不至，太丘舍去，去后乃至。元方时年七岁[②]，门外戏。客问元方："尊君在不[③]？"答曰："待君久不至，已去。"友人便怒曰："非人哉！与人期行，相委而去[④]。"元方曰："君与家君期日中，日中不至，则是无信；对子骂父，则是无礼。"友人惭，下车引之。元方入门不顾。

【注释】

① 陈太丘：陈寔。期行：相约出行。② 元方：陈纪。③ 不(fǒu)：同"否"。④ 委：舍弃。

【导读】

本篇写少年陈纪责备父友无礼的故事，是当时儒家所强调的以善拒恶的正直不阿品格的表现。

二、松柏之志　南阳宗世林[①]，魏武同时[②]，而甚薄其为人，不与之交。及魏武作司空，总朝政，从容问宗曰："可以交未？"答曰："松柏之志犹存。"世林既以忤旨见疏，位不配德[③]。文帝兄弟每造其门[④]，皆独拜床下，其见礼如此。

【注释】

① 宗士林：即宗承，字世林，三国魏南阳安众(今河南省获嘉县北)人，位至直谏大夫。② 魏武：曹操。③ 位不配德：指官位与德望不相称。④ 文帝兄弟：曹丕和曹植。

【导读】

本篇写曹操虽为奸雄，却不能对忤逆他的宗承下手，可见当时声望不仅代表着士人的地位，也是其护身符。

三、义形于色　魏文帝受禅①，陈群有戚容②。帝问曰："朕应天受命，卿何以不乐？"群曰："臣与华歆服膺先朝，今虽欣圣化，犹义形于色③。"

【注释】

① 魏文帝：曹丕。受禅：指公元220年，曹丕迫使汉献帝禅位于己，改国号为魏之事。② 戚：愁苦。③ 义形于色：正义之情表现于颜色。

【导读】

本篇写曹丕与陈群问答故事，史载陈群对曹丕篡位积极怂恿、屡屡劝进，此时却又故作不忘前朝的忠烈状，未免掩耳盗铃、欺世盗名。

四、特赦郭妻　郭淮作关中都督①，甚得民情，亦屡有战庸②。淮妻，太尉王凌之妹③，坐凌事当并诛。使者征摄甚急，淮使戒装④，克日当发。州府文武及百姓劝淮举兵，淮不许。至期，遣妻，百姓号泣追呼者数万人。行数十里，淮乃命左右追夫人还，于是文武奔驰，如徇身首之急⑤。既至，淮与宣帝书曰⑥："五子哀恋，思念其母，其母既亡，则无五子。五子若殒，亦复无淮。"宣帝乃表，特原淮妻⑦。

【注释】

① 郭淮：字伯济，三国魏阳曲（今山西省太原市）人，以战功得名，位至大将军。② 战庸：指战功。③ 王凌：字彦云，三国太原祁（今属山西省）人，因反对司马懿，事败自杀，司马懿灭其三族。④ 戒装：整理行装。⑤ 如徇身首之急：徇，营救。此句指百姓急得如同在营救自己的性命一样。⑥ 宣帝：司马懿，字仲达，三国魏河内温（今属河南省）人，"宣帝"是司马氏称帝后对他的追尊。⑦ 原：赦免。

【导读】

本篇通过郭淮上书司马懿为其妻求情的故事，表现郭淮大公无私的同时，又能兼顾亲情的人品性格，同时也写出司马懿顺从民意，邀买人心的举动。

五、渭水相持　诸葛亮之次渭滨①，关中震动。魏明帝深惧晋宣王战②，乃遣辛毗为军司马③。宣王既与亮对渭而陈，亮设诱谲万方④。宣王果大忿，将欲应之以重兵。亮遣间谍觇之⑤，还曰："有一老夫，毅然仗黄钺，当军门立，军不得出。”亮曰：“此必辛佐治也。”

【注释】

① 诸葛亮：字孔明，三国琅邪阳都（今属山东省）人，位至蜀国丞相。次：驻扎。② 魏明帝：曹叡。晋宣王：司马懿。③ 辛毗（pí）：字佐治，三国魏颍川阳翟（今河南省禹州）人，以诤谏著称。④ 谲（jué）：诡诈。⑤ 觇（chān）：观察。

【导读】

本篇写诸葛亮与司马懿对阵的故事，司马懿假意出战是为了平息魏军的群情愤激，而辛毗的奉旨阻拦则是魏国以避战消耗蜀军、削弱蜀国的既定策略。

六、临危不惧 夏侯玄既被桎梏[①]，时钟毓为廷尉，钟会先不与玄相知，因便狎之。玄曰：“虽复刑余之人，未敢闻命！”考掠初无一言[②]，临刑东市，颜色不异。

【注释】

① 夏侯玄：字太初（一作泰初），三国魏谯（今安徽省亳州）人，因阴谋反对司马师事败而被诛。桎梏（zhì gù）：指枷锁。② 初：全都。

【导读】

本篇写夏侯玄在狱中拒绝钟会狎昵的故事，这既是其品格的表现，也是魏晋之交曹党与司马氏斗争的反映。

七、同杂之辨 夏侯泰初与广陵陈本善[①]。本与玄在本母前宴饮，本弟骞行还[②]，径入，至堂户。泰初因起曰：“可得同[③]，不可得而杂[④]。”

【注释】

① 夏侯泰初：夏侯玄。陈本：字元休，三国魏广陵（今江苏省淮安）人，官至镇北将军。② 骞：陈骞，字休渊，陈本弟，官至大司马。③ 同：年辈相当。④ 杂：年辈不相当。

【导读】

本篇写夏侯玄因年辈不相当而拒绝与陈骞交往的故事，表现了当时人对于礼数的严格要求，同时也表现了夏侯玄的孤傲。

八、但见其上 高贵乡公薨[①]，内外喧哗。司马文王问侍中陈泰曰[②]："何以静之?"泰云："唯杀贾充，以谢天下。"文王曰："可复下此不?"对曰："但见其上，未见其下。"

【注释】

① 高贵乡公：指曹髦，字彦士，三国魏皇帝，为司马氏亲信贾充等人所杀。② 司马文王：司马昭。陈泰：字玄伯，三国魏许昌(今属河南省)人，官至光禄大夫，曹髦被杀后，他号哭呕血而死。

【导读】

本篇写陈泰劝司马昭诛杀弑君的贾充故事，反映了陈泰不惧司马氏淫威的正直品格。

九、圣质如初 和峤为武帝所亲重[①]，语峤曰："东宫顷似更成进[②]，卿试往看。"还问"何如"，答曰："皇太子圣质如初。"

【注释】

① 武帝：司马炎。② 东宫：指太子，古代太子居于东宫。晋武帝太子为司马衷，性愚懦，和峤屡次进谏武帝认为太子难以继承大业。

【导读】

本篇写和峤犯颜进谏晋武帝的故事，表现了和峤刚正不阿的性格。

一〇、背洛而坐 诸葛靓后入晋，除大司马，召不起。以与晋室有仇，常背洛水而坐。与武帝有旧[①]，帝欲见之而无由，乃请诸葛妃呼靓[②]。既来，帝就太妃间相见。礼毕，酒酣，帝曰："卿故复忆竹马之好不[③]?"靓曰："臣不能吞炭漆身[④]，今日复睹圣颜。"因涕泗百行。帝于是惭悔而出。

【注释】

① 武帝：司马炎。② 诸葛妃：指琅邪王妃，晋武帝司马炎的婶母，诸葛靓的姐姐。③ 竹马之好：指童年时代的友情，竹马是儿童用来当马骑的竹竿。④ 吞炭漆身：战国时期韩、赵、魏三家攻杀智伯，智伯门客豫让为报智伯知遇之恩，吞咽木炭、漆涂身体、改变音容刺杀赵襄子，事败自杀，事见《战国策》，此处比喻替父报仇。

【导读】

本篇写诸葛靓拒绝晋武帝招揽的故事，表明了他的不忘父仇、忠于孝道。

一一、武子之愧 武帝语和峤曰[①]："我欲先痛骂王武子[②]，然后爵之。"峤曰："武子俊爽，恐不可屈。"帝遂召武子，苦责之，因曰："知愧不？"武子曰："'尺布斗粟'之谣[③]，常为陛下耻之！他人能令疏亲，臣不能使亲疏[④]。以此愧陛下。"

【注释】

① 武帝：司马炎。② 王武子：王济。③ 尺布斗粟：汉文帝的弟弟淮南王刘长谋反，汉文帝把他流放蜀郡，途中他绝食而死。后有民歌唱："一尺布，尚可缝；一斗粟，尚可舂。兄弟二人，不能相容。"事见《汉书》，此处比喻兄弟不和，晋武帝与其弟齐王司马攸亦不和，所以王济引用此事讽谏。④ 臣不能使亲疏：《晋书》此句作"臣不能使亲亲"，谓自己不能使晋武帝与其兄弟之间关系和睦。

【导读】

本篇写王济借机讽谏晋武帝的故事，表现了他忠君且机智的性格特点，同时也反映了晋武帝不能知人善任、亲和兄弟。

一二、夏门盘马 杜预之荆州[①]，顿七里桥[②]，朝士悉祖[③]。预少贱，好豪侠，不为物所许。杨济既名氏[④]，雄俊不堪，不坐而去。须臾，和长舆来[⑤]，问："杨右卫何在？"客曰："向来，不坐而去。"长舆曰："必大夏门下盘马[⑥]。"往大夏门，果大阅骑，长舆抱内车[⑦]，共载归，坐如初。

【注释】

① 杜预：字元凯，西晋京兆杜陵（今陕西省西安市东南）人，封当阳县侯。② 顿：停顿。③ 祖：饯行。④ 杨济：字文通，西晋弘农华阴（今属山西省）人，官至右卫将军、太子太傅。⑤ 和长舆：和峤。⑥ 大夏门：洛阳城北门。盘马：骑马盘旋。⑦ 内：同"纳"，放入。

【导读】

本篇写杨济送别杜预又不愿与其他官员为伍的故事，表现了杨济的清高与孤傲，同时也反映了当时名门望族高人一等的地位和姿态。

一三、连榻坐客 杜预拜镇南将军，朝士悉至，皆在连榻坐①。时亦有裴叔则②。羊稚舒后至③，曰："杜元凯乃复连榻坐客④！"不坐便去。杜请裴追之，羊去数里住马，既而俱还杜许⑤。

【注 释】

① 连榻：可并坐数人的坐榻，当时的习俗是坐独榻表尊贵，坐连榻则没有尊贵的意思。② 裴叔则：裴楷。③ 羊稚舒：羊琇，字稚舒，晋初泰山平阳（今属山东省）人，官至左将军。④ 杜元凯：杜预。⑤ 许：住处。

【导 读】

本篇写羊琇不满杜预连榻坐客却又去而复返的故事，表现了当时名士们恃贵而骄的作风，余嘉锡认为此篇难以列于方正类。

一四、监令共车 晋武帝时①，荀勖为中书监②，和峤为令。故事③，监、令由来共车。峤性雅正，常疾勖谄谀。后公车来，峤便登，正向前坐，不复容勖。勖方更觅车，然后得去。监、令各给车自此始。

【注 释】

① 晋武帝：司马炎。② 荀勖（xù）：字公曾，西晋颍川颍阴（今河南省许昌市）人，官至光禄大夫。③ 故事：旧的惯例。

【导 读】

本篇写和峤打破监、令同车的规矩不与荀勖同车的惯例，表现了和峤高洁刚硬的性格，同时也反映了名士们不愿与世俗同流合污的人格追求。

一五、父不如儿 山公大儿着短帢①，车中倚。武帝欲见之②，山公不敢辞，问儿，儿不肯行。时论乃云胜山公。

【注 释】

① 山公：山涛。大儿：指长子。短帢（qià）：一种轻便小帽，当时认为戴帢帽见客不合礼仪要求。② 武帝：司马炎。

【导 读】

本篇写山涛的大儿子托故拒绝了晋武帝邀请的故事，表现了他疏离政治，不愿投靠司马氏政权的高洁品质，同时也反映了当时品评人物的标准。

一六、向雄忤旨 向雄为河内主簿[①]，有公事不及雄，而太守刘淮横怒[②]，遂与杖遣之。雄后为黄门郎，刘为侍中，初不交言。武帝闻之[③]，敕雄复君臣之好[④]，雄不得已，诣刘，再拜曰："向受诏而来，而君臣之义绝，何如？"于是即去。武帝闻尚不和，乃怒问雄曰："我令卿复君臣之好，何以犹绝？"雄曰："古之君子，进人以礼，退人以礼；今之君子，进人若将加诸膝，退人若将坠诸渊。臣于刘河内，不为戎首[⑤]，亦已幸甚，安复为君臣之好？"武帝从之。

【注释】

① 向雄：字茂伯，西晋河内山阳（今河南省修武县西北）人，官至黄门侍郎、护军将军。② 刘淮：字君平，西晋沛国（今安徽省濉溪县西北）人，官至尚书仆射。横（hèng）怒：没有来由地发怒。③ 武帝：司马炎。④ 君臣之好：当时认为州郡长官与僚属之间的关系为君臣关系，因此称二人为君臣之好。⑤ 戎首：指挑起争端的人。

【导读】

本篇写向雄宁可抗旨也不愿与无故责罚他的君长刘淮交好的故事，表现了向雄刚直不阿、不愿向权贵低头的倔强脾气，同时可见当时人对于恩怨的重视。

一七、作事可法 齐王冏为大司马[①]，辅政，嵇绍为侍中，诣冏咨事。冏设宰会，召葛旟、董艾等共论时宜[②]。旟等白冏："嵇侍中善于丝竹，公可令操之。"遂送乐器。绍推却不受，冏曰："今日共为欢，卿何却邪？"绍曰："公协辅皇室，令作事可法[③]。绍虽官卑，职备常伯。操丝比竹盖乐官之事，不可以先王法服为伶人之业[④]。今逼高命[⑤]，不敢苟辞，当释冠冕，袭私服，此绍之心也。"旟等不自得而退。

【注释】

① 齐王冏（jiōng）：司马冏，字景治，西晋皇族，在"八王之乱"时一度掌握政权，后又被长沙王司马乂杀害。② 葛旟（yú）、董艾：均为司马冏的

僚属，在司马冏掌权后作威作福，后被诛杀。③ 作事可法：指做事切合法度要求。④ 法服：按礼法制定的正式官服。⑤ 高命：尊贵的命令，是一种表达委婉意思的敬语。

【导读】

本篇写嵇绍婉言拒绝为司马冏演奏音乐的故事，反映了司马氏执政者掌权后的飞扬跋扈，同时也表现了嵇绍这样的名士在乱世中仍然能够坚持礼制的信念。

一八、鬼子敢尔 卢志于众坐问陆士衡①："陆逊、陆抗②，是君何物？"答曰："如卿于卢毓、卢珽③。"士龙失色④，既出户，谓兄曰："何至如此，彼容不相知也⑤？"士衡正色曰："我父、祖名播海内，宁有不知，鬼子敢尔！"议者疑二陆优劣，谢公以此定之⑥。

【注释】

① 卢志：字子道，西晋范阳涿（今属河北省）人，官至尚书郎。陆士衡：陆机。② 陆逊：字伯言，三国吴华亭（今上海市松江）人，吴国丞相，陆机和陆云的祖父。③ 卢毓：字子家，官至司空，卢志的祖父。卢珽：字子笏，卢毓之子，卢志之父。④ 士龙：陆云。⑤ 容：或许。⑥ 谢公：谢安。

【导读】

本篇写陆机针锋相对回敬卢志以犯讳相侮辱的故事，表现了陆机的机警和能言善辩，同时也反映了西晋时期南北士人之间的互相仇视和敌对。

一九、羊忱得免 羊忱性甚贞烈①，赵王伦为相国②，忱为太傅长史，乃版以参相国军事③。使者卒至④，忱深惧豫祸，不暇被马，于是帖骑而避⑤。使者追之，忱善射，矢左右发，使者不敢进，遂得免。

【注释】

① 羊忱：一名陶，字长和，西晋泰山（今属山东省）人，官至侍中。② 赵王伦：司马伦。③ 版：当时的王册封官员时用版，这里代指赵王司马伦的诏书。④ 卒（cù）：同“猝”，突然。⑤ 帖骑：未加马鞍直接骑在马背上。

【导读】

本篇写羊忱帖骑出逃以避赵王司马伦征召的故事，表现了当时士人对于政治动荡的恐惧，也反映了羊忱个人的贞洁品质和政治远见。

二〇、我自卿卿 王太尉不与庾子嵩交[1]，庾卿之不置[2]。王曰："君不得为尔[3]。"庾曰："卿自君我，我自卿卿；我自用我法，卿自用卿法。"

【注释】

① 王太尉：王衍。庾子嵩：庾敳。② 卿：在当时是对地位或辈份低于自己的人或同辈之间的较为亲热和不拘礼节的称呼，庾敳当时是豫州长史，而王衍为太尉，庾敳位在王衍之下，因此不应用"卿"来称呼王衍。不置：不止，不已。③ 君：尊称，在当时是一种较为尊敬和生疏的称谓。

【导读】

本篇写庾敳不按规矩尊称王衍，王衍却尊称庾敳的故事，一方面表现了王衍对于礼节的重视，另一方面也表现了庾敳狂放不羁的个性，二者相映成趣。

二一、砍伐社树 阮宣子伐社树[1]，有人止之，宣子曰："社而为树，伐树则社亡；树而为社，伐树则社移矣。"

【注释】

① 阮宣子：阮修。社树：土地神和祭土地神的社坛都叫社，社中常立树木以作标志，称为社树。

【导读】

本篇写阮修砍伐社树的故事，反映了阮修敢于坚持并宣传自己无鬼论的思想，塑造了一位性格直爽，坚持个性的士人形象。

二二、宣子论鬼 阮宣子论鬼神有无者[1]。或以人死有鬼，宣子独以为无，曰："今见鬼者，云着生时衣服，若人死有鬼，衣服复有鬼邪？"

【注释】

① 阮宣子：阮修。

【导读】

本篇写阮修向人宣传自己无鬼论思想的故事，其中阮修坚持己见而又能言善辩的性格特点被刻画得淋漓尽致。

二三、周王苦争 元皇帝既登阼[①]，以郑后之宠[②]，欲舍明帝而立简文[③]。时议者咸谓："舍长立少，既于理非伦，且明帝以聪明英断，益宜为储副。"周、王诸公并苦争肯切，唯刁玄亮独欲奉少主以阿帝旨[④]。元帝便欲施行，虑诸公不奉诏。于是先唤周侯、丞相入[⑤]，然后欲出诏付刁。周、王既入，始至阶头，帝逆遣传诏，遏使就东厢[⑥]。周侯未悟，即却略下阶。丞相披拨传诏[⑦]，径至御床前曰："不审陛下何以见臣？"帝默然无言，乃探怀中黄纸诏裂掷之。由此皇储始定。周侯方慨然愧叹曰："我常自言胜茂弘，今始知不如也！"

【注释】

① 元皇帝：司马睿。登阼：指即皇帝位。② 郑后：晋元帝夫人，简文帝之母，孝武帝时追尊为太后，姓郑名阿春，晋荥阳（今属河南省）人。③ 明帝：司马绍。简文：司马昱。④ 刁玄亮：刁协，字玄亮，东晋渤海饶安（今河北省盐山县南）人，官至尚书令。阿：逢迎。⑤ 周侯：周𫖮。丞相：王导。⑥ 遏（è）：阻拦。⑦ 披拨：用手拨开。

【导读】

本篇写王导和周𫖮二人力阻晋元帝司马睿废长立幼的故事，反映出东晋以后大族士人对于政权的维护起到了很大的作用。

二四、培塿无松 王丞相初在江左[①]，欲结援吴人，请婚陆太尉[②]。对曰："培塿无松柏[③]，薰莸不同器[④]。玩虽不才，义不为乱伦之始[⑤]。"

【注释】

① 王丞相：王导。初在江左：指西晋灭亡，琅邪王司马睿在建康即皇帝位，建立东晋政权，王导为之辅佐。② 陆太尉：陆玩。③ 培塿（póu lǒu）：小土丘。④ 薰：香草。莸（yóu）：臭草。⑤ 乱伦：指辈分不合或门第不称的婚姻。

【导读】

本篇写王导向陆玩请婚却遭拒的故事，表面上看是陆玩认为王导的功勋和家族名望不如他，但实际上却是过江的中原侨姓和江左的吴姓大族之间矛盾的反映。

二五、诸葛嫁女 诸葛恢大女适太尉庾亮儿①，次女适徐州刺史羊忱儿。亮子被苏峻害②，改适江虨③。恢儿娶邓攸女。于时谢尚书求其小女婚④。恢乃云："羊、邓是世婚，江家我顾伊，庾家伊顾我，不能复与谢裒儿婚。"及恢亡，遂婚。于是王右军往谢家看新妇⑤，犹有恢之遗法，威仪端详，容服光整。王叹曰："我在遣女裁得尔耳⑥！"

【注释】

① 诸葛恢：字道明，东晋阳都（今山东省沂水县）人，诸葛靓之子，官至尚书仆射。适：嫁给。② 苏峻：字子高，东晋长广掖县（今属山东省）人，官至将军，与掌权的庾亮不合，起兵造反，攻陷首都建康，杀死亮子，后兵败而死。③ 江虨（bīn）：字思玄，东晋陈留（今河南省开封市东北）人，江统之子，官至护军将军。④ 谢尚书：谢裒（póu），字幼儒，东晋陈郡阳夏（今河南省太康县）人，官至吏部尚书。⑤ 王右军：王羲之。⑥ 遣女：送女儿出嫁。裁：同"才"。

【导读】

本篇写诸葛恢拒绝谢裒请婚的故事，但当诸葛恢死后，谢氏迅速崛起，诸葛恢的子弟只能违背诸葛恢的意志，将其小女嫁给谢裒之子谢石，可见家族地位的升降，是左右士族联姻的重要杠杆。

二六、临别洒泪 周叔治作晋陵太守①，周侯、仲智往别②，叔治以将别，涕泗不止。仲智恚之曰③："斯人乃妇女，与人别唯啼泣！"便舍去。周侯独留，与饮酒言话，临别流涕，抚其背曰："奴好自爱④。"

【注释】

① 周叔治：周谟，字叔治，周顗和周嵩的弟弟，封西平侯。② 周侯：周顗。仲智：周嵩，字仲智，周顗之弟，周谟之兄，元帝时为奉朝请。③ 恚（huì）：生气。④ 奴：当时尊长对后辈的爱称。

【导读】

本篇写周𫖮、周嵩为兄弟周谟送行的故事，其中周𫖮和周嵩二人在送行时的表现形成了鲜明的对比，使得二人不同的性格特点跃然纸上。

二七、鄙视佞人 周伯仁为吏部尚书[①]，在省内夜疾危急，时刁玄亮为尚书令[②]，营救备亲好之至，良久小损[③]。明旦，报仲智[④]，仲智狼狈来。始入户，刁下床对之大泣，说伯仁昨危急之状。仲智手批之，刁为辟易于户侧[⑤]。既前，都不问病，直云："君在中朝，与和长舆齐名[⑥]，那与佞人刁协有情？"径便出。

【注释】

① 周伯仁：周𫖮。② 刁玄亮：刁协。③ 损：减少，指病情减轻。④ 仲智：周嵩。⑤ 辟易：退避。⑥ 和长舆：和峤。

【导读】

本篇写周嵩批评周𫖮接受小人刁协恩惠的故事，表现了周嵩的鲁莽、刚直和率真的个性，同时也从侧面反映了当时士人把名节看得重于性命的社会风气。

二八、充即庐人 王含作庐江郡[①]，贪浊狼藉。王敦护其兄，故于众坐称："家兄在郡定佳，庐江人士咸称之[②]！"时何充为敦主簿，在坐，正色曰："充即庐江人，所闻异于此！"敦默然。旁人为之反侧[③]，充晏然[④]，神意自若。

【注释】

① 作庐江郡：指担任庐江郡太守。② 咸：全都。③ 反侧：不安。④ 晏然：神态安详。

【导读】

本篇写何充一语揭穿王敦掩饰其兄贪污情事的故事，表现了何充的不畏权势、刚正不阿，也从侧面反映出当时世家大族对自己家族成员的回护已经到了颠倒黑白的地步。

二九、孟著劝柱 顾孟著尝以酒劝周伯仁[①]，伯仁不受。顾因移劝柱，而语柱曰："讵可便作栋梁自遇[②]。"周得之欣然，遂为衿契[③]。

【注释】

① 顾孟著：顾显，字孟著，东晋吴郡（今属江苏省）人，官至骑郎。周伯仁：周顗。② 讵（jù）：难道。③ 衿契：意气相投的朋友。

【导读】

本篇写顾显与周顗相交的故事，反映出当时士人之间的交往重在意气相投，一语相合即可成为莫逆之交。

三〇、何如尧舜 明帝在西堂[①]，会诸公饮酒，未大醉，帝问："今名臣共集，何如尧、舜？"时周伯仁为仆射[②]，因厉声曰："今虽同人主，复那得等于圣治！"帝大怒，还内，作手诏满一黄纸，遂付廷尉令收，因欲杀之。后数日，诏出周，群臣往省之。周曰："近知当不死，罪不足至此。"

【注释】

① 明帝：司马绍。② 周伯仁：周顗。

【导读】

本篇写周顗面斥晋明帝的故事，表现了周顗不畏皇权、敢于直言的性格特征，同时这也正是当时世家大族地位强盛，即使皇权也不得不屈服于大族士人的鲜明表现。

三一、王敦称兵 王大将军当下[①]，时咸谓无缘尔。伯仁曰[②]："今主非尧、舜，何能无过？且人臣安得称兵以向朝廷？处仲狼抗刚愎[③]，王平子何在[④]？"

【注释】

① 王大将军：王敦。② 伯仁：周顗。③ 处仲：王敦。④ 王平子：王澄，被王敦杀害。

【导读】

本篇写周顗一语中的指出王敦野心的故事，表现了周顗的政治远见，同时也反映了东晋时期政治的混乱和朝臣的鄙陋无能。

三二、温峤不屈 王敦既下，住船石头，欲有废明帝意[①]。宾客盈坐，敦知帝聪明，欲以不孝废之。每言帝不孝之状，而皆云："温太真所说[②]。温尝为东宫率，后为吾司马，甚悉之。"须臾，温来，敦便奋其威容，问温曰："皇太子作人何似？"温曰："小人无以测君子。"敦声色并厉，欲以威力使从己，乃重问温："太子何以称佳？"温曰："钩深致远[③]，盖非浅识所测。然以礼侍亲，可称为孝。"

【注释】

① 明帝：司马绍。② 温太真：温峤。③ 钩深致远：钩取深处之物，招致远方之人，指才识广博精深，能够使人信服。语出《周易》。

【导读】

本篇写温峤批驳王敦，揭露其欲废太子阴谋的故事，表现了温峤忠于王室、刚正无畏的个性特点，其中王敦的飞扬跋扈和温峤的大义凛然对比十分鲜明。

三三、以此负公　王大将军既反[①]，至石头，周伯仁往见之[②]。谓周曰："卿何以相负？"对曰："公戎车犯正，下官忝率六军，而王师不振，以此负公。"

【注释】

① 王大将军：王敦。② 周伯仁：周顗。

【导读】

本篇写王敦拉拢周顗却被周顗反唇相讥的故事，表现出周顗临危不惧、大义凛然的气概。

三四、钟雅独在　苏峻既至石头，百僚奔散，唯侍中钟雅独在帝侧。或谓钟曰："见可而进，知难而退，古之道也。君性亮直，必不容于寇雠，何不用随时之宜，而坐待其弊邪？"钟曰："国乱不能匡，君危不能济，而各逊遁以求免，吾惧董狐将执简而进矣[①]！"

【注释】

① 董狐：春秋时著名的史官，以秉笔直书著称。

【导读】

本篇写钟雅拒绝他人逃亡劝说坚持守在皇帝身边的故事，他所提出惧怕董狐的秉笔直书正是魏晋士人把名节看得重于性命的一种表现。

三五、当期克复 庾公临去[①]，顾语钟后事[②]，深以相委。钟曰："栋折榱崩[③]，谁之责邪?"庾曰："今日之事，不容复言，卿当期克复之效耳!"钟曰："想足下不愧荀林父耳[④]。"

【注释】

① 庾公：庾亮。临去：指庾亮起兵征讨苏峻，兵败出逃。② 钟：钟雅。③ 栋折榱(cuī)崩：梁柱折断，房屋倒塌，比喻国家危亡。④ 荀林父：春秋时晋国大夫，曾兵败于楚国，而晋侯并未责罚他，后来他在对抗赤狄时大获全胜，为晋国树立了威信。

【导读】

本篇写庾亮逃亡之前将后事托付钟雅的故事，表现了庾亮仓皇出逃的狼狈之相，同时反衬出钟雅的忠义与临危不惧。

三六、犹憎其眼 苏峻时[①]，孔群在横塘为匡术所逼[②]。王丞相保存术[③]，因众坐戏语，令术劝群酒，以释横塘之憾。群答曰："德非孔子，厄同匡人[④]。虽阳和布气，鹰化为鸠[⑤]，至于识者，犹憎其眼。"

【注释】

① 苏峻时：指苏峻起兵占领建康时期。② 孔群：字敬林，东晋会稽山阴(今浙江省绍兴市)人，官至御史中丞。匡术：时任阜陵令，与苏峻同谋反，后投降。③ 王丞相：王导。保存：保护，庇佑。④ 厄同匡人：孔子至宋国，经过匡地，匡简子派兵围攻他，孔子命弟子弹剑作歌，以示礼义教化，匡人围解，事见《孔子家语》。此处以"孔"、"匡"借指孔群、匡术的姓。⑤ 鹰化为鸠：古人认为鹰在春天可以变化为布谷鸟，语出《礼记·月令》。

【导读】

本篇写孔群讽刺曾投降叛军的匡术的故事，表现了孔群的恩怨分明和率直个性，同时也反映了王导晚年为缓和朝臣间的矛盾所做的诸多权宜之策。

三七、孔坦牢骚 苏子高事平[①]，王、庾诸公欲用孔廷尉为丹阳[②]。

乱离之后，百姓凋弊。孔慨然曰："昔肃祖临崩[3]，诸君亲临御床，并蒙眷识，共奉遗诏。孔坦疏贱，不在顾命之列。既有艰难，则以微臣为先，今犹俎上腐肉，任人脍截耳！"于是拂衣而去，诸公亦止。

【注释】

① 苏子高：苏峻。事平：指叛乱被平息。② 王、庾：王导和庾亮。孔廷尉：孔坦。为丹阳：指担任丹阳尹。③ 肃祖：晋明帝司马绍的庙号。

【导读】

本篇写平叛有功的孔坦不屑为丹阳尹的故事，表现了他对于在叛乱中只求自保、弃城逃亡的权贵们的鄙视和视功名如粪土的洒脱精神。

三八、犹恶其眼　孔车骑与中丞共行[1]，在御道逢匡术，宾从甚盛。因往与车骑共语。中丞初不视，直云："鹰化为鸠，众鸟犹恶其眼。"术大怒，便欲刃之。车骑下车，抱术曰："族弟发狂，卿为我宥之！"始得全首领[2]。

【注释】

① 孔车骑：孔愉，字敬康，东晋会稽山阴（今浙江省绍兴市）人，官至尚书左仆射，卒赠车骑将军。中丞：孔群。② 首领：头和颈，指性命。

【导读】

本条与"犹憎其眼"条所记应当为同一事件的不同传闻版本，《世说新语》分为两则记录，此则故事与"犹憎其眼"条的叙述角度有所不同，孔群因孔愉劝住了匡术才得以保全性命。

三九、仲真屈膝　梅颐尝有惠于陶公[1]，后为豫章太守，有事[2]，王丞相遣收之[3]。侃曰："天子富于春秋，万机自诸侯出，王公既得录[4]，陶公何为不可放！"乃遣人于江口夺之。颐见陶公，拜，陶公止之。颐曰："梅仲真膝[5]，明日岂可复屈邪？"

【注释】

① 梅颐：字仲真，东晋汝南（今属河南省）人，官至领军司马。陶公：陶侃。② 有事：出了事故，犯了错误。③ 王丞相：王导。遣收之：派人拘捕他。④ 王公：王导。录：逮捕。⑤ 梅仲真：梅颐。

【导读】

本篇写陶侃从王导手中救下梅颐的故事，其中梅颐孤傲的情态跃然纸上，而陶侃的横江夺人也反映了当时政治的混乱和朝臣间矛盾的尖锐。

四〇、蔡公不悦　王丞相作女伎，施设床席。蔡公先在坐[①]，不说而去[②]，王亦不留。

【注释】

① 蔡公：蔡谟，字道明，东晋陈留考城(今河南省民权县东北)人，封济阳男。② 说(yuè)：同“悦”。

【导读】

本篇写蔡谟在王导宴会上拂袖离去的故事，这是魏晋士人旷达精神在人际关系中的独特表现。

四一、次道直言　何次道、庾季坚二人并为元辅[①]。成帝初崩[②]，于时嗣君未定。何欲立嗣子，庾及朝议以外寇方强，嗣子冲幼，乃立康帝[③]。康帝登阼，会群臣，谓何曰：“朕今所以承大业，为谁之议？”何答曰：“陛下龙飞，此是庾冰之功，非臣之力。于时用微臣之议，今不睹盛明之世。”帝有惭色。

【注释】

① 何次道：何充。庾季坚：庾冰。② 成帝：司马衍。③ 康帝：晋康帝司马岳，晋成帝司马衍同母弟。

【导读】

本篇写何充和庾冰在拥立晋帝问题上的分歧，其中表现了何充的直言敢谏，同时也从侧面反映了当时世家大族掌握着绝对的威信，甚至操纵着皇帝的废立。

四二、不唯围棋　江仆射年少[①]，王丞相呼与共棋[②]。王手尝不如两道许[③]，而欲敌道戏[④]，试以观之。江不即下。王曰：“君何以不行？”江曰：“恐不得尔。”傍有客曰：“此年少戏乃不恶。”王徐举首曰：“此年少，非唯围棋见胜。”

【注 释】

① 江仆射：江彪。② 王丞相：王导。③ 道：指围棋上的格子，借指棋子。④ 敌道：敌手，按照当时的规矩棋力高者应当让棋力低者相应的子数，此处指王导坚持不饶子儿。

【导 读】

本篇写江彪年少时与王导下棋的故事，其中江彪的迟迟不下既是对自己棋艺的自信，也是对对方尊严的维护，从而受到王导的赏识。

四三、君平将终　孔君平疾笃[①]，庾司空为会稽[②]，省之，相问讯甚至，为之流涕。庾既下床，孔慨然曰："大丈夫将终，不问安国宁家之术，乃作儿女子相问！"庾闻，回谢之，请其话言。

【注 释】

① 孔君平：孔坦。② 庾司空：庾冰。为会稽：任会稽内史。

【导 读】

本篇写孔坦临终嘱托庾冰的故事，表现了孔坦方正耿直的性格和心系国家的情怀。

四四、弹弓弹枕　桓大司马诣刘尹[①]，卧不起。桓弯弹弹刘枕[②]，丸迸碎床褥间。刘作色而起曰："使君如馨地[③]，宁可斗战求胜？"桓甚有恨容。

【注 释】

① 桓大司马：桓温。刘尹：刘惔。② 弯弹：弯曲弹弓发射弹丸。③ 如馨地：如此这样。

【导 读】

本篇写桓温对刘惔开玩笑却将刘惔激怒的故事，刘惔之怒实际并非仅仅因为桓温的玩笑，而是认为桓温这样的后起士族不配与他这样的望族开玩笑。

四五、勿论宿士　后来年少，多有道深公者[①]。深公谓曰："黄吻年少，勿为评论宿士。昔尝与元明二帝、王庾二公周旋[②]。"

【注 释】

① 深公:竺法深。② 元明二帝:晋元帝司马睿和晋明帝司马绍。王庾二公:王导和庾亮。周旋:指应酬和交往。

【导 读】

本篇写竺法深反驳时人对自己评价的故事,反映了士族社会自上而下对僧人的礼遇,使佛教僧人有了极大的自信心和优越感。

四六、何得拟我 王中郎年少时[①],江虨为仆射,领选[②],欲拟之为尚书郎。有语王者,王曰:"自过江来,尚书郎正用第二人[③],何得拟我!"江闻而止。

【注 释】

① 王中郎:王坦之。② 领选:主持官员选举。③ 第二人:第二流的人物。

【导 读】

本篇写王坦之拒绝出任尚书郎一职的故事,表现了少年王坦之的自负和孤傲。

四七、蓝田不让 王述转尚书令,事行便拜。文度曰[①]:"故应让杜、许[②]。"蓝田云[③]:"汝谓我堪此不[④]?"文度曰:"何为不堪,但克让自是美事[⑤],恐不可阙。"蓝田慨然曰:"既云堪,何为复让?人言汝胜我,定不如我。"

【注 释】

① 文度:王坦之。② 杜、许:传说中禅让帝位的杜宇和隐士许由。③ 蓝田:王述。④ 不(fǒu):同"否"。⑤ 克让:指谦让。

【导 读】

王述与王坦之看法的不同是他们价值标准不同的缘故,同时也是王述自然率直个性的鲜明表现。

四八、兴公作诔 孙兴公作《庾公诔》[①],文多托寄之辞[②]。既成,示庾道恩[③],庾见,慨然送还之,曰:"先君与君,自不至于此。"

【注释】

① 孙兴公：孙绰。庾公诔：哀悼庾亮的诔文。② 托寄之辞：指寄托深厚感情的话语。③ 庾道恩：庾羲，字叔和，小名道恩，庾亮的儿子，官至建威将军、吴国内史。

【导读】

本篇写庾羲讽刺孙绰在诔文中巴结其亡父庾亮的故事，表现了世家大族子弟对自己家族地位的自信和骄傲。

四九、临终任用 王长史求东阳[1]，抚军不用[2]。后疾笃，临终，抚军哀叹曰："吾将负仲祖于此[3]，命用之。"长史曰："人言会稽王痴，真痴。"

【注释】

① 王长史：王濛。求东阳：求做东阳郡太守。② 抚军：指晋简文帝司马昱，他在登位前以会稽王兼抚军大将军身份掌管朝政。③ 仲祖：王濛。

【导读】

本篇写司马昱在王濛临死前才委任他为东阳太守的故事，表现了司马昱的胸无城府和处事不深的性格特点。

五〇、刚直见疏 刘简作桓宣武别驾[1]，后为东曹参军，颇以刚直见疏。尝听记[2]，简都无言。宣武问："刘东曹何以不下意？"答曰："会不能用[3]。"宣武亦无怪色。

【注释】

① 刘简：字仲约，东晋南阳（今属河南省）人，官至大司马参军。桓宣武：桓温。② 记：公文。③ 会：终究。

【导读】

本篇写刘简作桓温参军时因直言见疏的故事，表现了刘简的刚正不阿和直率个性。

五一、不可作缘 刘真长、王仲祖共行[1]，日旰未食[2]。有相识小人贻其餐[3]，肴案甚盛，真长辞焉。仲祖曰："聊以充虚，何苦辞？"真长曰："小人都不可与作缘[4]。"

【注释】

① 刘真长：刘惔。王仲祖：王濛。② 旰（gàn）：天色晚。③ 贻：赠送。④ 作缘：打交道，发生联系。

【导读】

本篇写刘惔宁可饿肚子也不愿接受寒族提供的膳食招待的故事，表现了世家大族对寒族的蔑视，是当时门阀观念的体现。

五二、不须陶米 王修龄尝在东山甚贫乏[①]。陶胡奴为乌程令[②]，送一船米遗之[③]，却不肯取。直答语："王修龄若饥，自当就谢仁祖索食[④]，不须陶胡奴米。"

【注释】

① 王修龄：王胡之。② 陶胡奴：陶范。③ 遗（wèi）：送给。④ 谢仁祖：谢尚。

【导读】

本篇写王胡之坚决不收陶范所送的米，因为陶范出身寒门，即便其父陶侃和陶范自己都居官有名，也不能改变高傲的世家大族对他们的蔑视态度。

五三、不近思旷 阮光禄赴山陵[①]，至都，不往殷、刘许[②]，过事便还。诸人相与追之。阮亦知时流必当逐己，乃遄疾而去[③]，至方山不相及。刘尹时为会稽[④]，乃叹曰："我入当泊安石渚下耳。不敢复近思旷傍，伊便能捉杖打人，不易。"

【注释】

① 阮光禄：阮裕。② 殷、刘：殷浩和刘惔。③ 遄（chuán）疾：急速。④ 刘尹：刘惔。为会稽：指任会稽内使。

【导读】

本篇写阮裕为了不见殷浩、刘惔这些清谈大师，竟不惜快马逃去的故事，反映了阮裕不愿与世俗同流合污的高洁品性，同时其孤傲的性格也被表现得淋漓尽致。

五四、刘惔酒后　王、刘与桓公共至覆舟山看[1]。酒酣后，刘牵脚加桓公颈[2]，桓公甚不堪，举手拨去。既还，王长史语刘曰[3]："伊讵可以形色加人不？"

【注释】

① 王、刘：王濛和刘惔。桓公：桓温。② 牵：伸。③ 王长史：王濛。

【导读】

本篇写刘惔喝醉酒把脚放在桓温脖子上的故事，当时桓温的地位已经很高，但王、刘这样的贵族清谈家仍然看不起他，表现了世家大族士人的高傲。

五五、谢万难犯　桓公问桓子野[1]："谢安石料万石必败[2]，何以不谏？"子野答曰："故当出于难犯耳。"桓作色曰："万石挠弱凡才，有何严颜难犯！"

【注释】

① 桓公：桓温。桓子野：桓伊，字叔下，小字子野，东晋谯国铚（今安徽省西南）人，官至右军将军。② 谢安石：谢安。万石：谢万。必败：指升平三年，谢万受命北伐失败事。

【导读】

本篇写桓温和桓伊讨论的故事，表现了桓温刚直的性格以及他对于士族大家士人清谈误国的愤恨。

五六、不烦复尔　罗君章曾在人家[1]，主人令与坐上客共语，答曰："相识已多，不烦复尔。"

【注释】

① 罗君章：罗含，字君章，东晋桂阳耒阳（今属湖南省）人。

【导读】

本篇写罗含不愿与客人闲谈的故事，表现了他超然脱俗的精神态度。

五七、何异王莽　韩康伯病[1]，拄杖前庭消摇[2]。见诸谢皆富贵，轰隐交路[3]，叹曰："此复何异王莽时？"

【注 释】

① 韩康伯：韩伯。② 消摇：散步。③ 轰隐：车轮滚动的声音，形容车辆之多。

【导 读】

本篇写韩伯鄙夷谢氏家族权贵的故事，这是当时世家大族之间互相仇视和争斗的一种表现。

五八、兰田拒婚 王文度为桓公长史时[①]，桓为儿求王女，王许咨蓝田[②]。既还，蓝田爱念文度，虽长大，犹抱着膝上。文度因言桓求己女婚。蓝田大怒，排文度下膝，曰："恶见，文度已复痴，畏桓温面？兵[③]，那可嫁女与之！"文度还报温云："下官家中先得婚处。"桓公曰："吾知矣，此尊府君不肯耳。"后桓女遂嫁文度儿。

【注 释】

① 王文度：王坦之。桓公：桓温。② 蓝田：王述。③ 兵：桓温为武将，且不是名门，称其为"兵"表示轻蔑。

【导 读】

本篇写王述不允许王坦之把女儿嫁给桓温儿子的故事，桓温虽地位很高，但不是士族名门，此处可见当时人在婚姻问题上深深的门第观念。

五九、小儿自命 王子敬数岁时[①]，尝看诸门生樗蒲[②]，见有胜负，因曰："南风不竞[③]。"门生辈轻其小儿，乃曰："此郎亦管中窥豹，时见一斑。"子敬嗔目曰："远惭荀奉倩[④]，近愧刘真长[⑤]！"遂拂衣而去。

【注 释】

① 王子敬：王献之。② 樗(chū)蒲：一种赌博游戏。③ 南风不竞：坐在南边的人要输了，语出《左传·襄公十八年》。④ 荀奉倩：荀粲。⑤ 刘真长：刘惔。

【导 读】

本篇写少年王献之反驳别人对他轻视的故事，表现了王献之对于自己个人能力乃至人格方面的充分自信。

六〇、羊绥自重 谢公闻羊绥佳[①]，致意令来，终不肯诣。后绥为太学博士，因事见谢公，公即取以为主簿。

【注释】

① 谢公：谢安。羊绥：字仲彦，东晋泰山平阳（今属山东省）人，官至中书侍郎。

【导读】

本篇写谢安对于不肯来见他的羊绥委以重任的故事，表现了羊绥的清高以及谢安的知人善任和宽容度量。

六一、推人正难 王右军与谢公诣阮公[①]，至门，语谢："故当共推主人[②]。"谢曰："推人正自难。"

【注释】

① 王右军：王羲之。谢公：谢安。阮公：阮裕。② 推：推崇，这里指称赞。

【导读】

本篇写谢安不肯降低地位、身份推尊阮裕的故事，是当时人看重门第和才德的反映。

六二、魏祚不长 太极殿始成，王子敬时为谢公长史[①]，谢送版，使王题之，王有不平色，语信云[②]："可掷著门外。"谢后见王，曰："题之上殿何若？昔魏朝韦诞诸人[③]，亦自为也。"王曰："魏祚所以不长。"谢以为名言。

【注释】

① 王子敬：王献之。谢公：谢安。② 信：指信使。③ 韦诞：字仲将，擅长楷书，魏朝宫观题字，多是他的手笔。据传魏明帝筑陵云殿，误先钉匾，忘题字，于是让侍中韦诞上高凳悬空题匾，题完后，韦诞须发尽白，告诫子弟，不要再学这种书法，见刘孝标注引宋明帝《文章志》。

【导读】

本篇通过王献之不愿题写太极殿匾额和与谢安的对话，表现他对东晋王朝政治前途的失望。也体现了他直率自傲的性格特征。

六三、自量为难 王恭欲请江卢奴为长史[①]，晨往诣江，江犹在帐中。王坐，不敢即言。良久乃得及，江不应。直唤人取酒，自饮一碗，又不与王。王且笑且言："那得独饮？"江曰："卿亦复须邪？"更使酌与王。王饮酒毕，因得自解去。未出户，江叹曰："人自量，固为难！"

【注释】

① 江卢奴：江敳，字仲凯，小字卢奴，江虨之子，官至内史。

【导读】

本篇写江敳不愿做王恭的长史，在王恭来拜访时以十分倨傲的姿态相待的故事，惟妙惟肖地描绘出当时世家大族的孤傲姿态。

六四、忠孝当先 孝武问王爽[①]："卿何如卿兄？"王答曰："风流秀出，臣不如恭，忠孝亦何可以假人！"

【注释】

① 孝武：司马曜。王爽：字季明，王恭之弟，官至侍中。

【导读】

本篇写王爽与晋孝武帝问对的故事，表现了王爽的善于应答，同时也反映了当时人们的价值标准。

六五、拒称小子 王爽与司马太傅饮酒[①]，太傅醉，呼王为"小子"。王曰："亡祖长史[②]，与简文皇帝为布衣之交[③]；亡姑、亡姊[④]，伉俪二宫。何小子之有？"

【注释】

① 司马太傅：司马道子。② 长史：王濛。③ 简文皇帝：司马昱。④ 亡姑、亡姊：指王濛之女王穆之和孙女王法惠，王穆之为晋哀帝后，王法惠为晋孝武帝后。

【导读】

本篇写王爽以自己的家族背景相炫耀的故事，表现了王爽的善于应对，同时也显示了当时士族对于家族背景和自身地位的骄傲。

六六、张王相交 张玄与王建武先不相识[①]，后遇于范豫章许[②]，范令二人共语。张因正坐敛衽，王孰视良久，不对。张大失望，便去，范苦譬留之[③]，遂不肯住。范是王之舅，乃让王曰："张玄，吴士之秀，亦见遇于时，而使至于此，深不可解。"王笑曰："张祖希若欲相识[④]，自应见诣。"范驰报张，张便束带造之。遂举觞对语，宾主无愧色。

【注释】

① 王建武：王忱。② 范豫章：范宁。许：住处。③ 譬：劝说。④ 张祖希：张玄。

【导读】

本篇写张玄与王忱交往的故事，体现了当时北方名门和吴中大族之间存在的隔阂。二人最终互相交好，体现了南北大族之间有着互相沟通的客观要求和实际条件。

雅量第六

一、顾雍丧子　豫章太守顾劭[①]，是雍之子[②]。劭在郡卒。雍盛集僚属，自围棋。外启信至，而无儿书，虽神气不变，而心了其故。以爪掐掌，血流沾褥。宾客既散，方叹曰："已无延陵之高[③]，岂可有丧明之责[④]！"于是豁情散哀[⑤]，颜色自若。

【注释】

① 顾劭：字孝则，三国吴郡人，二十七岁时为豫章太守，颇有政绩，在郡五年卒。② 雍：顾雍，字元叹，位至丞相。③ 延陵：指延陵季子，他儿子死后，葬丧都合乎礼。④ 丧明：子夏因死了儿子而哭瞎了眼睛。⑤ 豁情：心情开朗。

【导读】

本篇通过描写顾雍得知儿子死讯之后的表现，显现出他参破生死的达观态度和遇事不露声色的宽宏气量。文中对顾雍的细节刻画，入情入理，跃然纸上。

二、临刑弹琴　嵇中散临刑东市[①]，神气不变。索琴弹之，奏《广陵散》[②]。曲终，曰："袁孝尼尝请学此散[③]，吾靳固不与[④]，《广陵散》于今绝矣!”太学生三千人上书,请以为师,不许。文王亦寻悔焉⑤。

【注释】

① 嵇中散:嵇康。东市:刑场。②《广陵散》:又名《广陵止息》,古琴曲名,旋律慷慨激昂,直接表达了受压迫者反抗暴君的斗争精神。关于此曲的作者并没有确切的说法,一说嵇康所作,一说之前就已存在,而嵇康最善弹。③ 袁孝尼:袁准。④ 靳(jìn):吝惜。⑤ 文王:司马昭。寻:不久。

【导读】

本篇描写嵇康临刑前的行为,既是对司马氏政权的控诉,更是其自我本质的表现与张扬,而千古绝唱《广陵散》正是嵇康人格的化身,完美体现了魏晋士人的文采风流。

三、倚柱作书　夏侯太初尝倚柱作书①。时大雨,霹雳破所倚柱,衣服焦然,神色无变,书亦如故。宾客左右,皆跌荡不得住②。

【注释】

① 夏侯太初:夏侯玄。作书:写信。② 跌荡:跌仆摇荡,立足不稳的样子。

【导读】

本篇写夏侯玄面对突发情况镇定自若,运用对比夸张的手法描绘出夏侯玄遇事不惊的从容风度,足见其胸怀无垠。

四、王戎识李　王戎七岁,尝与诸小儿游。看道边李树多子折枝。诸儿竞走取之,唯戎不动。人问之,答曰:“树在道边而多子,此必苦李。”取之,信然①。

【注释】

① 信然:果然,确实如此。

【导读】

本篇通过描写王戎对路边李子的判断,表现了其善于观察和出色的推理论断能力,令人感叹七岁小儿的惊人智慧。

五、看虎无恐　魏明帝于宣武场上断虎爪牙①,纵百姓观之。王戎七岁,亦往看。虎承间攀栏而吼,其声震地,观者无不辟易颠仆[②]。戎湛然不动[③],了无恐色。

【注释】

① 魏明帝:曹睿。宣武场:训练军队的场所。断:隔断,禁绝。② 辟易颠仆:惊退跌倒。③ 湛然:镇定的样子。

【导读】

本篇生动形象地描写了王戎看虎时的不动声色,通过与众观者的惊慌失措对比,更加显示出他与众不同的气度。

六、退布报书 王戎为侍中,南郡太守刘肇遗筒中笺布五端[①],戎虽不受,厚报其书。

【注释】

① 遗(wèi):馈赠。端:二丈为一端。

【导读】

王戎不受人赠物,反以书信厚报,尽管其在财富问题上斤斤计较,但亦不乏视金如土的名士之风,所以有人认为他在"竹林七贤"中名次仅次于阮籍。

七、叔则自若 裴叔则被收[①],神气无变,举止自若。求纸笔作书。书成,救者多,乃得免。后位仪同三司[②]。

【注释】

① 裴叔则:裴楷。收:拘捕。② 仪同三司:官名,官的仪制与三公同。

【导读】

本篇写裴楷被拘捕而镇定自若,淡然平和的行事态度表现了其超脱放达的生死观。故事言简意赅,生动传神。

八、牛背眼光 王夷甫尝属族人事[①],经时未行[②]。遇于一处饮燕[③],因语之曰:"近属尊事,那得不行?"族人大怒,便举樏掷其面[④]。夷甫都无言,盥洗毕,牵王丞相臂[⑤],与共载去。在车中照镜,语丞相曰:"汝看我眼光,乃出牛背上[⑥]。"

【注释】

① 王夷甫：王衍。属（zhǔ）：嘱托。② 经时：时间长远。③ 燕：通“宴”。④ 樏（léi）：一种食盒。⑤ 王丞相：王导。⑥ 出牛背上：牛背是着鞭之处，王衍自认为风采过人，不计较别人对自己的凌辱。

【导读】

本篇写王衍受人侮辱，不与之计较，表现了其心胸的广阔，气量的宽宏。真实地描绘宛如动态连续的画面，让人印象深刻。

九、裴遐默受 裴遐在周馥所①，馥设主人②。遐与人围棋，馥司马行酒③。遐正戏，不时为饮④。司马恚⑤，因曳遐坠地。遐还坐，举止如常，颜色不变，复戏如故。王夷甫问遐：“当时何得颜色不异？”答曰：“直是暗当故耳⑥。”

【注释】

① 周馥：字祖宣，汝南人，官至镇东将军。② 设主人：作东道主。③ 司马：军府官名。行酒：劝酒。④ 不时：未及时。⑤ 恚：怒。⑥ 暗当：默受。

【导读】

本篇描写裴遐受到侮辱而不动怒，这不仅是当时名士所崇尚的风度雅量，而且也是围棋所倡导的“有胜不诛”、“虽败不亡”的人生态度。

一〇、君子之心 刘庆孙在太傅府①，于时人士，多为所构②，唯庾子嵩纵心事外③，无迹可间④。后以其性俭家富，说太傅令换千万⑤，冀其有吝⑥，于此可乘。太傅于众坐中问庾，庾时颓然已醉，帻堕几上⑦，以头就穿取⑧。徐答云：“下官家故可有两娑千万⑨，随公所取。”于是乃服。后有人向庾道此，庾曰：“可谓以小人之虑，度君子之心。”

【注释】

① 刘庆孙：刘舆，字庆孙，在太傅司马越的官府中任长史。太傅：司马越，字元超，高密王泰之子，历任司空、太傅等官。② 构：陷害。③ 庾子嵩：庾敳。④ 间（jiàn）：谗间。⑤ 换：借。⑥ 冀：希望。⑦ 帻（zé）：头巾。⑧ 就：靠近。⑨ 娑：三。

【导读】

本篇描写庾子嵩凭借其非凡的气度而得以逃脱被人构陷的命运，说明宏大的器量有时可以使人免于罹难，同时“以小人之心，度君子之腹”得以千古流传。

一一、不动声色 王夷甫与裴景声志好不同[1]，景声恶欲取之[2]，卒不能回[3]。乃故诣王，肆言极骂，要王答己，欲以分谤[4]。王不为动色，徐曰：“白眼儿遂作[5]。”

【注释】

① 王夷甫：王衍。裴景声：裴邈，字景声。历太傅从事中郎、左司马，监东海王军事。志好：志趣爱好。② 此句意为景声讨厌王夷甫想任用自己。③ 回：改变。④ 分谤：分受指责。⑤ 白眼儿遂作：讽刺裴邈发脾气的样子。

【导读】

本篇写裴邈与王衍斗气，把裴邈的怒气焦躁和王衍的不动声色描写得无比形象，对比之下王衍的雅量显露无遗。

一二、全君雅志 王夷甫长裴成公四岁[1]，不与相知[2]。时共集一处，皆当时名士，谓王曰：“裴令令望何足计[3]！”王便卿裴[4]，裴曰：“自可全君雅志。”

【注释】

① 王夷甫：王衍。裴成公：裴頠。② 相知：交好。③ 裴令：裴楷，裴頠的叔父。令望：美好的声望。④ 卿裴：称裴为卿，这里是不礼貌的称呼。

【导读】

本篇写裴頠不与王衍计较称呼，以“全君雅志”一说成就了自己的翩翩雅量，同时也反映了魏晋名士不崇礼制的风尚。

一三、径还乌衣 有往来者云：“庾公有东下意[1]。”或谓王公[2]：“可潜稍严[3]，以备不虞[4]。”王公曰：“我与元规虽俱王臣，本怀布衣之好。若其欲来，吾角巾径还乌衣[5]，何所稍严。”

【注释】

① 庾公:庾亮,字元规,曾和王导参辅朝政。东下:指侵犯京城。② 王公:王导。③ 潜:暗中。严:戒备。④ 虞:预料。⑤ 此句指弃官归家。

【导读】

本篇写王导不惧庾亮东下,可以随时抛下一切回家做百姓,言语恬淡坦然,不计进退,其度量可见一斑。

一四、与君周旋 王丞相主簿欲检校帐下[①],公语主簿:“欲与主簿周旋[②],无为知人几案间事[③]。”

【注释】

① 王丞相:王导。主簿:主管文书簿籍的官职。检校:检查核对。帐下:幕僚。② 周旋:戏游。③ 几案间事:即文牍案卷之事。

【导读】

本篇描写王导不以政事为累,悠游自在的生活态度,这也是其“镇之以静,群情自安”执政理念的体现。

一五、祖财阮屐 祖士少好财[①],阮遥集好屐[②],并恒自经营[③]。同是一累[④],而未判其得失[⑤]。人有诣祖,见料视财物。客至,屏当未尽[⑥],余两小簏[⑦],著背后[⑧],倾身障之,意未能平[⑨]。或有诣阮,见自吹火蜡屐,因叹曰:“未知一生当著几量屐[⑩]?”神色闲畅[⑪]。于是胜负始分。

【注释】

① 祖士少:祖约,字士少,晋范阳人,祖逖之弟。历任平西将军、豫州刺史。② 阮遥集:阮孚,字遥集,晋陈留人,阮咸次子,官至侍中、广州刺史等。屐:一种木底鞋。③ 经营:料理。④ 累:负担。⑤ 判:分辨。得失:高下。⑥ 屏(bìng)当(dàng):料理,收拾。⑦ 簏(lù):竹箱。⑧ 著(zhuó):放置。⑨ 意未能平:心神不平静。⑩ 量:通“两”,量词。⑪ 闲畅:悠闲舒畅。

【导读】

本篇描写了爱财与好屐的两位名士,通过他们对待钟爱之物的表现判断其高下,反映了魏晋品题人物重在以形征神,从人物的外在行为挖掘和体味其精神内涵和气质风度的风气。

一六、难得眠处 许侍中、顾司空俱作丞相从事①，尔时已被遇②，游宴集聚，略无不同。尝夜至丞相许戏，二人欢极，丞相便命使入己帐眠。顾至晓回转，不得快孰③。许上床便咍台大鼾④。丞相顾诸客曰："此中亦难得眠处⑤。"

【注释】

① 许侍中：许璪（zǎo），字思文，任从事、侍中，官至吏部侍郎。顾司空：顾和。丞相：王导。② 被遇：被赏识。③ 孰：通"熟"，熟睡。④ 咍（hāi）台：打呼噜的声音。⑤ 难得：难以得到。

【导读】

本篇写中原人许璪与东吴人顾和在王导帐内睡觉，一个辗转反侧，一个咍台大睡，其实是中原大族过江之后与当地吴人隔阂未消的一个投影。

一七、元规非假 庾太尉风仪伟长①，不轻举止，时人皆以为假。亮有大儿数岁②，雅重之质③，便自如此，人知是天性。温太真尝隐幔怛之④，此儿神色恬然，乃徐跪曰："君侯何以为此？"论者谓不减亮。苏峻时遇害。或云："见阿恭，知元规非假。"

【注释】

① 庾太尉：庾亮。风仪：风度仪表。② 大儿：庾会，字会宗，小名阿恭，庾亮长子。③ 雅重之质：高雅稳重的气质。④ 温太真：温峤。怛（dá）：吓唬。

【导读】

本篇从儿子的角度写其父风度气质，视角独特，不仅庾亮父子的风采值得赞美，作者的笔法也入木三分。

一八、牛屋贵客 褚公于章安令迁太尉记室参军①，名字已显而位微②，人未多识。公东出，乘估客船，送故吏数人投钱唐亭住③。尔时吴兴沈充为县令④，当送客过浙江，客出⑤，亭吏驱公移牛屋下⑥。潮水至，沈令起彷徨⑦，问："牛屋下是何物⑧？"吏云："昨有一伧父来寄亭中⑨，有尊贵客，权移之[⑩]。”令有酒色，因遥问：“伧父欲食饼不？姓何等？可共语。”褚因举手答曰：“河南褚季野。”远近久承公名，令于是大遽[⑪]，不敢移公，便于牛屋下修刺诣公[⑫]，更宰杀为馔，具于公前，鞭挞亭吏，欲以谢惭。公与之酌宴，言色无异，状如不觉。令送公至界。

【注 释】

① 褚公：褚裒，字季野。② 显：显赫。微：低微。③ 送故：送别原任长官，是魏晋当时的风气。④ 沈充：字士居。曾助王敦谋反，兵败被杀。⑤ 客出：即客至。⑥ 牛屋：牛棚子。⑦ 彷徨：盘旋。⑧ 何物：什么人。⑨ 伧(cāng)父：南人对北人的鄙称。⑩ 权：暂且。⑪ 遽：惶恐。⑫ 修刺：备办名片。

【导 读】

本篇写褚季野名显位微时受到亭吏和沈充的不同待遇，反映出当时社会追逐看重声名的风气。

一九、东床坦腹　郗太傅在京口[①]，遣门生与王丞相书[②]，求女婿。丞相语郗信：“君往东厢，任意选之。”门生归，白郗曰：“王家诸郎，亦皆可嘉，闻来觅婿，咸自矜持[③]。唯有一郎，在东床上坦腹卧[④]，如不闻。”郗公云：“正此好！”访之，乃是逸少[⑤]，因嫁女与焉。

【注 释】

① 郗太傅：郗鉴。② 王丞相：王导。③ 自：助词，无意义。矜持：拘谨。④ 坦：袒露。⑤ 逸少：王羲之，王导的侄儿。

【导 读】

本篇写郗鉴择婿之事。王羲之坦腹东床，这是其自然率直性格的表现，却应了女婿之选，充分显示了晋人对真率超拔风气的赞赏之情。“东床坦腹”则成了流传不衰的千古佳话。

二〇、真率为高　过江初，拜官，舆饰供馔[①]。羊曼拜丹阳尹[②]，客来蚤者[③]，并得佳设[④]。日晏渐罄[⑤]，不复及精，随客早晚，不问贵贱。羊固拜临海[⑥]，竟日皆美供[⑦]，虽晚至，亦获盛馔。时论以固之丰华，不如曼之真率。

【注释】

① 此句指大办宴席，供给客人。舆，众。饰，整治，通"饬"。② 羊曼：字延祖，曾任丹阳尹，后被苏峻杀害。③ 蚤：通"早"。④ 佳设：美味佳肴。⑤晏：晚。罄：尽。⑥ 羊固：字道安，以善书法著称，官至黄门侍郎。⑦ 竟日：整日。

【导读】

本篇通过比较羊固与羊曼的待客宴席，认为羊固的丰盛华美不如羊曼的真挚坦率，借而展现了晋人追求自然率真的风尚。

二一、火攻下策 周仲智饮酒醉[①]，嗔目还面谓伯仁曰[②]："君才不如弟，而横得重名[③]！"须臾，举蜡烛火掷伯仁。伯仁笑曰："阿奴火攻[④]，固出下策耳！"

【注释】

① 周仲智：周嵩，周𫖮弟。② 嗔目：瞪眼。伯仁：周𫖮。③ 横：意外，无缘无故。④ 阿奴：爱称。火攻：以火攻敌。《孙子》道"以火攻者明也"，所以是下策。

【导读】

本篇写周𫖮不与酒醉的弟弟计较，小事之中见其雅量和超脱放达的人生态度。语言描写和动作描写非常出色，人物形象自然就显得真实生动。

二二、搏虱如故 顾和始为扬州从事。月旦当朝[①]，未入顷，停车州门外。周侯诣丞相[②]，历和车边。和觅虱，夷然不动[③]。周既过，反还，指顾心曰："此中何所有？"顾搏虱如故[④]，徐应曰："此中最是难测地。"周侯既入，语丞相曰："卿州吏中有一令仆才[⑤]。"

【注释】

① 月旦：农历每月初一。② 周侯：周𫖮。丞相：王导。③ 夷然：安然。④ 搏：捉。⑤ 令仆才：指作尚书令和仆射的才能。

【导读】

本篇记述顾和在周𫖮面前坦然自若地觅虱，这本是大不敬的行为，但周却夸赞他有令仆之才，放诞与宽容同在，表现了魏晋士人对纵心任性行为的崇尚。

二三、可使著贼 庾太尉与苏峻战[①]，败，率左右十余人乘小船西奔，乱兵相剥掠，射，误中舵工，应弦而倒，举船上咸失色分散。亮不动容，徐曰："此手那可使著贼[②]！"众乃安。

【注释】

① 庾太尉：庾亮。② 此句意为若用如此射技射中敌人就好了。

【导读】

本篇写庾亮在众人慌乱之际，并不责怪手下失手杀人，而是谈笑自若，以安众心，逃亡中的从容更是让人觉其器量恢宏。

二四、堕地不惊 庾小征西尝出未还[①]。妇母阮是刘万安妻[②]，与女上安陵城楼上。俄顷翼归，策良马，盛舆卫[③]。阮语女："闻庾郎能骑，我何由得见？"妇告翼，翼便为于道开卤簿盘马[④]，始两转，坠马堕地，意色自若。

【注释】

① 庾小征西：庾翼，曾任征西将军，时称庾小征西。② 妇母：岳母。刘万安：刘绥，晋高平人，官骠骑长史。③ 舆卫：车马护从。④ 开：排开。卤薄：仪仗队。盘马：驰马盘旋。

【导读】

本篇记述庾翼在自己岳母面前骑马堕地，但是神色如常，平静自若，反映出其非凡的气度和开阔的心胸。有婿如此，有岳母如此，魏晋风流可圈可点。

二五、穆然清恬 宣武与简文、太宰共载[①]，密令人在舆前后鸣鼓大叫。卤簿中惊扰[②]，太宰惶怖，求下舆，顾看简文，穆然清恬[③]。宣武语人曰："朝廷间故复有此贤。"

【注释】

① 宣武：桓温。简文：司马昱，谥号简文。太宰：武陵王司马晞，晋穆

帝时任太宰。② 卤簿:仪仗队。③ 穆然:镇静的样子。恬:静。

【导读】

本篇运用对比的手法描写了简文帝司马昱受到惊扰而不惧的故事,显现其遇事镇定,从容不迫的大将风范。

二六、坚坐不动 王劭、王荟共诣宣武①,正值收庾希家②。荟不自安,逡巡欲去;劭坚坐不动,待收信还,得不定③,乃出。论者以劭为优。

【注释】

① 王劭:字敬伦,王导第五子,历官尚书仆射、吴国内史。王荟:字敬文,王导幼子,官至镇军将军。宣武:桓温。② 收:拘捕。庾希:字始彦,鄢陵人,庾冰长子,历任徐、兖二州刺史。庾希兄弟被桓温陷害,希率众讨温,兵败被杀。③ 得不定:得知事情未定。

【导读】

本篇写王劭遇到桓温收捕庾希家,事发突然,但其举止镇定,坦然自若,尤其是在王荟的衬托下充分显示了他的宽宏气度。

二七、入幕之宾 桓宣武与郗超议芟夷朝臣①,条牒既定②,其夜同宿。明晨起,呼谢安、王坦之入,掷疏示之。郗犹在帐内。谢都无言,王直掷还,云:"多!"宣武取笔欲除,郗不觉窃从帐中与宣武言。谢含笑曰:"郗生可谓入幕宾也③。"

【注释】

① 桓宣武:桓温。芟夷:除去。② 条牒:此处指裁除朝臣的文书。③ 入幕宾:古代军队出征,将帅办公的地方称幕府,幕府中的属官是幕僚或幕宾。谢安借此讽刺郗超。

【导读】

本篇写郗超帮助桓温谋划裁除朝臣之事,王坦之直言陈事,谢安委婉讽之。故事言约旨远,仅短短几句,却刻画了四个完全不同性格的人物形象,不愧是志人小说的代表作。

二八、谢安泛海 谢太傅盘桓东山时①,与孙兴公诸人泛海戏②。风起浪涌，孙、王诸人色并遽，便唱使还[3]。太傅神情方王[4]，吟啸不言。舟人以公貌闲意说[5]，犹去不止。既风转急[6]，浪猛，诸人皆喧动不坐。公徐云："如此，将无归[7]！"众人即承响而回[8]。于是审其量，足以镇安朝野。

【注释】

① 谢太傅：谢安。盘桓：逗留。② 孙兴公诸人：指孙绰、王羲之等人。③ 唱：提议，要求。④ 神情方王：兴致正浓。王，通"旺"。⑤ 说：通"悦"，愉快。⑥ 既：不久。⑦ 将无：莫非。晋时口语，表示商量之词。⑧ 承响：响应。

【导读】

本篇写谢安泛海一行遇到风浪，众人皆惊惧不安，唯有谢安以宽阔的胸襟展示了隐士文化的深厚底蕴和生动美感。此则故事可称为代表魏晋士人风度气质的经典之作，也是魏晋士族文人审美人生态度的集中体现。

二九、始判优劣　桓公伏甲设馔[1]，广延朝士[2]，因此欲诛谢安、王坦之。王甚遽，问谢曰："当作何计？"谢神意不变，谓文度曰[3]："晋阼存亡[4]，在此一行。"相与俱前。王之恐状，转见于色。谢之宽容[5]，愈表于貌。望阶趋席，方作洛生咏[6]，讽"浩浩洪流"。桓惮其旷远，乃趣解兵[7]。王、谢旧齐名，于此始判优劣。

【注释】

① 桓公：桓温。伏甲：埋伏甲兵。② 延：请。③ 文度：王坦之。④ 阼：祚，皇位，国统。⑤ 宽容：镇定从容的神气。⑥ 洛生咏：洛阳书生吟咏时声音重浊，称"洛生咏"。⑦ 趣（cù）：通"促"，急忙。

【导读】

本篇写桓温策划谋害谢、王二人，性命攸关之际，谢安以国事为重，从容以对，显示其遇事从容豁达的大家气度。故事以对比手法凸显谢安的胸怀，十分传神。

三〇、谢安能忍　谢太傅与王文度共诣郗超[1]，日旰未得前[2]，王便欲去。谢曰："不能为性命忍俄顷？"

【注释】

① 谢太傅：谢安。王文度：王坦之。② 旰：晚。

【导读】

本篇写郗超仗着权势傲慢待人，谢安选择容忍以对，显示其能屈能伸的过人度量和以国事为重的深沉情怀，千百年后依然让人肃然起敬。

三一、不为面计 支道林还东[①]，时贤并送于征虏亭。蔡子叔前至[②]，坐近林公。谢万石后来[③]，坐小远。蔡暂起，谢移就其处。蔡还，见谢在焉，因合褥举谢掷地[④]，自复坐。谢冠帻倾脱，乃徐起振衣就席，神意甚平，不觉嗔沮[⑤]。坐定，谓蔡曰："卿奇人，殆坏我面[⑥]。"蔡答曰："我本不为卿面作计[⑦]。"其后，二人俱不介意。

【注释】

① 支道林：支遁。② 蔡子叔：蔡系，字子叔，官至抚军长史。前至：先到。③ 谢万石：谢万。④ 褥：坐垫。⑤ 嗔沮：嗔怒沮丧。⑥ 殆：几乎。⑦ 作计：打算。

【导读】

本篇记蔡系与谢万之间的小争执，蔡的粗暴无礼，谢的不以为意，而事情过后两人又都不放心上，表现了魏晋世人不以小事为意的潇洒气度。

三二、只言损米 郗嘉宾钦崇释道安德问[①]，饷米千斛[②]，修书累纸[③]，意寄殷勤[④]。道安答，直云："损米。"愈觉有待之为烦[⑤]。

【注释】

① 郗嘉宾：郗超。钦崇：敬重。释道安：东晋高僧，常山郡人，聪慧过人。曾师于佛图澄。德问：道德声望。② 饷：馈赠。斛：十斗为一斛。③ 修书：写信。累纸：许多张纸。④ 意寄殷勤：表达的情意真挚深切。⑤ 此句余嘉锡云："读之言简意赅，愈觉必待词采而后为文者，无益于事，徒为烦费耳。"

【导读】

本篇写郗超修书长篇累牍，道安答复言简意赅，表达了其贵简崇无的本无思想。

三三、谢奉奇士 谢安南免吏部尚书还东①,谢太傅赴桓公司马出西②,相遇破冈。既当远别,遂停三日共语。太傅欲慰其失官,安南辄引以它端③。遂信宿中涂④,竟不言及此事。太傅深恨在心未尽⑤,谓同舟曰:"谢奉故是奇士⑥。"

【注释】

①谢安南:谢奉。还东:回会稽。②谢太傅:谢安。桓公:桓温。③引以它端:改谈别的事。④信宿:连住两夜。中涂:中途,半路。⑤在心未尽:心里话没有谈完。⑥故:确实。

【导读】

本篇写谢奉路遇谢安,连宿两夜,竟然不谈失官之事,表明他不计较个人得失的雅量。

三四、悠然识戴 戴公从东出①,谢太傅往看之②。谢本轻戴③,见但与论琴书。戴既无吝色④,而谈琴书愈妙。谢悠然知其量⑤。

【注释】

①戴公:戴逵,字安道,谯国人,后移居会稽郡剡县,博学多才,擅长棋琴书画,不求仕进。②谢太傅:谢安。③轻:轻视。④吝色:为难不乐意的神色。⑤悠然:自在貌。

【导读】

本篇写谢安轻视戴逵,戴不以为意,而是自然真诚地虚心待之,显示了其弘阔器量和自然随意的处世态度。

三五、儿辈破贼 谢公与人围棋①,俄而谢玄淮上信至②。看书竟③,默然无言,徐向局④。客问淮上利害⑤,答曰:"小儿辈大破贼⑥。"意色举止,不异于常。

【注释】

①谢公:谢安。②淮上:指淝水战场。信:使者。③竟:完。④向局:面向棋局。⑤利害:指胜负情况。⑥小儿辈:指谢玄等晚辈。

【导读】

本篇写谢安得到淝水之战胜利的消息后,并不喜形于色,而是善于控制情感，选择继续下棋，显示了其人雅量。

三六、二王神宇 王子猷、子敬曾俱坐一室[①]，上忽发火，子猷遽走避，不惶取屐[②]；子敬神色恬然，徐唤左右，扶凭而出[③]，不异平常。世以此定二王神宇[④]。

【注释】

① 王子猷：王徽之，字子猷，王羲之之子，子敬兄。官至黄门侍郎，晚年弃官东归。子敬：王献之。② 不惶：没有时间。惶，通"遑"，空闲。③ 扶凭：搀扶。④ 神宇：精神气度。

【导读】

本篇写王徽之与王献之面对火险时的不同表现，以是否镇定坦然的标准被断定高下，反映了当时世人对不动声色的处世态度的激赏。

三七、苻坚游魂 苻坚游魂近境[①]，谢太傅谓子敬曰[②]："可将当轴，了其此处[③]。"

【注释】

① 苻坚：前秦君主，字永固，一字文玉，在位二十七年。南侵，与晋军战于淝水，大败而回，为姚苌所杀。游魂：形容敌人的侵扰活动。② 谢太傅：谢安。子敬：王献之。③ 此句意不明确。刘辰翁云："谓及我在位时攻之，自任吞虏。"当轴，朝廷中的当权人物。

【导读】

本篇写谢安表示愿在自己当政之时实现安邦的宏愿，显示其人心存社稷，胸怀宽广。

三八、吴兴钓徒 王僧弥、谢车骑共王小奴许集[①]。僧弥举酒劝谢云："奉使君一觞。"谢曰："可尔[②]。"僧弥勃然起，作色曰[③]："汝故是吴兴溪中钓碣耳[④]！何敢诪张[⑤]！"谢徐抚掌而笑曰："卫军[⑥]，僧弥殊不肃省[⑦]，乃侵陵上国也[⑧]。"

【注释】

① 王僧弥：王珉。谢车骑：谢玄。王小奴：王荟。许：住所。② 可尔：

可以这样做。说话的态度傲慢。③ 作色：变了脸色。④ 此句既提到了谢玄的小名又讽刺其钓鱼的爱好，余嘉锡曰："言汝不过钓鱼之羯奴耳。"⑤ 诪(zhōu)张：欺骗，作伪。⑥ 卫军：王荟。⑦ 僧弥：谢玄在这句里也直呼了王珉的小名。肃省：敬慎自省。⑧ 上国：指春秋时中原各国，是对边远国家相对而言。这里用上国指自己，借以抬高身价。

【导读】

本篇记述王珉因为谢玄对他不礼貌而生气，当面发怒骂谢，而谢则以玩笑对之，并无失态之色，可称有雅量。

三九、公辅之器 王东亭为桓宣武主簿[①]，既承藉[②]，有美誉，公甚欲其人地为一府之望[③]。初，见谢失仪，而神色自若。坐上宾客即相贬笑。公曰："不然，观其情貌，必自不凡。吾当试之。"后因月朝阁下伏，公于内走马直出突之[④]，左右皆宕仆[⑤]，而王不动。名价于是大重，咸云："是公辅器也[⑥]。"

【注释】

① 王东亭：王珣。桓宣武：桓温。② 承藉：指继承祖先的福荫并以为凭借。③ 人地：人品和门第。④ 突：冲。⑤ 宕仆：摇摆跌倒。⑥ 公辅：相当于三公、辅弼大臣一类人材。此称赞东亭有公辅的才能。

【导读】

本篇写桓温欲抬高王珣声望，以走马冲撞他，王珣不为所动，从此名声大振。王珣遇事不惊让人激赏，桓温试人之法后人颇为费解，刘辰翁评云："何等试法！"

四〇、举杯劝星 太元末，长星见[①]，孝武心甚恶之[②]。夜，华林园中饮酒，举杯属星云[③]："长星！劝尔一杯酒，自古何时有万岁天子！"

【注释】

① 长星：彗星。古人认为彗星出现是不祥之兆。见(xiàn)：出现。② 孝武：司马曜。恶(wù)：厌恶。③ 属(zhǔ)：嘱咐。

【导读】

本篇写晋孝武司马曜见长星出现，感慨自古没有万岁天子，犹如一位旷达和潇洒的名士，表达了看破世事变化之情。

四一、慢戏之流 殷荆州有所识[①]，作赋，是束皙慢戏之流[②]。殷甚以为有才，语王恭："适见新文，甚可观。"便于手巾函中出之[③]。王读，殷笑之不自胜[④]。王看竟，既不笑，亦不言好恶，但以如意帖之而已[⑤]。殷怅然自失[⑥]。

【注释】

① 殷荆州：殷仲堪。有所识：有所认识的人。② 束皙：字广微，晋元城人，任尚书郎，曾作《饼赋》等，文颇诙谐。慢戏：轻慢诙谐。③ 函：封套。④ 自胜：克制自己。⑤ 帖：通"贴"，贴伏。⑥ 怅（chàng）然：失意的样子。

【导读】

本篇写王恭对殷荆州推荐之赋并不赞同，但是能隐而不言，故称雅量。简短的语言传神地描绘出了生动形象的人物。明王世懋评云："如见其情状。"

四二、中国尚虚 羊绥第二子孚，少有俊才，与谢益寿相好[①]，尝蚤往谢许[②]，未食。俄而王齐、王睹来[③]。既先不相识，王向席有不说色[④]，欲使羊去。羊了不眄[⑤]，唯脚委几上[⑥]，咏瞩自若[⑦]。谢与王叙寒温数语毕，还与羊谈赏，王方悟其奇，乃合共语。须臾食下[⑧]，二王都不得餐，唯属羊不暇。羊不大应对之，而盛进食，食毕便退。遂苦相留，羊义不住[⑨]，直云："向者不得从命，中国尚虚[⑩]。"二王是孝伯两弟[⑪]。

【注释】

① 谢益寿：谢混。② 蚤：通"早"。许：住所。③ 王齐：王熙，字叔和，小名齐，王恭次弟，官至太子洗马。王睹：王爽，王恭四弟。④ 向席：入座。说：同"悦"。⑤ 了不：一点儿不。眄：斜看。⑥ 委：放置。⑦ 咏瞩：吟咏、顾盼。⑧ 食下：摆设饮食。⑨ 义：坚决。⑩ 中国尚虚：这里指腹中尚空。⑪ 孝伯：王恭。

【导读】

本篇写羊孚无视二王脸色，不以他们的喜恶为意，完全随心所欲、超拔自由地来去，这是老庄道家的虚无和自由人生境界的具体表现，显示了羊孚的宽宏器量。

识鉴第七

一、乱世英雄 曹公少时见乔玄①，玄谓曰："天下方乱，群雄虎争，拨而理之②，非君乎？然君实乱世之英雄，治世之奸贼。恨吾老矣，不见君富贵，当以子孙相累③。"

【注释】

① 曹公：曹操。乔玄：字公祖，东汉睢阳人，长于知人，历任司徒、太尉等官。② 此句指治理天下。③ 累：牵累。

【导读】

本篇写乔玄目曹操为"乱世英雄，治世奸贼"，从此一锤定音，成了天下人对曹操的经典共识。

二、一方之主 曹公问裴潜曰①："卿昔与刘备共在荆州②，卿以备才如何？"潜曰："使居中国，能乱人，不能为治。若乘边守险③，足为一方之主。"

【注释】

① 曹公：曹操。裴潜：字文行，河东闻喜人。避乱荆州，刘表以礼相待，之后被曹操重用。魏明帝时，历任尚书令等官。② 刘备：字玄德。备占据西蜀，于建安二十六年称帝建国，在位三年。③ 乘边：占据边塞。

【导读】

本篇写裴潜评论刘备，认为其虽然不能治理中原，但可为一方之主，三分天下的事实证明了其鉴别人物的才能。

三、傅嘏拒交 何晏、邓飏、夏侯玄并求傅嘏交①，而嘏终不许。诸人乃因荀粲说合之，谓嘏曰："夏侯太初一时之杰士，虚心于子②，而卿意怀不可，交合则好成，不合则致隙③。二贤若穆④，则国之休⑤，此蔺相如所以下廉颇也。"傅曰："夏侯太初，志大心劳，能合虚誉，诚所谓利口覆国之人[⑥]。何晏、邓飏有为而躁[⑦]，博而寡要[⑧]，外好利而内无关籥[⑨]，贵同恶异，多言而妒前[⑩]。多言多衅，妒前无亲。以吾观之：此三贤者，皆败德之人尔！远之犹恐罹祸，况可亲之邪?"后皆如其言。

【注释】

① 邓飏：字玄茂，位至侍中、尚书。为人贪贿，后因结党曹爽被杀害。② 虚心：诚心。③ 致隙：产生裂痕。④ 穆：和睦。⑤ 休：喜庆。⑥ 利口覆国：能言善辩，倾覆国家。⑦ 有为而躁：有作为但是行动浮躁。⑧ 此句意为学识广博但是不精专。⑨ 关籥(yuè)：门闩，引申为检点约束。⑩ 妒前：嫉妒比自己强的人。

【导读】

本篇讲傅嘏不以世俗标准行事，拒绝与何晏等人结交，并分别对三人做出了与众不同、精到的评价，后果如其言，其识人之准确让人惊叹。

四、暗与道合　晋武帝讲武于宣武场[①]，帝欲偃武修文[②]，亲自临幸，悉召群臣。山公谓不宜尔[③]，因与诸尚书言孙、吴用兵本意。遂究论，举坐无不咨嗟[④]。皆曰："山少傅乃天下名言。"后诸王骄汰，轻遘祸难[⑤]。于是寇盗处处蚁合，郡国多以无备，不能制服，遂渐炽盛，皆如公言。时人以谓山涛不学孙、吴[⑥]，而暗与之理会[⑦]。王夷甫亦叹云[⑧]："公暗与道合。"

【注释】

① 晋武帝：司马炎。宣武场：训练军队的场所。② 偃武修文：停止武备，提倡教化。③ 山公：山涛，曾任太子少傅，亦称山太傅。④ 咨嗟：赞叹。⑤ 遘：通"构"，造成。此句指八王之乱。⑥ 以谓：认为。⑦ 理会：理合，事理上相同。⑧ 王夷甫：王衍。

【导读】

本篇讲山涛领会孙、吴用兵本意，不同意偃武修文，后八王之乱的事实证实了他确实具有长远的眼光，对事态分析十分准确。

五、山羊论衍　王夷甫父乂[①]，为平北将军，有公事，使行人论[②]，不得。时夷甫在京师，命驾见仆射羊祜、尚书山涛。夷甫时总角[③]，姿才秀异，叙致既快，事加有理[4]，涛甚奇之。既退，看之不辍[5]，乃叹曰："生儿不当如王夷甫邪？"羊祜曰："乱天下者，必此子也！"

【注释】

① 王夷甫：王衍。② 行人：使者。论：陈述。③ 总角：指未成年时。④ "叙致"二句：指王衍把事情叙述地爽快且更有道理。⑤ 辍：停止。

【导读】

本篇写王衍从小就展露出过人之处，而山涛、羊祜从不同角度给出了一褒一贬两种评价，从后事来看，羊祜在识人方面更胜一筹。

六、蜂目豺声 潘阳仲见王敦小时[1]，谓曰："君蜂目已露，但豺声未振耳[2]。必能食人[3]，亦当为人所食。"

【注释】

① 潘阳仲：潘滔，太常潘尼侄，有文学才识。② 蜂目、豺声：古人认为蜂目豺声之人是凶狠残忍的人。振：作。③ 食人：伤害人。

【导读】

本篇写潘滔对儿时的王敦所作的评判，预言的准确显示其识鉴能力过人，由此，"蜂目豺声"开始广泛地成为评价恶人声貌的标准。

七、石勒读史 石勒不知书[1]，使人读汉书。闻郦食其劝立六国后[2]，刻印将授之，大惊曰："此法当失，云何得遂有天下？"至留侯谏[3]，乃曰："赖有此耳！"

【注释】

① 石勒：羯族人，东晋时代后赵的君主，在位十五年。不知书：不识字。② 郦食其（lì yì jī）：刘邦的谋士。③ 留侯：张良。

【导读】

本篇写石勒虽不识字，但对历史有自己独到的见解。凌濛初认为，其见识在汉高祖之上。

八、卫玠有异 卫玠年五岁，神衿可爱[1]。祖太保曰[2]："此儿有异[3]，顾吾老[4]，不见其大耳！"

【注释】

① 神衿：神情襟怀。② 祖太保：指卫玠的祖父卫瓘（guàn），字伯玉，河东安邑人，晋武帝时官至太保。③ 异：不寻常。④ 顾：但。

【导读】

本篇写卫瓘评价少时卫玠，认为其才能特出，简短的语言勾勒出一个智慧、慈爱又感性的祖父形象。

九、不足有余 刘越石云[①]：“华彦夏识能不足[②]，强果有余[③]。”

【注释】

① 刘越石：刘琨。② 华彦夏：华轶，曾任江州刺史。③ 强果：刚强果敢。

【导读】

本篇写刘琨客观评价华轶人品才能，认为其有优有劣，准确精到的论断表现了他的识鉴才能。

一〇、张翰见机 张季鹰辟齐王东曹掾[①]，在洛见秋风起，因思吴中菰菜羹、鲈鱼脍[②]，曰：“人生贵得适意尔，何能羁宦数千里以要名爵[③]？”遂命驾便归。俄而齐王败，时人皆谓为见机[④]。

【注释】

① 张季鹰：名翰，吴郡吴人。性格放达，博学善文。齐王：司马冏。东曹掾：大司马府属官。② 吴中：吴郡地区。菰菜羹、鲈鱼脍：吴中名菜。③ 羁宦：寄居在异乡做官。要（yāo）：追求。④ 见机：洞察事情的苗头。机，通“幾”，先兆。

【导读】

本篇写张翰借思乡之名及时辞官得以免祸，不仅表现了张翰审时度势的远见，还反映了魏晋士人不以功名为重，追求自在悠然的生活趣味。

一一、为黑头公 诸葛道明初过江左[①]，自名道明，名亚王、庾之下[②]。先为临沂令，丞相谓曰：“明府当为黑头公[③]。”

【注释】

① 诸葛道明：诸葛恢。江左：江东。② 亚：次于。王、庾：指王导、庾

亮。③ 明府：对县令的尊称。黑头公：指年少而位至公卿之人。

【导读】

本篇写王导对诸葛恢的预言式评价，后恢果位至公卿，证明了王导对人物的认识和鉴别能力。

一二、死坞壁间 王平子素不知眉子①，曰："志大其量②，终当死坞壁间。"

【注释】

① 王平子：王澄。知：交好。眉子：王玄，王衍子，后为陈留太守，大行威罚，为坞人所害。② 量：才器。此句说王玄志大才疏。

【导读】

本篇写王澄对侄儿王玄的评价，认为其不得善终，后果如此，预测的准确反映了他高超的鉴人能力。

一三、杨郎知人 王大将军始下①，杨朗苦谏不从②，遂为王致力，乘中鸣云露车径前曰③："听下官鼓音，一进而捷④。"王先把其手曰："事克⑤，当相用为荆州⑥。"既而忘之，以为南郡。王败后，明帝收朗⑦，欲杀之。帝寻崩，得免。后兼三公，署数十人为官属⑧。此诸人当时并无名，后皆被知遇⑨。于时称其知人。

【注释】

① 王大将军：王敦。此句指晋明帝时王敦起兵谋反，进犯京城一事。② 杨朗：字世彦，晋弘农人，有识鉴才能，官至雍州刺史。③ 中鸣云露车：一种战车名，供乘坐鸣鼓进军，激励士气。④ 此句指一战而胜。⑤ 克：成功。⑥ 相用：用你，"相"表示动作偏指一方。⑦ 明帝：司马绍。收：逮捕。⑧ 署：委任。⑨ 知遇：重用赏识。

【导读】

本篇写杨朗不但能指挥作战，而且具有超出常人的识鉴能力，因此为时人所称道。

一四、阿奴碌碌 周伯仁母冬至举酒赐三子曰①："吾本谓渡江托足无所。尔家有相[②]，尔等并罗列吾前，复何忧？”周嵩起，长跪而泣曰[③]：“不如阿母言。伯仁为人志大而才短，名重而识暗[④]，好乘人之弊[⑤]，此非自全之道。嵩性狼抗[⑥]，亦不容于世。唯阿奴碌碌[⑦]，当在阿母目下耳。”

【注释】

① 周伯仁：周顗，下文的周嵩、阿奴指他的两个弟弟。② 相：福相。③ 长跪：直身而跪。④ 此句意为周顗名声显赫但是识见不明。⑤ 乘人之弊：乘人之危。⑥ 狼抗：刚直高傲。⑦ 阿奴：对周谟的爱称。碌碌：平庸无能。

【导读】

本篇写周嵩评价自己兄弟三人的性格并推断彼此结局，后果如其言，说明其对自我以及兄弟的定位十分准确。

一五、王应沉江　王大将军既亡[①]，王应欲投世儒[②]，世儒为江州。王含欲投王舒，舒为荆州。含语应曰：“大将军平素与江州云何[③]？而汝欲归之。”应曰：“此乃所以宜往也。江州当人强盛时，能抗同异[④]，此非常人所行。及睹衰厄，必兴愍恻。荆州守文[⑤]，岂能作意表行事[⑥]？”含不从，遂共投舒。舒果沉含父子于江。彬闻应当来，密具船以待之[⑦]。竟不得来，深以为恨[⑧]。

【注释】

① 王大将军：王敦。② 王应：字安期，王含子，过继给王敦。王舒和王彬（字世儒）是王敦的堂弟，王敦分调他们做荆州刺史和江州刺史。③ 此句指王彬与王敦关系不好，不应该去投奔他。④ 同异：偏义词，此处指“异”，不同。⑤ 守文：遵守成法。⑥ 此句意为不意外行事。⑦ 具：备。⑧ 恨：遗憾。

【导读】

本篇写王应通过王舒、王彬二人的日常行为分析他们的性格，推断他们的遇事行为。判断之准与结局之悲，让人感叹。

一六、此君小异　武昌孟嘉作庾太尉州从事[①]，已知名。褚太傅有知人鉴[②]，罢豫章还，过武昌，问庾曰：“闻孟从事佳，今在此不？”庾云：“卿自求之。”褚眄睐良久[③]，指嘉曰：“此君小异，得无是乎？”庾大笑曰：“然。”于时既叹褚之默识，又欣嘉之见赏。

【注释】

① 孟嘉：字万年，江夏人，家住武昌，所以称武昌孟嘉，历任江州从事、长史等。庾太尉：庾亮。② 褚太傅：褚裒。③ 眄睐（miǎn lài）：顾盼，打量。

【导读】

本篇既写了褚裒的善于识人，又写了孟嘉的形貌非常。此则故事如同伯乐识千里马般，意味深远。

一七、但恨吾老　戴安道年十余岁[①]，在瓦官寺画。王长史见之[②]，曰：“此童非徒能画[③]，亦终当致名[④]。恨吾老，不见其盛时耳！”

【注释】

① 戴安道：戴逵。② 王长史：王濛。③ 非徒：不只。④ 致名：得到名望。

【导读】

本篇写戴安道年幼时，王濛评价他不惟能画且终当有盛名，后果如其言，显示王濛善于从小处识人的才能。

一八、渊源不起　王仲祖、谢仁祖、刘真长俱至丹阳墓所省殷扬州[①]，殊有确然之志[②]。既反，王、谢相谓曰：“渊源不起[③]，当如苍生何[④]？”深为忧叹。刘曰：“卿诸人真忧渊源不起邪[⑤]？”

【注释】

① 王仲祖：王濛。谢仁祖：谢尚。刘真长：刘惔。省（xǐng）：拜访。殷扬州：殷浩，字渊源。② 此句谓殷浩隐居之志坚定不移。③ 起：出仕。④ 苍生：百姓。⑤ 此句是刘惔讽刺王濛、谢尚二人并非真正担忧殷浩不仕。

【导读】

本篇写王、谢二人担忧殷浩不仕，刘惔则认为二人并非真忧，表现刘惔善于观察人的内心以及说话不加掩饰的直率性格。

一九、不可复制 小庾临终[1],自表以子园客为代[2]。朝廷虑其不从命[3],未知所遣[4],乃共议用桓温。刘尹曰[5]:“使伊去,必能克定西楚,然恐不可复制[6]。”

【注释】

① 小庾:庾翼。② 园客:庾爰之小名,庾翼子。③ 从命:听从诏令。④ 此句意为不知道派遣谁去。⑤ 刘尹:刘惔。⑥ 制:控制。

【导读】

本篇写刘惔认为桓温有能力平定西楚,但会不受控制,后其果然作乱,表现了刘惔对人物预测的准确性。

二〇、必得乃为 桓公将伐蜀[1],在事诸贤咸以李势在蜀既久[2],承藉累叶[3],且形据上流,三峡未易可克。唯刘尹云[4]:“伊必能克蜀。观其蒲博,不必得[5],则不为。”

【注释】

① 桓公:桓温。② 李势:十六国汉第二代国主,在位四年。桓温率晋军伐蜀,归降,封归义侯。③ 累叶:累世,好几代。④ 刘尹:刘惔。⑤ 必:必定。

【导读】

本篇写刘惔通过观察桓温平常樗蒲时不做无把握之事的习惯,断定其必能克蜀,表现其善于通过日常观察来识鉴人的能力。

二一、同乐同忧 谢公在东山畜妓[1],简文曰[2]:“安石必出[3],既与人同乐,亦不得不与人同忧。”

【注释】

① 谢公:谢安,字安石。畜:养。② 简文:司马昱。③ 出:指应诏出山做官。

【导读】

本篇写简文帝司马昱通过观察谢安畜妓之事断定其后必出山做官,反映了简文对谢安仕隐兼修意向的洞悉。

二二、憎不匿善 郗超与谢玄不善。苻坚将问晋鼎[①]，既已狼噬梁、岐，又虎视淮阴矣。于时朝议遣玄北讨，人间颇有异同之论[②]。唯超曰："是必济事[③]。吾昔尝与共在桓宣武府，见使才皆尽[④]，虽履屐之间，亦得其任。以此推之，容必能立勋[⑤]。"元功既举[⑥]，时人咸叹超之先觉，又重其不以爱憎匿善。

【注释】

① 问晋鼎：指篡夺晋室政权。② 间：悄悄地，私下里。异同之论：指不同意见的言论。③ 济事：成事。④ 使才皆尽：任用人才都能尽其所能。⑤ 容：或许。⑥ 元功：大功。

【导读】

本篇写郗超不以自己的喜恶为标准来推荐人才，反映了他既有知人之明，又有容人之量，尤其是后者，更让人赞赏。

二三、好名能战 韩康伯与谢玄亦无深好[①]。玄北征后，巷议疑其不振。康伯曰："此人好名，必能战。"玄闻之甚忿，常于众中厉色曰："丈夫提千兵入死地[②]，此事君亲故发[③]，不得复云为名！"

【注释】

① 韩康伯：韩伯。② 提：带领。死地：指战场。③ 君亲：君和亲，偏指君主。发：出兵。

【导读】

本文写韩康伯根据谢玄好名的性格，推断他北伐一定成功。谢玄则认为出兵是为国，非为名。然无论是否为名，谢玄终归是能战之人，这点证明了韩康伯所言非虚。

二四、不复相士 褚期生少时[①]，谢公甚知之[②]，恒云："褚期生若不佳者，仆不复相士[③]。"

【注释】

① 褚期生：褚爽，字茂弘，小名期生，褚裒孙，河南郡人。历任中书郎、义兴太守。早卒。② 谢公：谢安。③ 相士：鉴别人才。

【导读】

本文写谢安以充分的自信评价褚爽，显现其非凡的识鉴能力。语言十分符合人物的性格，读之如见其人。

二五、保家在兄　郗超与傅瑗周旋[1]。瑗见其二子，并总发[2]，超观之良久，谓瑗曰："小者才名皆胜，然保卿家者，终当在兄。"即傅亮兄弟也[3]。

【注释】

① 傅瑗：字叔玉，傅咸子，位至安成太守。周旋：交往。② 总发：即总角，指幼年、未成年时。③ 傅亮：晋宋时人，曾任尚书令、左光禄大夫，后因罪被杀。其兄傅迪，位至五兵尚书。

【导读】

本篇写郗超评价傅亮兄弟，观之即能预测其二者未来之命运，眼光之准确让人赞叹。

二六、非尔之友　王恭随父在会稽[1]，王大自都来拜墓[2]，恭暂往墓下看之。二人素善，遂十余日方还。父问恭："何故多日？"对曰："与阿大语，蝉连不得归[3]。"因语之曰："恐阿大非尔之友，终乖爱好[4]。"果如其言。

【注释】

① 王恭父名蕴，字叔仁，官至会稽内史。② 王大：王忱。③ 蝉连：连续不断。④ 乖：背离。

【导读】

本篇写王蕴认为王恭与王大之间的友谊不能长久，后果如其言，说明其具有独特的见识，善于分析人物性格。

二七、当致高名　车胤父作南平郡功曹[1]，太守王胡之避司马无忌之难，置郡于酆阴。是时胤十余岁，胡之每出，尝于篱中见而异焉。谓胤父曰："此儿当致高名。"后游集[2]，恒命之[3]。胤长，又为桓宣武所知[4]。清通于多士之世[5]，官至选曹尚书。

【注释】

① 车胤(yìn):字武子,南平人,其囊萤苦读的故事流传千古。历任丹阳尹、护军将军、吏部尚书。父名育。② 游集:游宴而聚在一起。③ 恒命之:常诏令车胤伴随。④ 桓宣武:桓温。知:知遇。⑤ 清通:清明通达。多士:人才众多。

【导读】

本篇写王胡之颇有知人之才,在车胤年幼时即认为他当致高名,后果不负所望。故事仅数句,却宛若一篇传记,其中一些细节描写更是让故事增色不少。

二八、国之亡征 王忱死,西镇未定,朝贵人人有望[①]。时殷仲堪在门下,虽居机要,资名轻小,人情未以方岳相许[②]。晋孝武欲拔亲近腹心[③],遂以殷为荆州。事定,诏未出。王珣问殷曰:"陕西何故未有处分[④]?"殷曰:"已有人。"王历问公卿[⑤],咸云:"非。"王自计才地[⑥],必应任己。复问:"非我邪?"殷曰:"亦似非。"其夜诏出用殷。王语所亲曰:"岂有黄门郎而受如此任[⑦]?仲堪此举,乃是国之亡征[⑧]。"

【注释】

①"王忱"三句:王忱原任荆州刺史,荆州是晋的西部重镇,历来派重臣镇守,所以朝廷显贵均想得之。② 方岳:四方山岳,这里指方镇,即镇守一方的长官。③ 晋孝武:司马曜。④ 处分:处理,安排。⑤ 历:逐个。⑥ 才地:才能地位。⑦ 黄门郎:黄门侍郎,侍从皇帝、传达诏命的官。⑧"仲堪"两句:凭殷仲堪的声名地位而被委以重任,这是国家衰微的征兆。

【导读】

本篇写王珣对殷仲堪被委任荆州刺史一事的评价,断定其为亡国的征兆,后殷仲堪果遇害被杀,成为皇权和门阀政治矛盾的牺牲品,说明王珣能见微知著,预见国家的兴亡和世事得失。

赏誉第八

一、世之干将 陈仲举尝叹曰[①]:"若周子居者[②],真治国者器。譬诸宝剑，则世之干将[3]。”

【注释】

① 陈仲举：陈蕃。② 周子居：名乘，东汉汝南安城人，曾为泰山太守，在职时有惠政美誉，为时人所赞叹。③ 干将：古宝剑名，为春秋时所铸。

【导读】

本篇用“世之干将”四字高度称赞周乘才能出众，既表明了陈蕃求贤若渴，也从一个侧面表达出当时社会对人才的渴望之情。

二、劲松下风　世目李元礼[1]：“谡谡如劲松下风[2]。”

【注释】

① 李元礼：李膺。② 谡谡(sù)：挺拔刚劲的样子。

【导读】

本篇用形象的语言赞誉了“天下模楷李元礼”——李膺的风节品质，表达了世人对李膺的高洁人品的景仰，也可见人物品藻以自然景物形容人物品行的手法。

三、平舆二龙　谢子微见许子将兄弟曰[1]：“平舆之渊，有二龙焉。”见许子政弱冠之时[2]，叹曰：“若许子政者，有干国之器。正色忠謇，则陈仲举之匹；伐恶退不肖，范孟博之风[3]。”

【注释】

① 谢子微：谢甄，汝南召陵人，善清谈，有盛名。许子将：许劭。② 许子政：许虔，字子政，平舆人。体尚高洁，雅正宽亮。③ 范孟博：范滂，字孟博，汝南郡细阳县人，有肃清天下之志。《后汉书》有传。

【导读】

本篇谢甄用名士陈蕃、范滂为标准来称赞许邵兄弟德行兼备，品质高洁，有肃清天下之志，隐含着对政治清明的期望。

四、云中白鹤　公孙度目邴原[1]：“所谓云中白鹤，非燕雀之网所能罗也。”

【注 释】

① 公孙度：东汉人，曾官辽东太守，封永宁乡侯。邴原：曾官五官将长史，操行为人所称道。

【导 读】

本篇记述了公孙度称赞邴原为云中白鹤，不为世俗所拘的高逸品格，同时反映了时人对这种高逸节操的追求。

五、王戎了了　钟士季目王安丰[1]："阿戎了了解人意[2]。"谓裴公之谈，经日不竭。吏部郎阙，文帝问其人于钟会，会曰："裴楷清通，王戎简要，皆其选也。"于是用裴。

【注 释】

① 钟士季：钟会。王安丰：王戎。② 了了：少小聪慧懂事。

【导 读】

本篇中钟会向文帝举荐王、裴，既表现了王戎和裴楷的才能，也反映了钟会的识人之才和提携后进的品质。

六、冀无滞才　王浚冲、裴叔则二人[1]，总角诣钟士季[2]，须臾去，后客问钟曰："向二童何如？"钟曰："裴楷清通，王戎简要。后二十年，此二贤当为吏部尚书，冀尔时天下无滞才[3]。"

【注 释】

① 王浚冲：王戎。裴叔则：裴楷。② 总角：《诗经·齐风·甫田》："总角丱兮"，后为儿童代称。钟士季：钟会。③ 冀尔时天下无滞才：希望那时天下没有遗落的人才。冀，希望。滞，淹留，遗落。

【导 读】

本篇记述王戎、裴楷幼时即受到钟会的赏识，表现了钟会对当时人才遗落于野现实的感慨，赞誉中寄托了对两人为官后提拔人才的期望，"裴楷清通，王戎简要"也成为两人的定评。

七、后来领袖　谚曰："后来领袖有裴秀[1]。"

【注释】

① 领袖:为人表率的人。裴秀:字季彦,晋河东闻喜人,位至司空。

【导读】

本篇引俗谚,短短几字就表现了晋裴秀幼时的风操才能。

八、裴目四士　裴令公目夏侯太初[1]:"肃肃如入廊庙中[2],不修敬而人自敬。"一曰:"如入宗庙,琅琅但见礼乐器。见钟士季,如观武库,但睹矛戟。见傅兰硕[3],江廧靡所不有[4]。见山巨源,如登山临下,幽然深远。"

【注释】

① 裴令公:裴楷。夏侯太初:夏侯玄。② 肃肃:恭敬的样子。③ 傅兰硕:傅嘏。④ 江廧:明代王世懋《晋史》作"汪翔",义同"汪洋",广阔的样子。

【导读】

本篇用生动的语言,表现了裴楷对夏侯玄、钟会、傅嘏、山涛四人风操品质的赞美,可见当时人物品藻语言的丰富。

九、出境免官　羊公还洛[1],郭奕为野王令[2]。羊至界,遣人要之。郭便自往。既见,叹曰:"羊叔子何必减郭太业!"复往羊许[3],小悉还[4],又叹曰:"羊叔子去人远矣!"羊既去,郭送之弥日,一举数百里,遂以出境免官。复叹曰:"羊叔子何必减颜子[5]!"

【注释】

① 羊公:羊祜。② 郭奕:字泰业,太原阳曲人。初为野王令,后位至尚书,名望甚高。野王:县名,今河南省沁阳县治。③ 许:住处。④ 小悉:同"小须",少顷。⑤ 颜子:指颜回。

【导读】

本篇通过记述郭奕仰慕羊祜以至丢官的小故事,表现了羊祜的人品魅力,也反映了当时士人张扬个性,放诞不羁的人生气质。

一〇、璞玉浑金　王戎目山巨源:"如璞玉浑金[1],人皆钦其宝,莫知名其器[2]。"

【注释】

① 璞玉浑金：未经雕琢的玉，不曾冶炼的金。② 名：称道。器：器量。

【导读】

本篇王戎用形象的比喻赞赏山涛率真质朴的品性，表现了他们追求个体精神世界自由的人生取向。

一一、从兄不亡 羊长和父繇与太傅祜同堂相善[1]，仕至车骑掾。蚤卒[2]。长和兄弟五人，幼孤。祜来哭，见长和哀容举止，宛若成人，乃叹曰："从兄不亡矣[3]！"

【注释】

① 羊繇(yóu)：字堪甫，历任车骑掾。② 蚤：通"早"。③ 从兄：堂兄之称。

【导读】

本篇中羊祜称赞幼时羊忱举止有父之遗风，其中饱含对羊繇的怀念之情，也反映了当时世族家族内对子侄的揄扬。

一二、清真寡欲 山公举阮咸为吏部郎[1]，目曰："清真寡欲，万物不能移也。"

【注释】

① 山公：山涛。阮咸：字仲容，历任散骑侍郎，放达不拘礼法。

【导读】

本篇通过山涛品评阮咸人品清高绝俗，表明了魏晋真名士的精神本质，侧面反映了在无法实现生命价值的时代，转而选择淡泊无为生存方式的心理。

一三、未有此人 王戎目阮文业[1]："清伦有鉴识[2]，汉元以来未有此人[3]。"

【注释】

① 阮文业：阮武，字文业，晋陈留尉氏人，学问广博，著有《阮子》。② 清伦：同"清论"，公正评论之意。③ 汉元以来：自汉代建国以来。元，始。

【导读】

本篇记述了王戎称赞阮武知人而有识见，才识超越前人。表现了他高风绝尘、清真淡泊的人格之美。

一四、戎约楷通　武元夏目裴、王曰[①]："戎尚约，楷清通。"

【注释】

① 武元夏：武陔，字元夏，晋沛国竹邑人。初仕魏，历任太仆卿等职，封薛县侯。

【导读】

本篇用极其简约的文字表现了王戎崇尚简约，裴楷公正通达的风格。两人的风格于书中多次出现，已成定论。

一五、大厦栋梁　庾子嵩目和峤[①]："森森如千丈松[②]，虽磊砢有节目[③]，施之大厦，有栋梁之用。"

【注释】

① 庾子嵩：庾敳。② 森森：高耸貌。③ 磊砢：磊积众多的样子。节目：枝干纹理盘结处。

【导读】

本篇中庾敳用千丈松来比喻和峤，表现了政治上层对人才的渴求，表明品评中有一定的社会功利性。

一六、瑶林玉树　王戎曰："太尉神姿高彻[①]，如瑶林琼树[②]，自然是风尘外物。"

【注释】

① 太尉：指王衍，字夷甫，王戎从弟，曾任太尉。② 瑶林琼树：比喻才貌秀美。

【导读】

本篇通过王戎对王衍风姿形貌的赞美，反映了当时人物品藻活动中人们借自然品评人物的自觉审美意识。

一七、出人意外 王汝南既除所生服[①]，遂停墓所。兄子济每来拜墓，略不过叔，叔亦不候。济脱时过[②]，止寒温而已。后聊试问近事，答对甚有音辞，出济意外，济极惋愕。仍与语，转造精微。济先略无子侄之敬，既闻其言，不觉懔然[③]，心形俱肃。遂留共语，弥日累夜。济虽俊爽，自视缺然，乃喟然叹曰："家有名士，三十年而不知！"济去，叔送至门。济从骑有一马，绝难乘，少能骑者。济聊问叔："好骑乘不？"曰："亦好尔。"济又使骑难乘马，叔姿形既妙，回策如萦，名骑无以过之。济益叹其难测，非复一事。既还，浑问济："何以暂行累日？"济曰："始得一叔。"浑问其故，济具叹述如此。浑曰："何如我？"济曰："济以上人。"武帝每见济，辄以湛调之，曰："卿家痴叔死未？"济常无以答。既而得叔，后武帝又问如前，济曰："臣叔不痴。"称其实美。帝曰："谁比？"济曰："山涛以下，魏舒以上[④]。"于是显名，年二十八，始宦。

【注释】

① 王汝南：王湛，字处冲，是司徒王浑的弟弟，出任汝南内史。除所生服：父母死后，守孝期满，脱去孝服。所生，父母，这里指父亲。② 脱：或许，偶尔。③ 懔然：严肃不苟的样子。④ 魏舒：字阳元，晋任城人，仕魏至侍中。

【导读】

本篇用很长的篇幅讲述了王济偶然发现其叔王湛的才能，终使其显名的故事，既表现了王湛的大智不显，也说明了人物品藻活动能使人名扬天下。

一八、言谈林薮 裴仆射[①]，时人谓为言谈之林薮[②]。

【注释】

① 裴仆射：裴颀。② 林薮(sǒu)：草木丛聚的地方，比喻事物聚集的地方。

【导读】

本篇记述时人称赞裴颀善于言谈，辞论丰博，表现了当时士人对清谈博学的赏识。

一九、不鸣不跃 张华见褚陶[①]，语陆平原曰[②]："君兄弟龙跃云津[③]，顾彦先凤鸣朝阳[4]。谓东南之宝已尽[5]，不意复见诸生。”陆曰：“公未睹不鸣不跃者耳！”

【注释】

① 褚陶：字季雍，晋吴郡钱塘人，官至中尉。② 陆平原：陆机。③ 云津：指银河。④ 顾彦先：顾荣，字彦先，吴人，曾在吴国任黄门侍郎。吴亡后，与陆机兄弟同到洛阳，当时人士称他们为三俊。⑤ 东南之宝：指东南的人才，即吴地的人才。

【导读】

本篇中张华对褚陶才识和沉静人品赞叹，侧面反映了张华以政坛领袖地位奖掖后进，提拔新人的高尚作风。

二〇、吴名士赞 有问秀才[1]：“吴旧姓何如？”答曰：“吴府君圣王之老成[2]，明时之俊乂[3]。朱永长理物之至德[4]，清选之高望[5]。严仲弼九皋之鸣鹤[6]，空谷之白驹。顾彦先八音之琴瑟[7]，五色之龙章[8]。张威伯岁寒之茂松[9]，幽夜之逸光。陆士衡、士龙鸿鹄之裵回[10]，悬鼓之待槌。凡此诸君：以洪笔为耝耒[11]，以纸札为良田[12]。以玄默为稼穑[13]，以义理为丰年。以谈论为英华，以忠恕为珍宝。著文章为锦绣，蕴五经为缯帛[14]。坐谦虚为席荐[15]，张义让为帷幕[16]。行仁义为室宇，修道德为广宅。”

【注释】

① 秀才：据刘孝标注，秀才指称蔡洪。② 吴府君：吴展，仕吴为吴郡太守。③ 俊乂：才德出众的人。④ 朱永长：朱诞，字永长，吴郡人，仕吴位至议郎。理物：治理人民。⑤ 清选：明澈选拔官员。⑥ 严仲弼：严隐，字仲弼，吴郡人，仕吴为宛陵令。九皋：深潭。⑦ 顾彦先：顾荣。八音：乐器的统称，指金、石、土、革、丝、木、匏、竹八类乐器。⑧ 五色：青、黄、赤、白、黑五色。龙章：龙纹。⑨ 张威伯：张畅，字威伯，吴郡人。⑩ 陆士衡：陆机。士龙：陆云，陆机弟。二人为晋吴郡吴人，文学家。裵回：通“徘徊”。⑪ 耝耒：农具名。⑫ 札：用来写字的木片。⑬ 玄默：玄远沉静。稼穑：农业劳动。⑭ 缯帛：丝织品。⑮ 席荐：草席。⑯ 义让：仗义谦让。

【导读】

本篇用华美的语言表现了蔡洪对吴郡旧有士族的称赞，此条与叙述性条目不同，而是以抒情议论为主的文字，富丽的词藻反映了对门阀制度下的高门的钦赏。

二一、义理合旨 人问王夷甫[①]："山巨源义理何如[②]？是谁辈？"王曰："此人初不肯以谈自居，然不读老、庄，时闻其咏，往往与其旨合[③]。"

【注释】

① 王夷甫：王衍。② 山巨源：山涛。义理：玄学道理。③ 旨：意趣。

【导读】

本篇记述王衍称赞山涛通达玄理，虽不读老庄，清谈玄理却常合老庄旨趣，表明了魏晋人对老庄思想的崇尚。

二二、雅雅铮铮 洛中雅雅有三嘏[①]：刘粹字纯嘏[②]，宏字终嘏[③]，漠字冲嘏[④]，是亲兄弟，王安丰甥，并是王安丰女婿。宏，真长祖也。洛中铮铮冯惠卿[⑤]，名荪，是播子[⑥]。荪与邢乔俱司徒李胤外孙[⑦]，及胤子顺并知名[⑧]。时称"冯才清，李才明，纯粹邢"。

【注释】

① 雅雅：温恭文雅的样子。② 刘粹：晋沛国人，历任南中郎将。③ 刘宏：刘粹弟，位至光禄大夫。④ 刘漠：刘宏弟，位至襄州刺史。⑤ 铮铮：才能出众。⑥ 冯播，字友生，晋长乐人，位至大宗正。⑦ 邢乔：字曾伯，河间人，位至司隶校尉。⑧ 李顺，字曼长，仕至太仆卿。

【导读】

本篇中引用一字品评，简练地表明时人对洛阳三嘏等的称赞，这种对家族兄弟的赞赏，往往反映了当时对高门贵族的一种赞美。

二三、披云见天 卫伯玉为尚书令[①]，见乐广与中朝名士谈议[②]，奇之曰："自昔诸人没已来，常恐微言将绝[③]。今乃复闻斯言于君矣！"命子弟造之曰[④]："此人，人之水镜也，见之若披云雾睹青天。"

【注释】

① 卫伯玉：卫瓘。② 中朝：指中原。③ 微言：精妙的言论。④ 造：拜访。

【导读】

本篇记述了卫瓘对乐广言论的赞赏，并要求其子侄们学习他的精妙清谈，在赏誉中表现了魏晋世族中重视对子侄的教育的风气。

二四、死而可作　王太尉曰[①]："见裴令公精明朗然[②]，笼盖人上，非凡识也。若死而可作[③]，当与之同归。"或云王戎语。

【注释】

①王太尉：王衍。②裴令公：裴楷。③死而可作：死而复生。

【导读】

本篇中王衍对裴楷散朗脱俗、光亮澄澈之仪表风度美表示赞赏，其中也饱含着王衍深深的惋惜怀念之情。

二五、我言为烦　王夷甫自叹[①]："我与乐令谈[②]，未尝不觉我言为烦[③]。"

【注释】

①王夷甫：王衍。②乐令：乐广。③烦：冗繁，烦琐。

【导读】

本篇简短地记述了王衍称赞乐广言谈简约之言，表现了王衍的旷达雅量和当时士人欣赏言谈简约的风气。

二六、庾敳称象　郭子玄有俊才[①]，能言老庄。庾敳尝称之[②]，每曰："郭子玄何必减庾子嵩[③]！"

【注释】

①郭子玄：郭象。②庾子嵩：庾敳。尝：通"常"。③减：不如，比……差。

【导读】

本篇记述了庾敳称赞郭象有卓越才智，善谈老庄哲理，表现人们对玄学代表学者的赞誉。

二七、弟兄互赞　王平子目太尉[①]："阿兄形似道[②]，而神锋太俊。"太尉答曰："诚不如卿落落穆穆[3]。"

【注释】

① 王平子：王澄，晋太尉王衍弟，官从事中郎、荆州刺史。太尉：王衍。② 道：僧人。③ 落落穆穆：疏淡和美的样子。

【导读】

本篇记述了王衍、王澄弟兄互相赞赏彼此的风韵气度，表现了当时审美意识和审美观点的多样化。

二八、太傅三才 太傅府有三才[1]：刘庆孙长才[2]，潘阳仲大才[3]，裴景声清才[4]。

【注释】

① 太傅：司马越，字元超，晋宗室，封东海王，曾任太傅。② 刘庆孙：刘舆，历官中书郎等职。③ 潘阳仲：潘滔，曾作东海王长史。④ 裴景声：裴邈，历任太傅从事中郎等职。

【导读】

本篇用简练的语言记述了东海王司马越府上的三位杰出人才，也可见三位人才的各自特点。

二九、七贤之子 林下诸贤[1]，各有俊才子：藉子浑[2]，器量弘旷；康子绍，清远雅正；涛子简[3]，疏通高素；咸子瞻[4]，虚夷有远志，瞻弟孚，爽朗多所遗[5]；秀子纯、悌[6]，并令淑有清流；戎子万子[7]，有大成之风，苗而不秀[8]；唯伶子无闻。凡此诸子，唯瞻为冠，绍、简亦见重当世。

【注释】

① 林下诸贤：指竹林七贤。② 阮浑，字长成，太康中位至太子中庶子。③ 山简，字季伦，山涛幼子，位至尚书左仆射。④ 阮瞻，字千里，永嘉中为太子舍人。⑤ 遗：脱弃。⑥ 纯、悌：向秀二子名。纯，字长悌，位至侍中。悌，字叔逊，位至御史中丞。⑦ 万子：王绥字万子，有美名。⑧ 苗而不秀：指王绥早死。

【导读】

本篇记述了晋竹林七贤各自才智俊越的子嗣，反映了文学家族的兴盛,其实还是人们爱屋及乌,把对竹林七贤的喜爱移向了他们的后代。

三〇、城西公府 庾子躬有废疾[①],甚知名。家在城西,号曰“城西公府”。

【注释】

① 庾子躬:庾琮,颍川人,太常峻第二子,仕至太尉掾。废疾:身体残疾。

【导读】

本篇记述了晋时庾琮虽身有残疾,但是声望名气很高。此人被《晋史》遗漏,此条可补史阙。

三一、当容澄知 王夷甫语乐令[①]:“名士无多人,故当容平子知[②]。”

【注释】

① 王夷甫:王衍。乐令:乐广。② 容:允许,让。平子:王澄。知:赏鉴。

【导读】

本篇记述了王衍向乐广称赞其弟王澄有知人之鉴,其见重如此。

三二、语如悬河 王太尉云[①]:“郭子玄语议[②],如悬河写水[③],注而不竭[④]。”

【注释】

① 王太尉:王衍。② 郭子玄:郭象。③ 写:通“泻”,倾泻。④ 注:向下流。

【导读】

本篇记述了王衍称赞郭象言谈流畅,滔滔不绝的言谈之风,可见当时在言谈简约之外,也有其他的赏誉标准。

三三、一时俊异 司马太傅府多名士[①],一时俊异[②]。庾文康云[③]:“见子嵩在其中[④],常自神王[⑤]。”

【注释】

① 司马太傅:司马越。② 俊异:俊秀出众的人。③ 庾文康:庾亮,谥

号文康。④ 子嵩：庾敳。⑤ 神王：精神振奋。王，通“旺”。

【导读】

本篇记述庾亮称赞司马越府中人才众多，尤其庾敳神采不凡，可见名士和皇族的密切关系。

三四、人伦之表 太傅东海王镇许昌[①]，以王安期为记室参军[②]，雅相知重。敕世子毗曰[③]：“夫学之所益者浅，体之所安者深。娴习礼度，不如式瞻仪形；讽味遗言，不如亲承音旨[④]。王参军人伦之表，汝其师之。”或曰：“王、赵、邓三参军，人伦之表，汝其师之！”谓安期、邓伯道、赵穆也[⑤]。袁宏作《名士传》，直云王参军。或云：“赵家先犹有此本。”

【注释】

① 太傅东海王：司马越。② 王安期：王承，字安期，王湛子。③ 世子毗：司马越长子司马毗，仕至镇军将军。④ “学之所益”以下六句：出自《礼记》。⑤ 邓伯道：邓攸，字伯道。赵穆：字季子，晋汲郡人。

【导读】

本篇通过记述晋司马越称赞王承等属下参军为人伦表率，告诫其子要亲受他们的教诲，体现了司马越培养人才的经验，也表现了世族高门望子成龙的期盼心态。

三五、庇其宇下 庾太尉少为王眉子所知[①]。庾过江[②]，叹王曰：“庇其宇下，使人忘寒暑。”

【注释】

① 庾太尉：庾亮。王眉子：王玄。② 过江：指永嘉后避乱南渡。

【导读】

本篇记述晋庾亮称叹王玄待人温和亲切，反映了王玄器宇简旷的性格特征。

三六、谢鲲三友 谢幼舆曰[①]：“友人王眉子清通简畅[②]，嵇延祖弘雅劭长[③]，董仲道卓荦有致度[④]。”

【注释】

① 谢幼舆：谢鲲。② 王眉子：王玄。③ 嵇延祖：嵇绍。弘雅劭长：指人品大度高雅，贤良高尚。④ 董仲道：董养，字仲道，晋陈留人。致度：风度，情趣。

【导读】

本篇记述谢鲲称赞王玄、嵇绍、董养三友的人品风姿，既反映了他们相知甚深的友情，也表现了品评中对风韵气度的看重。

三七、壁立千仞 王公目太尉[①]："岩岩清峙[②]，壁立千仞[③]。"

【注释】

① 王公：王导。太尉：王衍。② 岩岩：高峻的样子。③ 仞：古代的尺度单位。

【导读】

本篇记述王导对王衍高雅气度的称赏，含蓄蕴藉，意味隽永。

三八、酬酢终日 庾太尉在洛下[①]，问讯中郎[②]。中郎留之云："诸人当来。"寻温元甫、刘王乔、裴叔则俱至[③]，酬酢终日[④]。庾公犹忆刘、裴之才俊，元甫之清中。

【注释】

① 庾太尉：庾亮。② 中郎：指庾敳。③ 温元甫：温几，字元甫。刘王乔：刘畴，字王乔，晋彭城人。裴叔则：裴楷。④ 酬酢：应对，应酬。

【导读】

本篇通过记述晋庾亮拜访庾敳时与众名士宴饮雅集，称赏了众名士的才学俊秀，也表现了当时宴饮清谈风气的盛行。

三九、陆机兄弟 蔡司徒在洛[①]，见陆机兄弟住参佐廨中[②]，三间瓦屋，士龙住东头，士衡住西头。士龙为人，文弱可爱。士衡长七尺余，声作钟声，言多忼慨[③]。

【注释】

① 蔡司徒：蔡谟。② 参佐：僚属。③ 忼慨：意气激昂。

【导读】

本篇通过蔡谟在洛阳所见，形象地介绍了西晋陆机、陆云兄弟居住情况和人品特征，侧面表现了陆机兄弟的旷达慷慨。

四〇、入理泓然 王长史是庾子躬之外孙[①]，丞相目子躬云[②]："入理泓然[③]，我已上人。"

【注释】

① 王长史：王濛。庾子躬：庾琮。② 丞相：这里指王导。③ 泓然：深彻貌。

【导读】

本篇记述王导称赞庾琮钻研名理深彻，在己之上。前文提到庾琮身体残疾，却有如此深厚的才学，值得敬佩。

四一、家从谈谈 庾太尉目庾中郎[①]：家从谈谈之许[②]。

【注释】

① 庾太尉：庾亮。庾中郎：庾敳。② 家从：叔伯。谈谈：沉沉，言谈深邃。

【导读】

本篇用简短的几个字表明了庾敳言论深邃，为人深沉持重的性格特征，语言凝练传神。

四二、神气融散 庾公目中郎[①]："神气融散[②]，差如得上[③]。"

【注释】

① 庾公：庾亮。中郎：庾敳。② 融散：和达闲适。③ 差如：颇为。

【导读】

本篇记述庾亮品评庾敳神情气质闲适超拔。上条也是品评庾敳，但是角度不同，本条全面反映出庾敳的风度，可见品评中对人物气度神情的关注。

四三、祖逖朗诣 刘琨称祖车骑为朗诣[①]，曰："少为王敦所叹。"

【注释】

① 祖车骑：祖逖，字士雅，范阳人。朗诣：开朗豪放。诣，同“逸”。

【导读】

本篇中刘琨对祖逖的雄豪之风的赞赏，表现了不同于当时的一种独特审美态度。

四四、托大自藏 时人目庾中郎[1]：“善于讬大[2]，长于自藏。”

【注释】

① 庾中郎：庾敳。② 讬大：托身于玄默大道。

【导读】

本篇反映了时人对庾敳善于超脱自藏的处世保身之道的称叹，也表现了时人对政治的失望和逃避。

四五、王澄绝倒 王平子迈世有俊才[1]，少所推服[2]。每闻卫玠言，辄叹息绝倒。

【注释】

① 王平子：王澄。迈世：超脱世俗。② 推服：推重佩服。

【导读】

本篇反映了王澄对卫玠言谈才辩极为佩服赞赏，展现了魏晋士人清谈的魅力。

四六、常人之患 王大将军与元皇表云[1]：“舒风概简正[2]，允作雅人[3]，自多于邃[4]。最是臣少所知拔。中间夷甫、澄见语[5]：‘卿知处明、茂弘[6]。茂弘已有令名，真副卿清论[7]；处明亲疏无知之者。吾常以卿言为意，殊未有得，恐已悔之？’臣慨然曰：‘君以此试，顷来始乃有称者[8]。’言常人正自患知之使过[9]，不知使负实[10]。”

【注释】

① 王大将军：王敦。元皇：晋元帝司马睿。② 舒：王舒。③ 允：确实。④ 邃：字处重，琅邪人。舒弟。累迁中领军，尚书左仆射。⑤ 夷甫：王衍。澄：王澄。见语：对我说。⑥ 处明：王舒。茂弘：王导。⑦ 副：符

合。⑧ 顷来：不久前，近来。⑨ 正自：只是。⑩ 负实：违背事实。

【导读】

本篇详细记述晋王敦上表推荐从弟王舒，称道其人节操高尚，不应为流俗所蔽，这也反映出当时门阀政治中的家族关系的特权。

四七、何可得遗 周侯于荆州败绩[①]，还，未得用。王丞相与人书曰[②]："雅流宏器，何可得遗[③]？"

【注释】

① 周侯：指周𫖮。② 王丞相：王导。③ 遗：弃置不用。

【导读】

本篇通过王导对周𫖮的称赞，既反映了周𫖮的高雅大器之才和王导的识人之鉴，也揭示了当时社会对人才的需求。

四八、高坐卓朗 时人欲题目高坐而未能[①]。桓廷尉以问周侯[②]，周侯曰："可谓卓朗[③]。"桓公曰[④]："精神渊箸[⑤]。"

【注释】

① 题目：品评。高坐：高坐道人，胡名尸黎密，晋西域僧人。② 桓廷尉：桓彝。周侯：周𫖮。③ 卓朗：卓越朗明。④ 桓公：桓温。⑤ 渊箸：彰明渊深。

【导读】

本篇中称赞高坐道人卓朗渊箸，不仅反映了东晋名士尊礼高僧的风气，也反映了整个社会对佛教的尊重和玄佛合流的趋势。

四九、神候似可 王大将军称其儿云[①]："其神候似欲可[②]。"

【注释】

① 王大将军：指王敦。② 神候：精神面貌。可：称人心。

【导读】

本篇记述王敦赞许王应精神可人心意，虽然父誉其儿，不免偏私，却也侧面反映了王敦的识人能力。

五〇、如百间屋 卞令目叔向[1]："朗朗如百间屋。"

【注释】

① 卞令：卞壸，字望之，晋冤句人。叔向：卞壸叔卞向。

【导读】

本篇应为卞壸称赞其叔气度恢宏，表现了当时人对旷达的人生境界的企羡和欣赏。这里不是称赞春秋晋大夫叔向，这从《世说新语》皆为时论可以推断出来。

五一、王澄绝倒 王敦为大将军，镇豫章[1]。卫玠避乱，从洛投敦，相见欣然，谈话弥日。于时谢鲲为长史，敦谓鲲曰："不意永嘉之中，复闻正始之音[2]。阿平若在[3]，当复绝倒。"

【注释】

① 豫章：郡名，今在江西南昌。② 正始之音：曹魏齐王芳年号。当时何晏、王弼等名士崇尚玄学清谈，被称为正始之音。③ 阿平：王澄。

【导读】

本篇记述了王敦称赞卫玠善清谈，反映了永嘉时期对正始之音的怀念。

五二、风气日上 王平子与人书，称其儿[1]："风气日上，足散人怀[2]。"

【注释】

① 儿：王澄儿名微，字幼仁，曾任尚书郎。② 散人怀：使人开怀。

【导读】

本篇记述了王澄夸赞其子的风姿气度日益长进。两晋、南朝膏粱门第，父誉其子，兄夸其弟，以为声价，其实往往名不符实。

五三、佳言如屑 胡毋彦国吐佳言如屑[1]，后进领袖[2]。

【注释】

① 胡毋彦国：胡毋辅之。② 后进：后辈，晚辈。

【导读】

本篇用简练优美的语言赞赏胡毋辅之善于言谈，读之如在眼前，意蕴令人回味。

五四、察察岩岩 王丞相云[①]："刁亮之察察[②]，戴若思之岩岩[③]，卞望之峰距[④]。"

【注释】

① 王丞相：王导。② 刁亮之：刁协。察察：清明察精辨义。③ 戴若思：戴俨，字若思，晋广陵人，位至征西将军。岩岩：高峻的样子。④ 卞望之：卞壸。峰距：山峰高峻的样子。

【导读】

本篇用双字复音词形象地反映了刁协、戴俨和卞壸的人格风姿，语言生动简练，富有美感。

五五、是佳子弟 大将军语右军[①]："汝是我佳子弟[②]，当不减阮主簿[③]。"

【注释】

① 大将军：王敦。右军：指王羲之。② 子弟：子侄，按，羲之是王敦族子。③ 阮主簿：阮裕。

【导读】

本篇记述王敦对侄子王羲之才能的期许和赞赏，体现了门阀制度下的褒誉风气和大族之间的互相攀比之风。

五六、嶷如断山 世目周侯[①]：嶷如断山[②]。

【注释】

① 周侯：周顗。② 嶷：山高峻的样子。

【导读】

本篇记述了时人赞誉周顗气度清高刚正。整条赞语只用四字，简练传神。

五七、夜语忘疲 王丞相招祖约夜语[①]，至晓不眠。明旦有客，公头鬓未理，亦小倦。客曰："公昨如是，似失眠。"公曰："昨与士少语，遂使人忘疲。"

【注释】

① 王丞相：王导。

【导读】

本篇记述王导与祖约夜语忘疲，生动地展示了祖约清谈的魅力，也侧面表现了王导的简率旷达。

五八、足与之处　王大将军与丞相书①，称杨朗曰："世彦识器理致②，才隐明断③，既为国器，且是杨侯淮之子④。位望殊为陵迟⑤，卿亦足与之处。"

【注释】

① 王大将军：王敦。丞相：王导。② 识器：见识度量。理致：义理情致。③ 才隐：才学深厚。④ 杨侯淮：杨淮，字始立，晋弘农华阴人。⑤ 陵迟：衰微。

【导读】

本篇记述王敦向王导推荐杨朗，称赞他才高善断。表现了王敦善于识鉴的才能和当时社会与朝廷对人才的渴望。

五九、麈尾指坐　何次道往丞相许①，丞相以麈尾指坐②，呼何共坐曰："来！来！此是君坐。"

【注释】

① 何次道：何充。丞相：王导。许：住所。② 麈(zhǔ)尾：魏晋人清谈常执的一种拂。

【导读】

本篇用生动的语言形象地刻画出王导对何充的礼待和推重，生动再现了当时的清谈活动场面。

六〇、为充治此　丞相治扬州廨舍①，按行而言曰②："我正为次道治此尔！"何少为王公所重，故屡发此叹。

【注释】

① 丞相：王导。扬州廨舍：指扬州刺史官署。② 按行：巡行察看。

【导读】

本篇记述王导借修建扬州刺史官署，表明其选中何充作为继任者的鲜明态度。由此可见东晋时期门阀政治的延续性。王世懋谓："殊得佛祖传钵心事。"

六一、不独拜公 王丞相拜司徒而叹曰①："刘王乔若过江②，我不独拜公③。"

【注释】

① 王丞相：王导。② 刘王乔：刘畴，字王乔。过江：指永嘉南渡。③ 拜公：东汉司徒为三公之一，晋代司徒官同丞相，此沿袭东汉旧说。

【导读】

本篇反映了王导对刘畴才能的推重和惋惜之情，也表现了东晋立国初对人才的需求。

六二、何得皆是 王蓝田为人晚成①，时人乃谓之痴。王丞相以其东海子②，辟为掾③。常集聚，王公每发言，众人竞赞之；述于末坐曰："主非尧、舜，何得事事皆是？"丞相甚相叹赏。

【注释】

① 王蓝田：王述。② 东海：王述父王承，曾为东海太守，故称。③ 辟：征召。掾：属官。

【导读】

本篇记述了王述驳斥他人对王导阿谀奉承的风气，其为人刚直得到了王导的赞赏，也反映出了王导的旷达雅量。

六三、杨朗大才 世目杨朗①："沈审经断②。"蔡司徒云③："若使中朝不乱，杨氏作公方未已。"谢公云④："朗是大才。"

【注释】

① 目：品评。② 沈审经断：思虑周密，行事果断。③ 蔡司徒：蔡谟。④ 谢公：谢安。

【导读】

本篇通过多人对杨朗才能的赞誉，反映了大族名士在当时社会上的崇高威望。

六四、灼然玉举　刘万安即道真从子①。庾公所谓“灼然玉举”②。又云：“千人亦见，百人亦见。”

【注释】

① 刘万安：刘绥。道真：刘宝。从子：侄子。② 庾公：庾亮。玉举：玉立。

【导读】

本篇记述了庾亮赞赏刘绥气度不凡，人品出众。

六五、海岱清士　庾公为护军①，属桓廷尉觅一佳吏②，乃经年。桓后遇见徐宁而知之③，遂致于庾公曰：“人所应有，其不必有；人所应无，已不必无。真海岱清士④。”

【注释】

① 庾公：庾亮。② 属：通“嘱”。桓廷尉：桓彝。③ 徐宁：字安期，晋东海郯人，年少知名。④ 海岱：指东海、泰山之地。

【导读】

本篇通过晋桓彝推荐徐宁为吏的故事，既表现了徐宁的高洁人品，也表现了桓彝的识人之鉴和对人才举荐的谨慎态度。

六六、皮里阳秋　桓茂伦云①：“褚季野皮里阳秋②。”谓其裁中也③。

【注释】

① 桓茂伦：桓彝。② 褚季野：褚裒。阳秋：即为《春秋》，因避讳改为《阳秋》。③ 裁中：指心中有裁断。

【导读】

本篇记述了桓彝称赞褚裒善于明辨是非，表达了士人追求含蓄和内在的审美感情，成语“皮里阳秋”即源于此。

六七、诸侯上客　何次道尝送东人①，瞻望见贾宁在后轮中②，曰：

"此人不死,终为诸侯上客。"

【注释】

① 何次道:何充。东人:从会稽来的人。因为会稽在建康的东面,故有此说。② 贾宁:字建宁,长乐人,官至新安太守。

【导读】

本篇中贾宁作为王敦、苏峻两次叛乱的参加者,后来竟然当上了晋朝的太守,何充对他的品评带有明显的蔑视。

六八、杜乂墓崩 杜弘治墓崩[①],哀容不称[②]。庾公顾谓诸客曰[③]:"弘治至羸[④],不可以致哀[⑤]。"又曰:"弘治哭不可哀。"

【注释】

① 杜弘治:杜乂,字弘治,京兆人,官丹阳丞。② 不称:不相称,不符。③ 庾公:庾亮。④ 羸:瘦弱。⑤ 致哀:过分哀痛。

【导读】

本篇记述了庾亮谅解杜乂祖墓崩坏,他的哀伤却未达到礼的要求的行为一事,既表现了庾亮的旷达,也反映了当时名士对礼制的淡漠。

六九、丰玉荒谷 世称:"庾文康为丰年玉[①],稚恭为荒年谷[②]。"庾家论云是文康称:"恭为荒年谷,庾长仁为丰年玉[③]。"

【注释】

① 庾文康:庾亮。丰年玉:比喻盛世的治国人才。② 稚恭:庾翼。荒年谷:比喻乱世的治国人才。③ 庾长仁:庾统,字长仁。庾亮的侄子。

【导读】

本篇记述时人以丰年玉、荒年谷称赞庾亮兄弟、子侄为治国人才,也表现了高门望族内部自高身价的风气。

七〇、标鲜穆少 世目:"杜弘治标鲜[①],季野穆少[②]"。

【注释】

① 杜弘治:杜乂。标鲜:风采照人。② 季野:褚裒。穆少:威严而寡语。

【导读】

本篇用简练的语言写出了杜乂的风采出众，褚裒的宁静淡泊，各有特色，将两人仪容性格表现无遗。

七一、德风可咏 有人目杜弘治标鲜清令①，盛德之风，可乐咏也。

【注释】

① 杜弘治：杜乂。清令：清秀美好。

【导读】

本篇记述时人品评杜乂风仪出众，盛德风范，值得赞誉。

七二、拔萃国举 庾公云①："逸少国举②。"故庾倪为碑文云③："拔萃国举。"

【注释】

① 庾公：庾亮。② 逸少：王羲之。国举：全国所推重的人。③ 庾倪：庾倩，小字倪，字少彦，司空庾冰子，仕至太宰长史。

【导读】

本篇记述了庾亮称赞王羲之才能拔萃出众。王羲之一生中不乏救国匡时之志，可谓誉得其实。

七三、庾翼荐友 庾稚恭与桓温书①，称："刘道生日夕在事②，大小殊快。义怀通乐③，既佳，且足作友，正实良器，推此与君，同济艰不者也④。"

【注释】

① 庾稚恭：庾翼。② 刘道生：刘恢，字道生，任车骑司马。③ 义怀通乐：胸怀通达乐观。④ 不：通"否"(pǐ)，困厄，不顺。

【导读】

本篇记述庾翼向桓温推荐刘道生，称其性情通达，足可为友，患难与共，具有魏晋士人洒脱率真的本性。

七四、主簿请讳 王蓝田拜扬州①，主簿请讳②，教云："亡祖先君③，名播海内，远近所知；内讳不出于外④。余无所讳。”

【注释】

① 王蓝田：王述。② 主簿请讳：下官请求指出应避忌的名讳。晋人最重家讳，长官就任，僚属必先请讳，以防无意中触犯。③ 亡祖先君：王述已故的祖父王湛和父亲王承。④ 内讳：妇人之讳。

【导读】

本篇记述了晋王述谈论避讳，称其先辈名字已显，人所共知，故无须避讳，表现了王氏家族成员的门第优越感。

七五、无所不堪 萧中郎①，孙承公妇父②。刘尹在抚军坐，时拟为太常，刘尹云："萧祖周不知便可作三公不③？自此以还，无所不堪。"

【注释】

① 萧中郎：萧轮，字祖周，任常侍、国子博士。② 孙承公：孙统，字承公，太原人。③ 三公：魏晋以太尉、司徒、司空为三公。

【导读】

本篇记述了晋刘惔称赞萧轮的才能，表现了刘惔对萧轮的推重和他的识人之鉴。

七六、娓娓逼人 谢太傅未冠①，始出西②，诣王长史③，清言良久。去后，苟子问曰④："向客何如尊？"长史曰："向客亹亹⑤，为来逼人。"

【注释】

① 谢太傅：谢安。② 出西：谢安少寓居会稽，西行入都。③ 王长史：王濛。④ 苟子：王修，字敬仁。小名苟子，王濛子。⑤ 亹亹：同"娓娓"，谈论连续不倦貌。

【导读】

本篇记述了王濛称赞年轻时的谢安善于清谈，言辞雄辩，表现了魏晋清谈风气的盛行，反映了魏晋对于清谈语言的审美要求和趣向。

七七、共推安石 王右军语刘尹①："故当共推安石。"刘尹曰："若安石东山志立②，当与天下共推之。"

【注释】

① 王右军：王羲之。刘尹：刘惔。② 东山志立：确定东山隐居的志向，谢安曾在会稽隐居多年。

【导读】

本篇记述王羲之向刘惔称道谢安，表现出谢安未出仕之前在社会上的崇高威望。

七八、掇皮皆真 谢公称蓝田[①]："掇皮皆真[②]。"

【注释】

① 谢公：谢安。蓝田：王述。② 掇皮：剥去皮。

【导读】

本篇仅用四字就表现出王述为人真率爽直，表里如一的品格，反映了品评中对率真的赞誉。

七九、王敦可儿 桓温行经王敦墓边过，望之云："可儿[①]！可儿！"

【注释】

① 可儿：称人心意的人。

【导读】

本篇用简短凝练的语言记述了桓温对王敦才能的赞赏。两人皆为奸雄，自相羡慕不足为奇。

八〇、逸少清贵 殷中军道王右军云[①]："逸少清贵人[②]，吾于之甚至，一时无所后。"

【注释】

① 殷中军：殷浩。王右军：王羲之。② 清贵：清高尊贵。

【导读】

本篇记述了殷浩赏识王羲之的风采人品并厚待之，既表现了王羲之的高尚人品，也反映了殷浩的惜才之情。

八一、处长胜人 王仲祖称殷渊源[①]："非以长胜人，处长亦胜人[②]。"

【注释】

① 王仲祖：王濛。殷渊源：殷浩。② 处长：对待自己的长处。

【导读】

本条记述了王濛称赞殷浩不傲物凌人，谦虚处世的高尚人格。

八二、陈势浩汗 王司州与殷中军语①，叹云："己之府奥②，蚤已倾泻而见，殷陈势浩汗③，众源未可得测。"

【注释】

① 王司州：王胡之。殷中军：殷浩。② 府奥：胸中的蕴藏。③ 陈势：即阵势。浩汗：同"浩瀚"。

【导读】

本篇用形象的比喻记述了王胡之盛赞殷浩玄学渊博，从侧面反映出殷浩的清谈名声巨大。

八三、金玉满堂 王长史谓林公①："真长可谓金玉满堂②。"林公曰："金玉满堂，复何为简选？"王曰："非为简选，直致言处自寡耳③。"

【注释】

① 王长史：王濛。林公：支道林。② 金玉满堂：比喻才学富实。③ 直致言处自寡耳：意喻刘惔言少而精。

【导读】

本篇记述了王濛赞赏刘惔经纶满腹却吉人辞寡，反映了魏晋清谈中对语言精练的欣赏。

八四、不必有无 王长史道江道群①："人可应有，乃不必有；人可应无，己必无。"

【注释】

① 王长史：王濛。江道群：江灌，字道群，晋陈留人。历任尚书中护军。

【导读】

本篇用简练的语言记述了晋王濛称赞江道群的才器出众和善于自守

的人品性格。

八五、四族俊杰 会稽孔沈、魏颉、虞球、虞存、谢奉并是四族之俊[1]，于时之桀。孙兴公目之曰[2]："沈为孔家金，颉为魏家玉，虞为长、琳宗，谢为弘道伏[3]。"

【注 释】

① 孔沈：字德度，晋山阴人，孔群子。魏颉：字长齐，会稽人，仕至山阴令。虞球：字和琳，会稽余姚人，位至黄门侍郎。② 孙兴公：孙绰。③ "虞为"二句：言虞氏宗长琳之才，谢氏服弘道之美。

【导 读】

本篇记述了孙绰赞赏孔、魏、虞、谢为四族的俊杰之才。短短四十余字，可谓会稽四族人物简志。

八六、堕其雾中 王仲祖、刘真长造殷中军谈[1]，谈竟，俱载去。刘谓王曰："渊源真可[2]。"王曰："卿故堕其云雾中。"

【注 释】

① 王仲祖：王濛。刘真长：刘惔。殷中军：殷浩。② 可：可人心意，赞许之辞。

【导 读】

本篇通过记述王濛和刘惔对殷浩清谈的品评，可以看出不同的人对清谈风格有不同的评价取向。

八七、通而有节 刘尹每称王长史云[1]："性至通，而自然有节[2]。"

【注 释】

① 刘尹：刘惔。王长史：王濛。② 自然有节：谓王濛言行自然有节制。

【导 读】

本篇记述了刘惔称赞王濛性情通达而自然有节的处世之风，可谓对其知之甚深。

八八、王赞四士 王右军道谢万石“在林泽中，为自遒上”[①]。叹林公“器朗神俊”。道祖士少“风领毛骨，恐没世不复见如此人”[②]。道刘真长“标云柯而不扶疏”[③]。

【注释】

① 王右军：王羲之。谢万石：谢万。林泽：山林水泽，代称隐居之地。遒上：挺拔高迈。② 祖士少：祖约。风领毛骨：风姿轻举。③ 刘真长：刘惔。标：高扬貌。云柯：高耸入云的枝条。扶疏：枝叶茂盛分披貌，比喻在高位而不炫耀。

【导读】

本篇中王羲之用生动形象的语言称赞谢万、支道林、祖约、刘惔四人的高尚人格，也表现了王羲之的高超的品评能力。

八九、胸无宿物 简文目庾赤玉[①]：“省率治除[②]。”谢仁祖云[③]：“庾赤玉胸中无宿物。”

【注释】

① 庾赤玉：庾统，字长仁，小名赤玉，晋颍川人，仕至寻阳太守。② 省率治除：心地坦率。③ 谢仁祖：谢尚。

【导读】

本篇中对庾统为人坦诚率直的品评赏誉，也是对魏晋追求真率旷达人生态度的解读。

九〇、是出群器 殷中军道韩太常曰[①]：“康伯少自标置[②]，居然是出群器[③]。及其发言遣辞，往往有情致。”

【注释】

① 殷中军：殷浩。韩太常：韩伯，字康伯。② 标置：标榜出群。③ 居然：显然。

【导读】

本篇记述殷浩赞赏韩伯超群出众。殷浩是韩伯的舅父，家族之间赞誉，难免夸大其实。

九一、真率少许 简文道王怀祖①："才既不长，于荣利又不淡；直以真率少许，便足对人多多许②。"

【注释】

① 王怀祖：王述。② 多多许：许多。

【导读】

本篇简文帝用先抑后扬的方式称誉王述为人真率坦诚，胜人百般美德，也反映了魏晋士人对真性情的向往和回归。

九二、不欲苦物 林公谓王右军云①："长史作数百语，无非德音，如恨不苦②。"王曰："长史自不欲苦物。"

【注释】

① 林公：支道林。王右军：王羲之。② 如：只是。恨：遗憾。苦：使人陷入困窘。

【导读】

本篇分别记述支道林和王羲之对王濛清谈所抱持的不同态度，展现了玄学和佛学在清谈风气中的水乳交融之状。

九三、文理转遒 殷中军与人书①，道谢万："文理转遒②，成殊不易。"

【注释】

① 殷中军：殷浩。② 文理转遒：文辞义理变得遒劲有力。

【导读】

本篇记述殷浩称赞谢万善作文章，并取得了很大的成就。

九四、不翅儒域 王长史云①："江思悛思怀所通②，不翅儒域③。"

【注释】

① 王长史：王濛。② 江思悛：江惇，字思悛，晋陈留人，以擅长儒道知名。③ 不翅儒域：不只限于儒学。

【导读】

本篇中王濛赞赏江惇学识渊博，儒道兼综，侧面反映了当时儒学的势微和老庄玄学的兴起。

九五、才过所闻 许玄度送母[①]，始出都[②]，人问刘尹："玄度定称所闻不[③]？"刘曰："才情过于所闻。"

【注释】

① 许玄度：许询。② 都：东晋京城建康。③ 称(chèn)：适合，相符。不：同"否"。

【导读】

本篇通过刘惔之口，肯定了许询的才情出众，也表现了才情是品藻人物的重点取向之一。

九六、王家三少 阮光禄云[①]："王家有三年少：右军、安期、长豫[②]。"

【注释】

① 阮光禄：阮裕。② 右军：王羲之，王导侄。安期：王应，王含子，王导侄。长豫：王悦，王导子。

【导读】

本篇记述了阮裕赞赏王氏三个优秀子弟的才能，也表现了当时作为高门望族的王家人才济济。

九七、把臂入林 谢公道豫章[①]："若遇七贤[②]，必自把臂入林。"

【注释】

① 谢公：谢安。豫章：谢鲲。② 七贤：指魏末的竹林七贤。

【导读】

本篇记述了谢安称赞谢鲲高逸浪漫的气质，直追竹林七贤的遗风，也反映了竹林七贤在魏晋士人心中占有极高的位置。

九八、不亚王弼 王长史叹林公[①]："寻微之功[②]，不减辅嗣[③]。"

【注释】

① 王长史：王濛。林公：支道林。② 寻微：探求精妙玄理。③ 辅嗣：王弼字辅嗣，精于玄学。

【导读】

本篇中王濛称赞支道林精于玄理，甚至不减玄学大师王弼，表明了玄佛合流的趋势。

九九、以拟管葛 殷渊源在墓所几十年[①]。于时朝野以拟管、葛[②]，起不起，以卜江左兴亡[③]。

【注释】

① 殷渊源：殷浩。墓所：祖坟之所。② 管：管仲，春秋齐桓公相。葛：诸葛亮，三国蜀相。③ 卜：预测。江左：借指东晋。

【导读】

本篇记述了时人称赞殷浩的政治才能，通过朝野的品评，反映出了当时社会对于人才的急切需求。

一〇〇、清鉴贵要 殷中军道右军[①]："清鉴贵要[②]"。

【注释】

① 殷中军：殷浩。右军：王羲之。② 清鉴贵要：识见高明。

【导读】

本篇仅用四字就反映出了王羲之明察事理，有高明的鉴赏能力的特质。

一〇一、见如此人 谢太傅为桓公司马[①]。桓诣谢，值谢梳头，遽取衣帻[②]，桓公云："何烦此。"因下共语至暝[③]。既去，谓左右曰："颇曾见如此人不[④]？"

【注释】

① 谢太傅：谢安。桓公：桓温。② 帻：古代男子用来包裹发髻的一种头巾。③ 暝：日暮。④ 颇曾：可曾。

【导读】

本篇用一系列的细节描写，生动描述了桓温对谢安的敬慕之情和识才之明，也表现了桓温不拘小节的放达之举。

一〇二、门生悉用 谢公作宣武司马①，属门生数十人于田曹中郎赵悦子②。悦子以告宣武，宣武云："且为用半。"赵俄而悉用之，曰："昔安石在东山，搢绅敦逼③，恐不豫人事④；况今自乡选，反违之邪？"

【注释】

① 谢公：谢安。宣武：桓温。② 属：通"嘱"。田曹中郎：掌管农事的官。赵悦子：赵悦字悦子。③ 搢绅：古代仕官者的服饰，后指官僚大夫。④ 豫：参加。

【导读】

本篇通过记述赵悦子出于对谢安的赏识，遍用其所推荐门生，可见谢安名望之高。宋刘辰翁评云："悦子自佳。"

一〇三、少致民誉 桓宣武表云①："谢尚神怀挺率②，少致民誉。"

【注释】

① 桓宣武：桓温。② 神怀挺率：指胸怀正直坦荡。

【导读】

本篇用简短的语言记述了桓温赞赏谢尚胸怀平易旷达，是人物品藻中对人物神情气度关注的表现。

一〇四、自然令上 世目谢尚为令达①，阮遥集云："清畅似达。"或云："尚自然令上。"

【注释】

① 令达：指品德美好，心胸旷达。

【导读】

本篇记述了时人对谢尚旷达性情的赞誉，表达了魏晋士人对自然真率性情的追求。

一〇五、谢公省病 桓大司马病①。谢公往省病②，从东门入。桓公遥望，叹曰："吾门中久不见如此人！"

【注释】

① 桓大司马：桓温。② 谢公：谢安。省：探望。

【导读】

本篇通过细节描写记述了谢安探望病中桓温，形象地反映了桓温对谢安的赞赏之情。

一〇六、王恬朗豫 简文目敬豫为"朗豫"[①]。

【注释】

① 简文：简文帝司马昱。敬豫：王恬。朗豫：指本性开朗，心情和悦。

【导读】

本篇通过品评王恬心性开朗和悦，表现他本性符合老庄淡泊简约的旨趣。

一〇七、沐浴此言 孙兴公为庾公参军[①]，共游白石山[②]。卫君长在坐[③]，孙曰："此子神情都不关山水，而能作文。"庾公曰："卫风韵虽不及卿诸人[④]，倾倒处亦不近[⑤]。"孙遂沐浴此言[⑥]。

【注释】

① 孙兴公：孙绰。庾公：庾亮。② 白石山：山名，在今江苏溧水北。③ 卫君长：卫永，字君长，成阳人，位至左军长史。④ 风韵：风度韵味。⑤ 近：浅近，平常。⑥ 沐浴：指浸润其中。

【导读】

本篇记述了庾亮赏识卫永才学风度，认为其风韵不减他人，从侧面反映出了魏晋士人徜徉游历，提升审美情操的风气。

一〇八、正人骨气 王右军目陈玄伯[①]："垒块有正骨[②]。"

【注释】

① 王右军：王羲之。陈玄伯：陈泰。② 垒块：块垒，郁积在心中的愤慨。

【导读】

本篇记述了王羲之品评陈泰胸怀慷慨，正气凛然。

一〇九、刘尹知人 王长史云[①]："刘尹知我[②]，胜我自知。"

【注释】

① 王长史：王濛。② 刘尹：刘惔。知：了解。

【导读】

本篇记载了王濛慨叹刘惔对自己的了解之深，本书中已多处见王濛和刘惔的相知相赏，可见两人的友谊深厚。

一一〇、高座王何 王、刘听林公讲[①]，王语刘曰："向高坐者，故是凶物[②]。"复更听，王又曰："自是钵釪后王、何人也[③]。"

【注释】

① 王：王濛。刘：刘惔。林公：支道林。② 凶物：非常人，指违背佛法的人。③ 钵釪(bō yú)：即钵盂，这里指佛教徒。王、何：指王弼、何晏。

【导读】

本篇记述了王濛、刘惔品评支道林佛法玄学造诣精深，赞其为佛门王、何，言其为佛学领袖人物，也反映了佛玄合流的趋势。

一一一、刘尹简文 许玄度言[①]："《琴赋》所谓'非至精者，不能与之析理'[②]，刘尹其人[③]；'非渊静者，不能与之闲止'[④]，简文其人[⑤]。"

【注释】

① 许玄度：许询。②《琴赋》：嵇康作。③ 刘尹：刘惔。④ 闲止：闲居，安居无事。⑤ 简文：简文帝司马昱。

【导读】

本篇中许询引用《琴赋》名言，赞赏了刘惔精通玄理，简文清虚沉静的性格，这种引名言赞名士的写法新奇传神。

一一二、魏氏后人 魏隐兄弟[①]，少有学义[②]，总角诣谢奉。奉与语，大说之[③]，曰："大宗虽衰[④]，魏氏已复有人。"

【注释】

① 魏隐：字安时，会稽上虞人，任义兴太守、御史中丞。② 学义：学识。③ 说：悦。④ 大宗：宗族的尊称。

【导读】

本篇记述了谢奉赞扬魏隐兄弟的学识，感慨魏氏宗族后继有人，反映出当时世族对于延续其家世、提高其门望的要求。

一一三、故有局陈 简文云："渊源语不超诣简至[1]，然经纶思寻处[2]，故有局陈[3]。"

【注释】

① 渊源：殷浩。简至：简要。② 经纶：整理丝线，编成绳子。指组织，处理。③ 局陈：布局。

【导读】

本篇记述了简文帝赞赏殷浩清谈有章法，布局组织缜密，表现了清谈过程中对整体把握的要求。

一一四、法汰知名 初，法汰北来未知名[1]，王领军供养之[2]。每与周旋，行来往名胜许[3]，辄与俱。不得汰，便停车不行。因此名遂重。

【注释】

① 法汰：晋时和尚。② 王领军：王洽，字敬和，王导第三子。③ 名胜：名流，知名人士。

【导读】

本篇记述了王洽赏识法汰，致使其知名于世，侧面反映出僧人在社会上受到人们的敬重，是得力于名士的提携。

一一五、足副时谈 王长史与大司马书[1]，道渊源："识致安处[2]，足副时谈[3]。"

【注释】

① 王长史：王濛。大司马：桓温。② 识致：见识和情致。安处：安于所处。③ 副：符合，适合。

【导读】

本篇记述了王濛评论殷浩有识见，有情致，不负时人赞誉。

一一六、刘尹审细 谢公云[①]:“刘尹语审细[②]。”

【注释】

① 谢公:谢安。② 刘尹:刘惔。审细:精密细致。

【导读】

本篇用简短的两字表现了谢安赞赏刘惔言谈审慎细致的风格,短小精悍却概括极强。

一一七、仪行百揆 桓公语嘉宾[①]:“阿源有德有言[②],向使作令仆[③],足以仪行百揆[④]。朝廷用违其才耳。”

【注释】

① 桓公:桓温。嘉宾:郗超。② 阿源:殷浩字渊源,又称阿源。③ 令仆:尚书令和仆射,官名。④ 仪行:效法。百揆(kuí):百官。

【导读】

本篇记述了桓温慨叹殷浩有德行,又善清谈,可为文官的率首,然而朝廷却反用其才,委以殷浩北征许洛的军旅重任,以致倾败,使其白玉堕泥。

一一八、刘尹其言 简文语嘉宾[①]:“刘尹语末后亦小异,回复其言[②],亦乃无过。”

【注释】

① 简文:司马昱。嘉宾:郗超。② 回复:回味。

【导读】

本篇记述了简文帝赞赏刘惔清谈有逻辑性,虽然有微小的前后不符,却也无伤大雅。

一一九、自有才情 孙兴公、许玄度共在白楼亭[①],共商略先往名达[②]。林公既非所关,听讫云:“二贤故自有才情。”

【注释】

① 孙兴公:孙绰。许玄度:许询。白楼亭:亭名,在山阴。② 商略:品评。名达:先辈贤达。

【导读】

本篇记述了支道林赞赏孙绰、许询善于品评人物，也可看出当时品评人物对才情的看重。

一二〇、章清太出 王右军道东阳[①]："我家阿林，章清太出[②]。"

【注释】

① 王右军：王羲之。东阳：即阿林，"林"应是"临"，指王临之，曾任东阳太守。② 章：彰明。太出：很杰出。

【导读】

本篇仅用四字表现了王临之品行彰明高洁，出类拔萃的人品性格，用字精审而恰到好处。

一二一、触事长易 王长史与刘尹书[①]，道渊源"触事长易"[②]。

【注释】

① 王长史：王濛。刘尹：刘惔。② 触事：接触事物。长：通"常"。

【导读】

本篇记述了王濛品评殷渊源待人处事平和简率，这也符合魏晋士人平和雅致的审美情趣。

一二二、乐托之性 谢中郎云[①]："王修载乐讬之性[②]，出自门风。"

【注释】

① 谢中郎：指谢万。② 王修载：名耆之，字修载。乐讬：同"落拓"，豪放，不拘小节。

【导读】

本篇中谢万称赞王耆之秉承家门的豪放不拘之风，侧面反映出了人们对洒脱性情风气的向往。

一二三、王修超悟 林公云[①]："王敬仁是超悟人[②]。"

【注释】

① 林公：支道林。② 王敬仁：王修，字敬仁。

【导读】

本篇中支道林赞赏王修的领悟才能，可看出支道林对超悟特质的看重。

一二四、昔尝北面　刘尹先推谢镇西[①]，谢后雅重刘曰："昔尝北面[②]。"

【注释】

① 刘尹：刘惔。谢镇西：谢尚。② 北面：尊重语，表示师事对方。

【导读】

本篇通过刘惔和谢尚互相推崇，反映了二人相互敬重的深厚友谊。

一二五、可与同游　谢太傅称王修龄曰[①]："司州可与林泽游。"

【注释】

① 谢太傅：谢安。王修龄：王胡之，字修龄，曾为司州刺史。

【导读】

本篇中谢安赞赏王胡之纵情山水，清高脱俗的品性，反映出当时士人喜爱游览山水的风气。

一二六、扬州独步　谚曰："扬州独步王文度[①]，后来出人郗嘉宾[②]。"

【注释】

① 独步：独一无二，超群出众。王文度：王坦之。② 郗嘉宾：郗超。

【导读】

本篇记述时人赞誉江东名士王坦之和郗超的出众品德，整条谚语凝练对称。

一二七、足自生活　人问王长史江虨兄弟群从[①]，王答曰："诸江皆复足自生活。"

【注释】

① 王长史：王濛。群从：指堂房兄弟子侄辈。

【导读】

本篇记述了王濛品评江虨兄弟生活富足，是魏晋时期门阀士族经济实力强大的一个缩影。

一二八、不厌不思 谢太傅道安北[①]："见之乃不使人厌，然出户去，不复使人思。"

【注释】

① 谢太傅：谢安。安北：王坦之，卒赠安北将军。曾直言苦谏谢安。

【导读】

本篇中既反映了谢安品评的直率，也表现了谢安眼中王坦之的无足称述的平庸。

一二九、司州造胜 谢公云[①]："司州造胜遍决[②]。"

【注释】

① 谢公：谢安。② 司州：王胡之。造胜：达到胜境。遍决：遍解疑难。

【导读】

本篇记述谢安赞赏王胡之清谈达到胜境，可见当时清谈玄学修养要求极高。

一三〇、欲倾家酿 刘尹云[①]："见何次道饮酒[②]，使人欲倾家酿。"

【注释】

① 刘尹：刘惔。② "见何"句：据《晋书》载，何充善饮酒，并"能温克也"。

【导读】

本篇记述了刘惔品评何充饮酒不失节操，是有酒德之人，这和酒后失德行为形成了明显的对比，侧面反映了魏晋饮酒之风的盛行。

一三一、名士高操 谢太傅语真长[①]："阿龄于此事[②]，故欲太厉[③]。"刘曰："亦名士之高操者。"

【注释】

① 谢太傅：谢安。真长：刘惔。② 阿龄：王胡之，小字阿龄。此事：不详。③ 故欲：好像。厉：严肃。

【导读】

本篇中谢安和刘惔从不同角度评价王胡之，可见王胡之的冷峻名士风范。

一三二、士少彻朗 王子猷说："世目士少为朗[①]，我家亦以为彻朗[②]。"

【注释】

① 士少：祖约。② 我家：指"我"。彻朗：清明。彻，同"澈"。

【导读】

本篇记述了王徽之赏誉祖约心地清明净朗，通达开朗，可见"朗"是品藻活动中的重要审美范畴。

一三三、谢濛令音 谢公云[①]："长史语甚不多[②]，可谓有令音[③]。"

【注释】

① 谢公：谢安。② 长史：王濛。③ 令音：优美的言辞。

【导读】

本篇中谢安赞赏王濛语少而精，言辞优美，符合当时追求自然简练的旨趣。

一三四、文学镞镞 谢镇西道敬仁[①]："文学镞镞[②]，无能不新。"

【注释】

① 谢镇西：谢尚，任镇西将军。敬仁：王修，字敬仁。② 镞镞：形容突出。

【导读】

本篇中谢尚评论王修才学出众，表现了当时人物品评中对于人物的文学素养的要求。

一三五、尔能不言 刘尹道江道群[①]："不能言而能不言[②]"。

【注释】

① 刘尹：刘惔。江道群：江灌。② 不能言而能不言：意思为不善言谈

而能以不言胜人。

【导读】

本篇以刘惔称道江道群不善言谈却使人敬佩的故事，表现了老庄玄学“无”胜过“有”的思想。

一三六、警悟交至 林公云[①]：“见司州警悟交至[②]，使人不得住，亦终日忘疲。”

【注释】

① 林公：支道林。② 司州：王胡之。警悟：机警敏悟。

【导读】

本篇记述了支道林赞赏王胡之谈论机警敏悟，侧面反映了魏晋清谈盛行的风气。

一三七、苟子阿兴 世称：“苟子秀出[①]，阿兴清和[②]。”

【注释】

① 苟子：王修。② 阿兴：王蕴，小字阿兴。

【导读】

本篇通过对比说明王修杰出，王蕴平和的不同性情，表现了当时人物品藻活动审美取向的多样化。

一三八、刘尹茗柯 简文云：“刘尹茗柯有实理[①]。”

【注释】

① 刘尹：刘惔。茗柯：酩酊，颓唐。

【导读】

本篇记述简文帝赞赏刘尹虽然外表看起来糊涂颓唐，但实际上却善于谈理，是魏晋名士“得意忘形”人生态度的表现。

一三九、谢朗作传 谢胡儿作著作郎[①]，尝作王堪传。不谙堪是何似人，咨谢公[②]。谢公答曰：“世胄亦被遇[③]。堪，烈之子，阮千里姨兄弟[④]，潘安仁中外[⑤]。安仁诗所谓‘子亲伊姑，我父唯舅’。是许允婿。”

【注释】

① 谢胡儿：谢朗。② 谢公：谢安。③ 世胄：王堪，字世胄，曾任车骑将军。被遇：被君主赏识。④ 阮千里：阮瞻。⑤ 潘安仁：潘岳。中外：中表，指中表兄弟。

【导读】

本篇通过谢朗向谢安请教王堪的身世，说明王堪出身权贵高门，反映当时门第观念的深入。

一四〇、伯道无儿 谢太傅重邓仆射[①]，常言："天道无知，使伯道无儿。"

【注释】

① 谢太傅：谢安。邓仆射：邓攸，字伯道，渡江避难时为了保全弟弟的儿子而抛弃了自己的儿子，以至绝了后代。

【导读】

本篇记述了谢安敬重邓攸，认为其堪为道德典范，"伯道无儿"后用作叹人无子之典。

一四一、栖讬好佳 谢公与王右军书曰[①]："敬和栖讬好佳[②]。"

【注释】

① 谢公：谢安。王右军：王羲之。② 敬和：王洽，字敬和，曾任建武将军。栖讬：安身，寄托。

【导读】

本篇记述了谢安对王洽高逸人格的赞赏，通过品评反映了魏晋士人逃避现实的心态。

一四二、吴中四姓 吴四姓旧目云[①]："张文、朱武、陆忠、顾厚。"

【注释】

① 吴四姓：吴郡有张、朱、陆、顾四姓。

【导读】

本篇记述了时人对吴四姓人才的赏鉴，一字品评，语言凝练高超，极富表现力，同时反映出吴地门阀士族的兴盛。

一四三、无常人事 谢公语王孝伯[①]："君家蓝田[②]，举体无常人事[③]。"

【注释】

① 谢公：谢安。王孝伯：王恭。② 蓝田：王述。③ 举体：全身。

【导读】

本篇记述谢安评论王述不同流俗的为人处世的风范，仅用寥寥数语即刻画出王述多种性格特质，语言简练却蕴涵极广。

一四四、造膝共语 许掾尝诣简文[①]，尔时风恬月朗，乃共作曲室中语[②]。襟怀之咏，偏是许之所长。辞寄清婉[③]，有逾平日。简文虽契素[④]，此遇尤相咨嗟。不觉造膝[⑤]，共叉手语[⑥]，达于将旦。既而曰："玄度才情，故未易多有许。"

【注释】

① 许掾：许询。简文：司马昱。② 曲室：密室。③ 辞寄：言辞、寄托。④ 契素：情意相投。⑤ 造膝：两人膝相接，表示亲近。⑥ 叉手：执手。

【导读】

本篇通过优美的语言再现了当时的场景，如同展开画卷，娓娓道来。简文帝赞赏许询的清谈，不在于清谈的内容，而在于超越平日的清新谈吐方式。

一四五、袁生开美 殷允出西，郗超与袁虎书云："子思求良朋[①]，讬好足下[②]，勿以开美求之[③]。"世目袁为"开美"，故子敬诗曰："袁生开美度。"

【注释】

① 子思：指殷允。② 讬好：交好。③ 开美：开朗美好。

【导读】

本篇通过郗超向袁虎推荐殷允，要求袁虎不要用"开美"的标准来要求殷允，既赞赏了袁虎具有"开美"的气度，也赞美了郗超的雅量。

一四六、生性至峭 谢车骑问谢公[①]:"真长性至峭[②],何足乃重[③]?"答曰:"是不见耳!阿见子敬,尚使人不能已[④]。"

【注释】

① 谢车骑:谢玄。谢公:谢安。② 真长:刘惔。峭:严厉。③ 重:敬重。④ "阿见"句:指我对王子敬尚且敬重,何况是对刘真长呢。阿,我。

【导读】

本篇中谢安对刘惔的赏誉方式是曲折的,他通过对王献之的赞赏,更加衬托了对刘真长的敬重之情。这种赏誉构思巧妙,新奇独特。

一四七、不能已已 谢公领中书监[①],王东亭有事[②],应同上省[③]。王后至,坐促[④],王、谢虽不通[⑤],太傅犹敛膝容之。王神意闲畅,谢公倾目[⑥]。还谓刘夫人曰:"向见阿瓜,故自未易有。虽不相关,正是使人不能已已[⑦]。"

【注释】

① 谢公:谢安。中书监:官名,掌管机要,中书省的长官。② 王东亭:王珣,字元琳,小字阿瓜,封东亭侯。曾任黄门侍郎。③ 省:中央官署。④ 促:狭窄。⑤ "王谢"句:据《王珣传》,珣兄弟皆为谢安婿,以猜嫌致隙。太傅安既与绝婚,又离珉妻。由是二族遂成仇衅。⑥ 倾目:斜着眼睛看,注目。⑦ 已已:第一个"已",解为停止,第二个"已",是语气词"矣"。

【导读】

本篇通过一则小故事赞赏了谢安宽容待人的气度和王珣风度豁达的神貌,王谢虽已绝婚,但还可以保持这种旷达的态度,正表现了魏晋士人潇洒豁达的风气。

一四八、公故潇洒 王子敬语谢公[①]:"公故萧洒[②]。"谢曰:"身不萧洒,君道身最得,身正自调畅[③]。"

【注释】

① 王子敬:王献之。谢公:谢安。② 萧洒:同"潇洒",豁达不拘的样子。③ 调畅:指心情舒畅。

【导读】

本篇记述了王献之对谢安风度潇洒，襟怀和适、舒畅的赞美，谢安素有"风流宰相"之称，此为其注脚。

一四九、愔愔竟夕 谢车骑初见王文度曰[①]："见文度，虽萧洒相遇，其复愔愔竟夕[②]。"

【注释】

① 谢车骑：谢玄。王文度：王坦之。② 愔（yīn）愔：安详和悦的样子。

【导读】

本篇记述了谢玄赞赏王坦之气度温和，举止安详的精神风貌。

一五〇、后起之秀 范豫章谓王荆州[①]："卿风流俊望[②]，真后来之秀。"王曰："不有此舅，焉有此甥？"

【注释】

① 范豫章：指范宁，曾任豫章太守。王荆州：王忱，曾任荆州刺史。② 风流俊望：风雅，有很高的声望。

【导读】

本篇记述了范宁推重其甥王忱的才华雅识，甥舅二人相互赞赏，表现出魏晋士人个性的张扬。

一五一、萧索寡会 子敬与子猷书[①]，道："兄伯萧索寡会[②]，遇酒则酣畅忘反，乃自可矜[③]。"

【注释】

① 子敬：王献之。子猷：王徽之。② 兄伯：哥哥。萧索：淡漠。寡会：寡合，指本性不与流俗相合。③ 可矜：可贵。

【导读】

本篇不足二十字，概括了王徽之为人淡泊，不随流俗的高逸品格和放纵不羁的性格特征，也反映了当时对本性之真的追求。

一五二、边人之杰 张天锡世雄凉州[①]，以力弱诣京师，虽远方殊类，亦边人之桀也。闻皇京多才,钦羡弥至。犹在渚住[2],司马著作往诣之。言容鄙陋,无可观听。天锡心甚悔来,以遐外可以自固[3]。王弥有俊才美誉[4],当时闻而造焉[5]。既至,天锡见其风神清令,言话如流,陈说古今,无不贯悉。又谙人物氏族,中来皆有证据[6]。天锡讶服。

【注释】

① 雄:称雄,凭武力统治。② 渚(zhǔ):指江边码头。③ 遐外:边远地区。④ 王弥:王珉,小名僧弥。⑤ 造:造访,拜访。⑥ 中来:一说当是"中表"之误。

【导读】

本篇用欲扬先抑的手法记述了王珉以富赡的才华和美好的言辞使张天锡惊叹倾服,赞赏了王珉才辞富赡的学识。本篇巧用对比手法展现人物行为,使故事生动曲折。

一五三、王大濯濯 王恭始与王建武甚有情[1],后遇袁悦之间[2],遂至疑隙。然每至兴会[3],故有相思。时恭尝行散至京口射堂[4],于时清露晨流,新桐初引,恭目之曰:"王大故自濯濯[5]。"

【注释】

① 王建武:王忱,字佛大,也叫阿大,曾任建武将军,是王恭的同族叔父辈。② 间(jiàn):离间。③ 兴会:兴致,指有兴致的时候。④ 行散:服用五石散之后需要散步散发药的热性。京口:王恭曾镇守京口。⑤ 濯濯:形容有光泽,清朗。

【导读】

本篇通过优美的语言写出了王恭和王忱的旧情、矛盾、相思和赞誉,展示了两人既欣赏又有仇隙的微妙感情关系。全篇情景交融,"清露晨流,新桐初引"这一抒情写景的名句,使本篇流传甚广。

一五四、亭亭罗罗 司马太傅为二王目曰[1]:"孝伯亭亭直上[2],阿大罗罗清疏[3]。"

【注释】

① 司马太傅:司马道子。二王:指王孝伯和王忱。② 亭亭:形容直

立。③ 罗罗清疏：指清朗疏放。

【导读】

本篇仅用八字就形象地道出王孝伯刚强正直、王忱清朗放达的性格品质，语言精简凝练，比喻贴切恰当。

一五五、不觉为烦　王恭有清辞简旨，能叙说，而读书少，颇有重出[①]。有人道孝伯常有新意，不觉为烦[②]。

【注释】

① 重出：重复的地方。② 不觉为烦：使人不觉得烦闷。

【导读】

本篇品评抑扬结合，客观展示了时人对于王恭的谈论言辞的态度，也反映了当时对清新简明、善于畅谈有新意的言谈风格的追求。

一五六、映彻九泉　殷仲堪丧后，桓玄问仲文[①]："卿家仲堪，定是何似人？"仲文曰："虽不能休明一世[②]，足以映彻九泉[③]。"

【注释】

① 仲文：殷仲堪的堂弟。② 休明：指德行完美光明。③ 九泉：黄泉，阴间。

【导读】

本篇通过殷仲文的赞誉，表明了殷仲堪德行美好光明，也表现了晋人对光明鲜洁意象美的理想追求。

品藻第九

一、功德先后　汝南陈仲举，颍川李元礼二人，共论其功德，不能定先后。蔡伯喈评之曰[①]："陈仲举强于犯上，李元礼严于摄下[②]。犯上难，摄下易。"仲举遂在三君之下[③]，元礼居八俊之上[④]。

【注释】

① 蔡伯喈：蔡邕，东汉陈留（今河南省陈留县）人，博学多才。② 摄下：使部下恐惧屈服。③ 三君：即窦武、刘淑、陈蕃。④ 八俊：即李膺、荀

翌、杜密、王畅、刘祐、魏朗、赵典、朱寓。

【导读】

本篇通过东汉末蔡伯喈对陈蕃、李膺功德高下的品评，表现了士人对抗颜进谏的传统忠的精神的嘉许。

二、士元评友 庞士元至吴[①]，吴人并友之[②]。见陆绩、顾劭、全琮而为之目曰[③]："陆子所谓驽马有逸足之用[④]，顾子所谓驽牛可以负重致远。"或问："如所目[⑤]，陆为胜邪？"曰："驽马虽精速，能致一人耳[⑥]。驽牛一日行百里，所致岂一人哉？"吴人无以难[⑦]。"全子好声名，似汝南樊子昭[⑧]。"

【注释】

① 庞士元：庞统，号凤雏，三国蜀汉襄阳人。② 友之：与他交朋友。③ 陆绩：字公纪，三国吴人。顾劭：字孝则，三国吴人。全琮：字子璜，吴郡钱塘人。④ 驽马：劣马。逸足：快足。⑤ 目：评价。⑥ 致：送达。⑦ 难：诘难。⑧ 樊子昭：东汉末汝南（河南省汝南）人，退能守静，进不苟竞。

【导读】

本篇记述庞士元品评陆绩等人的才能及声誉，反映了三国时期人物品藻已把才能置于重要位置。

三、一日之长 顾劭尝与庞士元宿语[①]，问曰："闻子名知人，吾与足下孰愈[②]？"曰："陶冶世俗[③]，与时浮沉，吾不如子；论王霸之余策[④]，览倚仗之要害[⑤]，吾似有一日之长[⑥]。"劭亦安其言。

【注释】

① 宿语：夜谈。② 孰：谁。愈：胜过。③ 陶冶：造就化育。④ 王霸之余策：君主治理天下的策略。⑤ 倚仗之要害：可倚仗的险要地形。⑥ 一日之长：比别人稍强一点。

【导读】

本篇记述庞士元与顾劭各自品评才能短长，展现了三国时期士人汲汲有为、慷慨自信的风貌。

四、诸葛兄弟　诸葛瑾弟亮及从弟诞①，并有盛名，各在一国。于时以为“蜀得其龙，吴得其虎，魏得其狗”。诞在魏与夏侯玄齐名②；瑾在吴，吴朝服其弘量③。

【注 释】

① 诸葛瑾：字子瑜，琅邪阳都（今山东省沂水县北）人，为孙权长史、司马。诸葛亮：字孔明，瑾弟。诸葛诞：字公休，历任曹魏征东大将军。② 夏侯玄：字太初，三国魏人。③ 弘量：宏大的器量。

【导 读】

本篇记述时人对诸葛兄弟才能的评价，可见三国时期诸葛氏已成为彪炳尘寰的巨族。

五、父子优劣　司马文王问武陔①：“陈玄伯何如其父司空②？”陔曰：“通雅博畅，能以天下声教为己任者③，不如也。明练简至，立功立事，过之。”

【注 释】

① 司马文王：司马昭。武陔：字元夏，西晋人。② 陈玄伯：陈泰，魏陈群子。司空：指陈群，官至司空。③ 声教：声威教化。

【导 读】

本篇记述武陔品评陈群、陈泰父子才能短长，反映汉末魏初人物品评以才取德标准的变化。

六、人士比论　正始中，人士比论，以五荀方五陈①：荀淑方陈寔②，荀靖方陈谌③，荀爽方陈纪④，荀彧方陈群⑤，荀觊方陈泰⑥。又以八裴方八王：裴徽方王祥⑦，裴楷方王夷甫⑧，裴康方王绥⑨，裴绰方王澄⑩，裴瓒方王敦⑪，裴遐方王导⑫，裴頠方王戎⑬，裴邈方王玄⑭。

【注 释】

① 方：比。② 荀淑：字季和。陈寔：字仲弓。③ 荀靖：字叔慈，荀淑第三子。陈谌：字季方，陈寔少子。④ 荀爽：字慈明，荀淑第六子。陈纪：字元方，陈寔长子。⑤ 荀彧：字文若。陈群：字长文。⑥ 荀觊：字景倩，荀彧子。⑦ 裴徽：字文季。王祥：字休徵。⑧ 裴楷：字叔则。王夷甫：王衍。

⑨ 裴康：字仲豫。王绥：字彦猷，王愉子。⑩ 裴绰：字季舒。王澄：字平子。⑪ 裴瓒：字国宝，裴楷子。王敦：字处仲。⑫ 裴遐：字叔道，裴绰子。王导：字茂弘。⑬ 裴頠：字逸民，裴秀子。王戎：字浚冲。⑭ 裴邈：字景声，裴頠从弟。王玄：字眉子，王衍子。

【导读】

本篇记述魏晋时期人物比论，可见大族门第的威望受到社会普遍的敬畏与推崇。

七、后出之俊 冀州刺史杨淮二子乔与髦①，俱总角为成器②。淮与裴頠、乐广友善③，遣见之。頠性弘方④，爱乔之有高韵，谓淮曰："乔当及卿，髦小减也⑤。"广性清淳⑥，爱髦之有神检⑦，谓淮曰："乔自及卿，然髦尤精出⑧。"淮笑曰："我二儿之优劣，乃裴、乐之优劣。"论者评之：以为乔虽高韵，而检不匝⑨；乐言为得。然并为后出之俊。

【注释】

① 杨淮：字始立，杨修之孙。② 总角：未成年。成器：成才。③ 乐广：字彦辅，南阳人。④ 弘方：大度正直。⑤ 小减：稍差。⑥ 清淳：淳朴高洁。⑦ 神检：神态拘谨。⑧ 精出：出众。⑨ 匝：周遍。

【导读】

本篇记述裴頠、乐广品评杨淮二子的才质之别，体现了魏晋文人品评别人以自己的个性作参考系的特色。

八、洛阳名士 刘令言始入洛①，见诸名士而叹曰："王夷甫太解明②，乐彦辅我所敬，张茂先我所不解③，周弘武巧于用短④，杜方叔拙于用长⑤。"

【注释】

① 刘令言：刘纳，彭城（今江苏省铜山县）人。② 解明：精明。③ 张茂先：张华，官至司空。④ 周弘武：周恢，晋武帝时任常侍。⑤ 杜方叔：杜育，曾任国子祭酒。

【导读】

本篇记述刘令言评论洛阳诸名士，展现了魏晋人物品藻中用犀利的语言一针见血地点出人物内在精神的品评风尚。

九、并是高才 王夷甫云："闾丘冲优于满奋、郝隆[1]。此三人并是高才，冲最先达[2]。"

【注释】

① 闾丘冲：字宾卿，博学有鉴识。满奋：字武秋，高平人。郝隆：字弘始，为人通亮清识。② 先达：有令望。

【导读】

本篇记述王衍评论闾丘冲、满奋、郝隆三人才质，体现了两晋时期以审美为目的的品藻标准。

一〇、乐广之俪 王夷甫以王东海比乐令[1]，故王中郎作碑云[2]："当时标榜，为乐广之俪[3]。"

【注释】

① 王东海：王承，字安期，任东海太守。乐令：乐广。② 王中郎：王坦之，字文度，王承之孙。③ 俪：成对，并比。

【导读】

本篇记述王衍把王承、乐广并举，反映魏晋时期名士在比附中声名更加彰显。

一一、如同雁行 庾中郎与王平子雁行[1]。

【注释】

① 庾中郎：庾敳，字子嵩，庾峻子。王平子：王澄，王衍弟。雁行：大雁齐飞，比喻并列齐一。

【导读】

本篇记述庾中郎与王平子品性齐一，比喻生动。

一二、以扇障面 王大将军在西朝时[1]，见周侯辄扇障面不得住[2]。后度江左，不能复尔[3]，王叹曰："不知我进，伯仁退？"

【注 释】

① 王大将军：王敦，字处仲，官至大将军。西朝：西晋王朝。② 周侯：周颉，字伯仁，官至尚书仆射。不得住：不得停。③ 复尔：再这样。

【导 读】

本篇记述西晋时王敦忌惮周颉，渡江后，不复如此，反映了政治局面的改变深刻影响着士人的心态及行为。

一三、才望兼备 会稽虞𩦎[①]，元皇时与桓宣武同侠[②]，其人有才理胜望[③]。王丞相尝谓𩦎曰："孔愉有公才而无公望[④]，丁潭有公望而无公才[⑤]，兼之者其在卿乎？"𩦎未达而丧。

【注 释】

① 虞𩦎(fēi)：字思行，东晋人。② 元皇：晋元帝司马睿。桓宣武：桓温。③ 才理：才华识见。胜望：极高的声望。④ 孔愉：字敬康，会稽山阴人。⑤ 丁潭：字世康，与孔愉齐名。

【导 读】

本篇记述丞相王导赞美虞𩦎兼有才学与声望，表明晋人对才望兼备的向往。

一四、答明帝问 明帝问周伯仁[①]："卿自谓何如郗鉴？"周曰："鉴方臣[②]，如有功夫[③]。"复问郗，郗曰："周颉比臣，有国士门风[④]。"

【注 释】

① 明帝：东晋明帝司马绍。② 方：比。③ 功夫：造诣，学养。④ 门风：风度，气派。

【导 读】

本篇记述周颉与郗鉴答明帝问，表明汉末魏初注重才能的品藻标准逐渐向两晋以审美为目的的品藻标准的转变。名士间相互推许的情状亦生动可感。

一五、自有公论 王大将军下[①]，庾公问[②]："卿有四友，何者是？"答曰："君家中郎[③]，我家太尉、阿平[④]，胡毋彦国[⑤]。阿平故当最劣。"庾曰：

"似未肯劣[6]。"庾又问:"何者居其右?"王曰:"自有人。"又问:"何者是?"王曰:"噫!其自有公论。"左右蹑公[7],公乃止。

【注释】

① 王大将军下:指王敦自武昌到东晋都城建康。② 庾公:庾亮。③ 君家中郎:庾子嵩。④ 我家太尉:指王衍。阿平:指王澄。⑤ 胡毋彦国:指胡毋辅之。⑥ 未肯:未必。⑦ 蹑:踩。蹑公,指踩庾亮的脚。

【导读】

本篇记述王敦答庾亮问,品评四友高下,表现了晋人强烈的个性自尊意识,王敦自负的形象亦活灵活现。

一六、长舆嵯櫱 人问丞相[1]:"周侯何如和峤[2]?"答曰:"长舆嵯櫱[3]。"

【注释】

① 丞相:指王导。② 和峤:字长舆。③ 嵯櫱(cuó niè):山高出的样子,形容人非常出众。

【导读】

本篇记述王导品评和峤、周颤才能高下,反映晋人借用自然美比拟人物之美的品评风尚。

一七、一丘一壑 明帝问谢鲲[1]:"君自谓何如庾亮?"答曰:"端委庙堂[2],使百僚准则[3],臣不如亮。一丘一壑[4],自谓过之。"

【注释】

① 谢鲲:字幼舆,好老庄之学。② 端委:宽舒的礼服。此处为动词,穿上朝服。③ 准则:做表率。④ 一丘一壑:丘壑为隐士所居地,此处指隐逸之情。

【导读】

本篇记述谢鲲评论自己与庾亮的短长,体现了谢鲲崇尚老庄、推重隐逸的情怀。

一八、丞相二弟 王丞相二弟不过江[1],曰颖,曰敞。时论以颖比邓伯道[2]，敞比温忠武[3]。议郎、祭酒者也[4]。

【注释】

① 过江：指西晋永嘉之乱后，士大夫渡江南下。② 邓伯道：邓攸。③ 温忠武：温峤，谥号忠武。④ 议郎、祭酒：此处指王颍、王敞。

【导读】

本篇记述晋人对王导二弟的评论，反映晋代大姓一旦得到公众承认后，族中名士皆得到社会普遍关注的情状。

一九、不须牵颉 明帝问周侯："论者以卿比郗鉴，云何[1]？"周曰："陛下不须牵颉比[2]。"

【注释】

① 云何：如何。② 牵：拉扯。

【导读】

本篇记述周颉不同意时人以之比郗鉴，反映晋人浓烈的个性自尊意识。

二〇、此君特秀 王丞相云："顷下论以我比安期、千里[1]。亦推此二人。唯共推太尉[2]，此君特秀[3]。"

【注释】

① 顷下：时下，当下。安期：王承，曾官东海太守。千里：阮瞻，阮咸之子。② 推：赞许。太尉：王衍，字夷甫。③ 特秀：出类拔萃。

【导读】

本篇记述时论赞王导、王承、阮瞻、王衍人品，王衍居上，反映晋代人物品藻活动中名士的互相推许。

二一、田舍贵人 宋祎曾为王大将军妾[1]，后属谢镇西[2]。镇西问祎："我何如王？"答曰："王比使君[3]，田舍、贵人耳[4]！"镇西妖冶故也[5]。

【注释】

① 宋祎(yī)：晋代名妓，善吹笛。② 谢镇西：谢尚，字仁祖，曾任镇西将军。③ 使君：此处指谢尚。④ 田舍、贵人：以王敦比田舍子，以谢尚比

贵人。⑤ 妖冶：艳丽。

【导读】

本篇记述宋袆品评王敦、谢尚不同的风貌，表明魏晋人物品藻活动中对仪容之美的热切关注。

二二、萧条方外 明帝问周伯仁："卿自谓何如庾元规？"对曰："萧条方外[1]，亮不如臣；从容廊庙[2]，臣不如亮。"

【注释】

① 萧条方外：超然于礼教之外。萧条，闲逸。方外，世外。② 从容廊庙：在朝堂处理政事。廊庙，朝堂。

【导读】

本篇记述周颉自评与庾亮的短长，将"萧条方外"与"从容廊庙"相提并论，自负之情溢于言表，展现了晋人推崇隐逸的风尚。

二三、蓝田何似 王丞相辟王蓝田为掾[1]，庾公问丞相："蓝田何似[2]？"王曰："真独简贵[3]，不减父祖[4]；然旷澹处[5]，故当不如尔。"

【注释】

① 辟：征召。王蓝田：王述，字述祖，袭爵蓝田侯。掾：属吏。② 何似：怎样。③ 真独简贵：真率孤傲，朴素高贵。④ 父祖：王述父承，祖湛。⑤ 旷澹：旷达淡泊。

【导读】

本篇记述王导品评王述品性，不满王述狷隘，展现晋人对神超形越，濡染玄风的名士风范的激赏。

二四、郗鉴三反 卞望之云[1]："郗公体中有三反[2]：方于事上[3]，好下佞己[4]，一反；治身清贞[5]，大修计校[6]，二反；自好读书，憎人学问，三反。"

【注释】

① 卞望之：卞壸，字望之。② 郗公：郗鉴，字道徽。反：对立相反的东西。③ 方：方正。④ 佞：谄媚。⑤ 清贞：清廉正直。⑥ 计校：计较，考虑个人得失。

【导读】

本篇记述卞望之品评郗鉴为人的三种矛盾行为，展现魏晋人物品藻中对名士个性全面、辩证的把握。

二五、温峤失色 世论温太真[①]，是过江第二流之高者。时名辈共说人物[②]，第一将尽之间，温常失色。

【注释】

① 温太真：温峤，晋太原祁人。② 名辈：名流。

【导读】

本篇记述温峤以居于第二流人物为耻，不仅展现了晋人强烈的自我表现欲，而且体现了人物品藻对晋人心理、行为的重大影响。故事描摹生动，言简意长。

二六、举手指地 王丞相云："见谢仁祖恒令人得上[①]。"与何次道语[②]，唯举手指地曰："正自尔馨[③]！"

【注释】

① 谢仁祖：谢尚。得上：奋发向上。② 何次道：何充。③ 正自尔馨：正应这样，表明何充析理平庸。

【导读】

本篇记述王导品评谢尚、何充，表明晋人对清谈析理的重视以及对超拔风度的欣赏。宋刘辰翁云："有尊谢卑何意。"

二七、布衣宰相 何次道为宰相，人有讥其信任不得其人。阮思旷慨然曰[①]："次道自不至此。但布衣超居宰相之位[②]，可恨[③]！唯此一条而已。"

【注释】

① 阮思旷：阮裕，阮籍族弟。慨然：感慨的样子。② 布衣：代指平民。超：越。③ 恨：遗憾。

【导读】

本篇记述阮裕评价何充资望不足，为相不当，反映魏晋时期士族在社会政治中对庶族的强烈排斥。阮裕怀恨之状亦立于纸上。

二八、右军少时　王右军少时①，丞相云："逸少何缘复减万安邪②？"

【注释】

① 王右军：王羲之，字逸少，王导的侄子。② 何缘：哪里。减：逊色。万安：刘绥，字万安。

【导读】

本篇记述王导称赞王羲之人品才学不在刘绥之下，体现晋代大族为巩固自身声望而对子弟的积极提携。

二九、故是常奴　郗司空家有伧奴①，知及文章，事事有意②。王右军向刘尹称之。刘问："何如方回③？"问曰："此正小人有意向耳④！何得便比方回？"刘曰："若不如方回，故是常奴耳⑤！"

【注释】

① 郗司空：郗鉴。伧奴：卑贱的奴仆。南北朝时，吴人鄙视北人，称之为伧。② 事事：处处。有意：有意趣，有心思。③ 方回：郗愔。④ 正：只是。意向：识见。⑤ 故：仍然。常奴：一般的奴仆。

【导读】

本篇记述刘尹评论郗鉴家奴才学，不仅表现了晋代南北对立情绪的强烈，而且可见门第间的冲突引发士人交往间的不和谐。明凌濛初云："辄问方回，薄态可掬。"

三〇、兼有诸美　时人道阮思旷①："骨气不及右军②，简秀不如真长③，韶润不如仲祖④，思致不如渊源⑤，而兼有诸人之美。"

【注释】

① 道：评论。阮思旷：阮裕。② 骨气：风骨操守。③ 简秀：简约秀出。真长：刘惔字。④ 韶润：美好温润。仲祖：王濛字。⑤ 思致：思想情趣。渊源：殷浩字。

【导读】

本篇记述时人品评阮裕的人品才能，认为他兼有诸美，体现魏晋士人对具有“中和之质”和“平淡之味”人物的推崇。宋刘辰翁云：“如此更高。”

三一、简文论人 简文云：“何平叔巧累于理①，嵇叔夜俊伤其道②。”

【注释】

① 何平叔：何晏。巧：机巧。累：使亏损。理：玄理。② 嵇叔夜：嵇康。俊：通“峻”，严厉。道：思想主张。

【导读】

本篇关于简文帝对何晏、嵇康人格的评价，肯定中隐含遗憾，可见东晋士风相对正始玄风的变异。宋刘辰翁评云：“笃论。”

三二、共论武帝 时人共论晋武帝出齐王之与立惠帝①，其失孰多？多谓立惠帝为重②。桓温曰：“不然，使子继父业，弟承家祀③，有何不可？”

【注释】

① 出齐王：齐王名攸，字大猷，晋武帝弟。武帝疑忌之，遣归国。惠帝：司马衷，晋武帝子。② 重：失误严重。③ 家祀：祖先的祭祀。

【导读】

本篇记述东晋时士人对武帝立嗣失误的讨论，表现了士人对西晋灭亡的深刻反思。

三三、识通暗处 人问殷渊源①：“当世王公以卿比裴叔道②，云何③？”殷曰：“故当以识通暗处④。”

【注释】

① 殷渊源：殷浩。② 裴叔道：裴遐。③ 云何：为什么。④ 故当：当然。识：识见。暗处：玄理中的精深之处。

【导读】

本篇记述时人以殷浩比裴遐，体现出清谈成为世家大族名士必备的文化修养，同时也展现了魏晋士人以善谈玄理自矜。

三四、故当胜耳 抚军问殷浩①：“卿定何如裴逸民②？”良久答曰：

"故当胜耳。"

【注释】

① 抚军:简文帝司马昱。② 定:到底。裴逸民:裴颜,裴秀之子。

【导读】

本篇记述殷浩答抚军问,认为自己胜过裴颜,表现了魏晋士人迫切希望得到社会承认的心情以及高度的自信。

三五、宁肯作我 桓公少与殷侯齐名[①],常有竞心。桓问殷:"卿何如我?"殷云:"我与我周旋久[②],宁作我。"

【注释】

① 桓公:桓温。殷侯:殷浩。② 周旋:打交道。

【导读】

本篇记述桓温与殷浩竞比高下,体现魏晋士人对自我价值的发现和肯定。"宁作我"之言豪迈高爽,令人奋发。

三六、兴公高论 抚军问孙兴公[①]:"刘真长何如?"曰:"清蔚简令[②]。""王仲祖何如?"曰:"温润恬和[③]。""桓温何如?"曰:"高爽迈出[④]。""谢仁祖何如?"曰:"清易令达[⑤]。""阮思旷何如?"曰:"弘润通长[⑥]。""袁羊何如?"曰:"洮洮清便[⑦]。""殷洪远何如?"曰:"远有致思[⑧]。""卿自谓何如?"曰:"下官才能所经[⑨],悉不如诸贤;至于斟酌时宜[⑩],笼罩当世[⑪],亦多所不及。然以不才,时复托怀玄胜[⑫],远咏老、庄,萧条高寄,不与时务经怀,自谓此心无所与让也。"

【注释】

① 抚军:晋简文帝司马昱,曾任抚军将军。孙兴公:孙绰。② 清蔚简令:清淳美好。③ 温润恬和:温和闲适。④ 高爽迈出:高傲爽直,超然出众。⑤ 清易令达:高洁清悦,美好通达。⑥ 弘润通长:大度宽和,博学多能。⑦ 洮(táo)洮清便:善于清谈,高远脱俗。⑧ 远有致思:思想旷远深邃。⑨ 经:擅长。⑩ 斟酌:考虑衡量。⑪ 笼罩:把握洞察。⑫ 玄胜:玄妙之理。

【导读】

本篇记述孙绰答抚军司马昱问，并自辩短长，体现魏晋士人对“玄味”的气质之美的推崇，同时也是晋人标榜清高的生动体现。

三七、正是我辈 桓大司马下都[①]，问真长曰：“闻会稽王语奇进[②]，尔邪？”刘曰：“极进，然故是第二流中人耳[③]！”桓曰：“第一流复是谁？”刘曰：“正是我辈耳！”

【注释】

① 桓大司马：桓温。② 会稽王：司马昱。语奇进：清谈的功夫大有长进。③ 故：仍然。

【导读】

本篇记述刘惔评论司马昱的谈玄造诣，并以第一流中人自居，展现士人在和谐交往中对个性的坚守。行文中自有一股目空一切的豪气，振奋人心。

三八、当出我下 殷侯既废[①]，桓公语诸人曰：“少时与渊源共骑竹马，我弃去，己辄取之，故当出我下[②]。”

【注释】

① 殷侯既废：殷浩被废为庶人。殷侯，殷浩，字渊源。② 当出我下：应居我下。

【导读】

本篇记述桓温评论殷浩，认为当居己下，体现了魏晋士人强烈的自我肯定精神，桓温轻慢自负的形象亦呼之欲出。

三九、献酬群心 人问抚军：“殷浩谈竟何如[①]？”答曰：“不能胜人，差可献酬群心[②]。”

【注释】

① 谈：清谈。② 差可：尚可。献酬群心：应酬众人。

【导读】

本篇记述司马昱评论殷浩的清谈造诣，展现了源于追求真理的纯真愿望的清谈得到晋人的普遍重视。

四〇、居然自胜　简文云："谢安南清令不如其弟[①]，学义不及孔岩[②]，居然自胜[③]。"

【注释】

① 谢安南：谢奉，历任安南将军。清令：风姿清雅。其弟：谢聘，字弘远。② 学义：才学义理。孔岩：字彭祖，会稽山阴（浙江绍兴）人。③ 居然自胜：显然有胜过别人处。居然，显然。

【导读】

本篇记述司马昱品评谢奉的才质，体现了晋人对放达生活中洒脱飘逸气韵风度的欣赏。

四一、宁为管仲　未废海西公时[①]，王元琳问桓元子[②]："箕子、比干[③]，迹异心同[④]，不审明公孰是孰非[⑤]？"曰："仁称不异[⑥]，宁为管仲。"

【注释】

① 海西公：名奕，字延龄，太和六年，被桓温废，降为海西县公。② 王元琳：王珣。桓元子：桓温。③ 箕子、比干：商纣王时贤人。④ 迹：行迹。⑤ 不审：不知。明公：尊称桓温。孰是孰非：赞同谁不赞同谁。⑥ 仁称不异：同样可称为仁。

【导读】

本篇记述桓温称赞春秋时管仲所为，以此隐喻废立理由，展现出晋人醉心王霸、关注现实的一面。

四二、肤清神令　刘丹阳、王长史在瓦官寺集[①]，桓护军亦在坐[②]，共商略西朝及江左人物[③]。或问："杜弘治何如卫虎[④]？"桓答曰："弘治肤清[⑤]，卫虎奕奕神令[⑥]。"王、刘善其言。

【注释】

① 刘丹阳：刘惔，曾任丹阳尹。王长史：王濛，曾任司徒左长史。集：集会。② 桓护军：桓伊，曾任护军将军。③ 商略：品评。西朝：西晋。江左：东晋。④ 杜弘治：杜乂。卫虎：卫玠。⑤ 肤清：外貌清丽。⑥ 奕奕：

神采焕发。神令:神意美好。

【导读】

本篇记述桓伊品评杜乂、卫玠的风采,展现晋代人物品藻中遗形取神风气的普遍。

四三、但有都长 刘尹抚王长史背曰:"阿奴比丞相[1],但有都长[2]。"

【注释】

① 阿奴:晋时昵称。② 但有:确实有。都长:以美貌见长。都,美。

【导读】

本篇记述刘惔盛赞王濛姿容美好,体现晋人对出众的仪容之美的热烈推崇。

四四、不减向秀 刘尹、王长史同坐,长史酒酣起舞[1]。刘尹曰:"阿奴今日不复减向子期[2]。"

【注释】

① 酒酣:酒兴正浓。② 减:比……差。向子期:向秀,为人任率。

【导读】

本篇记述刘惔赞美王濛性格真率,不减向秀,一方面展现出对"竹林七贤"的崇敬,另一方面亦展现了晋人对属于个人生命的真情实感的追求。

四五、不可陵践 桓公问孔西阳[1]:"安石何如仲文[2]?"孔思未对,反问公曰:"何如?"答曰:"安石居然不可陵践其处[3],故乃胜也。"

【注释】

① 孔西阳:孔岩,封西阳侯。② 安石:谢安。仲文:殷仲文,桓温女婿。③ 居然:显然。陵践:欺凌轻践。处:处世。

【导读】

本篇记述桓温评论谢安胜过殷仲文,表现晋人对独立人格的赞赏以及对自家子弟的宣扬。

四六、弘度流涕 谢公与时贤共赏说[①]，遏、胡儿并在坐[②]，公问李弘度曰[③]："卿家平阳[④]，何如乐令[⑤]？"于是李潸然流涕曰："赵王篡逆，乐令亲授玺绶[⑥]。亡伯雅正，耻处乱朝，遂至仰药[⑦]。恐难以相比！此自显于事实，非私亲之言。"谢公语胡儿曰："有识者果不异人意[⑧]。"

【注释】

① 谢公：谢安。赏说：评论。② 遏：谢玄，小字遏。胡儿：谢朗，小字胡儿。③ 李弘度：李充。④ 平阳：李重，弘度从父，曾任平阳太守。⑤ 乐令：乐广。⑥ 玺绶：代指印玺。⑦ 仰药：服毒自杀。⑧ 不异人意：同人意。人，我。

【导读】

本篇记述李弘度答谢安问，称赞李重品性坚贞，贬斥乐广失节，展现了在君权思想、人伦关系淡薄的魏晋，士人对名教的艰难坚守。明王世懋评云："乐广素重名，忽有此论。然极是扶植世教语。"

四七、未为不贵 王修龄问王长史[①]："我家临川[②]，何如卿家宛陵[③]？"长史未答，修龄曰："临川誉贵[④]。"长史曰："宛陵未为不贵。"

【注释】

① 王修龄：王胡之，字修龄。王长史：王濛。② 临川：王羲之，曾任临川太守。③ 宛陵：王述，曾任宛陵令。④ 誉贵：声誉显贵。

【导读】

本篇记述王胡之、王濛评论王羲之、王述的声望，展现大族各支为维护自家声望而对其家族成员的热烈鼓吹。明凌濛初评云："直是自相夸胜。"

四八、子问父答 刘尹至王长史许清言[①]，时苟子年十三[②]，倚床边听。既去，问父曰："刘尹语何如尊[③]？"长史曰："韶音令辞[④]，不如我；往辄破的[⑤]，胜我。"

【注释】

① 刘尹：刘惔。许：处所。清言：清谈。② 苟子：王修，王濛之子。③ 尊：敬语，此处称父亲。④ 韶音令辞：音调、用词都很美好。韶、令，美

好。⑤ 破的：原义为射中箭靶，此指说话发言中理。

【导读】

本篇记述王濛评论自身与刘惔清谈短长，王濛以音调词藻胜，刘惔以义理胜，展现魏晋士人清谈中对“理中之谈”与“谈中之理”的双重追求。

四九、区别智勇 谢万寿春败后[①]，简文问郗超：“万自可败，那得乃尔失士卒情[②]？”超曰：“伊以率任之性[③]，欲区别智勇。”

【注释】

① 谢万：字万石，谢安弟。② 那得：为什么。乃：竟然。失士卒情：失掉军心。③ 伊：他。率任：轻率任意。

【导读】

本篇记述郗超评论谢万失去军心的原因在于任意而行，实非将才，可见追求率真个性已深入晋人骨髓，并对政治产生深远影响。

五〇、受而不恨 刘尹谓谢仁祖曰[①]：“自吾有四友，门人加亲[②]。”谓许玄度曰[③]：“自吾有由[④]，恶言不及于耳。”二人皆受而不恨[⑤]。

【注释】

① 谢仁祖：谢尚。② 门人加亲：语出《尚书大传》，孔子赞颜回语。此处刘惔以颜回比谢尚。③ 许玄度：许询。④ 由：指子路。此处刘惔以子路比许询。⑤ 受而不恨：接受而没有遗憾。恨，遗憾。

【导读】

本篇记述刘惔借用孔子语品评好友谢尚、许询，从一个侧面展现晋人对现实世界介入的心态。发语典雅，含蓄蕴藉。

五一、堪比羊祜 世目殷中军[①]：“思纬淹通[②]，比羊叔子[③]。”

【注释】

① 殷中军：殷浩，官至中军将军。② 思纬：思维条理。淹通：深刻博达。③ 羊叔子：羊祜，德韶才高，善谈论。

【导读】

本篇记述时人以羊祜比殷浩，展现魏晋时期以理性的思辨追求为目的的玄学的兴盛。

五二、不复语卿 有人问谢安石、王坦之优劣于桓公①。桓公停欲言②，中悔曰："卿喜传人语，不能复语卿。"

【注释】

① 谢安石：谢安。王坦之：王文度。桓公：桓温。② 停欲言：正想说。停，副词，正。

【导读】

本篇记述桓温拒绝评论谢安、王坦之短长，以避免惹上是非，说明对名士进行鉴别的品藻活动得到晋人的普遍关注。而评论者的谨慎也昭然可见。陈梦槐评云："有情有景。"

五三、直言不讳 王中郎尝问刘长沙曰①："我何如苟子？"刘答曰："卿才乃当不胜苟子，然会名处多②。"王笑曰："痴！"

【注释】

① 王中郎：王坦之，曾任参军从事中郎。刘长沙：刘奭，曾任长沙相。② 会名：知名。

【导读】

本篇记述刘奭品评王坦之和王修才能与声望的高下，反映晋人对个性、才情的由衷赞美。

五四、弟子服膺 支道林问孙兴公①："君何如许掾②？"孙曰："高情远致③，弟子蚤已服膺④；一吟一咏⑤，许将北面⑥。"

【注释】

① 支道林：支遁，东晋高僧。孙兴公：孙绰。② 许掾：许询，曾任司徒掾。③ 高情远致：指隐逸之情。④ 弟子：孙绰谦称自己。蚤：通"早"。服膺：钦佩。⑤ 一吟一咏：指创作诗文。⑥ 北面：古代敬师之礼，此指拜人为师。

【导读】

本篇记述孙绰品评自己与许询才情的短长，表明"才"与"情"不仅是当时人物品藻的重要标准之一，而且是玄言诗作家的先决条件。

五五、谢安为雄 王右军问许玄度:“卿自言何如安石?”许未答,王因曰:“安石故相为雄[1],阿万当裂眼争邪[2]?”

【注释】

① 故:确实,应当。相为雄:相比更为杰出。② 阿万:谢万,谢安弟。裂眼:瞪眼。

【导读】

本篇记述王羲之评论谢安才能、器量在谢万之上,展现晋人在人物品藻中对才情之美、气质之美的重视。“裂眼而争”的猜测亦体现了晋人根据人物行为品评士人的风尚。

五六、田舍江虨 刘尹云:“人言江虨田舍[1],江乃自田宅屯[2]。”

【注释】

① 江虨(bīn):字思玄,江统子。田舍:农民,借以讥讽人见识浅陋。② 田:动词,耕种。

【导读】

本篇记述刘惔评价江虨具有田舍作风,从反面展现出晋人对不沾滞于物的玄味气质之美的推崇。

五七、苏绍最胜 谢公云:“金谷中苏绍最胜[1]。”绍是石崇姊夫[2],苏则孙[3],愉子也[4]。

【注释】

① 金谷:在今河南洛阳西北,晋代石崇曾筑园于此,名金谷园。胜:声望高。② 石崇:字季伦,有才气,性豪奢。③ 苏则:字文师,刚直疾恶。④ 苏愉:字休豫,苏则次子。

【导读】

本篇记述谢安称赞苏绍的声望,展现了晋人以文会友的风尚,是后代文人集会活动的滥觞。

五八、中郎突兀 刘尹目庾中郎[1]:“虽言不愔愔似道[2],突兀差可以拟道[3]。”

【注释】

① 庾中郎：庾敳。② 愔愔（yīn yīn）：幽深的样子。道：玄理。③ 突兀：高耸特出貌。差：略。拟：类比。

【导读】

本篇记述刘惔评价庾敳言谈奇特，从一个侧面展现清谈中的“理”已为谈中之才所取代，体现永嘉玄谈对“美”的孜孜追求。

五九、谢公清润 孙承公云①：“谢公清于无奕②，润于林道③。”

【注释】

① 孙承公：孙统，晋太原人，善属文。② 清：清逸。无奕：谢奕，谢安兄。③ 润：仁厚。林道：陈逵字。

【导读】

本篇记述孙统称赞谢安风姿清润，体现晋人在人物品藻中对高雅恬适人格的偏爱，同时可见“清”成为人物品藻中形容士人美好精神的有效词语。宋刘辰翁评云：“谁知二贤，只见谢公清润耳。”

六〇、攀安提万 或问林公①：“司州何如二谢②？”林公曰：“故当攀安提万③。”

【注释】

① 林公：支道林，东晋高僧。② 司州：王胡之，官至司州刺史。二谢：谢安、谢万。③ 攀安提万：指王胡之之才不及谢安，但高过谢万。攀，高攀。提，提携。

【导读】

本篇记述支道林品评王胡之的才能，从一个侧面展现了魏晋时期佛僧的名士化。

六一、高情才藻 孙兴公、许玄度皆一时名流。或重许高情①，则鄙孙秽行；或爱孙才藻②，而无取于许。

【注释】

① 高情：高远的情致。② 才藻：才华词藻。

【导读】

本篇记述晋人对孙绰、许询的品评，可见重"高情"与爱"才藻"是魏晋士人在人物品藻中追求个性的重要表现。明李贽云："才藻焉敌高情？"

六二、正得谓朋　郗嘉宾道谢公[①]："造膝虽不深彻[②]，而缠绵纶至[③]。"又曰："右军诣嘉宾[④]。"嘉宾闻之曰："不得称诣，政得谓之朋耳[⑤]！"谢公以嘉宾言为得。

【注释】

① 郗嘉宾：郗超。道：评论。② 造膝：及膝，引申为谈玄。③ 缠绵：周详。纶至：思想有条理。④ 诣：指造诣深。⑤ 政：通"正"。朋：同等。

【导读】

本篇记述郗超对谢安、王羲之谈玄水平的品评，体现了魏晋士人对真理的热切探索，以及在探索中求得永恒的超越。

六三、道季自评　庾道季云[①]："思理伦和[②]，吾愧康伯[③]；志力强正[④]，吾愧文度[⑤]。自此已还[⑥]，吾皆百之[⑦]。"

【注释】

① 庾道季：庾龢，晋太尉庾亮子。② 思理伦和：思辨条理清晰。③ 愧康伯：不及康伯。康伯，韩伯字。④ 志力：心志毅力。强正：刚强正直。⑤ 文度：王坦之字。⑥ 已还：以外。⑦ 百之：胜过他人百倍。

【导读】

本篇记述庾道季自评才能，展现晋人对自身才能的高度自信，道季自负之情溢于言表。

六四、勿学汝兄　王僧恩轻林公[①]，蓝田曰[②]："勿学汝兄[③]，汝兄自不如伊[④]。"

【注释】

① 王僧恩：王祎之，字文劭，小字僧恩，王述次子，王坦之弟。② 蓝田：王述，袭封蓝田县侯。③ 勿学汝兄：不要学你哥哥轻视林公。④ 自：本来。伊：此指林公。

【导 读】

本篇记述王述教导儿子不要轻视支道林，可见支道林作为佛僧名士化的代表在人物品评中受推崇的程度。

六五、袁羊何似 简文问孙兴公："袁羊何似①？"答曰："不知者不负其才②，知之者无取其体③。"

【注 释】

① 袁羊：袁乔，字彦叔，小字羊。② 负：弃。③ 体：品行。

【导 读】

本篇记述孙绰评价袁羊有才无德，展现在名教与自然逐步调和后，晋人在人物品藻中对士人德才兼备的期许。

六六、康伯肤立 蔡叔子云①："韩康伯虽无骨干，然亦肤立②。"

【注 释】

① 蔡叔子：蔡系。② 然亦肤立：指康伯虽肥胖，但外观尚挺立。肤，外观。

【导 读】

本篇记述蔡系评价韩康伯外形，展现魏晋时期士人摆脱礼法束缚，在人物品藻中赋予人的仪容美以独立的意义。

六七、谢安论人 郗嘉宾问谢太傅曰："林公谈何如嵇公①？"谢云："嵇公勤著脚②，裁可得去耳③。"又问："殷何如支④？"谢曰："正尔有超拔⑤，支乃过殷。然亹亹论辩⑥，恐殷欲制支。"

【注 释】

① 谈：清谈。嵇公：嵇康。② 勤著脚：不断举足奋进。③ 裁：才。去：脱身，指应付论辩。④ 殷：指殷浩。支：指支遁。⑤ 超拔：指议论高妙。⑥ 亹亹（wěi wěi）：言谈不倦的样子。

【导 读】

本篇记述谢安评价支遁、嵇康、殷浩三人清谈水平的高低，可见支遁在玄学与佛学合流中所处的重要地位。

六八、虽生犹死 庾道季云："廉颇、蔺相如虽千载上死人[①]，懔懔恒如有生气[②]。曹蜍、李志虽见在[③]，厌厌如九泉下人[④]。人皆如此，便可结绳而治[⑤]，但恐狐狸猯貉啖尽[⑥]。"

【注释】

① 廉颇：战国时赵之良将。蔺相如：战国时赵之良相。② 懔懔：严正貌。③ 曹蜍(chú)：曹茂之，字永世，小字蜍，仕至尚书郎。李志：字温祖，仕至南康相。④ 厌厌：无生气貌。⑤ 结绳而治：上古结绳纪事，此处指最原始的治理方法。⑥ 猯(tuān)：野猪。貉(hé)：一种类似狐狸的野兽。啖：吃。

【导读】

本篇记述庾道季评论曹蜍、李志精神颓废，虽生犹死，一方面展现了魏晋士人在有形生命中对无限人格的执著追求，另一方面体现了晋人对风貌爽朗、生气勃勃精神的欣赏。明王世懋评云："道季此言，亦殊有生气。"

六九、理义中人 卫君长是萧祖周妇兄[①]，谢公问孙僧奴[②]："君家道卫君长云何[③]？"孙曰："云是世业人[④]。"谢曰："殊不尔[⑤]，卫自是理义人[⑥]。"于时以比殷洪远[⑦]。

【注释】

① 卫君长：卫永。萧祖周：萧轮。② 孙僧奴：孙腾，字伯海，小字僧奴。③ 君家：即君。云何：怎样。④ 世业人：经营事务的实干之人。⑤ 殊不尔：很不是如此。⑥ 理义人：长于玄理之人。⑦ 殷洪远：殷融，善谈玄。

【导读】

本篇记述谢安评论卫永的为人，展现了晋人对玄理的普遍追求，同时清谈亦成为一种具有审美意义的文化活动。

七〇、林公庾公 王子敬问谢公[①]："林公何如庾公[②]？"谢殊不受[③]，答曰："先辈初无论，庾公自足没林公[④]。"

【注释】

① 王子敬：王献之。② 庾公：庾亮。③ 殊不受：很不愿回答这问题。

④ 没：淹没，胜过。

【导读】

本篇记述谢安评论庾亮的才能胜过支道林，表明晋人已把支道林与玄学清谈人士等量齐观，足见其人格玄学化的程度。

七一、竹林优劣 谢遏诸人共道竹林优劣①，谢公曰："先辈初不臧贬七贤②。"

【注释】

① 谢遏：谢玄，小字遏。竹林：竹林七贤。② 初不：从不。臧贬：褒贬。

【导读】

本篇记述谢安尊重竹林七贤，教导子侄勿随意褒贬，可见七贤崇尚自然的风尚得到晋人的尊重和继承。

七二、窟窟成就 有人以王中郎比车骑①，车骑闻之曰："伊窟窟成就②。"

【注释】

① 王中郎：王坦之。车骑：谢玄。② 伊：他。窟窟成就：因勤奋而成就卓著。窟窟，勤奋不懈貌。

【导读】

本篇记述谢玄称赞王坦之勤奋有成，展示晋人积极有为、崇尚学力的一面。

七三、刘惔自知 谢太傅谓王孝伯①："刘尹亦奇自知②，然不言胜长史③。"

【注释】

① 王孝伯：王恭，王濛之孙。② 刘尹：刘惔，曾任丹阳尹。奇：极。③ 长史：王濛。

【导读】

本篇记述谢安称赞刘惔谦逊，生动体现了晋代文人之间和谐交往关系中的个性。

七四、吉人辞寡 王黄门兄弟三人俱诣谢公①,子猷、子重多说俗事②,子敬寒温而已③。既出,坐客问谢公:"向三贤孰愈④?"谢公曰:"小者最胜。"客曰:"何以知之?"谢公曰:"吉人之辞寡⑤,躁人之辞多。推此知之。"

【注释】

① 王黄门:王徽之,字子猷,官至黄门侍郎。② 子重:王操之,王羲之第六子,官至豫章太守。③ 子敬:王献之,王羲之第七子。寒温:寒暄。④ 孰愈:谁更强。⑤ 吉人:善人。

【导读】

本篇记述谢安称赞王献之在三兄弟中最佳,展现了"得意忘言"的玄理在人物品藻活动中的积极运用,从中亦可见玄学已深刻渗入晋人生活。

七五、外人哪知 谢公问子敬:"君书何如君家尊①?"答曰:"固当不同②。"公曰:"外人论殊不尔③。"王曰:"外人那得知!"

【注释】

① 书:书法。君家尊:你父亲。② 固:本来。③ 殊不尔:很不这样。

【导读】

本篇记述谢安询问王献之书法何如其父,献之未作评论,反映了王献之对自身书法的极度自信以及对书法求变的高度自觉。

七六、身意如此 王孝伯问谢太傅①:"林公何如长史?"太傅曰:"长史韶兴②。"问:"何如刘尹?"谢曰:"噫!刘尹秀③。"王曰:"若如公言,并不如此二人邪?"谢云:"身意正尔也④。"

【注释】

① 王孝伯:王恭,长史王濛是其祖父。② 韶兴:意趣美好。③ 秀:秀拔。④ 身:我。

【导读】

本篇记述谢安评论支道林不及王濛、刘惔，表明晋人对支道林品行、才能等各方面认识的深化。

七七、子敬谁比 人有问太傅："子敬可是先辈谁比？"谢曰："阿敬近撮王、刘之标①。"

【注释】

① 撮：撮合。王、刘：王濛、刘惔。标：标格、风度。

【导读】

本篇记述谢安评论王献之风标似王濛、刘惔，表明晋人对高迈不羁风度的赞赏。

七八、非不能逮 谢公语孝伯："君祖比刘尹①，故为得逮②。"孝伯云："刘尹非不能逮，直不逮③。"

【注释】

① 君祖：王濛。② 逮：及，赶上。③ 直：只是。

【导读】

本篇记述谢安、王恭评论王濛、刘惔的品性差异，展现晋人对自身才性的清醒认识以及维护自身个性的高度自觉。

七九、袁宏做官 袁彦伯为吏部郎①，子敬与郗嘉宾书曰："彦伯已入②，殊足顿兴往之气③。故知捶挞自难为人④，冀小却⑤，当复差耳⑥。"

【注释】

① 袁彦伯：袁宏，字彦伯，小字虎。② 入：入朝为官。③ 顿：挫折。兴往：豪迈。④ 捶挞：杖刑。自：确实。⑤ 冀：希望。小却：稍后。⑥ 当复：将。差：愈、转好。

【导读】

本篇记述王献之称袁宏任吏部郎，将会因杖责挫折其豪迈之气，展现晋人对超迈气度的赞许，同时也形象展示了摆在晋人面前的仕与隐的矛盾。

八〇、长卿慢世 王子猷、子敬兄弟共赏《高士传》人及赞[①]。子敬赏井丹高洁[②]，子猷云："未若长卿慢世[③]。"

【注释】

①《高士传》：皇甫谧著。赞：赞语，附于人物传后。② 井丹：字大春，东汉人，性高洁，不谒权贵。③ 长卿：司马相如，有文才，性放纵。慢世：不拘礼法。

【导读】

本篇记述王徽之、王献之兄弟共赏《高士传》，各有所好的同时也展现了晋人对放达风尚的普遍认同。

八一、名士风流 有人问袁侍中曰[①]："殷仲堪何如韩康伯？"答曰："理义所得[②]，优劣乃复未辨；然门庭萧寂[③]，居然有名士风流，殷不及韩。"故殷作诔云[④]："荆门昼掩，闲庭晏然[⑤]。"

【注释】

① 袁侍中：袁恪之，字元祖，曾任侍中。② 理义所得：玄理造诣。③ 萧寂：萧索闲静。④ 诔：诔文。⑤ 晏然：悠然安逸貌。

【导读】

本篇记述晋代袁恪之以名士风流评论殷仲堪、韩康伯，认为殷不及韩，表明晋人对疏离政治、清贫自守、具有边缘化意味的名士的推崇。

八二、郗超为上 王子敬问谢公："嘉宾何如道季[①]？"答曰："道季诚复钞撮清悟[②]，嘉宾故自上。"

【注释】

① 嘉宾：郗超。道季：庾龢字，庾亮子。② 诚复：确实。钞撮：撮取。

【导读】

本篇记述谢安评论郗超才能在庾道季之上，表明晋人对于具有个性的才情之美的赞赏，具有浓烈的崇尚自然的意味。

八三、不可无年 王珣疾[①]，临困[②]，问王武冈曰[③]："世论以我家领军比谁[④]？"武冈曰："世以比王北中郎[⑤]。"东亭转卧向壁，叹曰："人固不可以无年[6]！"

【注释】

① 王珣：字元琳，王洽子，王导孙，封东亭侯。② 困：病情危急。③ 王武冈：王谧，王劭子，王导孙，封武冈侯。④ 领军：王洽，官至领军将军。⑤ 王北中郎：王坦之，曾任北中郎将。⑥ 固：原本。无年：短寿。

【导读】

本篇记述王珣叹息其父王洽短寿，以致声名不显，展现了晋人对时评的重视以及士人对家族声望的积极维护。

八四、王恭评人　王孝伯道谢公：浓至[1]。又曰："长史虚[2]，刘尹秀[3]，谢公融[4]。"

【注释】

① 浓至：深沉严谨。② 长史虚：王濛清虚。③ 刘尹秀：刘惔秀拔。④ 谢公融：谢安融通。

【导读】

本篇记述王恭评论谢安等浓、虚、秀、融，一方面形象展示了晋人高妙的抽象概括能力，另一方面亦生动地展现了晋人对玄味气质的高度推崇。

八五、林公何如　王孝伯问谢公："林公何如右军？"谢曰："右军胜林公，林公在司州前[1]，亦贵彻[2]。"

【注释】

① 司州：王胡之。前：上。② 贵彻：高贵深彻。

【导读】

本篇记述谢安品评王羲之、支道林、王胡之三人品性，支道林居中，展现了晋代佛学家与玄学家在人格、行为各方面的相互同化，显出佛学、玄学合流之势。

八六、千载之英　桓玄为太傅，大会，朝臣毕集，坐裁竟[1]，问王桢之曰[2]："我何如卿第七叔[3]？"于时宾客为之咽气[4]。王徐徐答曰："亡叔是一时之标[5]，公是千载之英[6]。"一坐欢然。

【注释】

① 裁:通“才”。竟:毕。② 王桢之:字公干,王徽之之子,曾任侍中、大司马长史。③ 第七叔:王献之。④ 咽气:屏住呼吸,指气氛紧张。⑤ 标:楷模。⑥ 英:英豪。

【导读】

本篇记述王桢之答桓玄问,展现了在复杂的政治嬗变中,晋代士族地位的升降变化,以及士族对权要无奈的附着。

八七、各有其美 桓玄问刘太常曰[①]:“我何如谢太傅?”刘答曰:“公高,太傅深。”又曰:“何如贤舅子敬[②]?”答曰:“楂、梨、橘、柚,各有其美。”

【注释】

① 刘太常:刘瑾,字仲璋,父畅,娶王羲之女,生瑾。② 贤舅子敬:王献之。

【导读】

本篇记述刘瑾答桓玄问,以水果口味不同,比喻桓玄、王献之各有其美,展现了桓玄对书法的酷爱以及对晋代名士之风的执著追求。刘瑾答语机智得体,明凌蒙初评云:“最好答法。”

八八、哪得及此 旧以桓谦比殷仲文[①]。桓玄时,仲文入,桓于庭中望见之[②],谓同坐曰:“我家中军[③],那得及此也[④]!”

【注释】

① 旧:原本。桓谦:字敬祖,桓冲第三子,桓玄从兄。殷仲文:善文有才,为桓玄姐夫。② 庭:厅堂。③ 我家中军:指桓谦,曾任中军将军。④ 那得:怎能。

【导读】

本篇记述桓玄赞叹殷仲文品性非桓谦所及,展现晋人对器貌才思兼备的赞赏。

规箴第十

一、乳母获赦 汉武帝乳母尝于外犯事[①],帝欲申宪[②],乳母求救东方朔[3]。朔曰："此非唇舌所争，尔必望济者[4]，将去时但当屡顾帝，慎勿言！此或可万一冀耳。"乳母既至，朔亦侍侧，因谓曰："汝痴耳！帝岂复忆汝乳哺时恩邪[5]？"帝虽才雄心忍[6]，亦深有情恋，乃凄然愍之[7]，即敕免罪。

【注释】

① 犯事：犯法。② 申宪：依法惩处。③ 东方朔：字曼倩，西汉平原厌次(今山东省陵县)人，汉武帝时拜郎中，善谈论。④ 济：救。⑤ 乳哺：喂奶。⑥ 忍：心狠。⑦ 愍(mǐn)：怜悯。

【导读】

该篇写东方朔设巧计劝汉武帝赦免乳母之罪，从中可以看出东方朔的机智胆识，以及语言技巧之高。

二、京房论政 京房与汉元帝共论[1]，因问帝："幽、厉之君何以亡[2]？所任何人？"答曰："其任人不忠[3]。"房曰："知不忠而任之，何邪？"曰："亡国之君各贤其臣[4]，岂知不忠而任之？"房稽首曰[5]："将恐今之视古，亦犹后之视今也。"

【注释】

① 京房：字君明，汉顿丘(今河南省清丰县)人，好音律，知音声，从焦延寿学《易》，将焦延寿以灾异讲《易》的做法推向极端，以干政事。② 幽、厉：周幽王、周厉王，周朝的两个暴君。③ 任：任命。④ 贤：动词，认为贤明。⑤ 稽首：叩头至地，古代一种表达恭敬的仪式。

【导读】

本篇写的是京房同汉元帝论政，讽劝元帝要以史为鉴，善于用人，从中可以看出京房独到深刻的历史洞察力。

三、元方丧父 陈元方遭父丧[1]，哭泣哀恸，躯体骨立。其母愍之，窃以锦被蒙上。郭林宗吊而见之[2]，谓曰："卿海内之俊才，四方是则[3]，如何当丧，锦被蒙上？孔子曰：'衣夫锦也，食夫稻也，于汝安乎[4]？'吾不取也！"奋衣而去。自后宾客绝百所日[5]。

【注释】

① 陈元方：即陈纪。② 郭林宗：郭泰。③ 四方是则：意为陈元方的

德行被四方的人士效法。则，效法。④“衣夫”三句：语出《论语·阳货》，宰我认为为父母守丧三年太长，因而问孔子，孔子以此作答，嘲讽宰我不守古制。此处郭林宗借孔子语责陈元方不守丧礼。⑤ 百所日：即百余日。所，表示大概的数目。

【导读】

本篇写郭泰根据孔子对丧礼的要求谴责陈元方不守礼制，反映出东汉时人们摒弃传统观人术当中的卜相成分，开始根据统治者求贤的的道德标准对人的道德善恶与否进行评论。

四、孙休好射 孙休好射雉[1]，至其时则晨去夕反。群臣莫不止谏[2]：“此为小物，何足甚耽[3]？”休曰：“虽为小物，耿介过人，朕所以好之。”

【注释】

① 孙休：字子烈，三国吴孙权第六子。初封琅邪王，后孙琳废少主，迎休立之。在位时颁布良制，促进东吴繁荣，好文，唯射雉可讥。② 止谏：劝止，劝阻。③ 耽：沉溺，嗜好。

【导读】

本篇写三国吴帝孙休好射雉，群臣进谏劝止而莫听，孙休饰辞拒谏，贻讥后世。

五、政荒民弊 孙皓问丞相陆凯曰[1]：“卿一宗在朝有几人[2]？”陆曰：“二相、五侯、将军十余人。”皓曰：“盛哉！”陆曰：“君贤臣忠，国之盛也。父慈子孝，家之盛也。今政荒民弊，覆亡是惧[3]，臣何敢言盛！”

【注释】

① 孙皓：三国吴最末之主，孙权之孙，降晋后封为归命侯。陆凯：字敬风，吴郡吴县(今属江苏省)人，三国吴丞相陆逊族子，笃志好学，孙皓无道，常切言劝谏。② 宗：同祖称宗。③覆亡是惧：即担心国家灭亡。

【导读】

本篇写三国吴丞相陆凯讽刺孙皓政荒民弊，而“一门二相五侯将军十余人”的陆氏宗族形象地反映出了魏晋时期的门阀士族的显赫地位。

六、管辂作卦 何晏、邓飏令管辂作卦[1]，云："不知位至三公不[2]？"卦成，辂称引古义，深以戒之。飏曰："此老生之常谈。"晏曰："知几其神乎[3]！古人以为难。交疏吐诚，今人以为难。今君一面尽二难之道，可谓'明德惟馨'[4]。诗不云乎：'中心藏之，何日忘之[5]！'"

【注 释】

① 管辂(lù)：字公明，三国魏平原(今山东省平原县)人，善占卜之术。② 三公：汉时指太尉、司徒、司空，此指代高官。③ 几：征兆。④明德惟馨：语出《尚书·君陈》，意谓只有美德芳香无比。⑤"中心"二句：语出《诗经·小雅·显桑》，此处意为(何晏)不忘管辂教导。

【导 读】

本篇写何晏、邓飏请管辂作卦占卜能否位至三公，管辂借称引古义警告何晏等不要在政治上有非分之想，说明动荡起伏的政治斗争在士人的心理和行为上留下深深的烙印。

七、卫瓘行谏 晋武帝既不悟太子之愚[1]，必有传后意，诸名臣亦多献直言。帝尝在陵云台上坐，卫瓘在侧，欲申其怀，因如醉跪帝前，以手抚床曰[2]："此坐可惜！"帝虽悟，因笑曰："公醉邪？"

【注 释】

① 晋武帝：即司马炎。太子之愚：指晋武帝之子司马衷，嗣父即帝位，性懦愚。② 床：古代坐具，此处指御床。

【导 读】

本篇写卫瓘假装醉酒讽谏晋武帝废太子衷，晋武帝碍于太子母族妻族的势力只好搪塞，说明了门阀士族制约着皇权政治。

八、王夷甫妇 王夷甫妇郭泰宁女[1]，才拙而性刚，聚敛无厌，干预人事。夷甫患之而不能禁。时其乡人幽州刺史李阳[2]，京都大侠，犹汉之楼护[3]，郭氏惮之。夷甫骤谏之[4]，乃曰："非但我言卿不可，李阳亦谓卿不可。"郭氏为之小损[5]。

【注 释】

① 王夷甫：即王衍。郭泰宁：即郭豫。② 李阳：字景祖，西晋人，晋武

帝时为幽州刺史，为人崇尚侠义。③ 楼护：字君卿，西汉末齐人，为人重义气，广交游，事迹见《汉书·游侠传》。④ 骤：屡次，多次。⑤ 损：减少，抑制。

【导读】

本篇写王夷甫规劝其妻收敛行为，侧面反映出了其妻的行为异于以前循规蹈矩的闺中淑女，也可以说是魏晋时期妇女崭新面貌的另类表现。

九、阿堵之物 王夷甫雅尚玄远，常嫉其妇贪浊[①]，口未尝言"钱"。妇欲试之，令婢以钱绕床，不得行。夷甫晨起，见钱阂行[②]，令婢："举却阿堵物[③]！"

【注释】

① 嫉：憎恶。② 阂：阻隔。③ 阿堵：魏晋时的口语，犹言"这个"。

【导读】

本篇写王衍憎恶其妻鄙俗，口不言"钱"字。王衍容貌俊丽，妙于清谈，其妻鄙俗的行为当然令其不爽。

一〇、逾窗而走 王平子年十四五[①]，见王夷甫妻郭氏贪欲[②]，令婢路上儋粪。平子谏之，并言不可。郭大怒，谓平子曰："昔夫人临终，以小郎嘱新妇[③]，不以新妇嘱小郎！"急捉衣裾，将与杖。平子饶力[④]，争得脱，逾窗而走。

【注释】

① 王平子：即王澄。② 王夷甫：王衍。③ 小郎：妇女对丈夫弟弟的称呼，此处指王澄。新妇：汉晋时已婚妇女自称的谦词。此处指王衍夫妇。④ 饶力：极力。

【导读】

本篇写王澄规劝嫂子郭氏，反被郭氏呵斥，逾窗而逃，郭氏的行为说明在狂诞社会风气影响下，女性的举止也不再遵循传统的温柔敦厚的礼教要求。

一一、流涕谏酒 元帝过江犹好酒[①]，王茂弘与帝有旧[②]，常流涕谏。帝许之，命酌酒，一酣，从是遂断。

【注释】

① 元帝：指晋元帝司马睿。② 王茂弘：即王导。有旧：有旧交情。

【导读】

本篇写王导劝元帝戒酒，晋元帝酣饮一场从此遂断，其戒酒的洒脱坚定令人佩服。

一二、巧劝王敦 谢鲲为豫章太守，从大将军下至石头[①]。敦谓鲲曰："余不得复为盛德之事矣。"鲲曰："何为其然？但使自今已后，日亡日去耳[②]！"敦又称疾不朝，鲲谕敦曰[③]："近者，明公之举[④]，虽欲大存社稷，然四海之内，实怀未达。若能朝天子，使群臣释然，万物之心，于是乃服。仗民望以从众怀，尽冲退以奉主上，如斯则勋侔一匡[⑤]，名垂千载。"时人以为名言。

【注释】

① 从大将军：指晋明帝永昌元年(322)，大将军王敦于武昌起兵，东下攻向京师，四月据石头，当时谢鲲为豫章太守，王敦仗其名望，逼与同行。② 日亡日去：意为日复一日，寖忘前事，以此指君臣和睦。③ 谕：告诉，使人知道。④ 明公之举：指王敦起兵之事。明公，对王敦的尊称。⑤ 勋侔一匡：意为功同管仲。管仲为春秋时齐国贤相，辅佐桓公。孔子称"管仲相桓公，霸诸侯，一匡天下"。

【导读】

本篇写谢鲲巧劝王敦改邪归正，两个小片段就描绘出了王敦的不轨之心和谢鲲的高识善辩。

一三、私作都门 元皇帝时[①]，廷尉张闿在小市居[②]，私作都门[③]，早闭晚开。群小患之[④]，诣州府诉[⑤]，不得理，遂至挝登闻鼓[⑥]，犹不被判。闻贺司空出[⑦]，至破冈，连名诣贺诉。贺曰："身被征作礼官，不关此事。"群小叩头曰："若府君复不见治，便无所诉。"贺未语，令且去，见张廷尉当为及之。张闻，即毁门，自至方山迎贺。贺出见辞之曰："此不必见关，但与君门情，相为惜之。"张愧谢曰："小人有如此[⑧]，始不即知，早已毁坏。"

【注释】

① 元皇帝：指司马睿。② 张闿：字敬绪，晋丹阳人，曾任廷尉。③ 都门：市门。④ 群小：指市民。古代士大夫称一般百姓为小人。⑤ 诣：到……去。⑥ 挝：敲击。登闻鼓：古代在朝堂外悬鼓，臣民有谏议之言，或诉冤情，可击鼓上闻。⑦ 贺司空：即贺循。⑧ 小人有如此：指市民为都门之事上诉。

【导读】

本篇写晋时司空贺循劝张闿拆除私做的市门以方便市人，闿闻而遽毁其门，向询谢罪，从中可见贺循为人所敬、影响之大。

一四、郗鉴讷言 郗太尉晚节好谈[①]，既雅非所经[②]，而甚矜之[③]。后朝觐，以王丞相末年多可恨[④]，每见，必欲苦相规诫。王公知其意，每引作他言。临还镇，故命驾诣丞相[⑤]。丞相翘鬓厉色，上坐便言："方当乖别[⑥]，必欲言其所见。"意满口重，辞殊不流[⑦]。王公摄其次曰："后面未期，亦欲尽所怀，愿公勿复谈。"郗遂大瞋[⑧]，冰矜而出[⑨]，不得一言。

【注释】

① 郗太尉：即郗鉴。② 经：擅长。③ 矜：骄傲自负。④ 王丞相：即王导。⑤ 诣：到……去。⑥ 乖别：分别。⑦ 意满口重，辞殊不流：意思充足，口角拙笨，辞语很不流畅。⑧ 瞋：大怒。⑨ 冰矜：心灰意冷。矜，通"襟"，心怀。

【导读】

本篇写太尉郗鉴欲劝丞相王导，反被其教训的事，郗鉴和王导针锋相对，说明了当时门阀氏族之间的微妙关系。

一五、自视缺然 王丞相为扬州[①]，遣八部从事之职[②]。顾和时为下传还[③]，同时俱见。诸从事各奏二千石官长得失[④]，至和独无言。王问顾曰："卿何所闻？"答曰："明公作辅[⑤]，宁使网漏吞舟[⑥]，何缘采听风闻，以为察察之政[⑦]？"丞相咨嗟称佳[⑧]，诸从事自视缺然也。

【注释】

① 王丞相：即王导。为扬州：指晋明帝太宁元年，王导任扬州刺

史。② 之：到。③ 下传：使者乘驿马出行，后用为使者代称。④ 二千石：古代官职等级，汉制二千石官月得俸米二十斛，凡郎将、郡守、知府等皆为二千石官，后世用为其官职代称。⑤ 明公：对王导的尊称。⑥ 网漏吞舟：吞舟，大鱼，语出《庄子·庚桑楚》，后以"网漏吞舟"比喻刑法不严，法网宽大。⑦ 察察之政：严苛之政，语出《老子·顺化》。⑧ 咨嗟：赞叹。

【导读】

本篇写的是王导治理扬州，顾和奏请以宽为政，王导以为佳，从中亦可以体会到魏晋时期崇尚自然的思想盛行，老庄思想抬头。

一六、阊门放火　苏峻东征沈充[①]，请吏部郎陆迈与俱[②]。将至吴，密敕左右，令入阊门放火以示威。陆知其意，谓峻曰："吴治平未久，必将有乱。若为乱阶[③]，请从我家始。"峻遂止。

【注释】

① 苏峻东征沈充：指晋太宁二年，王敦谋反，下京邑，任用沈充为车骑将军。苏峻为临淮太守，奉明帝诏击敦，大破之，遂又领兵东征沈充。② 陆迈：字功高，晋吴郡（今属江苏省）人，位至尚书吏部郎。③ 乱阶：祸乱原由，语出《诗经·小雅·巧言》。

【导读】

本篇写晋苏峻东征沈充，欲放火阊门以示威，被陆迈劝止，从中可感受到魏晋时动乱连连，祸端不断。

一七、莫倾栋梁　陆玩拜司空，有人诣之[①]，索美酒，得，便自起，泻著梁柱间地，祝曰："当今乏才，以尔为柱石之臣，莫倾人栋梁[②]。"玩笑曰："戢卿良箴[③]。"

【注释】

① 诣：拜访。② 倾：倾覆。③ 戢（jí）：收藏。

【导读】

本篇写陆玩拜司空，有人向其戏言"莫倾栋梁"，陆玩笑曰接受，从中可以看出魏晋时期狂诞的积习。

一八、庾翼之志　小庾在荆州[①]，公朝大会，问诸僚佐曰："我欲为汉高、魏武[②]，何如？"一坐莫答。长史江虨曰："愿明公为桓、文之事[③]，不愿作汉高、魏武也。"

【注释】

① 小庾：即庾翼。② 汉高、魏武：指汉高帝刘邦，魏武帝曹操。③ 桓、文之事：桓，指齐桓公，春秋时齐国君主，尊周室，攘夷狄，九和诸侯，遂成霸主。文，指晋文公，春秋时晋国君主，尊重周室，救宋破楚，继齐桓公后为春秋霸主。

【导读】

本篇写庾翼野心勃勃，江虨劝其不要图立帝业，可以建立诸侯霸业，从中可看出庾翼的不轨野心。

一九、君章检校　罗君章为桓宣武从事[①]，谢镇西作江夏[②]，往检校之。罗既至，初不问郡事，径就谢数日，饮酒而还。桓公问有何事？君章云："不审公谓谢尚是何似人[③]？"桓公曰："仁祖是胜我许人[④]。"君章云："岂有胜公人而行非者，故一无所问。"桓公奇其意而不责也。

【注释】

① 罗君章：即罗含。桓宣武：即桓温。② 谢镇西：即谢尚。③ 审：明白、清楚。谓：认为、以为。④ 我许：我等。

【导读】

本篇写罗君章作为桓温的从事到江夏去视察谢尚的行政，不问政事，饮酒数日而还，说明当时的人物品评深入人心。

二〇、右军甚愧　王右军与王敬仁、许玄度并善[①]。二人亡后，右军为论议更克。孔岩戒之曰："明府昔与王、许周旋有情[②]，及逝没之后，无慎终之好，民所不取。"右军甚愧。

【注释】

① 王右军：王羲之。王敬仁：王修。许玄度：许询。② 明府：汉魏以来对太守、州牧等称明府君，简称明府。周旋：交往。

【导读】

本篇写孔岩劝诫王羲之要笃信朋友之情，始终如一，从中可以看到书圣王羲之言语尖刻的一面。

二一、败逃之前 谢中郎在寿春败[①]，临奔走[②]，犹求玉帖镫。太傅在军[③]，前后初无损益之言[④]。尔日犹云："当今岂须烦此[⑤]！"

【注释】

① 谢中郎：即谢万。② 奔走：逃跑。③ 太傅：即谢安。④ 损益之言：规劝的话。⑤ 此：指玉帖镫。

【导读】

本篇写的是谢万在兵败逃亡之际犹求玉帖镫的可笑之举，也从侧面反映出魏晋时期士族骄奢的生活。

二二、论成不恶 王大语东亭[①]："卿乃复论成不恶[②]，那得与僧弥戏[③]？"

【注释】

① 王大：即王忱。东亭：即王珣。② 论成不恶：论成或指时人所谓"法护非不佳，僧弥难为兄"。论成不恶，大意为时论已成，对王珣的品评得当。③ 僧弥：即王珉，字季琰，小字僧弥，晋琅邪人，王珣弟。

【导读】

本篇写的是王忱劝说王珣善待其弟王珉，可以看出魏晋南北朝士族颇重家风。

二三、殷觊病困 殷觊病困[①]，看人政见半面[②]。殷荆州兴晋阳之甲[③]，往与觊别，涕零，属以消息所患[④]。觊答曰："我病自当差，正忧汝患耳！"

【注释】

① 殷觊：字伯通，晋陈郡（今河南淮阳县）人，少有才名，殷仲堪从弟。病困：此处指的是殷觊服食五石散过度而致病。②看人政见半面：看人只见半个面孔，形容病重。政，通"正"，只、仅。③ 殷荆州：指殷仲堪，曾任

荆州刺史，故称。晋阳之兵：原指春秋时晋国大夫赵鞅以其封邑晋阳的甲兵驱除君侧的恶人。这里指殷仲堪起兵谋反。④ 消息：即消长，指人的生死，此处指病恙在身。

【导读】

本篇写的是因服食五石散而病困的殷觊，讽劝殷仲堪不要谋反，也从侧面反映出魏晋时很多士人把服药做为一种远离政治的手段。

二四、远公讲论 远公在庐山中[①]，虽老，讲论不辍[②]。弟子中或有惰者，远公曰："桑榆之光，理无远照；但愿朝阳之晖，与时并明耳[③]。"执经登坐，讽咏朗畅[④]，词色甚苦。高足之徒，皆肃然增敬。

【注释】

① 远公：即慧远。② 辍：止。③ "桑榆"四句：意谓落日的余光，按理说照不长远；清早的阳光，随着时间的推移越来越光亮。比喻老人精力已衰，年轻人前程光辉。④ 讽：背诵。

【导读】

本篇写东晋高僧慧远教导门徒要惜时学习，亦可见慧远在僧徒中的崇高威望。

二五、自带绛绳 桓南郡好猎[①]，每田狩，车骑甚盛。五六十里中，旌旗蔽隰[②]。骋良马，驰击若飞，双甄所指[③]，不避陵壑。或行陈不整，麏兔腾逸[④]，参佐无不被系束[⑤]。桓道恭[⑥]，玄之族也，时为贼曹参军[⑦]，颇敢直言。常自带绛绳著腰中，玄问："用此何为？"答曰："公猎，好缚人士，会当被缚，手不能堪芒也。"玄自此小差[⑧]。

【注释】

① 桓南郡：即桓玄。猎：打猎。② 隰：低湿之地，这里指田野。③ 双甄：古时军队打仗时的左右两翼，打猎亦如打仗，所以有此称。④ 麏(jūn)：一种野兽名。⑤ 参佐：属僚。⑥ 桓道恭：字祖猷，晋谯国龙亢人(今安徽省怀远县)人。⑦ 贼曹参军：参军是州府僚属，分置于诸曹。贼曹，诸曹中有贼曹。⑧ 小差：略好。

【导读】

本篇写桓玄打猎喜好以小过束缚属僚，桓道恭自带绛绳讽喻劝止桓玄，从中可以看出奸雄桓玄的蛮横妄为。

二六、狱吏为贵 王绪、王国宝相为唇齿[①]，并上下权要。王大不平其如此[②]，乃谓绪曰："汝为此欻欻[③]，曾不虑狱吏之为贵乎[④]？"

【注释】

① 王绪：东晋人，太原（今山西省太原市）人，为会稽王从事郎中，以佞邪亲幸，与其从兄王国宝狼狈为奸。王国宝：东晋人，王坦之子，谢安婿，位至尚书左仆射，权动内外。王绪、王国宝乱政，后被朝廷处死。② 王大：即王忱。③ 欻欻（xū）：突起，借喻轻率乱政。④ 狱吏之为贵：语出《史记》，"有上书告汉丞相欲反，文帝下之廷尉。勃既出叹曰：'吾尝将百万之军，安知狱吏之为贵也。'"

【导读】

本篇写王绪、王国宝以佞邪亲幸于会稽王，王大劝绪不要乱政，从中亦可看出身处权力之争中的魏晋文人的丑陋一面。

二七、文靖之德 桓玄欲以谢太傅宅为营[①]，谢混曰："召伯之仁，犹惠及甘棠[②]；文靖之德[③]，更不保五亩之宅。"玄惭而止。

【注释】

① 谢太傅：指谢安。②"召伯"二句：传说周武王时召公奭为西伯，巡游南国，曾在甘棠树下憩息，时人爱召伯之德，不砍其树，并作《甘棠》诗，见《诗经·召南·甘棠》。③ 文靖：谢安的谥号。

【导读】

本篇写的是谢混仰托先人谢安才得以保住宅院，从中可以看到作为魏晋时大族的谢氏一族的衰落。

捷悟第十一

一、杨修拆门 杨德祖为魏武主簿[①]，时作相国门，始构榱桷[②]，魏武自出看，使人题门作“活”字，便去。杨见，即令坏之。既竟，曰：“‘门’中‘活’，‘阔’字。王正嫌门大也。”

【注 释】

① 杨修：字德祖，弘农人，太尉杨彪之子。聪颖有谋略。曹操忌其多智，借故杀之。魏武：曹操。主簿：官职名。② 榱桷：屋椽。

【导 读】

本篇通过写杨修拆门，赞扬了他敏捷的思维能力，反映了魏晋时期人们对悟性的看重。

二、杨修啖酪 人饷魏武一杯酪[①]，魏武啖少许[②]，盖头上提“合”字以示众。众莫能解。次至杨修，修便啖，曰：“公教人啖一口也[③]，复何疑？”

【注 释】

① 魏武：魏武帝，曹操。② 啖：吃。③ “合”字拆开为“人”、“一”、“口”，即一人吃一口的意思。

【导 读】

这则故事以杨修迅速领会曹操题字含义，写出其智慧与曹操的情趣。

三、绝妙好辞 魏武尝过曹娥碑下[①]，杨修从，碑背上见题作“黄绢幼妇，外孙齑臼”八字。魏武谓修曰：“解不？”答曰：“解。”魏武曰：“卿未可言，待我思之。”行三十里，魏武乃曰：“吾已得。”令修别记所知。修曰“黄绢，色丝也，于字为绝。幼妇，少女也，于字为妙。外孙，女子也，于字为好。齑臼[②]，受辛也[③]，于字为辞。所谓‘绝妙好辞’也。”魏武亦记之，与修同，乃叹曰：“我才不及卿，乃觉三十里[④]。”

【注 释】

① 魏武：曹操。曹娥：汉代著名孝女。② 齑臼：齑，咸菜。臼，盛器。③ 受辛：盛放辛辣的东西。④ 觉：通“较”，相差的意思。

【导 读】

这则故事赞美杨修的才学、机敏胜过曹操，同时彰显了曹操的爱才与胸怀，“绝妙好辞”成为后代形容文辞美好的经典用语。

四、竹片之用 魏武征袁本初[1]，治装，余有数十斛竹片[2]，咸长数寸，众云并不堪用，正令烧除。太祖思所以用之[3]，谓可为竹椑楯[4]，而未显其言。驰使问主簿杨德祖[5]。应声答之，与帝心同。众伏其辩悟[6]。

【注 释】

① 魏武：曹操。袁绍：字本初，汉末汝南汝阳人，汉末大乱时拥兵自重，后战败于官渡，发病而亡。② 斛：古代计量单位。③ 太祖：曹操的庙号。④ 椑楯：盾牌。⑤ 杨德祖：杨修。⑥ 伏：通“服”，佩服。

【导 读】

这则故事写了杨修的巧思与军事才能，反映了魏晋时期由于社会动荡，以曹操为代表的革新派摒弃传统，任人唯才、爱才的精神。

五、巧言补过 王敦引军垂至大桁[1]，明帝自出中堂[2]。温峤为丹阳尹，帝令断大桁，故未断[3]，帝大怒，瞋目[4]，左右莫不悚惧。召诸公来。峤至不谢[5]，但求酒炙[6]。王导须臾至，徒跣下地[7]，谢曰：“天威在颜，遂使温峤不容得谢[8]。”峤于是下谢，帝乃释然。诸公共叹王机悟名言。

【注 释】

① 王敦引军：公元324年，王敦叛乱，入侵建康。大桁：又名朱雀桥，都城正南面大桥，横跨秦淮河。② 明帝：司马绍，字道畿，东晋第二代皇帝，庙号肃祖。③ 这句话的记载与史实不符，温峤已经烧掉朱雀桥。④ 瞋目：因生气而瞪眼。⑤ 峤：温峤。谢：认罪。⑥ 炙：肉。犯人临刑前给予酒肉。⑦ 徒跣：徒，小步跑，跣，光脚，这里形容急切。⑧ 这句话是说皇帝的威严使温峤不敢认罪，只求一死。

【导 读】

这则故事通过写王导巧言化解君臣危机的事件，反映了王导的机敏、言语的适宜以及魏晋时期人们对言语能力的看重。

六、郗超救父 郗司空在北府[1]，桓宣武恶其居兵权[2]。郗于事机素暗[3]，遣笺诣桓[4]：“方欲共奖王室[5]，修复园陵[6]。”世子嘉宾出行[7]，于道上闻信至，急取笺，视竟，寸寸毁裂，便回。还更作笺[8]，自陈老病，不堪人间，欲乞闲地自养。宣武得笺大喜，即诏转公督五郡，会稽太守。

【注释】

① 郗司空：郗愔。北府：指徐州。② 桓宣武：桓温。居：占有。③ 事机素暗：对事态人心向来反应迟缓。④ 笺：书信。⑤ 奖：辅佐。⑥ 园陵：王室的坟陵，指代江山社稷。⑦ 世子：侯王的嫡长子。嘉宾：郗超。⑧ 还：通"旋"，快速，急忙。

【导读】

这则故事反映了郗超对政治的敏锐洞察力和遇事的应变能力，从中可以看出由于时代的动荡，人们更加欣赏具有应对突发事件能力的人。

七、奕奕在前 王东亭作宣武主簿①，尝春月与石头兄弟乘马出郊②。时彦同游者③，连镳俱进④。唯东亭一人常在前觉数十步⑤，诸人莫之解。石头等既疲倦，俄而乘舆回，诸人皆似从官，唯东亭奕奕在前⑥。其悟捷如此。

【注释】

① 王东亭：王珣。宣武：桓温。② 石头：桓遐小字石头，又字伯道，桓温长子，仕豫州刺史。③ 彦：俊杰。④ 镳：马具。⑤ 觉：通"较"，相差的意思。⑥ 奕奕：兴高采烈。

【导读】

本篇通过写王珣使用小聪明捉弄同伴，使同伴都像是他的下属的故事，显示了王珣的自命不凡，实际上并不值得骄傲。这个故事从一个层面反映出士族阶层生活的空虚和无聊。

夙慧第十二

一、得言忘炊 宾客诣陈太丘宿①，太丘使元方、季方炊②。客与太丘论议，二人进火，俱委而窃听③。炊忘箸箄④，饭落釜中⑤。太丘问："炊何不馏⑥？"元方、季方长跪曰："大人与客语⑦，乃俱窃听，炊忘箸箄，饭今成糜⑧。"太丘曰："尔颇有所识不⑨？"对曰："仿佛志之。"二子俱说，更相易夺，言无遗失。太丘曰："如此，但糜自可，何必饭也？"

【注释】

① 诣：拜访。陈太丘：陈寔。② 元方、季方：陈寔二子。③ 委：放弃。④ 箪：应为"箅"之误。箅，蒸饭时盛饭的竹具。⑤ 釜：锅。⑥ 馏：蒸熟。⑦ 大人：敬称父亲。⑧ 糜：粥。⑨ 识：记。

【导读】

本篇以陈寔二子听父亲清谈而耽误烧饭的故事，反映出当时清谈风气的无所不在。

二、何氏之庐 何晏七岁，明惠若神，魏武奇爱之①。因晏在宫内，欲以为子②。晏乃画地令方，自处其中。人问其故，答曰："何氏之庐也③。"魏武知之，即遣还。

【注释】

① 魏武：曹操。② 何晏之父早卒，曹操娶何晏之母为夫人。③ 庐：家。

【导读】

本篇通过写何晏画地为庐，拒绝与曹操攀亲的故事，反映了何晏性格中排斥政治角逐的一面。

三、明帝辨远 晋明帝数岁①，坐元帝膝上②。有人从长安来，元帝问洛下消息③，潸然流涕④。明帝问何以致泣？具以东渡意告之⑤。因问明帝："汝意谓长安何如日远？"答曰："日远。不闻人从日边来，居然可知。"元帝异之。明日集群臣宴会，告以此意，更重问之。乃答曰："日近。"元帝失色，曰："尔何故异昨日之言邪？"答曰："举目见日，不见长安。"

【注释】

① 晋明帝：司马绍。② 元帝：晋元帝，司马睿。③ 洛下：指洛阳，为西晋都城。④ 潸然：流泪貌。⑤ 东渡意：指西晋灭亡，元帝于建康建都之事。

【导读】

这则故事通过明帝解说长安较日之远近，言之成理，显示了幼年明帝敏捷的思维和良好的论辩天赋。

四、复生此宝　司空顾和与时贤共清言[①]，张玄之、顾敷是中外孙，年并七岁，在床边戏。于时闻语，神情如不相属[②]。瞑于灯下[③]，二儿共叙客主之言，都无遗失。顾公越席而提其耳曰："不意衰宗复生此宝[④]。"

【注释】

① 清言：清谈玄理。② 属：注意。③ 瞑：闭目。④ 衰宗：谦辞，衰落的宗族。

【导读】

本篇通过写幼童对清谈的理解，表明其聪慧，反映了吴郡受到了中原文化的影响，已经开始崇尚清谈玄理。

五、着襦舍裈　韩康伯数岁[①]，家酷贫[②]，至大寒，止得襦。母殷夫人自成之，令康伯捉熨斗，谓康伯曰："且箸襦，寻作复裈[③]。"儿云："已足，不须复裈也。"母问其故，答曰："火在熨斗中而柄热[④]，今既箸襦，下亦当暖，故不须耳。"母甚异之，知为国器[⑤]。

【注释】

① 韩康伯：韩伯。② 酷：极。③ 复裈：夹裤。④ 熨斗：类似于今天的熨斗，中间用火加热。⑤ 国器：国家的栋梁之才。

【导读】

这则故事赞美了韩康伯幼年时出众的推理能力，展示了魏晋时人对幼年聪颖的重视，他们常以此来预示人物将来的发展。

六、昼动夜静　晋孝武年十二[①]，时冬天，昼日不箸复衣，但箸单练衫五六重，夜则累茵褥[②]。谢公谏曰[③]："圣体宜令有常。陛下昼过冷，夜过热，恐非摄养之术[④]。"帝曰："昼动夜静。"谢公出叹曰："上理不减先帝[⑤]。"

【注释】

① 晋孝武：司马曜，字昌明，是东晋的第九位皇帝。② 茵褥：垫子。③ 谢公：谢安。④ 摄养：养生。⑤ 理：推理能力。

【导读】

这则故事反映了孝武帝将先贤的哲理用于生活实践当中的聪明。

七、桓玄泣旧　桓宣武薨[①]，桓南郡年五岁[②]，服始除[③]，桓车骑与送故文武别[④]，因指与南郡："此皆汝家故吏佐[⑤]。"玄应声恸哭，酸感傍人。车骑每自目己坐曰："灵宝成人[⑥]，当以此坐还之[⑦]。"鞠爱过于所生[⑧]。

【注释】

① 桓宣武：桓温。② 桓南郡：桓玄。③ 服始除：孝期满，脱去孝服。④ 桓车骑：桓冲。送故：州郡官员死于任所，佐吏护丧回故里。⑤ 故吏佐：旧部下。⑥ 灵宝：桓玄小字。⑦ 坐：通"座"。⑧ 鞠爱：喜爱。

【导读】

本篇以桓玄年幼时经历父丧，面对故吏应声而哭的故事，展示了他在人情世故方面出色的领悟能力，预示此人将来必成大器。

豪爽第十三

一、王敦击鼓　王大将军年少时[①]，旧有田舍名[②]，语音亦楚[③]。武帝唤时贤共言伎艺事[④]。人皆多有所知，唯王都无所关[⑤]，意色殊恶[⑥]，自言知打鼓吹。帝令取鼓与之，于坐振袖而起，扬槌奋击，音节谐捷，神气豪上，傍若无人。举坐叹其雄爽。

【注释】

① 王大将军：王敦。② 田舍：土里土气。③ 楚：有楚地乡音，意同"俗"。④ 武帝：司马炎。⑤ 关：了解。⑥ 意色殊恶：非常难为情。

【导读】

本文通过写王敦击鼓的故事，赞美了王敦雄放爽快的性情。文中王敦"土老冒"那不知含蓄的毛愣莽撞劲儿，跃然纸上。

二、纳谏戒色　王处仲世许高尚之目[①]，尝荒恣于色，体为之弊[②]。左右谏之，处仲曰："吾乃不觉尔。如此者，甚易耳！"乃开后阁，驱诸婢妾数十人出路，任其所之[③]，时人叹焉。

【注释】

① 王处仲：王敦。许：赞许。目：评定。② 弊：疲惫。③ 之：往、去。

【导读】

本文以写王处仲驱散侍妾的故事，展示了其豪爽不拘的潇洒气度。

三、王敦自评 王大将军自目[①]："高朗疎率，学通《左氏》[②]。"

【注释】

① 王大将军：王敦。②《左氏》：《左传》。

【导读】

本篇通过王敦自评，赞美了他的豪爽性格与学识。

四、壶口尽缺 王处仲每酒后辄咏"老骥伏枥，志在千里。烈士暮年，壮心不已"[①]。以如意打唾壶[②]，壶口尽缺。

【注释】

① 王处仲：王敦。诗出自曹操《龟虽寿》。② 如意：器物名，搔痒之用，有玉制，供玩赏。唾壶：即痰盂。

【导读】

本文记述了王敦酒后吟咏、击打唾壶的故事，彰显了一代大将军的豪情壮志、英姿爽气，宋代刘辰翁评点曰"老贼故自豪，其意尤可怜"。

五、一夜成池 晋明帝欲起池台[①]，元帝不许[②]。帝时为太子，好养武士。一夕中作池，比晓便成[③]。今太子西池是也[④]。

【注释】

① 晋明帝：司马绍。② 元帝：司马睿。③ 比：将。④ 西池：又称西苑。

【导读】

本文以晋明帝一夜成池的故事，写出司马绍敢想敢为、大刀阔斧的豪放之风。

六、祖逖慑敌 王大将军始欲下都处分树置[①]，先遣参军告朝廷，讽旨时贤[②]。祖车骑尚未镇寿春[③]，瞋目厉声语使人曰："卿语阿黑[④]：何敢不逊！摧摄面去[⑤]，须臾不尔，我将三千兵槊脚令上[⑥]！"王闻之而止[⑦]。

【注释】

① 王大将军：王敦。永昌元年，王敦谋反，以诛刘隗为名，兴兵武昌。下都：由荆州沿长江顺流而下至建康。更分树置：处理政事，培植亲信。② 讽旨：通告。③ 祖车骑：祖逖。④ 阿黑：王敦小字。⑤ 面：为“回”字之误。⑥ 意为我将率领兵士与他血战到底。槊，长矛。上，与前文“下都”相对。⑦ 止：停止叛乱。据《晋书》记载，王敦久怀谋逆之心，畏于祖逖而不敢。

【导读】

本篇记述了祖逖面对乱臣进犯慷慨激昂、威慑敌兵的故事，可见豪爽之风在当时巨大的威慑作用。

七、三起三叠 庾稚恭既常有中原之志[①]，文康时[②]，权重未在已[③]。及季坚作相[④]，忌兵畏祸，与稚恭历同异者久之[⑤]，乃果行。倾荆、汉之力，穷舟车之势，师次于襄阳[⑥]，大会参佐[⑦]，陈其旌甲，亲援弧矢曰[⑧]：“我之此行，若此射矣！”遂三起三叠[⑨]，徒众属目，其气十倍。

【注释】

① 庾稚恭：庾翼。中原之志：恢复中原的理想。② 文康：庾亮。③ 权重：政治、军事大权。④ 季坚：庾冰，庾翼之兄。⑤ 同异：意见不同。⑥ 次：驻扎。⑦ 参佐：部下。⑧ 亲援弧矢：亲自弯弓射箭。⑨ 三起三叠：三发三中。

【导读】

这则故事通过写庾稚恭在誓师时三发三中之事，赞美了他誓收中原的豪情。

八、盛会豪言 桓宣武平蜀[①]，集参僚置酒于李势殿，巴、蜀缙绅[②]，莫不来萃[③]。桓既素有雄情爽气，加尔日音调英发[④]，叙古今成败由人，存亡系才，其状磊落，一坐叹赏。既散，诸人追味余言。于时寻阳周馥曰[⑤]：“恨卿辈不见王大将军[⑥]。”

【注释】

① 桓宣武：桓温。② 缙绅：古代士大夫的装束，本意为插笏的大带

子，借指士大夫。③ 来萃：全部聚齐。④ 尔日：当日。⑤ 周馥：字湛隐，浔阳人，曾为王敦掾。⑥ 王大将军：王敦。

【导读】

这则故事写出了桓温的磊落之状、雄情爽气，当时情景如在眼前。

九、桓公掷书 桓公读《高士传》[①]，至于陵仲子[②]，便掷去曰："谁能作此溪刻自处[③]！"

【注释】

① 桓公：桓温。《高士传》：书名，晋人皇甫谧撰，辑录古代隐士七十二人的事迹，已佚。② 于陵仲子：陈仲子，齐人。兄陈戴相于齐，食禄万钟。仲子以兄相齐为不义，适楚，隐于于陵。楚王闻名相聘，夫妇逃去，为人灌园。③ 溪刻：刻薄。自处：对待自己。

【导读】

这则故事通过写桓公不满陈仲子刻薄对待自己而扔书的事情，彰显了其性格中坦荡和不甘于寂寞的一面。

一〇、石虔救叔 桓石虔[①]，司空豁之长庶也[②]。小字镇恶，年十七八未被举，而童隶已呼为镇恶郎[③]。尝住宣武斋头[④]。从征枋头[⑤]，车骑冲没陈[⑥]，左右莫能先救。宣武谓曰："汝叔落贼，汝知不？"石虔闻之，气甚奋。命朱辟为副，策马于数万众中，莫有抗者，径致冲还，三军叹服。河朔后以其名断疟[⑦]。

【注释】

① 桓石虔：以勇武战功著称，官至南平太守。② 豁：桓豁字朗子，桓温之弟，官荆州刺史。长庶：妾生的长子。③ 童隶：仆役。④ 宣武：桓温。斋头：书房。⑤ 枋头：地名，今河南省浚县西南，古淇水口。⑥ 车骑：桓冲。没陈：陷入敌人包围。⑦ 河朔：黄河以北的地区。断疟：镇压疟鬼。

【导读】

本文以记述石虔万军之中救出叔父的故事，赞美了其所向披靡、毫无顾忌的英雄本色。

一一、牛渚之会 陈林道在西岸[①]，都下诸人共要至牛渚会[②]。陈理既佳，人欲共言折[③]。陈以如意拄颊，望鸡笼山叹曰[④]："孙伯符志业不遂[⑤]！"于是竟坐不得谈。

【注 释】

① 陈林道：陈逵。西岸：历阳。② 要：通"邀"，相约。牛渚：山名，位于今天安徽省当涂县西北。③ 言折：用言语使其折服。④ 鸡笼山：山名，位于南京市西北。⑤ 孙伯符：孙策，少有雄姿风气，平定江东时，被射破面而亡，年二十六。

【导 读】

本文通过写陈林道竟坐不谈的故事，反映了中原大族渴望建功立业，恢复中原的雄心大志。

一二、一坐无人 王司州在谢公坐[①]，咏"入不言兮出不辞，乘回风兮载云旗"[②]。语人云："当尔时，觉一坐无人。"

【注 释】

① 王司州：王胡之。谢公：谢安。② 语出自屈原《九歌·少司命》。

【导 读】

本文通过记叙王司州吟咏《九歌》的故事，展现了其意气风发、旁若无人的精神风度。

一三、梁王安在 桓玄西下，入石头[①]。外白[②]："司马梁王奔叛[③]。"玄时事形已济[④]，在平乘上笳鼓并作，直高咏云："箫管有遗音，梁王安在哉[⑤]？"

【注 释】

① 石头：石头城。② 白：禀告。③ 梁王：司马珍之。桓玄篡位时奔浔阳，后归顺朝廷。④ 济：成功。⑤ 出自阮籍《咏怀诗》，本为咏怀富贵不能长久，这里是桓玄藐视梁王不会成大事。

【导 读】

这则故事写出了桓玄得胜时藐视一切的豪迈气概。

卷　下

容止第十四

一、威雄远国　魏武将见匈奴使①，自以形陋，不足雄远国②，使崔季珪代③，帝自捉刀立床头④。既毕，令间谍问曰："魏王何如⑤？"匈奴使答曰："魏王雅望非常，然床头捉刀人，此乃英雄也。"魏武闻之，追杀此使。

【注 释】

① 魏武：曹操。② 雄：威服。③ 崔季珪：崔琰，字季珪。清河东武城人，声姿高畅，眉目舒朗，鬚长四尺，甚有威重。④ 捉刀：握刀。床：坐椅。⑤ 魏王：曹操。

【导 读】

本文通过曹操使他人代已面见匈奴使并被识破，追杀匈奴使的故事，写出容貌在当时政治外交活动中的显要地位。

二、面色皎然　何平叔美姿仪①，面至白，魏明帝疑其傅粉②。正夏月，与热汤饼。既啖，大汗出，以朱衣自拭，色转皎然③。

【注 释】

① 何平叔：何晏。② 魏明帝：曹睿，字符仲，文帝长子。傅粉：擦粉。③ 皎然：白皙。

【导 读】

这则故事通过写魏明帝以热汤饼试何晏，赞美了何晏白皙美好的容仪，反映了魏晋时期对容貌的审美追求。

三、蒹葭玉树　魏明帝使后弟毛曾与夏侯玄共坐①，时人谓"蒹葭倚玉树"②。

【注释】

① 魏明帝：曹睿。毛曾：毛皇后之弟，河内郡人，曾任散骑常侍。② 蒹葭：初生的芦苇，喻凡人。玉树：传说中的仙树，喻高人。

【导读】

这则故事在与毛曾的对比中写出了夏侯玄出众的美，可见当时人们仪容审美的自觉性。

四、玉山日月 时人目夏侯太初朗朗如日月之入怀①，李安国颓唐如玉山之将崩②。

【注释】

① 夏侯太初：夏侯玄。② 李安国：李丰。颓唐：精神萎靡。

【导读】

这则故事赞美了夏侯太初与李安国二人不同风格的美好姿仪，一位爽朗，一位颓唐。

五、松玉风神 嵇康身长七尺八寸，风姿特秀。见者叹曰："萧萧肃肃，爽朗清举。"或云："肃肃如松下风，高而徐引①。"山公曰："嵇叔夜之为人也②，岩岩若孤松之独立；其醉也，傀俄若玉山之将崩③。"

【注释】

① 徐引：姿态从容。② 嵇叔夜：嵇康。③ 傀俄：醉酒倾颓貌。

【导读】

这则故事通过众人对嵇康容貌的品评，展现了嵇康摆脱现实束缚、进入自由境界的形象气质与精神境界。

六、明眸如电 裴令公目王安丰①："眼烂烂如岩下电②。"

【注释】

① 裴令公：裴颜。王安丰：王戎。② 烂烂：明亮貌。

【导读】

这则故事称赞王安丰的双目炯炯有神，可见在仪容审美和人物品藻活动中对眼睛传达神韵的注重。

七、妍媸有别 潘岳妙有姿容，好神情。少时挟弹出洛阳道①，妇人遇者，莫不连手共萦之②。左太冲绝丑③，亦复效岳游遨④，于是群妪齐共乱唾之，委顿而返⑤。

【注释】

① 挟弹：持弹弓。② 萦：围绕。③ 左太冲：左思。④ 效：仿照。⑤ 委顿：疲惫狼狈。

【导读】

本篇流传颇广，从众女对二人不同态度的对比中鲜明地凸显出潘岳的美与左思的丑，可见仪容之美在当时社会的广泛作用与影响。

八、玉手玄姿 王夷甫容貌整丽①，妙于谈玄②，恒捉白玉柄麈尾③，与手都无分别。

【注释】

① 王夷甫：王衍。② 谈玄：清谈。③ 麈尾：名士清谈道具，已见。

【导读】

这则故事赞美了王夷甫洁白的手臂与美丽的容貌，展现了魏晋时期士族阶层所追求的美好风姿和精神境界。

九、连璧之美 潘安仁、夏侯湛并有美容，喜同行，时人谓之"连璧"①。

【注释】

① 连璧：二美玉相连。

【导读】

这则故事赞扬了潘岳与夏侯湛比肩而美的姿态。

一〇、望颜知病 裴令公有俊容姿①，一旦有疾至困②，惠帝使王夷甫往看③，裴方向壁卧，闻王使至，强回视之。王出语人曰："双目闪闪，若岩下电，精神挺动，体中故小恶④。"

【注释】

① 裴令公：裴楷。② 困：疲惫貌。③ 惠帝：司马衷。王夷甫：王衍。

④ 小恶：小病。

【导读】

本篇通过写王夷甫探视裴楷，为其炯炯目光所震慑的故事，写出当时人们对人物眼睛所传达的内在精神世界的向往和关注。记述生动，如在眼前。

一一、鹤在鸡群 有人语王戎曰："嵇延祖卓卓如野鹤之在鸡群[①]。"答曰："君未见其父耳！"

【注释】

① 嵇延祖：嵇绍，字延祖，嵇康之子。卓卓：出众貌。

【导读】

故事通过主客对话赞美了嵇康父子出众的风采，在这里人们更加关注的是内在精神蕴含。

一二、珠玉之形 裴令公有俊容仪[①]，脱冠冕[②]，粗服乱头皆好[③]。时人以为"玉人"。见者曰："见裴叔则如玉山上行，光映照人。"

【注释】

① 裴令公：裴楷。② 冠冕：礼帽。③ 乱头：头发不做梳理。

【导读】

本篇以裴楷脱帽后头发纷乱仍不失其美好气质，反映当时人们忽略外形，注重内在气韵的玄学精神。

一三、土木形骸 刘伶身长六尺，貌甚丑悴[①]，而悠悠忽忽[②]，土木形骸。

【注释】

① 丑悴：丑陋。② 悠悠忽忽：任情放达。

【导读】

这则故事通过对刘伶容貌的描写，展现了其对自己主宰命运的自信与不外露的含蓄之美。

一四、珠玉在侧　骠骑王武子是卫玠之舅[①]，俊爽有风姿。见玠辄叹曰："珠玉在侧，觉我形秽！"

【注 释】

① 王武子：王济。

【导 读】

这则故事采用对比和衬托的手法，通过他人的感叹，赞美了卫玠美好的精神气质。

一五、琳琅珠玉　有人诣王太尉[①]，遇安丰、大将军、丞相在坐[②]；往别屋见季胤、平子[③]。还，语人曰："今日之行，触目见琳琅珠玉。"

【注 释】

① 诣：拜访。王太尉：王衍。② 安丰：王戎。③ 季胤：王诩。平子：王澄。

【导 读】

这则故事通过他人之口赞美了众人的美好气质。

一六、不堪罗绮　王丞相见卫洗马[①]，曰："居然有羸形[②]，虽复终日调畅，若不堪罗绮[③]。"

【注 释】

① 王丞相：王导。卫洗马：卫玠。② 羸：病弱。③ 堪：承受。罗绮：指轻薄的丝织品。

【导 读】

本篇写出王导对卫玠羸弱之姿的评价，反映出魏晋名士对病态美的欣赏。

一七、珠玉瓦石　王大将军称太尉[①]："处众人中，似珠玉在瓦石间。"

【注 释】

① 王大将军：王敦。太尉：王衍。

一八、颓放不拘　庾子嵩长不满七尺[①]，腰带十围[②]，颓然自放[③]。

【注释】

① 庾子嵩：庾敳。② 十围：围，古代计量单位。十围，极言粗壮。③ 颓然自放：颓唐不拘。

【导读】

本篇写出庾子嵩粗壮的体型和放达的气质，可见人们仪容美取向的多样性。

一九、看杀卫玠 卫玠从豫章至下都[①]，人久闻其名，观者如堵墙。玠先有羸疾，体不堪劳，遂成病而死。时人谓“看杀卫玠”。

【注释】

① 下都：东晋都城建康。

【导读】

这则故事记述了卫玠美好的姿容与众人对他的喜爱和追捧，反映出这一时期人们对美的追求已经达到了十分狂热的程度。

二〇、嵚崎历落 周伯仁道桓茂伦[①]：“嵚崎历落[②]，可笑人[③]。”或云谢幼舆言[④]。

【注释】

① 周伯仁，周𫖮。桓茂伦：桓彝。② 历落：不同流俗，人品孤高。③ 笑人：被人笑。④ 谢幼舆：谢鲲。

【导读】

这则故事反映了桓茂伦不同流俗的气质。

二一、雅怀有概 周侯说王长史父[①]：“形貌既伟，雅怀有概[②]，保而用之[③]，可作诸许物也[④]。”

【注释】

① 周侯：周𫖮。王长史父：王讷。② 概：节气。③ 保：保存、保护。④ 诸许物：应用在许多地方。

【导读】

这则故事赞美了王长史父儒雅的精神气度。

二二、旌仗下形 祖士少见卫君长云[①]:“此人有旌仗下形[②]。”

【注 释】

① 祖士少:祖约。卫君长:卫永。② 旌仗:古代官员出行所列的仪仗。

【导 读】

这则故事赞美卫永有官员的仪表,反映了魏晋时期人们通过容貌观察人物、品鉴人物的风尚。

二三、惺惺相惜 石头故事[①],朝廷倾覆。温忠武与庾文康投陶公求救[②],陶公云:“肃祖顾命不见及[③],且苏峻作乱,衅由诸庾[④],诛其兄弟,不足以谢天下。”于时庾在温船后闻之,忧怖无计。别日,温劝庾见陶,庾犹豫未能往,温曰:“溪狗我所悉[⑤],卿但见之,必无忧也!”庾风姿神貌,陶一见便改观。谈宴竟日,爱重顿至。

【注 释】

① 石头故事:苏峻以讨庾亮为名造反,攻破建康,逼帝迁入石头城。② 温忠武:温峤。庾文康:庾亮。③ 肃祖:明帝,司马绍。顾命:天子临终遗命。不见及:没有被提到。④ 衅:肇始。诸庾:庾氏家族。苏峻起兵,温峤及三吴欲起兵护卫,庾亮不听,故苏峻得以作乱。⑤ 溪狗:轻诋江右人语,这里指陶侃。

【导 读】

本篇通过人们对仪容美的欣赏可以改变政治上的敌对态度,展示了一个时代独有的对美好姿容的追捧与爱重。

二四、丘壑独存 庾太尉在武昌[①],秋夜气佳景清,使吏殷浩、王胡之之徒登南楼理咏[②]。音调始遒[③],闻函道中有屐声甚厉[④],定是庾公。俄而率左右十许人步来,诸贤欲起避之。公徐云:“诸君少住,老子于此处兴复不浅[⑤]!”因便据胡床[⑥],与诸人咏谑[⑦],竟坐甚得任乐。后王逸少下,与丞相言及此事[⑧]。丞相曰:“元规尔时风范[⑨],不得不小颓。”右军答曰[⑩]:“唯丘壑独存[⑪]。”

【注 释】

① 庾太尉:庾亮。② 理咏:吟咏。③ 遒:刚劲。④ 函道:楼梯子。⑤ 老子:谦语,老夫。⑥ 据:坐。胡床:交椅。⑦ 咏谑:吟咏嬉戏。⑧ 王逸少:王羲之。丞相:王导。⑨ 元规:庾亮小字。⑩ 右军:王羲之。⑪ 丘壑:隐逸、超脱之情。

【导 读】

这则故事写出了庾公寄情山水的情怀与风度。篇末王导与王羲之的对话,可谓点睛之笔。

二五、才不称貌　王敬豫有美形[①],问讯王公[②]。王公抚其肩曰:"阿奴[③],恨才不称[④]!"又云:"敬豫事事似王公。"

【注 释】

① 王敬豫:王恬。② 王公:王导。③ 阿奴:指王敬豫。④ 称:相匹配。

【导 读】

尽管王恬容貌与才能不相称,但人们并没有因才而废其貌。

二六、神仙中人　王右军见杜弘治[①],叹曰:"面如凝脂,眼如点漆,此神仙中人。"时人有称王长史形者[②],蔡公曰[③]:"恨诸人不见杜弘治耳!"

【注 释】

① 王右军:王羲之。杜弘治:杜乂。② 王长史:王濛。③ 蔡公:蔡谟。

【导 读】

本篇通过王羲之和蔡谟从不同角度对杜乂仪容的赞美,说明其仪容风采为世所公认。

二七、英雄之貌　刘尹道桓公[①]:鬓如反猬皮[②],眉如紫石棱[③],自是孙仲谋、司马宣王一流人[④]。

【注 释】

① 刘尹:刘惔。桓公:桓温。② 猥:刺猬。③ 紫石棱:紫水晶。

④ 孙仲谋：孙权。司马宣王：司马懿。二人皆有雄才、多权变。

【导读】

本篇刘惔对桓温的评价，反映出人们对孙权、司马懿之类野心家的敏感。其评价方法完全是汉魏以来"以形征神"的观察判断法。

二八、敬伦英姿　王敬伦风姿似父①，作侍中，加授桓公②，公服从大门入。桓公望之曰："大奴固自有风毛③。"

【注释】

① 王敬伦：王劭，王导次子。② 加授：随着桓公升职而加封。桓公：桓温。③ 大奴：指王敬伦。风毛：美好的风姿。

【导读】

这则故事通过桓公之口，对王敬伦超凡脱俗的精神气质进行了赞美。

二九、轩轩韶举　林公道王长史①："敛衿作一来②，何其轩轩韶举③！"

【注释】

① 林公：支道林。王长史：王濛。② 敛衿：整理衣裳。③ 轩轩韶举：气宇轩昂貌。

【导读】

这则故事赞美了王濛气宇轩昂的英武之美。

三〇、矫如惊龙　时人目王右军①："飘如游云，矫若惊龙②。"

【注释】

① 王右军：王羲之。② 矫：矫健。这句话多用于评论王羲之的书法。

【导读】

这则故事赞美了王羲之飘逸、矫健的姿态。

三一、异人林公　王长史尝病①，亲疏不通。林公来②，守门人遽启之曰③："一异人在门，不敢不启。"王笑曰："此必林公。"

【注释】

① 王长史：王濛。② 林公：支遁。③ 遽：急忙。

【导读】

本篇通过写支遁访问王濛的故事，展现了林公与众不同的仪容，从中可以看出当时人们对个性的推崇和追求心灵的契合。简短的对话，人物的性格跃然纸上。

三二、天际真人 或以方谢仁祖不乃重者①。桓大司马曰②："诸君莫轻道，仁祖企脚北窗下弹琵琶③，故自有天际真人想④。"

【注释】

① 或：有人。以方：品评。谢仁祖：谢尚。乃重：雅重。② 桓大司马：桓温。③ 企脚：踮脚。④ 天际真人：具有超凡脱俗的美好资质的人。

【导读】

本篇是对谢仁祖的赞美，可以看出当时人们追求隐逸、超然物外的风度。

三三、不似世人 王长史为中书郎①，往敬和许②。尔时积雪，长史从门外下车，步入尚书③，箸公服。敬和遥望，叹曰："此不复似世中人！"

【注释】

① 王长史：王濛。② 敬和：王洽小字。许：住所。③ 尚书：尚书省，官署名。

【导读】

这则故事通过写王洽对王濛"不似世中人"的赞美，表现了魏晋名流美好的风姿带给人的超世之感。

三四、湛若神君 简文作相王时①，与谢公共诣桓宣武②。王珣先在内，桓语王："卿尝欲见相王，可住帐里。"二客既去，桓谓王曰："定何如？"王曰："相王作辅，自然湛若神君③，公亦万夫之望④。不然，仆射何得自没⑤？"

【注释】

① 简文：司马昱。② 谢公：谢安。桓宣武：桓温。③ 湛：精湛。湛若神君，形容人物仪容美好，像是天神。④ 公：指谢安。万夫之望：很有威望。⑤ 仆射：官名，指谢安。没：淹没、埋没。这句话的意思是简文帝的风采使很有威望的谢安都感到甘拜下风。

【导读】

本篇通过王珣的赞语，从侧面展现了众名士的美好风姿。可见仪容之美的确是当时人们非常热衷的话题。

三五、朝霞在堂　海西时[①]，诸公每朝，朝堂犹暗；唯会稽王来[②]，轩轩如朝霞举。

【注释】

① 海西：晋废帝年号。② 会稽王：晋简文帝，司马昱。

【导读】

这则故事赞美了司马昱光彩照人的精神气质，仪容之美也为帝王之家所看重。

三六、山泽间仪　谢车骑道谢公[①]：“游肆复无乃高唱[②]，但恭坐捻鼻顾睐[③]，便自有寝处山泽间仪[④]。”

【注释】

① 谢车骑：谢玄。谢公：谢安。② 游肆：游乐。③ 捻鼻：捏鼻子。顾睐：左顾右盼。④ 寝处：寝卧、处在。仪：仪态。

【导读】

该篇通过对谢公有“山泽间仪”的赞美，表现出魏晋名士对恬然自适、萧然物外境界的渴望。

三七、目光如炬　谢公云[①]：“见林公双眼黯黯明黑[②]。”孙兴公[③]：“见林公棱棱露其爽[④]。”

【注释】

① 谢公：谢安。② 黯黯：幽黑貌。③ 孙兴公：孙绰。④ 棱棱：威严貌。

【导读】

这则故事写出了林公双目炯炯有神的精神状态。

三八、长仁神姿 庾长仁与诸弟入吴[①]，欲住亭中宿。诸弟先上，见群小满屋[②]，都无相避意。长仁曰："我试观之。"乃策杖将一小儿[③]，始入门，诸客望其神姿，一时退匿。

【注释】

① 庾长仁：庾统。② 群小：百姓。③ 将：带领。

【导读】

这则故事以写庾长仁的容貌使众人相避的故事，赞美了其美好高雅的风神态度，这是当时对美好姿仪的追求深入人心的表现。

三九、濯濯春柳 有人叹王恭形茂者[①]，云："濯濯如春月柳。"

【注释】

① 茂：美好。

【导读】

这则故事赞美了王恭如春月柳般美好的风姿仪态。

自新第十五

一、周处自新 周处年少时[①]，凶强侠气，为乡里所患。又义兴水中有蛟，山中有邅迹虎，并皆暴犯百姓，义兴人谓为三横，而处尤剧。或说处杀虎斩蛟，实冀三横唯余其一。处即刺杀虎，又入水击蛟，蛟或浮或没，行数十里，处与之俱。经三日三夜，乡里皆谓已死，更相庆，竟杀蛟而出。闻里人相庆，始知为人情所患，有自改意。乃自吴寻二陆[②]，平原不在，正见清河，具以情告，并云："欲自修改，而年已蹉跎，终无所成。"清河曰："古人贵朝闻夕死[③]，况君前途尚可。且人患志之不立，亦何忧令名不彰邪[④]？"处遂改励，终为忠臣孝子。

【注释】

① 周处：字子隐，西晋义兴阳羡(今江苏宜兴)人。② 二陆：指陆机、

陆云。③ 朝闻夕死:《论语·里仁》:"朝闻道,夕死可矣。"意为如果早上听闻真理,即使晚上就死去也没有遗憾了。④ 令名:美名。彰:彰显。

【导读】

本篇通过周处除三害的故事,称扬他勇于改过的行为,体现出"过则勿惮改"的儒家思想的影响。

二、戴渊投剑 戴渊少时[①],游侠不治行检[②],尝在江、淮间攻掠商旅。陆机赴假还洛,辎重甚盛。渊使少年掠劫,渊在岸上,据胡床[③],指麾左右,皆得其宜。渊既神姿峰颖[④],虽处鄙事,神气犹异。机于船屋上遥谓之曰:"卿才如此,亦复作劫邪?"渊便泣涕,投剑归机,辞厉非常。机弥重之[⑤],定交,作笔荐焉。过江,仕至征西将军。

【注释】

① 戴渊:字若思,一名俨。② 不治行检:不约束行为。③ 胡床:一种可以折叠的坐具。④ 峰颖:秀美特出貌。⑤ 弥:愈发。

【导读】

本篇通过戴渊改过的故事,赞扬他的自新,也表现出陆机的慧眼识人。

企羡第十六

一、阿龙超脱 王丞相拜司空[①],桓廷尉作两髻、葛裙、策杖[②],路边窥之,叹曰:"人言阿龙超[③],阿龙故自超!"不觉至台门。

【注释】

① 王丞相:王导。② 桓廷尉:桓彝。葛裙:葛布下裳。策杖:扶杖。③ 阿龙:王导小名。

【导读】

本篇写桓彝对王导风度的赞叹,反映了时人对仪表个性之美的好尚。

二、丞相恋旧 王丞相过江[①],自说昔在洛水边,数与裴成公、阮千里诸贤共谈道[②]。羊曼曰:"人久以此许卿,何须复尔?"王曰:"亦不言我须此,但欲尔时不可得耳[③]!"

【注释】

① 王丞相：王导。② 裴成公：裴頠。阮千里：阮瞻。谈道：指谈玄。③ 尔时：那时。

【导读】

本篇写王导对洛水谈玄日子的怀念，寄托良时不再的感慨。

三、羲之欣然 王右军得人以《兰亭集序》方《金谷诗序》[①]，又以己敌石崇[②]，甚有欣色。

【注释】

① 王右军：王羲之。方：相比。② 敌：相当。

【导读】

兰亭与金谷集会均为贵族名士参与的享乐消遣活动，《兰亭集序》也是有意模仿石崇《金谷诗序》而作。王羲之正是因为得知自己接任集会祭酒者的身份被社会认可，才显得喜形于色。

四、希见盛德 王司州先为庾公记室参军[①]，后取殷浩为长史。始到，庾公欲遣王使下都[②]，王自启求住曰："下官希见盛德，渊源始至[③]，犹贪与少日周旋。"

【注释】

① 王司州：王胡之。庾公：庾亮。② 使下都：为使者赴京城。③ 渊源：殷浩字。

【导读】

本篇描写王胡之为殷浩的人品所吸引，可见时人对精神之美的追求。

五、郗超大喜 郗嘉宾得人以己比苻坚[①]，大喜。

【注释】

① 郗嘉宾：郗超。苻坚：北朝前秦君主。

【导读】

本篇写郗超因被人与苻坚相比的心情，体现出他的政治野心。

六、微雪鹤氅 孟昶未达时[①]，家在京口[②]。尝见王恭乘高舆[③]，被鹤氅裘[④]。于时微雪，昶于篱间窥之，叹曰："此真神仙中人！"

【注释】

① 孟昶：字彦达，晋平昌(今山东省安丘南)人。② 京口：今江苏省镇江市治。③ 高舆：高车。④ 鹤氅裘：鸟羽制成的外套。

【导读】

本篇描写孟昶对王恭的看重。对宽衣博带的神仙之概的崇尚，反映出魏晋人物对玄远高逸气质的倾慕。

伤逝第十七

一、驴鸣送葬 王仲宣好驴鸣[①]。既葬，文帝临其丧[②]，顾语同游曰："王好驴鸣，可各作一声以送之。"赴客皆一作驴鸣[③]。

【注释】

① 王仲宣：王粲字仲宣，山阳高平人。从曹操征吴，道中卒，年四十一。② 文帝：曹丕。③ 赴客：吊唁的客人。

【导读】

本篇通过写曹丕率领宾客学驴鸣为王粲送葬的故事，表现了魏晋士人追求怪癖行为的风尚。

二、邈若山河 王濬冲为尚书令[①]，着公服，乘轺车[②]，经黄公酒垆下过[③]，顾谓后车客："吾昔与嵇叔夜、阮嗣宗共酣饮于此垆，竹林之游，亦预其末[④]。自嵇生夭、阮公亡以来[⑤]，便为时所羁绁[⑥]。今日视此虽近，邈若山河。"

【注释】

① 王濬冲：王戎。② 轺车：一种轻便马车。③ 黄公：其人不详。酒垆：指酒店。④ 预：参与。末：最后，谦辞。⑤ 嵇生夭、阮公亡：指魏晋名士嵇康、阮籍相继辞世。⑥ 羁绁：牵绊。

【导读】

本文通过王戎故地重游悼念竹林名士的故事，表现出王戎在旧友面前对自己仕宦举动的内疚。

三、驴鸣送葬 孙子荆以有才[1]，少所推服，唯雅敬王武子[2]。武子丧时，名士无不至者。子荆后来，临尸恸哭，宾客莫不垂涕。哭毕，向灵床曰："卿常好我作驴鸣，今我为卿作。"体似真声，宾客皆笑。孙举头曰："使君辈存，令此人死[3]！"

【注 释】

① 孙子荆：孙楚。以：因为。② 王武子：王济。③ 这句话表达了孙楚对王济的景仰和对凡俗之士的鄙夷。

【导 读】

本文通过写孙子荆作驴鸣为王济送葬的故事，反映了魏晋士人对礼教的蔑视与鲜明的个性。

四、王戎高情 王戎丧儿万子[1]，山简往省之[2]，王悲不自胜。简曰："孩抱中物，何至于此？"王曰："圣人忘情[3]，最下不及情[4]；情之所钟[5]，正在我辈。"简服其言，更为之恸。

【注 释】

① 王绥，字万子，年十九卒。② 省：探望。③ 圣人：指道德修养极高的人。忘情：对待死亡采用达观的态度，不执着于死生。④ 最下：愚笨的人。不及情：不能领悟情感的真谛。⑤ 钟：执着。

【导 读】

本篇以王戎悲儿的描写，展示了魏晋时期由于朝生夕死的社会现实，人们对情感十分珍重的现象。其中，"圣人忘情，最下不及情；情之所钟，正在我辈"的感叹成为千载名言。

五、千丈松崩 有人哭和长舆曰[1]："峨峨若千丈松崩。"

【注 释】

① 和长舆：和峤。

【导 读】

这则故事写出了人们对和长舆的悼念以及对其美好资质陨丧的

惋惜。

六、悼念卫玠　卫洗马以永嘉六年丧[1]，谢鲲哭之，感动路人。咸和中，丞相王公教曰[2]："卫洗马当改葬。此君风流名士，海内所瞻[3]，可修薄祭，以敦旧好[4]。"

【注 释】

① 卫洗马：卫玠。② 王公：王导。教：告喻。③ 瞻：仰望。④ 敦：加深。

【导 读】

这则故事通过写人们对卫玠的怀念，反映了当时人们对其人格精神的尊重。

七、鼓琴送葬　顾彦先平生好琴[1]，及丧，家人常以琴置灵床上。张季鹰往哭之[2]，不胜其恸，遂径上床，鼓琴，作数曲竟，抚琴曰："顾彦先颇复赏此不？"因又大恸，遂不执孝子手而出[3]。

【注 释】

① 顾彦先：顾荣。② 张季鹰：张翰。③ 魏晋时期的丧礼，吊唁者应当执丧主之手。

【导 读】

这则故事写张翰对朋友的悼念，琴声情真意切，令人伤感。

八、若在初没　庾亮儿遭苏峻难遇害。诸葛道明女为庾儿妇，既寡，将改适[1]，与亮书及之。亮答曰："贤女尚少，故其宜也[2]。感念亡儿，若在初没。"

【注 释】

① 改适：改嫁。② 宜：应当。

【导 读】

本篇以庾亮怀念亡儿的故事，反映了魏晋时期社会的动荡，以及在这个特殊的时代背景下人们对亲情的倍加珍惜。

九、土埋玉树　庾文康亡[1]，何扬州临葬云[2]："埋玉树箸土中，使人情何能已已[3]！”

【注释】

① 庾文康：庾亮。② 何扬州：何充。③ 已已：控制。

【导读】

这则故事通过何扬州的悼语，表达了他对朋友死亡的悲痛之情以及对其美好资质的肯定。

一〇、犀柄麈尾　王长史病笃[1]，寝卧灯下，转麈尾视之，叹曰："如此人，曾不得四十[2]！"及亡，刘尹临殡[3]，以犀柄麈尾箸柩中，因恸绝。

【注释】

① 王长史：王濛。② 永和三年，王濛卒，年三十九。③ 刘尹：刘惔。

【导读】

本篇通过王濛感叹自己生命不足四十，表现出强烈的热爱生命、肯定自我的精神。而麈尾可视为其生命的形象符号。

一一、与友同亡　支道林丧法虔之后[1]，精神霣丧，风味转坠[2]。常谓人曰："昔匠石废斤于郢人[3]，牙生辍弦于钟子[4]，推己外求，良不虚也！冥契既逝[5]，发言莫赏，中心蕴结，余其亡矣[6]！"却后一年，支遂殒[7]。

【注释】

① 法虔：晋代高僧。② 风味：精神。③ 出自《庄子》。匠石运斤，斫下郢人鼻尖上的白粉，郢人镇定自若，后郢人死，匠石不再表演。④ 牙生：俞伯牙。钟子：钟子期。⑤ 冥契：知己。⑥ 其：大概，将要。⑦ 殒：亡。

【导读】

这则故事通过写支遁因丧失知音而身亡，反映了魏晋名士视友情为生命的崇高情怀。

一二、郗公丧子　郗嘉宾丧[1]，左右白郗公"郎丧"[2]，既闻，不悲[3]，因语左右："殡时可道。"公往临殡，一恸几绝。

【注 释】

① 郗嘉宾：郗超。《中兴书》记载，“超年四十一，先愔卒”。② 郗公：郗愔。③ 郗家父子二人在政治上处于对立的状态，郗超党于桓氏，郗愔忠于朝廷。

【导 读】

郗愔父子政治立场相左，却不影响血脉亲情，充分反映出国人注重血缘关系的深层文化心理。

一三、怀念林公 戴公见林法师墓[①]，曰：“德音未远[②]，而拱木已积[③]。冀神理绵绵[④]，不与气运俱尽耳！”

【注 释】

① 戴公：戴逵。林法师：支遁。② 德音：充满哲理的言论。③ 拱木：以手合围之木。④ 神理：精神。绵绵：长久，不与人寿同尽。

【导 读】

这则故事写戴逵悼念支遁，表现了二人的深情，以及时人对时光流逝、人事代谢的伤感，可见名士欲通过精神的流传不息超越肉体死亡，达到生命永恒的思想境界。

一四、可惜人丧 王子敬与羊绥善[①]。绥清淳简贵，为中书郎，少亡。王深相痛悼，语东亭云：“是国家可惜人[②]！”

【注 释】

① 王子敬：王献之。② 可惜人：值得爱惜的人。

【导 读】

这则故事表现了王子敬对朋友亡故的惋惜之情。

一五、哭丧释嫌 王东亭与谢公交恶[①]。王在东闻谢丧，便出都诣子敬，道欲哭谢公。子敬始卧，闻其言，便惊起曰：“所望于法护[②]。”王于是往哭。督帅刁约不听前[③]，曰：“官平生在时[④]，不见此客。”王亦不与语，直前，哭甚恸，不执末婢手而退[⑤]。

【注释】

① 王东亭：王珣。交恶：据史书记载，王家兄弟皆婚于谢氏，后因为猜疑而离婚，两家从此结怨。② 法护：东亭小字。③ 不听前：不允许(他)近前。④ 官：指谢公。⑤ 末婢：谢琰小字。

【导读】

生前结怨的仇家，死后却能诚心吊唁，这充分反映出晋人内心的澄澈与诚挚，是人性升华的凝结。

一六、人琴俱亡 王子猷、子敬俱病笃[①]，而子敬先亡。子猷问左右："何以都不闻消息？此已丧矣！"语时了不悲[②]。便索舆来奔丧[③]，都不哭。子敬素好琴，便径入坐灵床上，取子敬琴弹，弦既不调[④]，掷地云："子敬！子敬！人琴俱亡[⑤]。"因恸绝良久，月余亦卒。

【注释】

① 王子猷：王徽之。王子敬：王献之。② 了：完全。③ 索舆：索要车辆。④ 调：和谐。⑤ 人琴俱亡：人不在了，往昔的风流余韵也一并消失。

【导读】

这则故事通过写子猷悼子敬之事，体现了魏晋名士对真挚情感与精神契合的生命状态的执着追求。"人琴俱亡"一句成为后来悼亡之辞。

一七、亡国之叹 孝武山陵夕[①]，王孝伯入临[②]，告其诸弟曰："虽榱桷惟新[③]，便自有黍离之哀[④]！"

【注释】

① 孝武：晋孝武帝司马曜。山陵：皇帝坟墓，此指孝武帝丧葬。② 王孝伯：王恭。③ 榱桷：屋椽。④ 黍离之哀：出自《诗经·王风》，借指亡国之叹。孝武亡，司马道子执政，任用奸佞，王恭故有此叹。

【导读】

这则故事通过写王恭哭丧发出感叹的故事，反映了魏晋时期的动乱频仍、政治局面的复杂。王恭预感小人当道的危险，发出了亡国之叹，表现出忧国之情。

一八、祝予之叹 羊孚年三十一卒，桓玄与羊欣书曰："贤从情所信寄[①]，暴疾而殒，祝予之叹[②]，如何可言！"

【注 释】

① 贤从：对人从弟的敬称。信寄：可以信赖的。② 祝予：长辈悼念晚辈。语出《公羊传》孔子对颜渊和子路去世的哀悼。

【导 读】

这则故事是写桓玄对羊孚英年早逝的惋惜与痛心。

一九、悼念羊孚 桓玄当篡位，语卞鞠云："昔羊子道恒禁吾此意[①]。今腹心丧羊孚，爪牙失索元[②]，而匆匆作此诋突[③]，讵允天心[④]？"

【注 释】

① 羊子道：羊孚。此意：指篡位。② 爪牙：有用的人。索元：字天宝，曾任历阳太守。③ 诋突：触犯，指桓玄叛乱之举。④ 讵允天心：上天能允许吗。

【导 读】

作为不轨奸佞，桓玄却能不失人之常情，痛悼左右膀臂，并扪心自问，反省逆行，足见晋人情怀之深、心诚之至。

栖逸第十八

一、苏门长啸 阮步兵啸[①]，闻数百步。苏门山中[②]，忽有真人，樵伐者咸共传说[③]。阮籍往观，见其人拥膝岩侧。籍登岭就之，箕踞相对[④]。籍商略终古，上陈黄、农玄寂之道[⑤]，下考三代盛德之美[⑥]，以问之，仡然不应。复叙有为之教，栖神导气之术以观之[⑦]，彼犹如前，凝瞩不转。籍因对之长啸。良久，乃笑曰："可更作。"籍复啸。意尽，退，还半岭许，闻上啾然有声[⑧]，如数部鼓吹，林谷传响。顾看，乃向人啸也[⑨]。

【注 释】

① 阮步兵：阮籍曾任步兵校尉，故名。啸：蹙口出声，晋人善啸，是一种口技。② 苏门山：山名，今河南省辉县西北。③ 樵伐者：砍柴人。④ 箕踞：双足叉开而坐，态度轻慢。⑤ 黄、农：黄帝和神农氏，道家祖师。

⑥ 三代:指夏、商、周三代。⑦ 栖神导气之术:道家修行时气息吐纳之术。⑧ 遒:刚劲。⑨ 向人:刚才的人。

【导读】

阮籍从苏门山人的啸声效果中,体会到无限逍遥和精神自由的意义。以往所有的社会枷锁和精神负担,都被这邈远无垠的精神世界所超越了。

二、不善自保 嵇康游于汲郡山中[①],遇道士孙登[②],遂与之游。康临去,登曰:"君才则高矣,保身之道不足[③]。"

【注释】

① 汲郡:郡名,位于河南省汲县西南。② 孙登:魏晋时期隐士,好读《易》,善鼓琴。③ 嵇康为人正直不矫饰,不满司马氏专权,终被杀。故有此说。

【导读】

本篇通过孙登对嵇康的劝诫,反映时代动荡下,名士们政治立场上的两难处境和朝不保夕的生存状态。

三、嵇山绝交 山公将去选曹[①],欲举嵇康;康与书告绝[②]。

【注释】

① 山公:山涛。去:卸职。选曹:官名。② 告绝:绝交。嵇康写《与山巨源绝交书》,与山涛断交。

【导读】

本篇以山涛、嵇康因为政治立场不同而绝交的故事,反映了魏晋之交政治环境的险恶和士人抉择的艰难。

四、李廞拒仕 李廞是茂曾第五子[①],清贞有远操,而少羸病,不肯婚宦。居在临海[②],住兄侍中墓下。既有高名,王丞相欲招礼之[③],故辟为府掾[④]。廞得笺命,笑曰:"茂弘乃复以一爵假人[⑤]!"

【注释】

① 李廞:字宗子,江夏钟武人,世有名望。② 临海:临海郡。③ 王丞相:王导。④ 辟:征辟。府掾:官职。⑤ 茂弘:王导。假人:给人。

【导读】

本篇以李廞拒不做官一事，反映部分魏晋名士对政治生活的蔑视和对高蹈超逸情怀的追寻。

五、高情避世 何骠骑弟以高情避世[①]，而骠骑劝之令仕。答曰："予第五之名[②]，何必减骠骑[③]？"

【注释】

① 何骠骑：何充。弟名何准。② 何准排行第五。③《中兴书》称何准在当时被广泛称颂。

【导读】

这则故事通过写何准拒绝出仕的故事，表明在他心中，隐逸之乐高于做官。

六、宠辱不惊 阮光禄在东山[①]，萧然无事，常内足于怀[②]。有人以问王右军[③]，右军曰："此君近不惊宠辱，虽古之沈冥[④]，何以过此？"

【注释】

① 阮光禄：阮裕。② 内足：内心满足。③ 王右军：王羲之。④ 沈冥：隐逸之人。

【导读】

本篇通过王羲之之口，赞美阮裕宠辱不惊的隐逸情怀。赞美了魏晋名士隐居的生活情趣和内心平静超脱的境界。

七、孔愉避世 孔车骑少有嘉遁意[①]，年四十余，始应安东命[②]。未仕宦时，常独寝，歌吹自箴诲[③]，自称孔郎，游散名山。百姓谓有道术，为生立庙。今犹有孔郎庙。

【注释】

① 孔车骑：孔愉。嘉遁：隐逸。② 安东命：安东将军司马睿(后为晋元帝)镇守扬州，任命孔愉为参军。到建兴初年，始出应召。③ 箴诲：劝诫。

【导读】

本篇以写孔愉隐逸不仕的态度和悠然自得的生活，反映了魏晋名士遗世独立、漠视世事的价值取向。从百姓"为生立庙"中又可以看出其为社会大众所认同推崇。

八、阳岐隐士 南阳刘驎之[①]，高率善史传，隐于阳岐[②]。于时苻坚临江[③]，荆州刺史桓冲将尽吁谟之益[④]，征为长史，遣人船往迎，赠贶甚厚[⑤]。驎之闻命，便升舟，悉不受所饷，缘道以乞穷乏[⑥]，比至上明亦尽[⑦]。一见冲，因陈无用，翛然而退。居阳岐积年，衣食有无常与村人共。值己匮乏[⑧]，村人亦如之。甚厚为乡闾所安[⑨]。

【注释】

① 刘驎之：字子骥，南阳安众人。② 阳岐：村名，荆州附近。③ 苻坚临江：北朝前秦皇帝苻坚率军进犯。④ 吁谟：治国之策。⑤ 赠贶：赠与。⑥ 乞：施予。⑦ 比：等到。上明：地名。⑧ 值：当。⑨ 乡闾：乡里。

【导读】

这则故事通过写刘驎之追求隐逸生活，与村人"共衣食"的事情，展示了魏晋时期隐士们的生活状态，以及视钱财如粪土的价值观念。

九、仕隐殊途 南阳翟道渊与汝南周子南少相友[①]，共隐于寻阳[②]。庾太尉说周以当世之务，周遂仕，翟秉志弥固[③]。其后周诣翟[④]，翟不与语。

【注释】

① 翟道渊：翟汤，南阳人，有高名。周子南：周邵，汝南人，官至西阳太守。② 寻阳：郡名，位于江西九江。③ 秉志：隐逸的志向。④ 诣：拜访。

【导读】

本篇通过翟、周二人因仕隐道路的选择不同而绝交的故事，反映了当时人们在这一问题上崇尚隐逸情怀的价值取向。

一〇、万年可死 孟万年及弟少孤[①]，居武昌阳新县。万年游宦，有盛名当世，少孤未尝出，京邑人士思欲见之，乃遣信报少孤，云“兄病笃”②。狼狈至都③。时贤见之者，莫不嗟重④，因相谓曰：“少孤如此，万年可死。”

【注释】

① 孟嘉字万年，其弟孟陋字少孤，武昌阳新人，孟宗之后。② 病笃：病得很严重。③ 狼狈：疲惫不堪。④ 嗟重：敬重。

【导读】

这则故事通过写隐居的弟弟比做官的哥哥受欢迎的事，显示了当时人们对隐居者的嘉许与青睐。

一一、豫章精舍 康僧渊在豫章①，去郭数十里②，立精舍③。旁连岭，带长川，芳林列于轩亭，清流激于堂宇。乃闲居研讲④，希心理味⑤，庾公诸人多往看之。观其运用吐纳⑥，风流转佳⑦。加已处之怡然，亦有以自得，声名乃兴。后不堪，遂出。

【注释】

① 豫章：郡名，今江西省南昌市。② 郭：外城。③ 精舍：隐者的住宅。④ 研讲：研究。⑤ 希心：仔细。理味：体会。⑥ 吐纳：一种养生之术。⑦ 风流：风味。

【导读】

本篇写隐士康僧渊在豫章精舍的隐逸生活，表现了隐士们高雅的生活情趣。从中可以看出在“得意忘象”的玄学命题影响下，隐士们追求精神隐逸的实质而忽视外在条件的变化。

一二、不改其乐 戴安道既厉操东山①，而其兄欲建式遏之功②。谢太傅曰：“卿兄弟志业，何其太殊？”戴曰：“下官‘不堪其忧’，家弟‘不改其乐’③。”

【注释】

① 戴安道：戴逵。厉操东山：指隐逸。② 式遏之功：意为出仕。③ 出自《论语·庸也》：“贤哉回也，一箪食、一瓢饮，在陋巷，人不堪其忧，回也不改其乐。”戴逵兄引用这句话是说自己不能忍受贫困而出来做官，

弟弟却能安于贫贱，不改变自己的节操。

【导读】

戴氏兄弟志趣不同却相安无事，反映了魏晋士人为寻找人生态度的思想支柱反复取舍的复杂经历。

一三、玄度受赠 许玄度隐在永兴南幽穴中[①]，每致四方诸侯之遗[②]。或谓许曰："尝闻箕山人似不尔耳[③]！"许曰："筐篚苞苴[④]，故当轻于天下之宝耳[⑤]！"

【注释】

① 许玄度：许询。② 致：接受。遗：馈赠。③ 箕山：指古代隐士许由，据《高士传》记载，尧欲让位于许由，许由不受，隐于箕山。④ 筐篚苞苴：馈赠礼品的竹制盛器，引申为礼物。⑤ 天下之宝：意指帝位。

【导读】

这则故事反映了魏晋士人重视事物的本质，忽视其外在形式的思想。物质生活条件的改善，并不能动摇隐士情怀的初衷。

一四、范宣避世 范宣未尝入公门[①]，韩康伯与同载，遂诱俱入郡，范便于车后趋下[②]。

【注释】

① 公门：官府之门，指出仕。② 趋下：急速下车。

【导读】

本篇以范宣拒绝入仕的故事，展示了魏晋隐士坚定的操守。

一五、为隐建宅 郗超每闻欲高尚隐退者，辄为办百万资，并为造立居宇。在剡为戴公起宅[①]，甚精整。戴始往旧居[②]，与所亲书曰："近至剡，如官舍。"郗为傅约亦办百万资[③]，傅隐事差互[④]，故不果遗[⑤]。

【注释】

① 戴公：指戴逵。② 旧：应为"就"之误。③ 傅约：指傅琼。④ 差互：隐约不定。⑤ 果：实现。遗：赠与。

【导读】

这则故事通过写郗超为隐士建宅的故事，反映了魏晋时期人们对隐士行为的尊重。

一六、济胜之具 许掾好游山水[①]，而体便登陟[②]。时人云："许非徒有胜情，实有济胜之具[③]。"

【注释】

① 许掾：许询。② 体便登陟：身体便捷，适于攀登。③ 济：能够。这句话指其"体便登陟"。

【导读】

本篇写许询山水隐逸之乐是有体力的支持，使本来严肃的话题，增添了几分幽默俏皮。

一七、无累心处 郗尚书与谢居士善[①]，常称："谢庆绪识见虽不绝人[②]，可以累心处都尽[③]。"

【注释】

① 郗尚书：郗恢。谢居士：谢敷，字庆绪。② 绝：超出。③ 累心：为世所累。尽：无。

【导读】

本篇通过郗尚书对谢居士的赞美，展示了以谢居士为代表的魏晋名流高蹈独立的精神追求。

贤媛第十九

一、陈母劝子 陈婴者[①]，东阳人。少修德行，箸称乡党。秦末大乱，东阳人欲奉婴为主，母曰："不可！自我为汝家妇，少见贫贱[②]，一旦富贵，不祥！不如以兵属人[③]。事成，少受其利[④]；不成，祸有所归。"

【注释】

① 陈婴：东阳令史，《史记》称其"居县素信，为长者"。② 少：从年轻时。③ 属：给。④ 少受其利：少得到好处。

【导读】

本篇以写陈母劝儿子放弃兵权以避祸端的事迹，赞扬了陈母不贪慕富贵、有远见的德行和才智，从中也可以看出当时社会的动荡。

二、昭君出塞 汉元帝宫人既多①，乃令画工图之，欲有呼者，辄披图召之②。其中常者③，皆行货赂。王明君姿容甚丽，志不苟求，工遂毁为其状④。后匈奴来和，求美女于汉帝，帝以明君充行。既召见而惜之。但名字已去，不欲中改，于是遂行。

【注释】

① 汉元帝：刘奭，西汉第十一位皇帝，汉宣帝长子。② 披图：根据图像。③ 中常者：资质一般的人。④ 毁为其状：将她画得很难看。

【导读】

本篇以王昭君拒不行贿而和亲匈奴的故事，赞美了昭君刚正不阿、洁身自爱的美好品行。此事与《西京杂记》的相关记载相互表里，是昭君故事流传的重要阶段之一。

三、婕妤去谗 汉成帝幸赵飞燕①，飞燕谗班婕妤祝诅②，于是考问。辞曰："妾闻死生有命，富贵在天。修善尚不蒙福，为邪欲以何望？若鬼神有知，不受邪佞之诉；若其无知，诉之何益？故不为也。"

【注释】

① 汉成帝：刘骜，西汉第十二位皇帝，庙号统宗。赵飞燕：汉成帝皇后。善歌舞，号飞燕。② 班婕妤：雁门人。汉成帝初入宫，封婕妤。因飞燕骄妒，恐见危，求侍奉太后于长信宫。祝诅：祈祷祸端降于他人。

【导读】

本文通过写班婕妤巧妙避去谗言的故事，赞美了她正直善良的品德和巧妙的应对能力。

四、死故应尔 魏武帝崩①，文帝悉取武帝宫人自侍②。及帝病困，卞后出看疾③。太后入户，见直侍并是昔日所爱幸者④。太后问："何时来邪？"云："正伏魄时过⑤。"因不复前而叹曰："狗鼠不食汝余⑥，死故应尔！"

至山陵，亦竟不临[7]。

【注释】

① 魏武帝：曹操。② 文帝：曹丕。③ 卞后：文帝母。琅玡开阳人，有母仪德行。④ 直侍：当班人。昔日：指武帝。⑤ 伏魄：招魂。⑥ 骂人语，申斥文帝所为。⑦ 临：哭悼死者。

【导读】

本篇通过写卞后责骂曹丕享用曹操宫人的故事，赞美了卞后深明大义、正直明理的懿德。

五、勿为好恶 赵母嫁女[1]，女临去，敕之曰："慎勿为好[2]！"女曰："不为好，可为恶邪？"母曰："好尚不可为，其况恶乎？"

【注释】

① 赵母：桐乡令东郡虞韪妻，颍川赵氏女。② 好：好的名声。

【导读】

这则故事通过写赵母嫁女前对女儿的嘱托，反映了当时社会妇女地位的底下。而赵母的语言充满论辩机锋，可为借鉴。

六、丑女留夫 许允妇是阮卫尉女[1]，德如妹[2]，奇丑。交礼竟，允无复入理，家人深以为忧。会允有客至，妇令婢视之，还，答曰："是桓郎。"桓郎者，桓范也[3]。妇云："无忧，桓必劝人。"桓果语许云："阮家既嫁丑女与卿，故当有意，卿宜察之。"许便回入内。既见妇，即欲出。妇料其此出，无复入理，便捉裾停之[4]。许因谓曰："妇有四德[5]，卿有其几？"妇曰："新妇所乏唯容尔。然士有百行[6]，君有几？"许云："皆备。"妇曰："夫百行以德为首，君好色不好德，何谓皆备？"允有惭色，遂相敬重。

【注释】

① 阮卫尉：阮共，字伯彦，尉氏人，仕魏，至卫尉卿。② 德如：阮侃，字德如，仕河内太守，与嵇康相友。③ 桓范：字允明，沛郡人，仕大司农。④ 裾：衣袖。⑤ 四德：为妇德、妇言、妇功、妇容。见于《周礼》，郑玄注曰，妇德谓贞顺、妇言谓辞令、妇容谓婉娩、妇功谓丝枲。⑥ 百行：许多美好的德行。

【导读】

这则故事写了许允妇巧妙地运用礼教规范战胜夫权歧视，维护自己尊严及家中地位的故事，赞美了她才学出众、善于辨析，对文夫有正确的认识和判断。

七、以理夺之　许允为吏部郎，多用其乡里[①]，魏明帝遣虎贲收之[②]。其妇出诫允曰："明主可以理夺，难以情求。"既至，帝核问之。允对曰："'举尔所知。'臣之乡人，臣所知也。陛下检校为称职与不？若不称职，臣受其罪。"既检校，皆官得其人，于是乃释。允衣服败坏，诏赐新衣。初，允被收，举家号哭。阮新妇自若云："勿忧，寻还。"作粟粥待，顷之允至。

【注释】

① 用：委以官职。② 魏明帝：曹睿。虎贲：官职名。

【导读】

这则故事通过写许允妇帮助丈夫度过政治难关的故事，赞美了她具有高超的政治见地和谋略。

八、许允之妻　许允为晋景王所诛[①]，门生走入告其妇[②]。妇正在机中，神色不变，曰："早知尔耳！"门人欲藏其儿，妇曰："无豫诸儿事[③]。"后徙居墓所，景王遣钟会看之，若才流及父，当收[④]。儿以咨母[⑤]。母曰："汝等虽佳，才具不多，率胸怀与语，便无所忧。不须极哀，会止便止。又可少问朝事。"儿从之。会反以状对[⑥]，卒免[⑦]。

【注释】

① 晋景王：司马师。魏末，大将军司马师专权，中书令李丰阴谋杀师，以夏侯玄代职，以许允为太尉。事泄，允牵连遇害。② 门生：门人。走：跑。③ 豫：牵连。④ 收：逮捕。⑤ 咨：问。⑥ 反：通"返"。⑦ 允有二子，长子许奇，仕尚书郎，次子许猛，官至幽州刺史。

【导读】

本篇以许允妇保儿避祸的故事，赞美了她不逊于须眉男子的远见卓识和对所处形势的正确认识。展现了魏晋时期特殊的时代背景造就的杰出女性形象。

九、诸葛诞女 王公渊娶诸葛诞女[①]。入室，言语始交，王谓妇曰："新妇神色卑下，殊不似公休[②]！"妇曰："大丈夫不能仿佛彦云[③]，而令妇人比踪英杰[④]！"

【注释】

① 王公渊：王广字。王凌之子。有风量才学，名重当世。② 公休：诸葛诞小字。③ 彦云：王凌小字。④ 比踪：比拟。英杰：指诸葛诞。

【导读】

这则故事通过写诸葛诞女大胆有力地反驳丈夫的故事，赞美了她的机智和巧妙的应变能力。反映了魏晋时期对女性才能的看重和当时女性相对较高的地位。

一〇、王经之母 王经少贫苦[①]，仕至二千石[②]，母语之曰："汝本寒家子，仕至二千石，此可以止乎！"经不能用。为尚书，助魏，不忠于晋，被收。涕泣辞母曰："不从母敕[③]，以至今日！"母都无戚容[④]，语之曰："为子则孝，为臣则忠。有孝有忠，何负吾邪？"

【注释】

① 王经：字彦伟，清河人。高贵乡公之难，与母并被诛。② 二千石：汉代官制，二千石为郡守。③ 敕：劝诫。④ 戚：悲伤。

【导读】

本篇以王经母劝子的故事，赞美了她的深明大义。

一一、契若金兰 山公与嵇、阮一面[①]，契若金兰。山妻韩氏，觉公与二人异于常交，问公，公曰："我当年可以为友者，唯此二生耳！"妻曰："负羁之妻亦亲观狐、赵[②]，意欲窥之，可乎？"他日，二人来，妻劝公止之宿，具酒肉。夜穿墉以视之[③]，达旦忘反。公入曰："二人何如？"妻曰："君才致殊不如，正当以识度相友耳[④]。"公曰："伊辈亦常以我度为胜。"

【注释】

① 山公：山涛。嵇、阮：嵇康、阮籍。② 语出《左传》，晋公子重耳流

亡，亲信狐偃、赵衰相随，至曹国，僖负羁之妻见之，谓重耳将来必能成事。③ 墉：墙垣。④ 识度：见识、气度。

【导读】

本文通过写韩氏对阮籍、嵇康的正确评价和认识，赞美了她目光敏锐，观察入微，善于识别、品评人物的能力。这是魏晋时期人物品藻活动兴盛的表现。

一二、不有长年 王浑妻钟氏生女令淑[①]，武子为妹求简美对而未得[②]。有兵家子，有俊才，欲以妹妻之[③]，乃白母，曰："诚是才者，其地可遗[④]，然要令我见。"武子乃令兵儿与群小杂处，使母帷中察之。既而，母谓武子曰："如此衣形者，是汝所拟者非邪？"武子曰："是也。"母曰："此才足以拔萃，然地寒[⑤]，不有长年[⑥]，不得申其才用[⑦]。观其形骨，必不寿，不可与婚。"武子从之。兵儿数年果亡。

【注释】

① 王浑：字玄冲，太原晋阳人，仕至司徒。② 对：配偶。③ 妻之：嫁给他。④ 地：门第。遗：不计较。⑤ 地寒：门第贫寒。⑥ 长年：长寿。⑦ 申：施展。

【导读】

这则故事写钟氏以不能长寿为借口，拒绝与寒门子弟联姻的故事，反映了当时门阀士族对"兵"家的歧视，说明士、庶之间婚姻存在严重隔阂。《方正》门所记王述称"兵，那可嫁女与之"与此同类近似。

一三、李氏拒还 贾充前妇，是李丰女。丰被诛，离婚徙边。后遇赦得还，充先已娶郭配女。武帝特听置左右夫人[①]。李氏别住外，不肯还充舍。郭氏语充："欲就省李。"充曰："彼刚介有才气，卿往不如不去。"郭氏于是盛威仪，多将侍婢。既至，入户，李氏起迎，郭不觉脚自屈，因跪再拜。既反，语充，充曰："语卿道何物[②]？"

【注释】

① 武帝：司马炎，字安世。听：判断。② 语卿道何物：我对你说什么来着。

【导读】

这则故事通过写李氏拒绝回到前夫家中的故事，赞颂了李氏刚介而有才气的品性。

一四、合葬之争 贾充妻李氏作《女训》，行于世。李氏女，齐献王妃[1]；郭氏女，惠帝后[2]。充卒，李、郭女各欲令其母合葬，经年不决。贾后废，李氏乃祔葬[3]，遂定。

【注释】

① 齐献王：司马攸。② 惠帝：司马衷。③ 祔：合葬。

【导读】

本篇以写贾充二女为各自母亲争取"合葬权"的故事，反映了西晋时期皇室不同势力之间的角逐非常复杂。

一五、王湛择妻 王汝南少无婚[1]，自求郝普女[2]。司空以其痴[3]，会无婚处[4]，任其意，便许之。既婚，果有令姿淑德。生东海，遂为王氏母仪。或问汝南何以知之？曰："尝见井上取水，举动容止不失常，未尝忤观[5]。以此知之。"

【注释】

① 王汝南：王湛。② 郝普：太原襄城人。仕洛阳太守。③ 司空：王昶，王湛之父。④ 会：恰巧。⑤ 忤观：行为不当。

【导读】

本篇通过王湛择妻的故事，赞美了郝普女的令姿淑德。

一六、雅相亲重 王司徒妇[1]，钟氏女，太傅曾孙，亦有俊才女德。钟、郝为娣姒，雅相亲重。钟不以贵陵郝，郝亦不以贱下钟[2]。东海家内，则郝夫人之法[3]。京陵家内，范钟夫人之礼[4]。

【注释】

① 王司徒：王浑。② 下：卑下。③ 东海：王湛子。则：遵守。④ 京陵：王浑。范：遵照。

【导读】

本篇以钟氏、郝氏互相亲重的故事，赞美了二人美好的德行。

一七、李重之女 李平阳[①]，秦州子，中夏名士。于时以比王夷甫[②]。孙秀初欲立威权，咸云："乐令民望不可杀[③]，减李重者又不足杀。"遂逼重自裁[④]。初，重在家，有人走从门入，出髻中疏示重[⑤]，重看之色动。入内示其女，女直叫"绝"。了其意，出则自裁。此女甚高明，重每咨焉[⑥]。

【注释】

① 李平阳：李重。② 王夷甫：王衍。③ 乐：乐广。④ 自裁：自杀。⑤ 疏：奏章。⑥ 咨：称赞。

【导读】

本篇通过写孙秀杀害名士李重事件中尊重女儿的敏锐机智，表现了当时部分才女的过人才能。

一八、高门为妾 周浚作安东时，行猎，值暴雨，过汝南李氏。李氏富足，而男子不在。有女名络秀，闻外有贵人，与一婢于内宰猪羊，作数十人饮食，事事精办，不闻有人声。密觇之[①]，独见一女子，状貌非常，浚因求为妾。父兄不许。络秀曰："门户殄瘁[②]，何惜一女？若连姻贵族，将来或大益。"父兄从之。遂生伯仁兄弟。络秀语伯仁等："我所以屈节为汝家作妾，门户计耳！汝若不与吾家作亲亲者[③]，吾亦不惜余年[④]。"伯仁等悉从命。由此李氏在世，得方幅齿遇[⑤]。

【注释】

① 密觇：偷看。② 殄瘁：借指社会地位低下。③ 作亲亲：当作亲戚。④ 不惜余年：意为不愿活了。⑤ 方幅齿遇：指高级、正规的待遇。方幅，公正。齿遇，待遇。

【导读】

本篇写寒族女李络秀出于门第的考虑，竟然主动说服父兄，嫁给豪门周氏为妾。可见魏晋时期决定婚姻的砝码不是爱情，而是门第的高下。令人瞩目的是，《世说新语》的编者将其列在"贤媛"门类下，足见其对门阀观念的青睐。

一九、截发留宾 陶公少有大志[①],家酷贫,与母湛氏同居。同郡范逵素知名,举孝廉,投侃宿。于时冰雪积日,侃室如悬磬[②],而逵马仆甚多。侃母湛氏语侃曰:“汝但出外留客,吾自为计。”湛头发委地,下为二髲,卖得数斛米,斫诸屋柱,悉割半为薪,剉诸荐以为马草[③]。日夕,遂设精食,从者皆无所乏。逵既叹其才辩,又深愧其厚意。明旦去,侃追送不已,且百里许。逵曰:“路已远,君宜还。”侃犹不返,逵曰:“卿可去矣!至洛阳,当相为美谈。”侃乃返。逵及洛,遂称之于羊晫、顾荣诸人,大获美誉。

【注释】

① 陶公:陶侃。② 悬磬:意为家贫。③ 剉:割。荐:草席。

【导读】

本篇通过写陶母倾尽一切接待宾客,为儿子谋求前程的故事,反映了湛氏的贤德、聪慧,也反映了当时社会里一个寒族家庭奔向贵族社会的坚定决心和艰难历程。

二〇、陶母之忧 陶公少时[①],作鱼梁吏[②],尝以坩鲊饷母[③]。母封鲊付使,反书责侃曰[④]:“汝为吏,以官物见饷,非唯不益,乃增吾忧也。”

【注释】

① 陶公:陶侃。② 鱼梁吏:管鱼的官职。③ 坩:瓦罐。鲊:经过加工便于储藏的鱼。④ 反:通“返”。

【导读】

本篇以陶母拒收儿子送来的“官物”的故事,赞美了她刚强正直、识大体的美德。

二一、李势之妹 桓宣武平蜀[①],以李势妹为妾,甚有宠,常着斋后[②]。主始不知[③],既闻,与数十婢拔白刃袭之。正值李梳头,发委藉地,肤色玉曜,不为动容。徐曰[④]:“国破家亡,无心至此。今日若能见杀,乃是本怀[⑤]。”主惭而退。

【注释】

① 桓宣武:桓温。② 着:安置。③ 主:桓温的妻子为晋明帝女南康

长公主。④ 徐：从容镇定。⑤ 本怀：心愿。

【导读】

身为公主的桓温之妻，遇到丈夫新宠小妾的堵心事情，本来满腔怒火前去征讨小妾，却被小妾的姿容气质所征服。可见当时人们在仪容气质欣赏方面的唯美主义倾向。

二二、玉台获救 庾玉台[①]，希之弟也。希诛，将戮玉台。玉台子妇，宣武弟桓豁女也。徒跣求进[②]，阍禁不内[③]。女厉声曰："是何小人？我伯父门，不听我前[④]！"因突入，号泣请曰："庾玉台常因人，脚短三寸[⑤]，当复能作贼不？"宣武笑曰："婿故自急。"遂原玉台一门[⑥]。

【注释】

① 庾友：字玉台。② 徒跣：赤足，急切貌。③ 阍禁：门卫。内：通"纳"。④ 听：任由。⑤ 意谓为人性格懦弱。⑥ 原：保全。

【导读】

这则故事通过写玉台子妇于危急关头一句话救出全家的故事，赞美了她的机智勇敢。

二三、恐伤盛德 谢公夫人帏诸婢[①]，使在前作伎[②]，使太傅暂见，便下帏。太傅索更开，夫人云："恐伤盛德。"

【注释】

① 帏：张开帷幕。② 作伎：艺术表演。

【导读】

本篇以谢公夫人巧妙拒绝丈夫观看歌姬表演的故事，赞美了她的智慧和雅趣。

二四、何由而故 桓车骑不好箸新衣[①]。浴后，妇故送新衣与[②]。车骑大怒，摧使持去。妇更持还，传语云："衣不经新，何由而故？"桓公大笑，箸之。

【注释】

① 桓车骑：桓冲。② 妇：桓妻。故：故意。与：给予。

【导读】

这则故事通过桓妻送新衣的故事，表现了桓车骑妻子的聪慧与高明的辩证思想，反映了魏晋时期玄学的兴盛，连妇女都受其影响。

二五、无烦复往　王右军郗夫人谓二弟司空、中郎曰[1]："王家见二谢[2]，倾筐倒庋[3]；见汝辈来，平平尔。汝可无烦复往。"

【注释】

① 王右军：王羲之。司空：郗愔。中郎：郗昙。② 二谢：指谢安和谢万。③ 倾筐倒庋：意为竭力招待。庋，盛放东西的架子。

【导读】

本篇通过写门第较低的郗夫人对两个弟弟的劝诫，表达了她对门第较高的王家轻视自己家族的不满，显示了一个女性的自尊自重。可见当时婚姻问题上门第观念之重。

二六、道蕴薄夫　王凝之谢夫人既往王氏[1]，大薄凝之[2]。既还谢家，意大不说[3]。太傅慰释曰："王郎，逸少之子[4]，人才亦不恶，汝何以恨乃尔？"答曰："一门叔父，则有阿大、中郎[5]。群从兄弟，则有封、胡、遏、末[6]。不意天壤之中，乃有王郎！"

【注释】

① 谢夫人：谢道韫，著名才女。既：已经。往：嫁。② 薄：轻视。③ 说：通"悦"，高兴。④ 逸少：王羲之。⑤ 阿大：指谢尚。中郎：指谢据。⑥ 封：谢朗。胡：谢渊。遏：谢玄。末：谢韶。

【导读】

本篇通过写才女谢道蕴对丈夫王凝之的数落和对谢氏家族的炫耀，表现了王谢大族之间的相互歧视。

二七、韩母留几　韩康伯母，隐古几毁坏[1]。卞鞠见几恶，欲易之[2]。答曰："我若不隐此，汝何以得见古物？"

【注释】

① 隐：依靠。② 易：更换。

【导读】

本篇通过写韩母保存古几的故事，赞颂了她注重节俭的美好品德。

二八、道蕴劝弟 王江州夫人语谢遏曰[①]："汝何以都不复进，为是尘务经心[②]，天分有限？"

【注释】

① 王江州夫人：谢道蕴。② 尘务：日常琐事。

【导读】

本篇以谢道蕴劝弟弟精进学业的故事，反映了魏晋时期士族之家对其成员教育问题的关注。

二九、死亦同穴 郗嘉宾丧[①]，妇兄弟欲迎妹归，终不肯归。曰："生纵不得与郗郎同室，死宁不同穴[②]！"

【注释】

① 郗嘉宾：郗超。② 语出《诗经》"生则同室，死则同穴"。

【导读】

本篇写了郗超妻子拒不改嫁的故事，本质上是为了维护门阀等级制度，保持士族门第的尊严，反映了当时门第观念的严重程度。

三〇、林下风致 谢遏绝重其姊[①]，张玄常称其妹，欲以敌之。有济尼者，并游张、谢二家。人问其优劣，答曰："王夫人神情散朗[②]，故有林下风气[③]。顾家妇清心玉映[④]，自是闺房之秀。"

【注释】

① 姊：谢道韫。② 王夫人：谢道韫。③ 林下风气：指竹林名士的风采。④ 清心玉映：心怀明净。

【导读】

这则故事赞美了谢道韫与竹林名士等量齐观的玄味气质，"林下风致"也成为千百年来形容女子脱俗气质的最佳用语。

三一、眼耳关神 王尚书惠尝看王右军夫人[①]，问："眼耳未觉恶不[②]?”答曰:“发白齿落,属乎形骸;至于眼耳,关于神明[③],那可便与人隔[④]!”

【注释】

① 王惠,字令明。琅邪人,仕至吏部尚书。② 不:通“否”。③ 神明:精神。④ 隔:隔阂。

【导读】

本文通过写右军夫人对眼耳的论说,赞美其充满智慧和才学,从中可以看出魏晋玄学中对形神问题的讨论产生的影响,相对于外在形象,人们更加注重内在的精神。

三二、韩母哭孙 韩康伯母殷,随孙绘之之衡阳[①],于阖庐洲中逢桓南郡[②]。卞鞠是其外孙,时来问讯。谓鞠曰:“我不死,见此竖二世作贼[③]!”在衡阳数年,绘之遇桓景真之难也[④],殷抚尸哭曰:“汝父昔罢豫章,征书朝至夕发[⑤]。汝去郡邑数年[⑥],为物不得动[⑦],遂及于难,夫复何言?”

【注释】

① 绘之:韩康伯之子,仕衡阳太守。② 桓南郡:桓玄。③ 此竖二世:骂人话,指桓温父子。④ 桓景真之难:桓亮在长沙屠杀官员,韩绘之遇难。⑤ 征书:朝廷文书。⑥ 去郡邑:指被罢免衡阳太守之职。⑦ 为物:因为事务拖累。

【导读】

本篇通过殷氏对孙子的悼念,赞美了她爱憎分明的正直性格,揭示了时代动荡、人命危浅的社会现实。

术解第二十

一、阮咸神解 荀勖善解音声[①],时论谓之暗解[②]。遂调律吕[③],正雅乐。每至正会[④],殿庭作乐,自调宫商[⑤],无不谐韵。阮咸妙赏,时谓神解[⑥]。每公会作乐,而心谓之不调。既无一言直勖[⑦],意忌之,遂出阮为始平太守。后有一田父耕于野,得周时玉尺,便是天下正尺,荀试以校己所治钟鼓、金石、丝竹[⑧]，皆觉短一黍[⑨]，于是伏阮神识[⑩]。

【注释】

① 荀勖：字公曾，颍川颍阴人。② 暗解：精通，心领神会。③ 律吕：乐律的统称。中国古代乐律阴阳各六，合十二律。阳六曰律，阴六曰吕。④ 正(zhēng)会：皇帝元旦朝会群臣，亦称"元会"。⑤ 宫商：即宫、商、角、徵(zhǐ)、羽，称"五音"或"五声"，这里指音准。⑥ 神解：识辨明达。⑦ 直：同"值"，认为正确。⑧ 校：校正，查对。钟鼓、金石、丝竹：泛指各种乐器。⑨ 觉：通"校"，差。黍：古代长度单位，百黍为一尺。⑩ 伏：通"服"，佩服。

【导读】

本篇以阮咸妙赏音律与古尺相合的故事，写出阮咸神解惊人。又以"暗解"和"神解"之间的龃龉，表现同行冤家的传统痼疾。

二、车脚烧笋　荀勖尝在晋武帝坐上食笋进饭[①]，谓在坐人曰："此是劳薪炊也[②]。"坐者未之信，密遣问之，实用故车脚[③]。

【注释】

① 坐：通"座"。② 劳薪：以车轴、车轮为薪。③ 故车脚：旧车轮。车脚，亦称"车辋"。

【导读】

本篇记述荀勖能够神奇地分辨饭味，断定所吃的笋为劳薪烧制。刘辰翁云："薪岂知劳，而烟气异也。"

三、折臂三公　人有相羊祜父墓[①]，后应出受命君[②]。祜恶其言，遂掘断墓后，以坏其势。相者立视之曰："犹应出折臂三公[③]。"俄而祜坠马折臂，位果至公。

【注释】

① 相：占相，此指看风水。羊祜：字叔子，泰山南城人。② 应：将。受命君：天子。宿命论者常称君主是受命于天。③ 三公：掌握军政大权的朝廷权位最高的官员。魏晋以太尉、司徒、司空为三公，沿袭东汉制度。

【导读】

本篇通过写术士为羊祜家相墓并神奇言中的故事，反映了晋时笃信风水的社会风气。

四、善解马性 王武子善解马性[1]。尝乘一马，著连钱障泥[2]。前有水，终日不肯渡。王云："此必是惜障泥。"使人解去，便径渡[3]。

【注释】

① 王武子：王济，字武子。② 著(zhuó)：佩戴。连钱障泥：绣着连钱花纹的障泥。③ 径：径直。

【导读】

本篇讲述王武子善于认识马性，并对马深有爱惜之情。

五、焉知非福 陈述为大将军掾[1]，甚见爱重。及亡，郭璞往哭之[2]，甚哀，乃呼曰："嗣祖，焉知非福！"俄而大将军作乱[3]，如其所言。

【注释】

① 陈述：字嗣祖，颍川许昌人。掾(yuàn)：官署属员。② 郭璞：字景纯，精通阴阳算历，善占卜之术。③ 俄而：不久。

【导读】

本篇讲述郭璞预言陈述之死祸福未知，从侧面反映出晋人对占卜之术的信从。

六、微服探璞 晋明帝解占冢宅[1]，闻郭璞为人葬，帝微服往看[2]。因问主人："何以葬龙角[3]？此法当灭族！"主人曰："郭云：'此葬龙耳，不出三年，当致天子[4]。'"帝问："为是出天子邪[5]？"答曰："非出天子，能致天子问耳。"

【注释】

① 冢宅：墓地与住宅。② 微服：为隐藏身份而改换平民装束。③ 葬龙角：安葬在龙角星所向方位。④ 致：招来。⑤ 为：通"谓"，说的是。

【导读】

本篇记述郭璞为人相墓，应验人事情况的故事，反映了晋时阴阳迷信学说的盛行。

七、暨阳择墓 郭景纯过江[①]，居于暨阳，墓去水不盈百步[②]，时人以为近水。景纯曰："将当为陆。"今沙涨，去墓数十里皆为桑田。其诗曰："北阜烈烈，巨海混混[③]；垒垒三坟[④]，唯母与昆[⑤]。"

【注释】

① 郭景纯：即郭璞。过江：来到江南。② 盈：满。③"北阜"两句：北山高峻，波涛汹涌。阜，土山。烈烈，山高峻的样子。混混（gǔn gǔn），水流不绝的样子。④ 垒垒：堆积重叠的样子。⑤ 唯：是。

【导读】

本篇通过讲述郭璞葬母时慎重选择坟地位置的故事，反映了他具有预测地形变化的先见之明。

八、委罪于树 王丞相令郭璞试作一卦[①]，卦成，郭意色甚恶，云："公有震厄[②]！"王问："有可消伏理不[③]？"郭曰："命驾西出数里[④]，得一柏树，截断如公长，置床上常寝处，灾可消矣。"王从其语。数日中，果震柏粉碎，子弟皆称庆。大将军云[⑤]："君乃复委罪于树木[⑥]。"

【注释】

① 王丞相：王导。② 震厄：被雷击的灾难。③ 消伏：消除。不：同"否"。④ 命驾：吩咐人驾驭车马。⑤ 大将军：王敦。⑥ 乃复：竟然。委：推卸。

【导读】

本篇写郭璞巧借树木为王导消灾的故事，反映了当时人因果报应的观念。

九、别酒主簿 桓公有主簿善别酒[①]，有酒辄令先尝，好者谓"青州从事"[②]，恶者谓"平原督邮"[③]。青州有齐郡，平原有鬲县。"从事"言"到脐"，"督邮"言在"鬲上住"[④]。

【注释】

① 桓公：桓温。别：鉴别。② 青州从事：喻指美酒。③ 平原督邮：喻

指劣酒。④ 鬲：通“膈”。住：停住。

【导读】

本篇讲述桓温手下一主簿具有高妙的品酒技巧，善于辨别酒质香醇度，并巧用地名来代指美酒和劣酒。

一〇、法开视脉 郗愔信道甚精勤①，常患腹内恶，诸医不可疗。闻于法开有名②，往迎之。既来，便脉云③：“君侯所患④，正是精进太过所致耳⑤。”合一剂汤与之。一服，即大下⑥，去数段许纸如拳大；剖看，乃先所服符也⑦。

【注释】

① 道：道教。精勤：虔诚勤奋。② 于法开：东晋时僧人，兼通医术。③ 脉：诊脉。④ 君侯：古代对列侯的尊称，后转为泛指高级官员。⑤ 精进：南北朝时期佛教信徒习用语，意思为秉持善道不懈努力。⑥ 下：腹泻。⑦ 符：道家符箓。旧时认为其有祛病延年的功效，亦称“符字”、“丹书”。

【导读】

本篇讲述东晋时僧人于法开帮郗愔把脉并治好其腹恶之病的故事，展现了于法开高明而巧妙的医术。

一一、妙解经脉 殷中军妙解经脉①，中年都废。有常所给使②，忽叩头流血。浩问其故？云：“有死事，终不可说。”诘问良久，乃云：“小人母年垂百岁，抱疾来久③，若蒙官一脉，便有活理。讫就屠戮无恨④。”浩感其至性⑤，遂令舁来⑥，为诊脉处方。始服一剂汤，便愈。于是悉焚经方⑦。

【注释】

① 殷中军：殷浩。经脉：指人体内的经络血脉。② 给使：当差的仆役。③ 抱疾：身带疾病。来：时间。④ 讫：通“迄”，终于。⑤ 至性：孝心至诚。⑥ 舁（yú）：抬。⑦ 经方：古代医药方书的统称。

【导读】

本篇讲述殷浩妙解经脉，因被仆人至诚的孝心所感动，倾力为其母治病，之后尽焚经方，断绝医道的故事。从医术的角度反映出晋人精湛的方术才能。

巧艺第二十一

一、弹棋之戏　弹棋始自魏宫内[①]，用妆奁戏。文帝于此戏特妙[②]，用手巾角拂之，无不中。有客自云能，帝使为之。客著葛巾角[③]，低头拂棋，妙逾于帝。

【注 释】

① 弹棋：古代的一种游戏，现已失传。② 文帝：魏文帝曹丕。③ 葛巾：古代一种用葛布制成的头巾。

【导 读】

本篇讲述魏时宫中流行一种叫弹棋的博戏，是有关弹棋起源的珍贵史料。

二、精巧楼观　陵云台楼观精巧[①]，先称平众木轻重，然后造构，乃无锱铢相负揭[②]。台虽高峻，常随风摇动，而终无倾倒之理。魏明帝登台[③]，惧其势危，别以大材扶持之，楼即颓坏[④]。论者谓轻重力偏故也。

【注 释】

① 陵云台：魏时楼观名，旧址在洛阳。楼观（guàn）：楼台上层建筑。② 锱铢：此喻指轻微。③ 魏明帝：曹叡。④ 颓坏：坍塌。

【导 读】

本篇记述陵云台楼观设计精巧，是中国古代艺术成就在建筑方面巧夺天工的表现。

三、仲将能书　韦仲将能书[①]。魏明帝起殿[②]，欲安榜[③]，使仲将登梯题之。既下，头鬓皓然，因敕儿孙[④]：“勿复学书。”

【注 释】

① 韦仲将：韦诞，字仲将，京兆杜陵人，擅长书法，官至光禄大夫。② 起：建造。③ 榜：匾额。④ 敕：训诫，告诫。

【导读】

本篇讲述韦诞登梯为魏明帝题写匾额竟然头鬓全白，可见书法家为帝王效力的艰难。卫恒在《四体书势》中亦有提及此事。

四、各用所长 钟会是荀济北从舅[①]，二人情好不协[②]。荀有宝剑，可直百万[③]，常在母钟夫人许[④]。会善书，学荀手迹，作书与母取剑[⑤]，仍窃去不还。荀勖知是钟而无由得也，思所以报之。后钟兄弟以千万起一宅，始成，甚精丽，未得移住。荀极善画，乃潜往画钟门堂，作太傅形象[⑥]，衣冠状貌如平生[⑦]。二钟入门[⑧]，便大感恸，宅遂空废。

【注释】

① 钟会：字士季，魏太傅钟繇之子。荀济北：荀勖。② 情好：情谊。③ 直：通“值”，价值。④ 许：处所，住所。⑤ 作书：写信。⑥ 太傅：钟繇。⑦ 平生：活着的时候。⑧ 二钟：钟会与其兄钟毓。

【导读】

本篇记述钟会善书，荀勖善画，两人利用各自所长进行了一场书法和绘画的对抗赛，从中可以充分领略到由双方各自的才能而产生的精彩的戏剧性效果。

五、羊忱多艺 羊长和博学工书[①]，能骑射，善围棋。诸羊后多知书[②]，而射、奕余艺莫逮[③]。

【注释】

① 羊长和：羊忱，字长和，泰山南城人。工书：擅长书法。② 诸羊：羊氏众多晚辈。③ 奕：通“弈”，下围棋。

【导读】

本篇讲述羊忱多才多艺，从中可以看出围棋是当时士族文人重要的生活内容和人格修养方式。

六、范宣重画 戴安道就范宣学[①]，视范所为：范读书亦读书，范抄书亦抄书。唯独好画，范以为无用，不宜劳思于此。戴乃画《南都赋图》[②]；范看毕咨嗟[③]，甚以为有益，始重画。

【注释】

① 戴安道：戴逵，字安道。博学善文，能弹琴，长于书法。范宣：字宣子，当时名士，亦博学。②《南都赋图》：《南都赋》，东汉张衡作。戴逵以此赋内容为素材作画。③ 咨嗟：赞叹不已。

【导读】

本篇通过戴逵作画征服老师的故事，讲述戴逵作画，画作令范宣叹为观止，认识到了绘画大有益处。

七、顾长康画 谢太傅云："顾长康画[①]，有苍生来所无[②]。"

【注释】

① 顾长康：顾恺之，字长康，绘画方面才华横溢，官至散骑常侍。② 苍生：指人类。

【导读】

本篇记述谢安称赞顾恺之绘画技艺精湛。《晋书》记载："（顾恺之）尤善丹青，图写特妙。谢安深重之，以为有苍生以来未之有也。"

八、道季评画 戴安道中年画行像甚精妙[①]。庾道季看之[②]，语戴云："神明太俗[③]，由卿世情未尽。"戴云："唯务光当免卿此语耳[④]。"

【注释】

① 行像：佛像。② 庾道季：即庾龢，晋太尉庾亮之子，善于清谈。③ 神明：精神气韵。④ 务光：夏时隐士，《列仙传》记载其事。当：大概。

【导读】

本篇记述庾道季评价戴逵画作未能脱俗，可以看出当时人对画作人物神韵的追求和重视。

九、颊益三毛 顾长康画裴叔则[①]，颊上益三毛[②]。人问其故，顾曰："裴楷俊朗有识具[③]，正此是其识具。"看画者寻之，定觉益三毛如有神明[④]，殊胜未安时[⑤]。

【注释】

① 裴叔则：裴楷字叔则，河东闻喜人。② 益：添加。③ 俊朗：才识俊

逸出众。识具：识见才气。④ 定：确实。⑤ 殊：极其。

【导读】

本篇通过叙述顾恺之画人物像虚构三毛来充分表现人物神采气韵，体现了当时以形写神的审美追求。

一〇、围棋妙称　王中郎以围棋是坐隐①，支公以围棋为手谈②。

【注释】

① 王中郎：即王坦之。坐隐：此指以围棋无声地交谈。② 支公：即支遁，东晋时高僧。手谈：用手交谈，后逐渐成为围棋的代称。

【导读】

本篇记述晋时人对围棋的巧妙代称，显示了围棋在魏晋名士生活中的重要性及其所承载的文化精神。

一一、轻云蔽日　顾长康好写起人形，欲图殷荆州①，殷曰："我形恶，不烦耳。"顾曰："明府正为眼尔②。但明点童子③，飞白拂其上④，使如轻云之蔽日。"

【注释】

① 图：画。殷荆州：殷浩，曾任荆州刺史。② 明府：汉魏以来对太守、州牧皆称府君或明府君。③ 明：眼睛。童：通"瞳"，瞳孔。④ 飞白：笔势露白，落墨中空。此处指在瞳孔上显出白痕。

【导读】

本篇讲述顾恺之为殷浩画人像，以飞白轻拂瞳孔，既遮掩了殷浩的生理缺陷，又张扬了人物的精神灵气，表现顾恺之对眼睛传神的把握已经达到了出神入化的境界。

一二、宜置丘壑　顾长康画谢幼舆在岩石里①。人问其所以？顾曰："谢云：'一丘一壑②，自谓过之。'此子宜置丘壑中。"

【注释】

① 谢幼舆：谢鲲字幼舆，晋时阳夏（今河南太康）人。② 一丘一壑：见《品藻》明帝问谢鲲条。

【导读】

本篇记述顾恺之画谢鲲像时能表现其隐逸之意，是晋人"迁想妙得"绘画理论的完美阐释。

一三、传神阿堵 顾长康画人，或数年不点目精[①]。人问其故？顾曰："四体妍蚩[②]，本无关于妙处；传神写照[③]，正在阿堵中[④]。"

【注释】

① 目精：指瞳孔。② 妍蚩（chī）：美丑。③ 写照：摹画人物肖像。④ 阿堵：晋人所用口语词，犹言"这个"。

【导读】

本篇描写顾恺之画人时慎重点染其目精的故事，是晋人"得意忘言"玄学思想在绘画领域的表现。

一四、长康论画 顾长康道："手挥五弦易，目送归鸿难[①]。"

【注释】

① 顾恺之曾为嵇康《送秀才入军》一诗作画，诗中有"目送归鸿，手挥五弦，俯仰自得，游心太玄"句。

【导读】

本篇通过写顾恺之作画难易的心得体会，体现了晋人传神得意的绘画理论。宋代刘辰翁云："正是留谱于后人。"

宠礼第二十二

一、元帝正会 元帝正会[①]，引王丞相登御床[②]，王公固辞，中宗引之弥苦[③]。王公曰："使太阳与万物同晖，臣下何以瞻仰？"

【注释】

① 元帝：晋元帝司马睿。正会：元旦皇帝朝会群臣，亦称元会。② 王丞相：王导。御床：皇帝宝座。③ 中宗：晋元帝庙号。弥苦：更加恳切。

【导读】

本篇通过晋元帝正会时引王导上御床同坐，以示礼敬的故事，反映出当时门阀世族力量足以左右皇权的真实场景。

二、袁伏之袁 桓宣武尝请参佐入宿[①]，袁宏、伏滔相次而至[②]。莅名府中[③]，复有袁参军，彦伯疑焉，令传教更质[④]。传教曰："参军是袁、伏之袁，复何所疑？"

【注 释】

① 桓宣武：桓温。参佐：僚属，部下。② 袁宏：字彦伯，曾任大司马桓温记室参军。伏滔：字玄度。③ 莅名：点名，核对到临者的名字。④ 传教：掌管传达教令的小吏。

【导 读】

本篇讲述袁宏、伏滔作为桓温的僚属入宿时的趣事，可以看出两人受到了桓温的宠幸和礼遇。

三、并有奇才 王珣、郗超并有奇才[①]，为大司马所眷拔[②]。珣为主簿，超为记室参军。超为人多须，珣状短小，于时荆州为之语曰[③]："髯参军，短主簿。能令公喜，能令公怒。"

【注 释】

① 王珣：字元琳，文妙多才，官至尚书令。郗超：字嘉宾，善清谈，精于义理。② 大司马：桓温。眷拔：宠爱并提拔。③ 于时：当时。

【导 读】

该篇讲述王珣、郗超两人多智并且为桓温所眷拔。《续晋阳秋》曰："超有才能，珣有器望，并为温所昵。"

四、无日不往 许玄度停都一月[①]，刘尹无日不往[②]，乃叹曰："卿复少时不去[③]，我成轻薄京尹[④]！"

【注 释】

① 许玄度：许询。都：指建康。② 刘尹：刘惔，官至丹阳尹。③ 少时：短时间内。④ 轻薄：轻浮浪荡。京尹：即"京兆尹"，管理首都地区的行政长官。

【导读】

该篇以许询停都时刘惔日日拜访，描写刘惔对许询的无限敬慕之情。

五、伏滔预坐 孝武在西堂会[1]，伏滔预坐[2]。还，下车呼其儿，语之曰："百人高会[3]，临坐未得他语，先问：'伏滔何在？在此不？'此故未易得[4]。为人作父如此，何如？"

【注释】

① 孝武：晋孝武帝司马曜。西堂：宫殿的西厢。② 预坐：在坐。③ 高会：大会。④ 故：确实。

【导读】

本篇讲述伏滔以能受到孝武帝的宠爱而引以为荣并对其子夸耀的故事，可见其受宠若惊之情状。同时从一个侧面也展现了统治者笼络人心的权谋之术。

六、移晨达莫 卞范之为丹阳尹[1]，羊孚南州暂还[2]，往卞许[3]，云："下官疾动不堪坐[4]。"卞便开帐拂褥，羊径上大床，入被须枕。卞回坐倾睐[5]，移晨达莫[6]。羊去，卞语曰："我以第一理期卿[7]，卿莫负我。"

【注释】

① 卞范之：卞鞠，字敬祖，晋济阴人。少与桓玄为友，后为玄心腹，助其僭位。玄败后被杀。② 羊孚：字子道，为桓玄记室参军。南州：指姑熟，于此泛指南方地区。③ 许：住所。④ 下官：用以对自己的谦称。⑤ 倾睐：顾盼侧视。⑥ 移晨达莫（mù）：从早到晚。莫，同"暮"。⑦ 第一理：头等之事，至诚之理。

【导读】

该篇生动刻画了卞范之以至诚之礼对待羊孚的场景。当时桓玄将篡晋室，羊孚为桓玄重要心腹。

任诞第二十三

一、竹林七贤 陈留阮籍、谯国嵇康、河内山涛三人年皆相比[1]，康年少亚之[2]。预此契者[3]，沛国刘伶、陈留阮咸、河内向秀、琅邪王戎。七人常集于竹林之下，肆意酣畅[4]，故世谓"竹林七贤"。

【注释】

① 比(bì)：近。② 亚：次，略小。③ 预此契者：参与交游的人。契，志同道合的结交。④ 此句意为尽情饮酒。

【导读】

本篇写"竹林七贤"志趣相投，饮酒行乐，俨然描绘了一幅隐士行乐图，令世人向往。

二、服丧饮啖　阮籍遭母丧，在晋文王坐进酒肉[1]。司隶何曾亦在坐[2]，曰："明公方以孝治天下，而阮籍以重丧[3]，显于公坐饮酒食肉，宜流之海外，以正风教。"文王曰："嗣宗毁顿如此[4]，君不能共忧之，何谓？且有疾而饮酒食肉，固丧礼也[5]！"籍饮啖不辍，神色自若。

【注释】

① 晋文王：司马昭。下文明公亦是指他。② 何曾：字颖考，陈郡阳夏人，入晋位至司徒。③ 重丧：重大的丧事，指父母之死。④ 毁顿：因居丧悲哀而身体衰弱，精神不振。⑤ 固丧礼也：指居丧期间，有疾病而饮酒食肉并不违反丧礼。

【导读】

本篇写阮籍居母丧而饮酒食肉遭到何曾抨击，却得到司马昭庇护一事，既写出阮籍放达不羁、无视礼教的性格，又可见他与司马昭之间的微妙关系。

三、刘伶病酒　刘伶病酒，渴甚[1]，从妇求酒。妇捐酒毁器[2]，涕泣谏曰："君饮太过，非摄生之道[3]，必宜断之！"伶曰："甚善。我不能自禁，唯当祝鬼神自誓断之耳。便可具酒肉。"妇曰："敬闻命。"供酒肉于神前，请伶祝誓。伶跪而祝曰："天生刘伶，以酒为名[4]，一饮一斛[5]，五斗解酲[6]。妇人之言，慎不可听！"便饮酒进肉，隗然已醉矣[7]。

【注释】

① 渴甚：急切求酒。② 捐酒毁器：毁坏酒器，把酒泼掉。③ 摄生：养

生。④ 名:通“命”。⑤ 斛:古代量器名。十斗为一斛。⑥ 解酲:解除酒病。⑦ 隗然:犹言颓然,醉倒貌。

【导读】

本篇通过刘伶借戒酒为名,骗其妻进取酒肉的故事,表现出竹林名士神超形越的精神境界和放达洒脱的人生态度。文中刘伶嗜酒如命的形象栩栩如生,广为后人流传。

四、终日共醉　刘公容与人饮酒①,杂秽非类②。人或讥之,答曰:“胜公容者,不可不与饮;不如公容者,亦不可不与饮;是公容辈者③,又不可不与饮。”故终日共饮而醉。

【注释】

① 刘公容:刘昶,字公容,晋沛国人,位至兖州刺史。② 杂秽:混杂。非类:这里指身份、门第不同类的人。③ 辈:同类。

【导读】

本篇写刘昶不分对象地与人终日饮酒,以狂放不羁的行为来表现对环境的否定和实现自我解脱。

五、步兵校尉　步兵校尉缺①,厨中有贮酒数百斛②,阮籍乃求为步兵校尉。

【注释】

① 步兵校尉:官名,掌管上林苑屯兵。② 厨:指官厨。斛:量器名,十斗为一斛。

【导读】

本篇写阮籍因为好酒而求作步兵校尉,表面看来行为放达而不失诙谐幽默,其实却是阮籍内心煎熬痛苦的投影。

六、刘伶放达　刘伶恒纵酒放达,或脱衣裸形在屋中。人见讥之,伶曰:“我以天地为栋宇①,屋室为裈衣②,诸君何为入我裈中!”

【注释】

① 栋宇:指房屋。② 裈:裤子。

【导读】

本篇写刘伶纵酒放达之事，表现其任性而为、不拘礼法的性格和傲岸绝俗的个性精神。

七、阮籍别嫂 阮籍嫂尝还家[1]，籍见与别。或讥之[2]，籍曰："礼岂为我辈设也？"

【注释】

① 还家：指回娘家。② 或讥之：按礼制，叔嫂不通问，所以有人嘲讽阮籍违礼。

【导读】

本篇写阮籍不顾礼制与其嫂别，放言"礼岂为我辈设也"，一个"越名教而任自然"思想的具体实践者的形象呼之欲出。

八、醉眠妇侧 阮公邻家妇[1]，有美色，当垆酤酒[2]。阮与王安丰常从妇饮酒[3]，阮醉，便眠其妇侧。夫始殊疑之，伺察，终无他意。

【注释】

① 阮公：阮籍。② 酤：通"沽"，卖。③ 王安丰：王戎。

【导读】

本篇写阮籍酒醉眠美妇侧，表现其为人不拘礼俗，坦率行事，通过反礼教的行为表现了其对现实的强烈不满。

九、阮籍葬母 阮籍当葬母[1]，蒸一肥豚，饮酒二斗，然后临诀，直言："穷矣[2]！"都得一号[3]，因吐血，废顿良久[4]。

【注释】

① 当：将要。② 穷：穷尽。③ 都：总共。号：号哭。④ 废顿：指身心损伤。

【导读】

本篇写阮籍葬母，言少情深，让人为之动容。

一〇、未能免俗 阮仲容、步兵居道南[1]，诸阮居道北。北阮皆富，南阮贫。七月七日[2]，北阮盛晒衣，皆纱罗锦绮。仲容以竿挂大布犊鼻裈于中庭[3]。人或怪之，答曰："未能免俗，聊复尔耳[4]。"

【注释】

① 阮仲容：阮咸。步兵：阮籍。② 七月七日：旧时有此日晒衣和书籍的习俗。③ 犊鼻裈(kūn)：一种短裤，一说围裙。④ 聊复尔耳：姑且这样行事。

【导读】

本篇写阮咸以犊鼻裈与象征北阮富贵的纱罗锦绮相抗衡，表现出以清贫为荣，以奢华为耻的脱俗观念。"未能免俗"后被沿用为成语。

一一、方外之人　阮步兵丧母[1]，裴令公往吊之[2]。阮方醉，散发坐床，箕踞不哭[3]。裴至，下席于地，哭吊喭毕[4]，便去。或问裴："凡吊，主人哭，客乃为礼。阮既不哭，君何为哭？"裴曰："阮方外之人[5]，故不崇礼制[6]；我辈俗中人，故以仪轨自居[7]。"时人叹为两得其中[8]。

【注释】

① 阮步兵：阮籍。② 裴令公：裴楷。③ 箕踞：对人不够尊重的一种坐姿，双腿伸开，形同簸箕。④ 吊喭：同"吊唁"。⑤ 方外：世外，超于礼俗之外。⑥ 崇：尊重。⑦ 仪轨：指礼法，礼制。⑧ 两得其中：指两方面都处理得当。

【导读】

本篇写裴楷吊唁阮籍母亲，二人各行其是，反映了自然和名教两种势力的均衡状态，而"方外之人"的评价则大大成就了阮籍的名声。

一二、人猪共饮　诸阮皆能饮酒，仲容至宗人间共集[1]，不复用常杯斟酌[2]，以大瓮盛酒，围坐，相向大酌。时有群猪来饮，直接去上，便共饮之。

【注释】

① 仲容：阮咸。宗人：同一家族的人。② 斟酌：斟酒共饮。

【导读】

本篇写阮咸及其宗人会集，以至人猪共饮，放荡如此，也确实如明王世懋所云:"无人道矣!"

一三、不得复尔 阮浑长成,风气韵度似父,亦欲作达[①]。步兵曰[②]:"仲容已预之[③],卿不得复尔。"

【注 释】

① 达:行为放纵,不遵礼法。② 步兵:阮籍。③ 仲容:阮咸。预:参与。

【导 读】

本篇写阮籍不同意儿子阮浑再同自己和阮咸一样作放达之人,从侧面反映出他并不赞同此种行为,只是不得已才为之。

一四、了无异色 裴成公妇[①],王戎女。王戎晨往裴许,不通径前[②]。裴从床南下,女从北下,相对作宾主,了无异色[③]。

【注 释】

① 裴成公:裴颜。② 不通径前:不待通报而直接进入内室。③ 了无异色:神色如常。

【导 读】

本篇写王戎去女婿家径入内室,宾主均不拘礼制,神色如常,表现了当时放纵不拘的流行风尚。

一五、重服追婢 阮仲容先幸姑家鲜卑婢[①]。及居母丧,姑当远移,初云当留婢,既发[②],定将去[③]。仲容借客驴,著重服自追之[④],累骑而返[⑤],曰:"人种不可失[⑥]!"即遥集母也。

【注 释】

① 阮仲容:阮咸。幸:宠爱。② 发:启程。③ 将:带。④ 重服:孝服。⑤ 累骑:两人并骑。⑥ 人种:生人的人。

【导 读】

本篇写阮咸不顾母丧,骑驴追鲜卑婢,表现其人放荡不羁,视礼节于无物。此则故事也确实是历史上的一段风流佳话,读之即难忘。

一六、一木难支 任恺既失权势[①],不复自检括[②]。或谓和峤曰:"卿何以坐视元裒败而不救?"和曰:"元裒如北夏门,拉㩁自欲坏[3],非一木所能支。"

【注释】

① 任恺:字元裒,乐安博昌人,入晋为侍中,迁吏部尚书。遭贾充谗害,免官。后抑郁不得志,以忧卒。② 检括:检束,检点。③ 拉㩁:断裂。

【导读】

本篇写任恺失势放纵,和峤认为其人自毁,自己劝阻也无用。"一木难支"后用作成语。

一七、不可复报 刘道真少时[1],常渔草泽,善歌啸,闻者莫不留连。有一老妪,识其非常人,甚乐其歌啸,乃杀豚进之[2],了不谢[3]。妪见不饱,又进一豚。食半余半,乃还之。后为吏部郎,妪儿为小令史,道真超用之[4]。不知所由,问母,母告之,于是赍牛酒诣道真[5]。道真曰:"去! 去! 无可复用相报。"

【注释】

① 刘道真:刘宝。② 进:送上。③ 了:全。④ 超用:超出常规任用。⑤ 赍(jī):送物给人。牛酒:牛肉和酒。

【导读】

本篇写老妪慧眼识刘宝,刘宝以超拔任用其儿为报,表现出魏晋士人既不被情所系也不为物所累的行事风格。

一八、挂钱独饮 阮宣子常步行[1],以百钱挂杖头,至酒店,便独酣畅[2]。虽当世贵盛,不肯诣也。

【注释】

① 阮宣子:阮修。② 酣畅:痛快饮酒。

【导读】

本篇写阮修悠游生活,随性自然地独享人生,呈现了魏晋士人任情纵性的旷达风貌。

一九、山简醉歌 山季伦为荆州[①],时出酣畅。人为之歌曰:“山公时一醉,径造高阳池。日莫倒载归[②],酩酊无所知。复能乘骏马,倒著白接篱[③]。举手问葛强,何如并州儿[④]?”高阳池在襄阳。强是其爱将,并州人也。

【注 释】

① 山季伦:山简。② 莫:暮。倒:躺倒。③ 此句意为反戴着帽子。接篱,帽子名。④“举手”两句:举起手问葛强,我和你这个并州儿相比怎么样?

【导读】

本篇写山简常醉酒耽乐,悠闲度日,无心于政事。而豪饮狂乐,行为放任,正是当时士大夫的风气。

二〇、即时杯酒 张季鹰纵任不拘[①],时人号为“江东步兵”[②]。或谓之曰:“卿乃可纵适一时[③],独不为身后名邪?”答曰:“使我有身后名,不如即时一杯酒[④]!”

【注 释】

① 张季鹰:张翰。② 江东步兵:步兵,指阮籍,张翰是吴人,因此称他为江东步兵。这里是说他嗜酒放荡,有如阮籍。③ 乃可:同“那可”,哪可,岂可。④ 即时:现时。

【导读】

本篇写张翰任心适意,认为身后之名不如眼前杯酒,表现了魏晋士人“得意忘形”的生活态度和及时行乐的行为取向。明王世懋评云:“本谓忘名,乃令此言千载。”

二一、足了一生 毕茂世云[①]:“一手持蟹螯,一手持酒杯,拍浮酒池中[②],便足了一生。”

【注 释】

① 毕茂世:名卓,字茂世,晋新蔡鲖阳人。曾任吏部郎,常饮酒废职。② 拍浮:击水浮游,游泳。

【导读】

本篇写毕卓认为持螯饮酒便可一生满足，表明其为人任达，纵情任性，反映了当时部分士人享乐第一的生活追求。

二二、一见如故　贺司空入洛赴命①，为太孙舍人，经吴阊门，在船中弹琴。张季鹰本不相识②，先在金阊亭，闻弦甚清③，下船就贺④，因共语，便大相知说⑤。问贺："卿欲何之？"贺曰："入洛赴命，正尔进路⑥。"张曰："吾亦有事北京⑦，因路寄载⑧。"便与贺同发。初不告家，家追问，乃知。

【注释】

① 贺司空：贺循。赴命：就任。② 张季鹰：张翰。③ 清：清越。④ 就：靠近。⑤ 知说(yuè)：交好喜悦。⑥ 此句意为正在路上前进。尔，此。⑦ 北京：洛阳。⑧ 因路寄载：顺路搭乘。

【导读】

本篇写贺循与张翰本不相识却因为音乐一见如故，之后共赴洛阳，显现二人的旷达自然和不拘小节。

二三、南塘夜出　祖车骑过江时①，公私俭薄②，无好服玩。王、庾诸公共就祖③，忽见裘袍重叠，珍饰盈列。诸公怪问之。祖曰："昨夜复南塘一出④。"祖于时恒自使健儿鼓行劫钞⑤，在事之人⑥，亦容而不问。

【注释】

① 祖车骑：祖逖。② 公私俭薄：公私资用不富裕。③ 王、庾：王导、庾亮。④ 南塘：秦淮河南岸。一出：一番，一回。⑤ 鼓行：击鼓行进，指明目张胆、无所顾忌地做。劫钞：抢劫。钞，同"抄"。⑥ 在事之人：指当政之人。

【导读】

本篇写祖逖指使军卒公开劫掠财物，且坦然自若地承认，说明其人放诞不羁，众人的宽容也是通达的表现。

二四、孔群好酒　鸿胪卿孔群好饮酒①，王丞相语云②："卿何为恒饮酒？不见酒家覆瓿布[3]，日月糜烂？”群曰：“不尔[4]，不见糟肉[5]，乃更堪久[6]。”群尝书与亲旧：“今年得七百斛秫米[7]，不了麴糵事[8]。”

【注释】

① 鸿胪卿：官名，掌管朝贺庆吊赞礼。② 王丞相：王导。③ 瓿(bù)：小瓮。④ 不尔：不是这样。不，同“否”。⑤ 糟肉：用酒或酒糟腌制的肉。⑥ 此句意为更能经久不坏。⑦ 斛：十斗为一斛。⑧ 麴糵(qū niè)：酒母，即酒引子。

【导读】

本篇写孔群好酒，以糟肉耐放为由辩解酒能养生，可见魏晋士人好饮酒的放达社会风气。

二五、千里一曲　有人讥周仆射[1]：“与亲友言戏，秽杂无检节[2]。”周曰：“吾若万里长江，何能不千里一曲[3]。”

【注释】

① 周仆射：周𫖮。② 此句意为调笑低级下流，没有节制。③ “吾若”二句：这里以长江的千里一弯比喻自己行为的小差。

【导读】

本篇写周𫖮为自己的言行秽杂辩护，认为无关大节，表现出魏晋士人的狂放不羁。

二六、卿可赎我　温太真位未高时[1]，屡与扬州、淮中估客樗蒲[2]，与辄不竞[3]。尝一过[4]，大输物，戏屈[5]，无因得反。与庾亮善，于舫中大唤亮曰：“卿可赎我！”庾即送直[6]，然后得还。经此数四[7]。

【注释】

① 温太真：温峤。② 估客：商贩。③ 不竞：不胜。④ 一过：一场。⑤ 戏屈：赌输。⑥ 直：同“值”，钱物。⑦ 数(shuò)四：多次。

【导读】

本篇写温峤与人樗蒲输不得返，请庾亮数次相赎的故事。可见其人畅达不拘的性格和冒险竞争意识。

二七、温公慢语 温公喜慢语[①],卞令礼法自居[②]。至庾公许[③],大相剖击[④]。温发口鄙秽,庾公徐曰:“太真终日无鄙言。”

【注 释】

① 温公:温峤。慢语:言语鄙陋秽杂。慢,通“嫚”,轻侮不敬。② 卞令:卞壸。③ 庾公:庾亮。许:住所。④ 剖击:分辩,攻击。

【导 读】

本篇写庾亮不以温峤说话鄙秽为鄙,既表现他对跨越礼法行为的肯定,也意味着对循规蹈矩行为的不敬。

二八、三日仆射 周伯仁风德雅重[①],深达危乱。过江积年[②],恒大饮酒,尝经三日不醒。时人谓之“三日仆射”。

【注 释】

① 周伯仁:周顗。风德雅重:品德高尚。② 积年:多年。

【导 读】

本篇写周顗过江之后终日饮酒,荒废政事,表现其无力救国自振的颓废精神状态。

二九、箕踞对饮 卫君长为温公长史[①],温公甚善之。每率尔提酒脯就卫[②],箕踞相对弥日[③]。卫往温许,亦尔。

【注 释】

① 卫君长:卫永。温公:温峤。② 率尔:率然。脯:干肉。③ 箕踞:一种不拘礼节的坐法。坐时两脚张开,形如簸箕。

【导 读】

本篇写温峤与下属卫永常箕踞对饮终日,地位虽不同,却无尊卑之礼,足见魏晋名士饮酒洒脱的气质风貌。

三〇、郡卒智达 苏峻乱,诸庾逃散。庾冰时为吴郡,单身奔亡。民吏皆去,唯郡卒独以小船载冰出钱塘口,籧篨覆之[①]。时峻赏募觅冰,属所在搜检甚急。卒舍船市渚[②],因饮酒醉还,舞棹向船曰:“何处觅庾吴郡,此中便是!”冰大惶怖[③],然不敢动。监司见船小装狭,谓卒狂醉,都不复疑。自送过淛江[4]，寄山阴魏家，得免。后事平，冰欲报卒，适其所愿[5]。卒曰："出自厮下[6]，不愿名器[7]。少苦执鞭[8]，恒患不得快饮酒。使其酒足余年毕矣，无所复须。"冰为起大舍，市奴婢，使门内有百斛酒，终其身。时谓此卒非唯有智，且亦达生[9]。

【注释】

① 蘧篨(qú chú)：粗席子。② 市渚：近市江中小洲。③ 惶怖：紧张害怕。④ 淛(zhè)江：同"浙江"。⑤ 适其所愿：达成其愿望。⑥ 厮下：仆役。⑦ 名器：指官爵和车服等标志名位、等级的器物。⑧ 执鞭：泛指为他人服役。⑨ 达生：指看透人生的处世态度。

【导读】

本篇写郡卒在苏峻之乱时救助庾冰一事，既表现了他的聪明才智又显露了他达观的人生态度。虽非名士，却有名士之举，让人赞赏。

三一、不作邮差 殷洪乔作豫章郡[1]，临去，都下人因附百许函书。既至石头[2]，悉掷水中，因祝曰："沉者自沉，浮者自浮，殷洪乔不能作致书邮[3]。"

【注释】

① 殷洪乔：殷羡，晋陈郡人，殷浩父。官至豫章太守。② 石头：山名。③ 致书邮：传递书信的人。

【导读】

本篇写殷羡不愿为人传书，尽投水中，虽为放达之举，却有损人之嫌，所以明王世懋谓其"大亡赖"。

三二、谢尚起舞 王长史、谢仁祖同为王公掾[1]，长史云："谢掾能作异舞[2]。"谢便起舞，神意甚暇[3]。王公熟视，谓客曰："使人思安丰[4]。"

【注释】

① 王长史：王濛。谢仁祖：谢尚。王公：王导。掾：僚属。② 异舞：奇特舞蹈。③ 暇：闲畅。④ 安丰：王戎。

【导读】

本篇写谢尚当众起舞，神态闲畅，说明其人性情直率，为人通达。

三三、衣衰赴宴　王、刘共在杭南[①]，酣宴于桓子野家[②]。谢镇西往尚书墓还[③]，葬后三日反哭[④]。诸人欲要之[⑤]，初遣一信，犹未许，然已停车。重要，便回驾。诸人门外迎之，把臂便下，裁得脱帻著帽[⑥]，酣宴半坐，乃觉未脱衰[⑦]。

【注 释】

① 王、刘：王濛，刘惔。杭南：即航南，朱雀桥南。② 桓子野：桓伊。③ 谢镇西：谢尚。尚书：谢裒，谢尚叔父。④ 反哭：古丧礼，葬后三日返回墓地哭祭。⑤ 要(yāo)：邀请。⑥ 裁：通"才"。帻(zé)：头巾。⑦ 衰(cuī)：通"缞"，用粗麻布做的丧服。

【导 读】

本篇写谢尚穿着丧服与朋友饮酒，不拘细行，通脱自放，充分表现了魏晋士人对传统礼制的漠视。

三四、旁若无人　桓宣武少家贫[①]，戏大输[②]，债主敦求甚切[③]，思自振之方[④]，莫知所出。陈郡袁耽[⑤]，俊迈多能。宣武欲求救于耽。耽时居艰[⑥]，恐致疑，试以告焉，应声便许，略无慊吝[⑦]。遂变服怀布帽随温去，与债主戏。耽素有艺名，债主就局曰："汝故当不办作袁彦道邪[⑧]？"遂共戏。十万一掷，直上百万数，投马绝叫[⑨]，傍若无人，探布帽掷对人曰："汝竟识袁彦道不？"

【注 释】

① 桓宣武：桓温。② 戏：博戏。③ 敦：催促。④ 此句意为想办法令自己转输为赢。⑤ 袁耽：字彦道，陈郡阳夏人，有奇才。历任参军、建威将军、司徒从事中郎。年二十五病卒。⑥ 居艰：居丧，守孝。⑦ 慊吝：不满意而为难。⑧ 办：会，能。⑨ 马：筹码，用于赌博计数。绝叫：大叫。

【导 读】

本篇写袁耽为了证明自己的超人能力和不可替代的价值，在居丧期间替桓温参赌大胜，表现其人的通脱放达、爽朗不羁。魏晋士人将率性自由置于礼教礼法之上，由此可见一斑。

三五、酒使人远 王光禄云[①]："酒，正使人人自远[②]。"

【注释】

① 王光禄：王蕴。② 自远：疏远自己，忘掉自己。

【导读】

本篇写王蕴认为酒能使人忘掉自己，心胸开阔，魏晋名士正是借此来逃避现实，隐身远祸。

三六、狂士孙统 刘尹云[①]："孙承公狂士[②]，每至一处，赏玩累日，或回至半路却返[③]。"

【注释】

① 刘尹：刘惔。② 孙承公：孙统，好游山水。狂士：狂放的人。③ 却返：返回原处。

【导读】

本篇写刘尹评价孙统耽玩山水经常半途而返的故事，表现其人随心所欲、狂放不羁的性格，与王徽之雪夜访戴可谓异曲同工。

三七、恨妹不多 袁彦道有二妹[①]：一适殷渊源[②]，一适谢仁祖[③]。语桓宣武云[④]："恨不更有一人配卿。"

【注释】

① 袁彦道：袁耽。② 适：嫁。殷渊源：殷浩。③ 谢仁祖：谢尚。④ 桓宣武：桓温。

【导读】

本篇写袁耽欣赏桓温，恨不得再有一妹来配之，欣赏之情显露无遗。其言堪称放达。

三八、偶遇遗民 桓车骑在荆州[①]，张玄为侍中[②]，使至江陵[③]，路经阳岐村。俄见一人持半小笼生鱼，径来造船[④]，云："有鱼，欲寄作脍[⑤]。"张乃维舟而纳之[⑥]，问其姓字，称是刘遗民[⑦]。张素闻其名，大相忻待[⑧]。刘既知张衔命[⑨]，问："谢安、王文度并佳不[⑩]？"张甚欲话言，刘了无停意[⑪]。既进脍，便去，云："向得此鱼，观君船上当有脍具，是故来耳。"于是便去。张乃追至刘家,为设酒,殊不清旨⑫。张高其人⑬,不得已而饮之。方共对饮,刘便先起⑭,云:"今正伐荻⑮,不宜久废⑯。"张亦无以留之。

【注 释】

① 桓车骑:桓冲。② 张玄:张玄之。③ 使:出使。④ 造:到。⑤ 寄:托付。⑥ 维舟:系船。⑦ 刘遗民:刘驎之。⑧ 忻(xīn):同"欣",欢喜。⑨ 衔命:奉命。⑩ 王文度:王坦之。⑪ 了无:全无。⑫ 清旨:清澈、味美。⑬ 高:尊重。⑭ 便:却。⑮ 荻:芦苇一类的草。⑯ 废:止。

【导 读】

本篇写张玄之偶遇刘驎之,他极度热情,对方却始终表现冷淡,表现了刘驎之清高孤傲的隐士风范。

三九、负之而趋 王子猷诣郗雍州①,雍州在内,见有毾㲪毛②,云:"阿乞那得此物?"令左右送还家。郗出觅之,王曰:"向有大力者负之而趋③。"郗无忤色④。

【注 释】

① 王子猷:王徽之。郗雍州:郗恢,字道胤,小名阿乞,高平人,曾任雍州刺史。② 毾(tà)㲪(dēng)毛:细毛毯。③ 趋:疾走。④ 忤色:不高兴的脸色。

【导 读】

本篇写王徽之喜爱郗恢家毾㲪毛,擅自取走,郗恢却并无忤色。一个狂放不羁,一个大度不计,显示出二人坦率的性格。

四〇、谢安失牛 谢安始出西戏①,失车牛②,便杖策步归。道逢刘尹③,语曰:"安石将无伤④?"谢乃同载而归⑤。

【注 释】

① 戏:游玩。② 失:通"逸",奔跑。③ 刘尹:刘惔。④ 将无:同"得无",莫非。⑤ 此句指两人同车而归。

【导 读】

本篇写谢安出游失牛,于是拄杖步行,其宏阔雅量亦不失任诞之风。

四一、罗友轶事 襄阳罗友有大韵[1]，少时多谓之痴。尝伺人祠，欲乞食，往太蚤[2]，门未开。主人迎神出见，问以非时，何得在此？答曰："闻卿祠，欲乞一顿食耳。"遂隐门侧。至晓，得食便退，了无怍容[3]。为人有记功[4]，从桓宣武平蜀[5]，按行蜀城阙观宇，内外道陌广狭，植种果竹多少，皆默记之。后宣武漂洲与简文集[6]，友亦预焉[7]。共道蜀中事，亦有所遗忘，友皆名列，曾无错漏。宣武验以蜀城阙簿，皆如其言。坐者叹服。谢公云[8]："罗友讵减魏阳元[9]！"后为广州刺史，当之镇，刺史桓豁语令莫来宿[10]，答曰："民已有前期[11]。主人贫，或有酒馔之费，见与甚有旧。请别日奉命。"征西密遣人察之[12]。至日，乃往荆州门下书佐家[13]，处之怡然，不异胜达[14]。在益州语儿云："我有五百人食器[15]。"家中大惊。其由来清，而忽有此物，定是二百五十沓乌樏[16]。

【注 释】

① 罗友：字宅仁，襄阳人。出任襄阳太守，累迁广州、益州刺史。大韵：大气度。② 蚤：通"早"。③ 怍(zuò)容：羞愧的脸色。④ 记功：记忆力。⑤ 桓宣武：桓温。⑥ 简文：司马昱。集：集会。⑦ 预：参加。⑧ 谢公：谢安。⑨ 讵：岂。魏阳元：魏舒，字阳元，官至司徒。⑩ 桓豁：桓温的弟弟，曾任荆州刺史。莫：同"暮"。⑪ 民：罗友自称。期：约会。⑫ 征西：指桓豁。⑬ 书佐：管文书的佐吏。⑭ 胜达：名流显贵。⑮ 食器：饭具。⑯ 乌樏：黑色不漆的食盒。樏为扁形，中有格，可盛二人食物。

【导读】

本篇记述了罗友的几件事，刻画出一个记忆力好、有气度且不拘小节的名士形象，栩栩如生，如跃纸上。明凌濛初评云："乞祠直齐人之俦，然对桓语自别。"

四二、一往情深 桓子野每闻清歌[1]，辄唤："奈何[2]！"谢公闻之[3]，曰："子野可谓一往有深情[4]。"

【注 释】

① 桓子野：桓伊。清歌：指没有乐器伴奏的唱歌。② 奈何：如何，怎么办。③ 谢公：谢安。④ 一往：一向。

【导读】

本篇写桓伊听清歌感慨，谢安认为他一向有深厚的感情，表现了魏晋士人对炽热情感的追求和执着。成语“一往情深”后被广泛沿用。

四三、陈尸行殡　张湛好于斋前种松柏[①]。时袁山松出游[②]，每好令左右作挽歌。时人谓：“张屋下陈尸，袁道上行殡。”

【注释】

① 张湛：字处度，小字驎，晋高平人，历任中书侍郎、光禄勋。松柏：一说松柏可制棺材，一说是坟墓必栽松柏。② 袁山松：晋陈郡阳夏人，博学能文，善音乐。官至吴郡太守，后孙恩起兵，被杀。

【导读】

本篇写张湛与袁山松执着于自己的特殊爱好，完全不顾世人的眼光，魏晋士人的放诞风貌由此可见。

四四、白羊肉美　罗友作荆州从事，桓宣武为王车骑集别[①]。友进坐良久，辞出，宣武曰：“卿向欲咨事，何以便去？”答曰：“友闻白羊肉美，一生未曾得吃，故冒求前耳[②]。无事可咨。今已饱，不复须驻[③]。”了无惭色[④]。

【注释】

① 桓宣武：桓温。王车骑：王洽。集别：集会送别。② 冒：冒昧。③ 驻：停留。④ 了无：全无。

【导读】

本篇写罗友以咨询事务为借口参加桓温为王洽举行的送别集会，饭后并直言为美味而来，其坦诚直率之风，足见魏晋士人放诞洒脱之态。

四五、酒后挽歌　张驎酒后挽歌甚凄苦[①]，桓车骑曰[②]：“卿非田横门人[③]，何乃顿尔至致[④]？”

【注释】

① 张驎：张湛。② 桓车骑：桓冲。③ 田横：秦末人。韩信破齐，横自立为齐王，率领五百余人逃亡海岛。后刘邦统一天下，遣使招降，横耻为汉臣，自杀，从属五百人亦自杀。后门人为其作挽歌。④ 顿：困厄。

【导读】

本篇写张驎酒后唱挽歌，异常凄苦。反映了魏晋士人虽然表面放荡，但是生活在压抑的环境下内心却有着深深的哀伤。

四六、子猷种竹 王子猷尝暂寄人空宅住[①]，便令种竹。或问："暂住何烦尔[②]？"王啸咏良久，直指竹曰："何可一日无此君？"

【注释】

① 王子猷：王徽之。② 烦：烦劳。

【导读】

本篇写王徽之甚爱竹子，不可一日无竹相伴。写出名士以竹为自己人格化身的精神寄托。

四七、雪夜访戴 王子猷居山阴[①]，夜大雪，眠觉，开室命酌酒，四望皎然。因起彷徨[②]。咏左思《招隐诗》[③]，忽忆戴安道。时戴在剡[④]，即便夜乘小船就之。经宿方至，造门不前而返。人问其故，王曰："吾本乘兴而行，兴尽而返，何必见戴！"

【注释】

① 王子猷：王徽之。山阴：县名，今浙江绍兴。② 彷徨：同"徘徊"。③ 左思《招隐诗》：左思是西晋时著名诗人，对当时门阀士族专权感到不满。《招隐诗》写寻访隐士和对隐居生活的羡慕。④ 剡：剡县，今浙江省嵊州。

【导读】

本篇通过王徽之雪夜访友的过程描写，刻意突出晋人注重过程，忽略结果的潇洒人生境界，从中可以看出玄学"得意忘象"等命题对晋人人格精神的影响。文中情景交融，诗情画意，跃然纸上。明人凌濛初谓"读此令人飘飘欲飞"。

四八、引人入胜 王卫军云[①]："酒正引人著胜地[②]。"

【注释】

① 王卫军：王荟。② 著：到。

【导读】

本篇写王荟称赞酒能带人进入美妙境界，表现了魏晋士人对酒的喜爱之情。成语“引人入胜”被后人广为引用。

四九、不交一言　王子猷出都[①]，尚在渚下[②]。旧闻桓子野善吹笛[③]，而不相识。遇桓于岸上过，王在船中，客有识之者云：“是桓子野。”王便令人与相闻云[④]：“闻君善吹笛，试为我一奏。”桓时已显贵，素闻王名，即便回下车，踞胡床[⑤]，为作三调[⑥]。弄毕，便上车去。客主不交一言。

【注释】

① 王子猷：王徽之。② 渚下：水边。③ 桓子野：桓伊。④ 相闻：犹言相告。⑤ 胡床：一种可以折叠的坐具，因产自西域，故称胡床。⑥ 三调：反复演奏。三，虚数，言其多。调，与下文“弄”同义，演奏。

【导读】

本篇以王徽之要桓伊为其吹笛而不与其交一言的故事，表现出晋人傲岸乖戾而又坦诚率真的性格和注重内容、忽略形式的人生态度。明人王世懋评曰：“佳境乃在末语。”

五〇、温酒犯讳　桓南郡被召作太子洗马[①]，船泊荻渚。王大服散后已小醉[②]，往看桓。桓为设酒，不能冷饮，频语左右：“令温酒来！”桓乃流涕呜咽，王便欲去。桓以手巾掩泪，因谓王曰：“犯我家讳[③]，何预卿事[④]？”王叹曰：“灵宝故自达[⑤]。”

【注释】

① 桓南郡：桓玄。② 王大：王忱。散：五石散。服散后饮酒须饮温酒。③ 犯家讳：晋人的习俗，听到已死尊长的名讳必须哭，这是一种礼节。王大叫“温酒”，犯了桓温的名讳，所以桓玄要哭。④ 预：干系。⑤ 灵宝：玄小字。故：本来。

【导读】

本篇写王忱无意中冒犯桓玄父亲桓温的名讳，桓玄自哭却言不干王忱事，得到王忱赞许。从中可见当时避讳的风气。明王世懋云：“道得灵宝哀乐情状。”

五一、酒浇垒块 王孝伯问王大[①]："阮籍何如司马相如[②]？"王大曰："阮籍胸中垒块[③]，故须酒浇之。"

【注释】

① 王孝伯：王恭。王大：王忱。② 司马相如：字长卿，汉代著名辞赋家。③ 垒块：比喻胸中郁积的不平之气。

【导读】

本篇写王忱评论阮籍饮酒的原因在于其胸中郁结之气需要排遣，一语道破阮籍心中愁肠所在。

五二、形神不亲 王佛大叹言[①]："三日不饮酒，觉形神不复相亲[②]。"

【注释】

① 王佛大：王忱。② 亲：近。

【导读】

本篇写王忱对酒的沉溺之情，可见名士终日畅饮，不仅是为了享乐，更是为了达到物我两忘的自然境界。

五三、何谓名士 王孝伯言[①]："名士不必须奇才[②]。但使常得无事，痛饮酒[③]，熟读《离骚》，便可称名士。"

【注释】

① 王孝伯：王恭。② 奇才：奇特的才能。③ 痛：尽情。

【导读】

本篇写王恭论名士，反映出当时部分人评判名士的标准。从中可见魏晋士人崇尚放纵身心，不以外物为累的生活原则。

五四、终为情死 王长史登茅山[①]，大恸哭曰："琅邪王伯舆，终当为情死[②]！"

【注释】

① 王长史：字伯舆，名廞（xīn），琅邪人，曾任司徒左长史。王恭起兵时，他正逢母丧，王恭任他为吴国内史，令他起兵声援，他即响应，不几天，王恭罢兵，命他离职回去服丧，他大怒，回军讨伐王恭。兵败，不知所在。

② 为情死：意为王廞任情妄为，终因此死。

【导读】

本篇写王廞登茅山恸哭，向人们展示了他的深挚之情，言语之中，极尽哀伤，渗透着对美的破灭的哀惋和热爱。

简傲第二十四

一、酣放自若 晋文王功德盛大①，坐席严敬，拟于王者②。唯阮籍在坐，箕踞啸歌③，酣放自若④。

【注释】

① 晋文王：司马昭。② 拟：比拟。③ 箕踞：伸开两足而坐，状若簸箕。啸歌：歌啸吟唱。④ 酣放自若：肆意纵酒。

【导读】

该篇描写阮籍于司马昭座上酣放自若的行为，表现了阮籍和司马昭之间的微妙关系。

二、公荣在坐 王戎弱冠诣阮籍①，时刘公荣在坐②。阮谓王曰："偶有二斗美酒，当与君共饮。彼公荣者，无预焉。"二人交觞酬酢③，公荣遂不得一杯。而言语谈戏，三人无异。或有问之者，阮答曰："胜公荣者，不得不与饮酒；不如公荣者，不可不与饮酒；唯公荣，可不与饮酒。"

【注释】

① 王戎：字浚冲，晋琅邪人。弱冠：古代男子二十岁成年，行加冠礼，但体未壮，故称"弱"。② 刘公荣：刘昶，为人通达，性好饮酒。③ 交觞(shāng)：轮流举杯，相对饮酒。酬酢(zuò)：宾主相互敬酒。

【导读】

此篇讲述阮籍借故不与刘公荣饮酒，故意戏谑。宋刘辰翁评云："殆用公荣语调公荣。"

三、傍若无人 钟士季精有才理①，先不识嵇康。钟要于时贤俊之士②，俱往寻康。康方大树下锻，向子期为佐鼓排③。康扬槌不辍④，傍若无人[5]，移时不交一言[6]。钟起去，康曰："何所闻而来？何所见而去？"钟曰："闻所闻而来，见所见而去。"

【注释】

① 钟士季：钟会。才理：辨名析理之学。② 要(yāo)：通"邀"。③ 鼓排：鼓风吹火。排，鼓风器具。④ 椎(chuí)：通"锤"。⑤ 傍(páng)：通"旁"。⑥ 移时：过了好长时间。

【导读】

该篇以司马氏追随者钟会拜访嵇康受到冷遇的故事，生动展示了不同政治营垒成员之间人际关系的紧张微妙。

四、千里命驾 嵇康与吕安善[1]，每一相思，千里命驾[2]。安后来，值康不在，喜出户延之[3]，不入，题门上作"凤"字而去。喜不觉，犹以为欣，故作。"凤"字，凡鸟也[4]。

【注释】

① 吕安：字中悌，晋东平人。② 千里命驾：不顾路途遥远，命人驾车前往。③ 喜：嵇喜，字公穆，嵇康兄。④ "凤字"句："凤"的繁体字为"鳳"，其由"凡"、"鸟"二字组合而成。吕安以"凡鸟"来暗讽嵇喜是庸才。

【导读】

该篇讲述晋时吕安以"凡鸟"来讽刺嵇喜是庸才，此行为不失为晋时清高风气的表现。

五、长柄葫芦 陆士衡初入洛[1]，咨张公所宜诣[2]，刘道真是其一。陆既往，刘尚在哀制中[3]。性嗜酒，礼毕，初无他言，唯问："东吴有长柄壶卢[4]，卿得种来不[5]？"陆兄弟殊失望，乃悔往。

【注释】

① 陆士衡：陆机。② 咨：咨询，请教。张公：张华。③ 哀制：为父母治丧的礼制。④ 壶卢：即葫芦。⑤ 不：同"否"。

【导读】

该篇写陆机拜访刘道真时，道真言不及义，令陆大失所望。陆士衡的反应表明了吴人中的旧家大族敢于和中原人针锋相对的勇气。

六、上树取鹊　王平子出为荆州[①]，王太尉及时贤送者倾路[②]。时庭中有大树，上有鹊巢，平子脱衣巾，径上树取鹊子。凉衣拘阂树枝[③]，便复脱去。得鹊子还，下弄[④]，神色自若，傍若无人。

【注释】

① 王平子：王澄，官荆州刺史。出：出任。② 王太尉：王衍，官至太尉。倾路：挤满路。③ 凉衣：内衣。拘阂(hé)：挂碍。④ 弄：玩弄。

【导读】

此篇记述王澄上树取鹊子的趣事，反映了不羁之风在魏晋名士中颇为盛行。

七、肃然改容　高坐道人于丞相坐[①]，恒偃卧其侧[②]。见卞令[③]，肃然改容云："彼是礼法人。"

【注释】

① 高坐道人：晋时僧人。丞相：王导。② 偃卧：仰面而卧。③ 卞令：卞壸，字望之，曾任尚书令。

【导读】

该篇以高坐道人在王导和卞壸两人面前的不同姿态，表现当时人们不同的社会观念和价值取向。

八、方外司马　桓宣武作徐州，时谢奕为晋陵[①]。先粗经虚怀[②]，而乃无异常。及桓还荆州，将西之间，意气甚笃，奕弗之疑。唯谢虎子妇王悟其旨[③]。每曰："桓荆州有意殊异，必与晋陵俱西矣[④]！"俄而引奕为司马。奕既上，犹推布衣交。在温坐，岸帻啸咏[⑤]，无异常日。宣武每曰："我方外司马[⑥]。"遂因酒，转无朝夕礼。桓舍入内[⑦]，奕辄复随去。后至奕醉，温往主许避之[⑧]。主曰："君无狂司马，我何由得相见[⑨]？"

【注释】

① 谢奕：谢安兄，与桓温善，曾为晋陵太守。② 虚怀：虚心谦让。③ 谢虎子：谢据小字虎子，谢奕弟。④ 晋陵：指谢奕。⑤ 岸帻(zé)：帻高起露额，表示态度没有拘束。⑥ 方外：超脱世俗。⑦ 舍：舍弃。⑧ 主：南康长公主，明帝之女，桓温之妻。许：住处。⑨ 何由：怎么，如何。

【导读】

此篇描写谢奕为桓温司马时纵酒无度的醉态，其放荡不羁的行为让桓温感到过犹不及，无法招架。其中桓温逃避谢奕举动的描写十分生动传神。

九、新出门户 谢万在兄前[①]，欲起索便器。于时阮思旷在坐曰[②]："新出门户[③]，笃而无礼。"

【注释】

① 谢万：字万石，太傅谢安弟。② 阮思旷：阮裕。③ 新出门户：新兴的门户。

【导读】

该篇记述阮裕从门户角度讥讽谢万无礼，表现了谢族作为新出门户受到旧大族冷眼的窘况。

一〇、君侯自痴 谢中郎是王蓝田女婿[①]。尝著白纶巾[②]，肩舆径至扬州听事见王[③]，直言曰："人言君侯痴[④]，君侯信自痴。"蓝田曰："非无此论，但晚令耳[⑤]。"

【注释】

① 谢中郎：谢万。王蓝田：王述。② 纶巾：古时用丝带编成的头巾。③ 肩舆：用人力扛抬的代步工具。④ 君侯：对尊者的敬称。⑤ 晚令：迟得美名。

【导读】

此篇叙述谢万讥笑自己的岳父王述痴的故事，这是魏晋时期长幼失序风气的表现。

一一、不知何署 王子猷作桓车骑骑兵参军[①]。桓问曰："卿何署[②]？"答曰："不知何署，时见牵马来，似是马曹[③]。"桓又问："官有几马？"答曰："不问马[④]，何由知其数？"又问："马比死多少[⑤]？"答曰："未知生，焉知死[⑥]。"

【注释】

① 王子猷：王徽之。桓车骑：桓冲，官至车骑将军。② 署：官署。③ 马曹：掌管马匹的官署。④ 不问马：语出《论语·乡党》，王徽之借此断章取义。⑤ 比：近来。⑥ 未知生，焉知死：语出《论语·先进》。

【导读】

本篇讲王徽之回答桓冲有关官署的问话，故意用古语调侃，可见其幽默洒脱风范。

一二、阿螭不作　谢公与谢万共出西[①]，过吴郡[②]。阿万欲相与共萃王恬许[③]，太傅云："恐伊不必酬汝，意不足尔！"万犹苦要[④]，太傅坚不回，万乃独往。坐少时，王便入门内，谢殊有欣色，以为厚待已。良久，乃沐头散发而出，亦不坐，仍据胡床[⑤]，在中庭晒头，神气傲迈[⑥]，了无相酬对意。谢于是乃还，未至船，逆呼太傅，安曰："阿螭不作尔[⑦]！"

【注释】

① 谢公：谢安。② 吴郡：郡名，治所在吴县。③ 萃：聚集。王恬：字敬豫，小字螭虎，王导之子。④ 苦要：竭力邀约。要，通"邀"。⑤ 胡床：古代一种轻便坐具。⑥ 傲迈：高傲。⑦ 阿螭（chī）：即王恬。

【导读】

该篇写谢万固执己见，坚持要拜访王恬，结果大受其辱而归。其根本原因在于王姓大族对新兴门户谢族的歧视。而谢安之所以坚持不与谢万同行，就是因为早已心知肚明。这些微妙的心理差异正可准确透视出当时门第流品之严。

一三、朝来爽气　王子猷作桓车骑参军[①]。桓谓王曰："卿在府久，比当相料理[②]。"初不答[③]，直高视，以手版拄颊云[④]："西山朝来，致有爽气[⑤]。"

【注释】

① 王子猷：王徽之。桓车骑：桓冲。② 料理：照顾，提拔。③ 初不：根本不。④ 手版：即笏版。⑤ 致：招来。

【导读】

该篇描写王徽之无意于官事，注重闲情逸趣的人生取向。

一四、当为隐士 谢万北征，常以啸咏自高①，未尝抚慰众士。谢公甚器爱万，而审其必败②，乃俱行。从容谓万曰："汝为元帅，宜数唤诸将宴会，以说众心③。"万从之。因召集诸将，都无所说，直以如意指四坐云④："诸君皆是劲卒⑤。"诸将甚忿恨之。谢公欲深著恩信，自队主将帅以下，无不身造⑥，厚相逊谢⑦。及万事败，军中因欲除之。复云："当为隐士⑧。"故幸而得免。

【注释】

① 啸咏：又称"吟啸"，魏晋名士视此为文人逸态的表现。② 审：知道，清楚。③ 说：通"悦"。④ 如意：器物名。以竹、玉、骨等制成，柄端有手指形，可供玩赏。⑤ 劲卒：精壮的兵士。⑥ 身造：亲自造访。⑦ 逊谢：谦恭致谢。⑧ 当为隐士：看在隐士的面上。

【导读】

该篇讲述谢万北征兵败，手下兵士看在其哥哥谢安的情面上，未杀谢万。从中展示出以洒脱雅量著称的名士谢安性格特征的另外一面：了解人情世故，懂得安抚人心。

一五、郗公慨然 王子敬兄弟见郗公①，蹑履问讯，甚修外生礼②。及嘉宾死③，皆著高屐④，仪容轻慢⑤。命坐，皆云："有事，不暇坐。"既去，郗公慨然曰："使嘉宾不死，鼠辈敢尔！"

【注释】

① 郗公：郗愔。② 外生：晋时称外甥为外生。③ 嘉宾：郗超，郗愔子。郗超先于父亲郗愔而死。④ 高屐：一种木底装齿的鞋子。⑤ 轻慢：轻狂怠慢。

【导读】

本篇讲述王子敬兄弟先前对郗愔毕恭毕敬，自郗超死而致郗家失势后，傲慢不行甥礼。可见门阀士族之间的人情冷暖的微妙关系。

一六、子猷赏竹　王子猷尝行过吴中[①]，见一士大夫家，极有好竹。主已知子猷当往，乃洒埽施设，在听事坐相待[②]。王肩舆径造竹下[③]，讽啸良久。主已失望，犹冀还当通[④]，遂直欲出门。主人大不堪[⑤]，便令左右闭门不听出。王更以此赏主人[⑥]，乃留坐，尽欢而去。

【注释】

① 王子猷：王徽之。② 听事：厅堂。③ 肩舆：用人力扛抬的一种轿子。④ 冀：希望。当：将。通：交谈，应酬。⑤ 不堪：不能忍受。⑥ 赏：赏识。

【导读】

此篇描述王子猷到别人家里赏竹时傲慢无礼的行为，是当时名士放诞特立风气的真实写照。

一七、指麾好恶　王子敬自会稽经吴，闻顾辟疆有名园[①]。先不识主人，径往其家，值顾方集宾友酣燕。而王游历既毕，指麾好恶[②]，傍若无人。顾勃然不堪曰[③]："傲主人，非礼也；以贵骄人，非道也。失此二者，不足齿人[④]，伧耳[⑤]！"便驱其左右出门。王独在舆上回转，顾望左右移时不至[⑥]，然后令送著门外，怡然不屑[⑦]。

【注释】

① 顾辟疆：吴郡人，官郡功曹、平北将军。② 指麾：指点评说。③ 勃然：气愤的样子。④ 不足齿：不值一提。⑤ 伧：晋时鄙视人的用语，粗鄙的人。⑥ 移时：很长时间。⑦ 怡然不屑：安适和悦，毫不介意。

【导读】

该篇讲述王子敬擅自入顾家名园，大肆评说，对主人的鄙夷怡然不屑，被逐出园子依然若无其事。由此可见晋时名士放诞作风之盛。

排调第二十五

一、小儿善谈　诸葛瑾为豫州[①]，遣别驾到台，语云："小儿知谈，卿可与语。"连往诣恪[②]，恪不与相见。后于张辅吴坐中相遇[③]，别驾唤恪："咄咄郎君！"恪因嘲之曰："豫州乱矣，何咄咄之有？"答曰："君明臣贤，未闻其乱。"恪曰："昔唐尧在上，四凶在下[④]。"答曰："非唯四凶，亦有丹朱[⑤]。"于是一坐大笑。

【注释】

① 为豫州：指为豫州刺史。② 恪：诸葛恪，字元逊，三国琅邪阳都(今山东省沂南县)人，诸葛瑾长子。③ 张辅吴：张昭，字子布，三国彭城(今江苏省徐州市)人，官至辅吴将军。④ 四凶：传说中尧、舜时代的四个恶人。⑤ 丹朱：传说为唐尧之子，不肖。

【导读】

本篇写少年诸葛恪与人对谈，妙语连珠，又字字在理，可见当时嘲戏风气之盛。

二、钟会善对 晋文帝与二陈共车[①]，过唤钟会同载，即驶车委去。比出，已远。既至，因嘲之曰："与人期行，何以迟迟？望卿遥遥不至[②]。"会答曰："矫然懿实[③]，何必同群[④]。"帝复问会："皋繇何如人[⑤]？"答曰："上不及尧、舜，下不逮周、孔，亦一时之懿士[⑥]。"

【注释】

① 晋文帝：司马昭。二陈：陈骞、陈泰。② 遥遥：长远。这里实际是语带双关，故意犯了钟会父钟繇的讳。③ 矫然懿实：美好的果实。这里也是双关，同时犯了陈骞父亲陈矫、司马昭父亲司马懿和陈泰祖父陈寔的讳。④ 群：陈泰父名群。⑤ 皋繇：即皋陶，虞舜之臣，犯钟繇讳。⑥ 懿士：高尚的士人，犯司马懿讳。

【导读】

本篇写钟会与司马昭、陈骞、陈泰互相以犯讳相调侃的故事，故意犯讳在当时很是不敬。但当时人们喜好这种以语言占便宜的做法。

三、钟毓机警 钟毓为黄门郎，有机警，在景王坐燕饮[①]。时陈群子玄伯、武周子元夏同在坐[②]，共嘲毓。景王曰："皋繇何如人[③]？"对曰："古之懿士[④]。"顾谓玄伯、元夏曰："君子周而不比[⑤]，群而不党[⑥]。"

【注释】

① 景王：司马师。② 玄伯：陈泰。武周：字伯南，三国魏沛国竹邑(今安徽省宿州北)人，官至光禄大夫。元夏：武陔。③ 皋繇：舜臣名，此犯钟

毓父钟繇讳。④ 懿士：本意为美士，暗犯司马师父司马懿名讳。⑤ 周：犯武陔父武周名讳。⑥ 群：犯陈泰父陈群名讳。

【导读】

本篇写钟毓与司马师、陈泰、武陔互相以犯讳相问难的故事，表现了钟毓的机警，余嘉锡认为此条与上一条实为同一事的不同版本。

四、竹林酣饮 嵇、阮、山、刘在竹林酣饮①，王戎后往。步兵曰②：“俗物已复来败人意！”王笑曰：“卿辈意，亦复可败邪？”

【注释】

① 嵇、阮、山、刘：嵇康、阮籍、山涛、刘伶，都是“竹林七贤”中人物。② 步兵：阮籍。

【导读】

本篇写竹林七贤故事，王戎的父亲王浑与阮籍是朋友，阮籍比王戎大二十岁，但却与王戎结成忘年交，王戎遂成为阮籍旷达生活的亲密伙伴。

五、尔汝之歌 晋武帝问孙皓①：“闻南人好作《尔汝歌》②，颇能为不？”皓正饮酒，因举觞劝帝而言曰：“昔与汝为邻，今与汝为臣。上汝一杯酒，令汝寿万春！”帝悔之。

【注释】

① 晋武帝：司马炎。②《尔汝歌》：当时吴地的民歌，多亲昵之词。

【导读】

本篇写孙皓用嘲讽之词作《尔汝歌》来回敬司马炎的故事，歌词中那种沮丧无奈且深恶痛绝的抵触情绪，见诸字里行间，表达了吴人对中原人的家国仇恨。

六、漱石枕流 孙子荆年少时欲隐①，语王武子“当枕石漱流”②，误曰“漱石枕流”。王曰：“流可枕，石可漱乎？”孙曰：“所以枕流，欲洗其耳③；所以漱石，欲砺其齿。”

【注释】

① 孙子荆：孙楚。② 王武子：王济。枕石漱流：比喻隐居山林。枕

石，用石头做枕。漱流，用流水漱口。③ 洗耳：尧欲让帝位给隐士许由，许由之友巢父责备许由不能潜心隐居，许由洗耳以明隐居之志。此处是孙楚以洗耳的典故为自己“枕流”之语作解释。

【导读】

本篇写孙楚与王济对答的故事，孙楚把自己本来说错的字解释得头头是道，显示了孙楚的聪明敏锐。

七、子羽受责　头责秦子羽云①：“子曾不如太原温颙，颍川荀宇②，范阳张华，士卿刘许③，义阳邹湛④，河南郑诩⑤。此数子者，或謇吃无宫商⑥，或尪陋希言语⑦，或淹伊多姿态，或讙哗少智谞⑧，或口如含胶饴⑨，或头如巾齑杵⑩。而犹以文采可观，意思详序，攀龙附凤，并登天府。”

【注释】

① 头责秦子羽：《头责子羽》是一篇假托子羽的头颅来谴责子羽的文章。② 荀宇：字景伯，晋颍川（今河南许昌）人，官至尚书。③ 刘许：字文生，晋涿（今河北省涿州）人，官至宗正卿。④ 邹湛：字润甫，晋南阳新野（今河南省新野）人，曾官侍中、散骑常侍、国子祭酒。⑤ 郑诩：字恩渊，晋荥阳开封（今河南省开封市）人，官至卫尉卿。⑥ 宫商：即宫、商、角、徵（zhǐ）、羽，称“五音”或“五声”，这里指音准。⑦ 尪（wāng）陋：瘦弱丑陋。希：同“稀”。⑧ 讙哗：同“喧哗”。智谞（xū）：才智。⑨ 胶饴：麦芽糖。⑩ 巾齑杵：头巾遮盖着砸野菜用的杵头，比喻其愚笨。齑（jī），捣野菜。

【导读】

本篇是借秦子羽之头责备秦子羽而抒发胸臆的寓言，作者借此讽刺世风浇浊，世态炎凉，文章设想奇特、构思荒诞，但其中讽刺的语言却又是酣畅淋漓。

八、夫妇笑谈　王浑与妇钟氏共坐，见武子从庭过①，浑欣然谓妇曰：“生儿如此，足慰人意。”妇笑曰：“若使新妇得配参军②，生儿故可不啻如此！”

【注释】

① 武子：王济。② 参军：王沦，字太冲，王浑的弟弟，曾为大将军参军。

【导读】

本篇写王浑与妻子谈笑的故事，虽为闺房中的笑谈，也可见钟氏放达之态，不减竹林名士。

九、龙鹤相戏 荀鸣鹤、陆士龙二人未相识[①]，俱会张茂先坐[②]。张令共语。以其并有大才，可勿作常语。陆举手曰："云间陆士龙。"荀答曰："日下荀鸣鹤。"陆曰："既开青云，睹白雉，何不张尔弓，布尔矢？"荀答曰："本谓云龙骙骙[③]，定是山鹿野麋。兽弱弩强，是以发迟。"张乃抚掌大笑。

【注释】

① 荀鸣鹤：荀隐，字鸣鹤，晋颍川（今河南省许昌市）人，官至太子舍人。陆士龙：陆云。② 张茂先：张华。③ 骙骙（kuí）：马行雄壮貌，这里指兽的矫健。

【导读】

本篇写陆机与荀隐在张华处互相问答的故事，二人互相托喻自己志向之高，虽为谈笑，却显现出了二人对于自身才华的自信以及当时人对于个人评价的重视。

一〇、南人北鬼 陆太尉诣王丞相[①]，王公食以酪。陆还，遂病。明日，与王笺云："昨食酪小过，通夜委顿。民虽吴人，几为伧鬼[②]。"

【注释】

① 陆太尉：陆玩。王丞相：王导。② 伧鬼：北方之鬼，伧是南方大族对南渡北人的鄙称。

【导读】

本篇写陆玩调笑王导请他吃羊酪却致他拉肚子的故事，反映了南渡以后，北方大族与南方豪族之间难以磨灭的隔阂。

一一、不许有功 元帝皇子生[①]，普赐群臣。殷洪乔谢曰[②]："皇子诞育，普天同庆。臣无勋焉，而猥颁厚赉[③]。"中宗笑曰[④]："此事岂可使卿有勋邪？"

【注 释】

① 元帝：司马睿。② 殷洪乔：殷羡。③ 猥(wěi)：谦词，表示谦卑。赉(lài)：赏赐。④ 中宗：司马睿的庙号。

【导 读】

本篇写司马睿与殷羡问答的故事，表现出司马睿与大族臣子之间关系的融洽。

一二、驴不胜马 诸葛令、王丞相共争姓族先后[①]。王曰："何不言葛、王，而云王、葛[②]？"令曰："譬言驴马，不言马驴，驴宁胜马邪？"

【注 释】

① 诸葛令：诸葛恢。王丞相：王导。② 王、葛：凡两字连续而有平仄变化的，总是平声字在前，仄声字在后，这符合汉语发音规律，本无优劣之分，王导据此为论据，诸葛恢便以驴马之说相笑谑。

【导 读】

本篇写王导与诸葛恢争两姓优劣的故事，可见当时大族之间的门户之见。

一三、丞相吴语 刘真长始见王丞相[①]，时盛暑之月，丞相以腹熨弹棋局，曰："何乃渹[②]？"刘既出，人问王公云何，刘曰："未见他异，唯闻作吴语耳。"

【注 释】

① 刘真长：刘惔。王丞相：王导。② 渹(qìng)：冰凉，这是当时的吴地方言。

【导 读】

本篇写王导用吴语抒发凉爽之意的故事，王导学吴语，是因为东晋基业不固，必须笼络吴中豪族，实别有一番苦心。

一四、答非所问 王公与朝士共饮酒[①]，举琉璃碗谓伯仁曰[②]："此碗腹殊空，谓之宝器，何邪？"答曰："此碗英英[③]，诚为清澈，所以为宝耳。"

【注释】

① 王公：王导。② 伯仁：周顗。③ 英英：晶莹通透。

【导读】

本篇写王导与周顗互相谈笑的故事，可见当时在朝官员之间的融洽关系。

一五、周侯反讥 谢幼舆谓周侯曰[①]："卿类社树，远望之，峨峨拂青天；就而视之，其根则群狐所托，下聚溷而已[②]！"答曰："枝条拂青天，不以为高；群狐乱其下，不以为浊。聚溷之秽，卿之所保，何足自称？"

【注释】

① 谢幼舆：谢鲲。周侯：周顗。② 溷（hùn）：粪便等污秽物。

【导读】

本篇写谢鲲嘲笑周顗却被周顗反唇相讥的故事，表现二人机敏的反应和尖刻的应对。

一六、似有瓜葛 王长豫幼便和令[①]，丞相爱恣甚笃[②]。每共围棋，丞相欲举行[③]，长豫按指不听。丞相笑曰："讵得尔[④]？相与似有瓜葛。"

【注释】

① 王长豫：王悦。和令：和顺乖巧。② 丞相：王导。③ 举行：举棋下子。④ 讵：怎么，难道。

【导读】

本篇写王导、王悦父子下棋并互相调笑的故事，父子二人关系融洽而又迷恋围棋的形象跃然纸上。

一七、千斤犗特 明帝问周伯仁[①]："真长何如人[②]？"答曰："故是千斤犗特[③]。"王公笑其言[④]。伯仁曰："不如卷角牸[⑤]，有盘辟之好[⑥]。"

【注释】

① 明帝：司马绍。周伯仁：周顗。② 真长：刘惔。③ 犗（jiè）特：阉割过的公牛，比喻刘惔能任重致远。④ 王公：王导。⑤ 卷角牸（zì）：卷角母牛，不能快走，比喻王导做事善于周旋。⑥ 盘辟：盘旋，指办事拖沓。

【导读】

本篇写周颉与司马绍、王导问答故事，其中周颉的比喻虽然是笑谈，却正合刘惔、王导两人处事特点，可窥见当时品评人物风尚之一斑。

一八、空洞无物 王丞相枕周伯仁膝[①]，指其腹曰："卿此中何所有？"答曰："此中空洞无物，然容卿辈数百人。"

【注释】

① 王丞相：王导。周伯仁：周颉。

【导读】

本篇写王导枕周颉膝互相笑谑的故事，可见二人的亲密情谊，也从侧面反映了当时调笑问难的风气。

一九、鬼之董狐 干宝向刘真长叙其《搜神记》[①]，刘曰："卿可谓鬼之董狐[②]。"

【注释】

① 干宝：字令升，晋新蔡（今河南省新蔡）人。刘真长：刘惔。《搜神记》：干宝所撰的志怪小说集。② 董狐：春秋时晋国史官，素有古之良史之称。

【导读】

本篇写干宝请刘惔评价其《搜神记》的故事，可见干宝以史笔撰写志怪小说的质实初衷。

二〇、出门更衣 许文思往顾和许[①]，顾先在帐中眠，许至，便径就床角枕共语[②]。既而唤顾共行，顾乃命左右取枕上新衣，易己体上所着。许笑曰："卿乃复有行来衣乎？"

【注释】

① 许文思：许琛。② 角枕：用兽角作装饰的枕头。

【导读】

本篇写许文思嘲笑顾和换新衣出门的故事，表现了许琛的率真，同时也可见当时人对于故作姿态之事的鄙夷。

二一、山高渊深　康僧渊目深而鼻高，王丞相每调之[①]，僧渊曰："鼻者，面之山；目者，面之渊。山不高则不灵，渊不深则不清。"

【注 释】

① 王丞相：王导。调：调笑，嘲弄。

【导 读】

本篇写康僧渊与王导调笑的故事，体现了名士与佛僧的融洽关系，而康僧渊所表现出的玄学家的清谈机锋也卓然可见。

二二、图谋作佛　何次道往瓦官寺礼拜甚勤[①]，阮思旷语之曰[②]："卿志大宇宙，勇迈终古。"何曰："卿今日何故忽见推[③]？"阮曰："我图数千户郡[④]，尚不能得；卿乃图作佛，不亦大乎？"

【注 释】

① 何次道：何充。② 阮思旷：阮裕。③ 推：推崇。④ 图数千户郡：指做拥有数千户郡的太守。

【导 读】

本篇写阮裕调笑何充信佛的故事，调笑中带有恭维，同时也可见当时佛教的兴盛以及其对于大族士人的影响。

二三、折角如意　庾征西大举征胡[①]，既成行，止镇襄阳。殷豫章与书[②]，送一折角如意以调之[③]。庾答书曰："得所致，虽是败物，犹欲理而用之。"

【注 释】

① 庾征西：庾翼。② 殷豫章：殷羡。③ 折角如意：残缺一角的如意，含有调笑嘲讽的意思。

【导 读】

本篇写殷羡给庾翼寄折角如意的故事，其中殷羡的有意调笑和庾翼的郑重其事显示出庾翼的决心。

二四、乘雪欲猎　桓大司马乘雪欲猎[①]，先过王、刘诸人许[②]。真长见其装束单急[③]，问："老贼欲持此何作[④]？"桓曰："我若不为此，卿辈亦那得坐谈?”

【注释】

① 桓大司马:桓温。② 王、刘:指王濛和刘惔。许:住处。③ 真长:刘惔。④ 老贼:老家伙,表调笑。

【导读】

本篇写桓温与刘惔调笑的故事,反映了桓温虽贵为大司马,却不得不敬让王、刘之类名士三分。

二五、在公无暇 褚季野问孙盛[①]:“卿国史何当成?”孙云:“久应竟,在公无暇,故至今日。”褚曰:“古人‘述而不作’,何必在蚕室中[②]?”

【注释】

① 褚季野:褚裒。② 蚕室:受宫刑者的居所,此处指司马迁,同时也是对孙盛的调笑。

【导读】

本篇写褚裒催促孙盛编纂国史的故事,褚裒以蚕室中的司马迁比孙盛,是一种玩笑的恭维。

二六、新亭送别 谢公在东山[①],朝命屡降而不动。后出为桓宣武司马[②],将发新亭,朝士咸出瞻送[③]。高灵时为中丞[④],亦往相祖[⑤]。先时,多少饮酒,因倚如醉,戏曰:“卿屡违朝旨,高卧东山,诸人每相与言:‘安石不肯出,将如苍生何?’今亦苍生将如卿何?”谢笑而不答。

【注释】

① 谢公:谢安。② 桓宣武:桓温。③ 瞻送:看望送别。④ 高灵:高崧。⑤ 祖:在路上祭祀,这里亦指送别。

【导读】

本篇写高灵嘲笑隐居的谢安最终出山为官的故事,既是酒后的笑谈,也是一种郑重其事的质询,因为作为大隐士的谢安的出山不仅打破了他自己隐居的形象,也粉碎了当时隐居士人们赖以寄托的精神家园。

二七、捉鼻而语 初,谢安在东山居,布衣,时兄弟已有富贵者,翕集家门[1]，倾动人物。刘夫人戏谓安曰[2]："大丈夫不当如此乎？"谢乃捉鼻曰[3]："但恐不免耳！"

【注释】

① 翕(xī)集：聚集。② 刘夫人：谢安妻，刘惔妹。③ 捉鼻：捏着鼻子，表示鄙夷。

【导读】

本篇写谢安之妻羡慕族中居官位者，谢安以玩笑告以不免，虽是玩笑话，却表明谢安已做好出山的准备。

二八、买山隐居 支道林因人就深公买印山[1]，深公答曰："未闻巢、由买山而隐[2]。"

【注释】

① 支道林：支遁。深公：竺法深。② 巢、由：巢父、许由，相传为唐尧时期的著名隐士。

【导读】

本篇写竺法深嘲笑支遁买山隐居的故事，反映了当时人对于隐居的态度，同时也反映了当时僧人们的经济状况。

二九、无君辈客 王、刘每不重蔡公[1]。二人尝诣蔡，语良久，乃问蔡曰："公自言何如夷甫[2]？"答曰："身不如夷甫[3]。"王、刘相目而笑曰："公何处不如？"答曰："夷甫无君辈客。"

【注释】

① 王、刘：王濛和刘惔。蔡公：蔡谟。② 夷甫：王衍。③ 身：自称，表示"我"。

【导读】

本篇写蔡谟应对王濛、刘惔的挑衅问语，以机敏的逻辑推导把两位清谈大师置于尴尬境地。

三〇、口中狗窦 张吴兴年八岁[1]，亏齿，先达知其不常[2]，故戏之曰："君口中何为开狗窦？"张应声答曰："正使君辈从此出入！"

【注释】

① 张吴兴：张玄。② 先达：有声望的前辈。不常：不寻常。

【导读】

本篇写张玄对嘲笑他的人反唇相讥的故事，表现了少年张玄的聪明机警。

三一、郝隆晒书 郝隆七月七日出日中仰卧[①]。人问其故，答曰："我晒书。"

【注释】

① 郝隆：字佐治，东晋汲郡（今河南省汲县西南）人，曾任征西将军参军。七月七日：当时的习俗在这一天晒衣物可除虫。

【导读】

本篇写郝隆在七月七日晒肚子里的书的故事，表现了他的自负和自信。

三二、一物二名 谢公始有东山之志[①]，后严命屡臻[②]，势不获已，始就桓公司马[③]。于时人有饷桓公药草，中有"远志"[④]。公取以问谢："此药又名'小草'，何一物而有二称？"谢未即答。时郝隆在坐，应声答曰："此甚易解：处则为远志，出则为小草。"谢甚有愧色。桓公目谢而笑曰："郝参军此过乃不恶，亦极有会。"

【注释】

① 谢公：谢安。东山：指在东山隐居。② 臻：至。③ 桓公：桓温。④ 远志：草名，根黄色，可入药，其叶名小草。

【导读】

本篇记郝隆以"处则为远志，出则为小草"，讥讽谢安出仕的失节之举，表现时人对隐逸行为的崇仰。

三三、齐庄神意 庾园客诣孙监[①]，值行，见齐庄在外[②]，尚幼，而有神意。庾试之曰："孙安国何在？"即答曰："庾稚恭家[③]。"庾大笑曰："诸孙大盛，有儿如此！"又答曰："未若诸庾之翼翼[④]。"还，语人曰："我故胜，得重唤奴父名。”

【注释】

① 庾园客：庾爰之。孙监：孙盛。② 齐庄：孙放，孙盛子。③ 庾稚恭：庾翼，庾爰之父。④ 翼翼：众多的样子，此处是故意犯讳。

【导读】

本篇写庾爰之与孙放互相以犯讳相笑谑的故事，这种犯讳既非善意，也非恶意，而是有些知识竞赛的意味。小儿智慧机敏之状，跃然纸上。

三四、爱莫能助 范玄平在简文坐[①]，谈欲屈，引王长史曰[②]：“卿助我！”王曰：“此非拔山力所能助！”

【注释】

① 范玄平：范汪，字玄平，东晋顺阳人，曾任吏部尚书，徐、兖二州刺史。简文：晋简文帝司马昱。② 王长史：王濛。

【导读】

本篇写范汪与人清谈的故事，其中王濛的爱莫能助表现了当时人对于清谈的重视。

三五、蛮府参军 郝隆为桓公南蛮参军[①]。三月三日会[②]，作诗。不能者，罚酒三升。隆初以不能受罚，既饮，揽笔便作一句云：“娵隅跃清池[③]。”桓问：“娵隅是何物？”答曰：“蛮名鱼为娵隅。”桓公曰：“作诗何以作蛮语？”隆曰：“千里投公，始得蛮府参军，那得不作蛮语也？”

【注释】

① 桓公：桓温。② 三月三日：上巳节，本为驱邪节日，文人借机聚会，饮酒赋诗。③ 娵(jū)隅：鱼。

【导读】

本篇写桓温与郝隆等人饮酒笑谈的故事。这种饮酒对诗的轻松气氛，淡化了桓温作为政治、军事大权独揽的军阀的形象，更突出了他作为知识分子的内心世界，同时也表现了郝隆的聪颖敏捷。

三六、古代遗狂 袁羊尝诣刘恢[①]，恢在内眠未起。袁因作诗调之曰："角枕粲文茵，锦衾烂长筵[②]。"刘尚晋明帝女，主见诗不平，曰："袁羊，古之遗狂！"

【注 释】

① 袁羊：袁乔。刘恢：当为刘惔，下同。② 锦衾烂长筵：语出《诗经》，原为女子思夫意，这里讽刺刘惔迷恋妻子而晚起。

【导 读】

本篇写袁乔作诗讽刺刘惔贪恋妻子而晚起的故事，表现了袁乔的善于讽谏，也可略窥当时人的日常生活。

三七、如何放曲　殷洪远答孙兴公诗云[①]："聊复放一曲[②]。"刘真长笑其语拙[③]，问曰："君欲云那放？"殷曰："榻腊亦放[④]，何必其枪铃邪[⑤]？"

【注 释】

① 殷洪远：殷融。孙兴公：孙绰。② 放：放声高歌。③ 刘真长：刘惔。④ 榻腊：鼓声。⑤ 枪铃：精致美妙的乐器。

【导 读】

本篇写殷融作诗被刘惔取笑的故事，表现了殷融的率直个性。

三八、桓温惊笑　桓公既废海西[①]，立简文[②]。侍中谢公见桓公[③]，拜，桓惊笑曰："安石[④]，卿何事至尔？"谢曰："未有君拜于前，臣立于后！"

【注 释】

① 桓公：桓温。海西：司马奕。② 简文：司马昱。③ 谢公：谢安。④ 安石：谢安。

【导 读】

本篇写谢安嘲讽桓温废立皇帝事的故事，亦反映了当时桓温的权势之大所引起人们的不满。

三九、后生可畏　郗重熙与谢公书[①]，道："王敬仁闻一年少怀问鼎[②]，不知桓公德衰[③]？为复后生可畏？"

【注 释】

① 郗重熙：郗昙。谢公：谢安。② 王敬仁：王修。问鼎：春秋时楚王

征伐陆浑之戎，路过洛，周天子使王孙满慰劳楚王，楚王问王孙满周鼎之大小，周鼎为周王朝传国之宝，楚王问鼎存有夺周天子之位的暗示，事见《左传·宣公三年》，这里是讽刺桓温想要夺取君主之位。③ 桓公：指齐桓公，齐桓公曾以不忠为名讨伐楚国，事见《春秋》。

【导读】

本篇写郗昙嘲笑谢安对桓温废立皇帝一事的默许，反映了当时一些士族知识分子对于政治混乱的无奈和愤慨。

四〇、以子戏父 张苍梧是张凭之祖[①]，尝语凭父曰："我不如汝。"凭父未解所以，苍梧曰："汝有佳儿。"凭时年数岁，敛手曰："阿翁，讵宜以子戏父[②]？"

【注释】

① 张苍梧：张镇，字义远，三国吴吴郡(今属江苏省)人，曾任苍梧太守。② 讵：怎么，难道，岂。

【导读】

本篇写年幼的张凭阻止其祖张镇嘲笑父亲的故事，表现了少年张凭的机智和识礼仪。

四一、互引《诗经》 习凿齿、孙兴公未相识[①]，同在桓公坐[②]。桓语孙："可与习参军共语。"孙云："'蠢尔蛮荆'[③]，敢与大邦为仇！"习云："'薄伐猃狁'[④]，至于太原。"

【注释】

① 孙兴公：孙绰。② 桓公：桓温。③ 蠢尔蛮荆：见于《诗经·小雅·采芑》，蛮荆是春秋时北方对于楚国的蔑称，这里是嘲笑习凿齿为吴人。④ 薄伐猃狁(xiǎn yǔn)：见于《诗经·小雅·六月》，猃狁是对古代北方少数民族的蔑称，此处嘲笑孙绰为太原人。

【导读】

本篇写习凿齿和孙绰在桓温宴席上互相嘲笑的故事，反映了当时南北士人之间的仇视与隔阂。

四二、豹奴似舅 桓豹奴是王丹阳外生[1]，形似其舅，桓甚讳之。宣武云[2]："不恒相似，时似耳。恒似是形，时似是神。"桓逾不说[3]。

【注释】

① 桓豹奴：桓嗣，字恭祖，小名豹奴，桓冲长子，桓温之侄。王丹阳：王混，字奉正，王导孙，官至丹阳尹。外生：外甥。② 宣武：桓温。③ 说：同"悦"。

【导读】

本篇写桓温嘲笑桓嗣长得像他的舅父王混的故事，反映了当时大族士人对于形神关系的自觉关注。

四三、林公遭讥 王子猷诣谢万[1]，林公先在坐[2]，瞻瞩甚高。王曰："若林公须发并全，神情当复胜此不？"谢曰："唇齿相须，不可以偏亡。须发何关于神明！"林公意甚恶，曰："七尺之躯，今日委君二贤。"

【注释】

① 王子猷：王徽之。② 林公：支道林。

【导读】

本篇写王徽之和谢万嘲笑支道林相貌丑陋的故事。以生理缺陷相互嘲戏是当时社会风气之一，但从中可以看出形神关系已经为士人普遍自觉关注。

四四、嘉宾劝弟 郗司空拜北府[1]，王黄门诣郗门拜[2]，云："应变将略，非其所长。"骤咏之不已。郗仓谓嘉宾曰[3]："公今日拜，子猷言语殊不逊，深不可容！"嘉宾曰："此是陈寿作诸葛评，人以汝家比武侯，复何所言？"

【注释】

① 郗司空：郗愔。② 王黄门：王徽之。③ 郗仓：郗融，字景山，小字仓，郗愔次子。嘉宾：郗超，字景兴，一字嘉宾，郗愔长子。

【导读】

本篇写王徽之恭贺郗愔升官却遭其子误解的故事，表现了王徽之的诙谐和别出心裁，同时也反映了当时人对于评价的重视。

四五、子猷承问 王子猷诣谢公[①]，谢曰："云何七言诗？"子猷承问，答曰："昂昂若千里之驹，泛泛若水中之凫[②]。"

【注释】

① 王子猷：王徽之。谢公：谢安。② "昂昂"二句：语出《离骚》，王徽之以此作答，谓此为七言诗鼻祖，实际上《离骚》是骚体，从现在的角度看还不能称作七言诗。

【导读】

本篇写王徽之引《离骚》回答谢安问题的故事，展示了王徽之的聪颖和才华。

四六、糠秕沙砾 王文度、范荣期俱为简文所要[①]。范年大而位小，王年小而位大。将前，更相推在前，既移久，王遂在范后。王因谓曰："簸之扬之[②]，糠秕在前。"范曰："洮之汰之[③]，砂砾在后。"

【注释】

① 王文度：王坦之。范荣期：范启。简文：司马昱。② 簸之扬之：脱粒扬场之状。③ 洮之汰之：淘米洗杂质之状。

【导读】

本篇写王坦之、范启互相推让又互相开玩笑的故事，反映了当时人喜欢通过调笑的方式来卖弄文采。

四七、羊公之鹤 刘遵祖少为殷中军所知[①]，称之于庾公[②]。庾公甚忻然，便取为佐。既见，坐之独榻上与语[③]。刘尔日殊不称，庾小失望，遂名之为"羊公鹤"。昔羊叔子有鹤善舞[④]，尝向客称之，客试使趋来，氃氋而不肯舞[⑤]，故称比之。

【注释】

① 刘遵祖：刘爰之，字遵祖，晋沛国（今安徽省濉溪县西北）人，历任中书郎、宣城太守。殷中军：殷浩。② 庾公：庾亮。③ 独榻：按照当时的习俗，坐独榻表尊贵。④ 羊叔子：羊祜。"羊公鹤"的故事见于《舆地纪胜》。⑤ 氃氋（tóng méng）：羽毛松散的样子。

【导读】

本篇写庾亮以“羊公鹤”来嘲笑刘爰之的故事，反映了当时人对于才名和清谈的重视。

四八、约法三章　魏长齐雅有体量[①]，而才学非所经。初宦当出，虞存嘲之曰：“与卿约法三章：谈者死，文笔者刑，商略抵罪。”魏怡然而笑，无忤于色。

【注释】

① 魏长齐：魏颢，字长齐，东晋会稽（今浙江省绍兴市）人，官至山阴令。体量：气量。

【导读】

本篇写魏颢笑对虞存嘲笑的故事，表现了魏颢能够容人的雅量。

四九、恒任之风　郗嘉宾书与袁虎[①]，道戴安道、谢居士云[②]：“恒任之风[③]，当有所弘耳。”以袁无恒，故以此激之。

【注释】

① 郗嘉宾：郗超。袁虎：袁宏。② 戴安道：戴逵。谢居士：谢敷。③ 恒任之风：持之以恒的作风。

【导读】

本篇写郗超写信激励袁宏做事要有恒心的故事，表现了郗超对袁宏所寄予的厚望和良苦用心。

五〇、举体无润　范启与郗嘉宾书曰[①]：“子敬举体无饶[②]，纵掇皮无余润[③]。”郗答曰：“举体无余润，何如举体非真者？”范性矜假多烦，故嘲之。

【注释】

① 郗嘉宾：郗超。② 饶：多余的东西。③ 掇皮：剥皮。

【导读】

本篇写郗超写信讽刺范启矜持做作的故事，表现了郗超的诙谐和机警，同时也反映了当时人对于直率的肯定。

五一、谄道佞佛　二郗奉道[1]，二何奉佛[2]，皆以财贿。谢中郎云[3]："二郗谄于道，二何佞于佛。"

【注 释】

① 二郗：郗愔和弟弟郗昙，两人信奉天师道。② 二何：何充和弟弟何准。两人信奉佛教。③ 谢中郎：谢万。

【导 读】

本篇写谢万讽刺郗愔、郗昙迷信道教，何充、何准迷信佛教的故事，反映了当时佛、道二教的风靡以及士人的争相信奉。

五二、林公理屈　王文度在西州[1]，与林法师讲[2]，韩、孙诸人并在坐[3]，林公理每欲小屈。孙兴公曰[4]："法师今日如着弊絮在荆棘中，触地挂阂[5]。"

【注 释】

① 王文度：王坦之。② 林法师：支道林。讲：讲论经书义理。③ 韩、孙：韩伯、孙绰。④ 孙兴公：孙绰。⑤ 挂阂(ài)：受到阻碍。

【导 读】

本篇写孙绰调笑支道林论经时理屈的故事，反映了当时士人与僧侣、玄学与佛像之间的密切关系。

五三、荣期受讽　范荣期见郗超俗情不淡[1]，戏之曰："夷、齐、巢、许[2]，一诣垂名。何必劳神苦形，支策据梧邪？"郗未答，韩康伯曰[3]："何不使游刃皆虚？"

【注 释】

① 范荣期：范启。俗情不淡：世俗之情不够淡薄。② 夷、齐、巢、许：伯夷、叔齐、巢父、许由，都是古代著名隐士。③ 韩康伯：韩伯。

【导 读】

本篇写范启和韩伯劝告郗超超脱断绝世俗名利，追求隐逸情怀，是当时隐逸思想的表现。

五四、牙齿锋利　简文在殿上行[1]，右军与孙兴公在后[2]。右军指简文语孙曰:“此啖名客!”简文顾曰:“天下自有利齿儿。”后王光禄作会稽[③],谢车骑出曲阿祖之[④],王孝伯罢秘书丞[⑤],在坐,谢言及此事,因视孝伯曰:“王丞齿似不钝。”王曰:“不钝,颇亦验。”

【注释】

① 简文:司马昱。② 右军:王羲之。孙兴公:孙绰。③ 王光禄:王蕴。作会稽:指作会稽内使。④ 祖:送行。⑤ 王孝伯:王恭。

【导读】

本篇文字或有歧异,余嘉锡认为此篇应为王羲之对简文帝说孙绰是“啖石客”,语带双关,既指孙绰擅长道家啖石养生之法,又说孙绰牙尖嘴利善于言辞,与后文谢玄评王恭牙齿尖利相互照应。

五五、前倨后恭 谢遏夏月尝仰卧[①],谢公清晨卒来[②],不暇着衣,跣出屋外[③],方蹑履问讯。公曰:“汝可谓‘前倨而后恭’。”

【注释】

① 谢遏:谢玄。② 谢公:谢安。③ 跣:赤脚。

【导读】

本篇记谢安看望谢玄的故事,反映出谢玄对谢安的敬畏,也可见叔侄二人关系的融洽。

五六、布帆无恙 顾长康作殷荆州佐[①],请假还东。尔时例不给布帆,顾苦求之,乃得发。至破冢,遭风大败。作笺与殷云:“地名破冢,真破冢而出[②]。行人安稳,布帆无恙。”

【注释】

① 顾长康:顾恺之。殷荆州:殷仲堪。② 破冢而出:比喻死里逃生。

【导读】

本篇记顾恺之遭遇大风后写信给殷仲堪的故事,最后一句本应为“布帆安稳,行人无恙”,但布帆已破,倒过来写显露出作者的自嘲和无奈。

五七、肃之好事 苻朗初过江[①],王咨议大好事[②],问中国人物及风土所生,终无极已。朗大患之。次复问奴婢贵贱,朗曰:“谨厚有识[③],中者，乃至十万；无意为奴婢[4]，问者，止数千耳。”

【注释】

① 苻朗：字元达，东晋略阳临渭（今甘肃省秦安东南）人，是前秦苻坚的侄儿，后投降谢玄，渡江到扬州，被任用为员外散骑侍郎。② 王咨议：王肃之，字幼恭，王羲之第四子，曾任中书郎、骠骑咨议。③ 有识：有知识。④ 无意：没有见识。

【导读】

本篇记王肃之向苻朗打听北方风俗遭到反感的故事，反映了当时南北方之间存在着很深的隔阂。

五八、仰视屋顶　东府客馆是版屋[1]。谢景重诣太傅[2]，时宾客满中，初不交言，直仰视云：“王乃复西戎其屋[3]。”

【注释】

① 东府：此时是司马道子的住宅。版屋：用木板修筑的房子。② 谢景重：谢重。太傅：司马道子。③ 西戎其屋：像西方的少数民族那样设计屋子，隐喻使人心烦意乱，语出《诗经》。

【导读】

本篇记谢重暗讽司马道子的故事，表现了当时士人卖弄才学的风气。

五九、渐至佳境　顾长康啖甘蔗[1]，先食尾[2]。问所以，云：“渐至佳境。”

【注释】

① 顾长康：顾恺之。② 尾：末端，甘蔗的末端甜味较淡。

【导读】

本篇关于顾恺之吃甘蔗喜欢先吃末端的回答，表现当时人们注重事物深层哲理的形而上精神。

六〇、莫近禁脔　孝武属王珣求女婿[1]，曰：“王敦、桓温，磊砢之流[2]，既不可复得，且小如意，亦好豫人家事，酷非所须。正如真长、子敬比[3]，最佳。”珣举谢混。后袁山松欲拟谢婚，王曰：“卿莫近禁脔[4]！”

【注释】

① 孝武：晋孝武帝司马曜。② 磊砢：形容才能卓越。③ 真长：刘惔。子敬：王献之。④ 禁脔：比喻不许别人染指的东西。脔，切成块的肉。

【导读】

本篇记晋孝武帝司马曜择婿的故事，反映了当时的联姻状况。一方面是帝王家的至尊地位，一方面是士族高门的赫赫声名，二者的结合，在当时被看做是最完美和令人企羡的婚姻关系。

六一、咄咄逼人 桓南郡与殷荆州语次[①]，因共作了语。顾恺之曰："火烧平原无遗燎。"桓曰："白布缠棺竖旒旐[②]。"殷曰："投鱼深渊放飞鸟。"次复作危语。桓曰："矛头淅米剑头炊[③]。"殷曰："百岁老翁攀枯枝。"顾曰："井上辘轳卧婴儿。"殷有一参军在坐，云："盲人骑瞎马，夜半临深池。"殷曰："咄咄逼人！"仲堪眇目故也。

【注释】

① 桓南郡：桓玄。殷荆州：殷仲堪。② 旒旐（liú zhào）：招魂幡，出殡时在棺材前引路的旗子。③ 淅（xī）米：淘米。

【导读】

本篇记桓玄与殷仲堪等玩联句游戏的故事，一方面可以从中看到士人相互之间的嘲戏活动，同时，其中"了语"、"危语"为今人提供了了解这些古代嘲戏方式的感性材料。

六二、比拟不类 桓玄出射，有一刘参军与周参军朋赌[①]，垂成，唯少一破[②]。刘谓周曰："卿此起不破，我当挞卿。"周曰："何至受卿挞？"刘曰："伯禽之贵[③]，尚不免挞，而况于卿！"周殊无忤色。桓语庾伯鸾曰[④]："刘参军宜停读书，周参军且勤学问。"

【注释】

① 朋赌：指分组比赛射箭。② 破：指射中箭靶。③ 伯禽：伯禽是周朝周公的儿子，受封于鲁。此处指周公挞伯禽事，语出《礼记》，实际上是用父亲打儿子一事来戏弄周参军。④ 庾伯鸾：庾鸿。

【导读】

本篇记两参军参加射箭比赛并互相调笑的故事，反映了当时人善于用典故进行讽刺，也可见卖弄才学的风气不仅限于大族士人之中。

六三、大家儿笑 桓南郡与道曜讲《老子》[①]，王侍中为主簿[②]，在坐。桓曰："王主簿可顾名思义[③]。"王未答，且大笑。桓曰："王思道能作大家儿笑[④]。"

【注释】

① 桓南郡：桓玄。道曜：未详。② 王侍中：王桢之。③ 顾名思义：指王桢之小名思道，意为思考《老子》所说之"道"。④ 大家儿：名门望族的子弟。

【导读】

本篇记桓玄用王桢之的小名与其谈论《老子》，可谓一箭双雕。晋人严肃的玄学探讨中又不失诙谐幽默之情，于此可见一斑。

六四、祖广缩头 祖广行恒缩头[①]。诣桓南郡[②]，始下车，桓曰："天甚晴朗，祖参军如从屋漏中来[③]。"

【注释】

① 祖广：字渊度，东晋范阳（今河北省涿州）人，曾任桓玄参军，官至护军长史。② 桓南郡：桓玄。③ 屋漏：漏雨的房屋。

【导读】

本篇记桓玄嘲笑祖广行走时总缩着头的故事，表现了桓玄善笑谑的性格特征。

六五、桓玄求桃 桓玄素轻桓崖[①]，崖在京下有好桃，玄连就求之，遂不得佳者。玄与殷仲文书，以为嗤笑曰："德之休明，肃慎贡其楛矢[②]；如其不尔，篱壁间物，亦不可得也。"

【注释】

① 桓崖：桓修，字承祖，小名崖，桓冲子，桓玄堂兄。② 肃慎：古族名，在今东北北部一带，从事狩猎。楛（hù）矢：用楛木做杆的箭。

【导读】

本篇记桓玄写信给殷仲文自嘲的故事，表现了桓玄诙谐孤傲的性格特征。

轻诋第二十六

一、终日妄语　王太尉问眉子[①]："汝叔名士[②]，何以不相推重？"眉子曰："何有名士终日妄语[③]？"

【注释】

① 王太尉：王衍。眉子：王玄，王衍子。② 汝叔：指王澄，字平子。③ 妄语：言语错妄。

【导读】

本篇记述王衍父子的问答，王玄认为名士不应妄语，展现魏晋士人对以玄味为基调的名士气质的推许。

二、唐突西子　庾元规语周伯仁："诸人皆以君方乐[①]。"周曰："何乐？谓乐毅邪[②]？"庾曰："不尔[③]。乐令耳[④]！"周曰："何乃刻画无盐[⑤]，以唐突西子也。"

【注释】

① 方：比。② 乐毅：战国中山人，燕国大将。③ 不尔：不是如此。不，通"否"。④ 乐令：乐广。⑤ 无盐：战国时齐国无盐女子钟离春容貌极丑，后以无盐代称丑女。

【导读】

本篇记述周伯仁不满时人将之与乐广并提，展现魏晋士人强烈的自我肯定意识。"无盐西子"之比生动活泼，袁中道评曰："语俊。"

三、柴棘三斗　深公云[①]："人谓庾元规名士，胸中柴棘三斗许[②]。"

【注释】

① 深公：东晋僧人竺道潜，字法深。② 柴棘：荆棘，比喻人居心险恶。

【导读】

本篇记述竺道潜评论庾亮居心险恶，从一个侧面展示了晋代名僧对玄学风气的沾染。王世懋评云："此言得其深。"

四、以扇拂尘 庾公权重①，足倾王公②。庾在石头③，王在冶城坐，大风扬尘，王以扇拂尘曰："元规尘污人！"

【注释】

① 庾公：庾亮，字元规。② 王公：王导。③ 石头：石头城，东晋时军事重镇。

【导读】

本篇记述王导讥讽庾亮权势逼人，以扇拂尘之举，注玄味于政治，展现玄学思想对晋人生活的渗透。

五、尔家司空 王右军少时涩讷①，在大将军许②，王、庾二公后来，右军便起欲去。大将军留之曰："尔家司空、元规③，复可所难④？"

【注释】

① 涩讷：木讷，不善言词。② 大将军：王敦。许：处所。③ 司空：指王导，晋元帝时曾任司空。④ 可：通"何"。

【导读】

本篇记述王敦挽留王羲之之语，展现晋代士族交往的一个侧面，可见门第制度下士人促进本族成员和谐交往的努力。

六、不闻蔡谟 王丞相轻蔡公①，曰："我与安期、千里共游洛水边②，何处闻有蔡充儿③？"

【注释】

① 王丞相：王导。蔡公：蔡谟，字道明，蔡充子，晋康帝时任侍中。② 安期：王承，字安期。千里：阮瞻，字千里。③ 何处：何曾。

【导读】

本篇记述蔡谟曾以王导妻子妒忌的故事取笑王导，引发王导轻诋之言，展现王导忌刻的一面，反诘之语使王导轻诋之态呼之欲出。

七、褚裒渡江　褚太傅初渡江[1]，尝入东，至金昌亭，吴中豪右，燕集亭中。褚公虽素有重名，于时造次不相识别[2]。敕左右多与茗汁[3]，少著粽[4]，汁尽辄益，使终不得食。褚公饮讫[5]，徐举手共语云："褚季野！"于是四坐惊散，无不狼狈。

【注释】

① 褚太傅：褚裒，字季野，少负盛名。渡江：渡过长江。② 造次：仓促。识别：认识。③ 茗汁：茶水。④ 著：放。粽：蜜渍瓜果，用以佐茶。⑤ 讫：完、毕。

【导读】

本篇记述吴县豪族因不识褚季野，对之轻慢而引发的尴尬，从一个侧面展现了中原士族融入吴姓贵族的阻力。语言精简，场景生动，众人之愕然，季野之洒脱，皆跃然纸上。

八、还其所如　王右军在南[1]，丞相与书，每叹子侄不令[2]。云："虎(犹)、虎犊[3]，还其所如[4]。"

【注释】

① 南：南边江州。② 令：美好、优秀。③ 虎(犹)(tún)：王彭之小字。犹，小猪。虎犊：王彪之小字。犊，小牛。④ 还其所如：恰如其名。

【导读】

本篇记述王导慨叹子侄不够优秀，展现了王导对家声恐坠的焦虑以及晋代士族对维护家族地位的自觉。

九、才高性鄙　褚太傅南下，孙长乐于船中视之[1]。言次[2]，及刘真长死[3]，孙流涕，因讽咏曰："人之云亡，邦国殄瘁[4]。"褚大怒曰："真长平生[5]，何尝相比数[6]，而卿今日作此面向人！"孙回泣向褚曰："卿当念我[7]！"时咸笑其才而性鄙。

【注释】

① 孙长乐：孙绰，字兴公，封长乐侯。视：探望。② 言次：言谈间。③ 刘真长：刘惔。④ 人之云亡，邦国殄瘁：语出《诗·大雅·瞻印》，意为贤人亡去，国家困顿。⑤ 平生：往昔。⑥ 比数：看重。⑦ 念：怜悯。

【导读】

本篇记述孙绰与刘惔生前并不亲密，在其死后却作态向人，引发褚季野的不满，展现晋人在交往中对真情实感的注重，亦是道家崇尚自然的生动体现。

一〇、复为驱驰 谢镇西书与殷扬州[①]，为真长求会稽[②]。殷答曰："真长标同伐异，侠之大者[③]。常谓使君降阶为甚[④]，乃复为之驱驰邪[⑤]？"

【注释】

① 谢镇西：谢尚，曾任镇西将军。书与：写信给。殷扬州：殷浩，曾任扬州刺史。② 真长：刘惔。③ 侠：通"狭"，狭隘。④ 使君：此处指谢尚。降阶：走下台阶相迎，指以礼相待。⑤ 乃复：竟然。驱驰：奔波效力。

【导读】

本篇记述殷浩批评刘惔心胸狭窄，婉拒谢尚的请求，从反面展现晋人对洒脱飘逸的气韵风度的欣赏。王世懋评曰："此语亦有情。"

一一、桓公入洛 桓公入洛[①]，过淮、泗[②]，践北境[③]，与诸僚属登平乘楼[④]，眺瞩中原，慨然曰："遂使神州陆沈[⑤]，百年丘墟，王夷甫诸人[⑥]，不得不任其责！"袁虎率尔对曰[⑦]："运自有废兴[⑧]，岂必诸人之过？"桓公懔然作色[⑨]，顾谓四坐曰："诸君颇闻刘景升不[⑩]？有大牛重千斤，啖刍豆十倍于常牛，负重致远，曾不若一羸牸[⑪]。魏武入荆州，烹以飨士卒，于时莫不称快。"意以况袁。四坐既骇，袁亦失色。

【注释】

① 桓公：桓温。② 淮、泗：淮河、泗水。③ 北境：中原一带。④ 平乘楼：大船之楼。平乘，大船。⑤ 遂：终于。陆沉：国土沦陷。⑥ 王夷甫：王衍。⑦ 袁虎：袁宏，字彦伯，小字虎。率尔：轻率的样子。⑧ 运：国运。⑨ 懔然：严肃的样子。⑩ 刘景升：刘表，汉献帝时任荆州刺史。⑪ 曾：竟然。羸牸(léi zì)：瘦弱的母牛。

【导读】

本篇记述桓温驳斥袁宏国运在天的言论，展示了晋人对清谈误国的反省。桓温之喻犀利精巧，锋芒闪烁，凌濛初评云："老贼太狠。"

一二、羞与比肩 袁虎、伏滔同在桓公府[1]。桓公每游燕[2]，辄命袁、伏[3]，袁甚耻之，恒叹曰："公之厚意，未足以荣国士[4]！与伏滔比肩，亦何辱如之？"

【注释】

① 伏滔：字玄度，任桓温参军。② 游燕：游乐宴饮。③ 辄：总是。④ 荣国士：使国士荣耀。

【导读】

本篇记述袁虎轻诋伏滔，羞与比肩，一方面展现了晋人对自身才能的高度自信，另一方面亦是文人相轻的生动体现。

一三、高柔在东 高柔在东[1]，甚为谢仁祖所重[2]。既出，不为王、刘所知[3]。仁祖曰："近见高柔，大自敷奏[4]，然未有所得。"真长云："故不可在偏地居，轻在角(角弱)中[5]，为人作议论。"高柔闻之，云："我就伊无所求[6]。"人有向真长学此言者，真长曰："我实亦无可与伊者。"然游燕犹与诸人书："可要安固[7]。"安固者，高柔也。

【注释】

① 高柔：字世远，晋乐安县人。东：会稽。② 谢仁祖：谢尚，字仁祖。③ 王、刘：王濛、刘惔。知：赏识。④ 大自：极力。敷奏：进言。⑤ 角(角弱)(ruò)：角落。⑥ 就：接近。⑦ 要：通"邀"。

【导读】

本篇记述高柔与刘惔皆表示对彼此无所求，二人相轻之状，跃然纸上。

一四、此是嗔邪 刘尹、江虨、王叔虎、孙兴公同坐[1]，江、王有相轻色。虨以手歙叔虎云[2]："酷吏！"词色甚强。刘尹顾谓："此是嗔邪[3]？非特是丑言声[4]，拙视瞻[5]。"

【注释】

① 刘尹：刘惔。江虨：字思玄。王叔虎：王彪之。孙兴公：孙绰。② 歙(shè)：同"摄"，捉拿等威胁动作。③ 嗔：发怒。④ 非特：不仅。⑤ 视瞻：神态。

【导读】

本篇记述江虨诋毁王彪之，刘惔对江虨行为不以为然，展现晋代士族交往中冲突的一面。

一五、何物真猪 孙绰作《列仙商丘子赞》曰："所牧何物①？殆非真猪。倘遇风云，为我龙摅②。"时人多以为能③。王蓝田语人云："近见孙家儿作文，道何物、真猪也。"

【注释】

① 牧：放牧。何物：什么。② 龙摅(shū)：指猪化为龙，比喻英雄得志。摅，腾跃。③ 能：有才能。

【导读】

本篇记述王述与时议相左，诋毁孙绰为文，一方面展示晋人对高远玄澹文风的欣赏，另一方面亦可见文人相轻陋习的普遍。

一六、孙绰上表 桓公欲迁都，以张拓定之业①。孙长乐上表②，谏此议甚有理。桓见表心服，而忿其为异③，令人致意孙云："君何不寻《遂初赋》④，而强知人家国事？"

【注释】

① 张：拓展。拓定之业：北伐之事。② 孙长乐：孙绰。③ 为异：提出异议。④ 寻：追寻。《遂初赋》：孙绰作，主要阐发隐居之情。

【导读】

本篇记述桓温恼恨孙绰干预北伐，孙绰之上表，实为东晋君臣偏安思想的生动体现。描摹生动，语言凝练，桓温恼恨之态宛然可见。

一七、未有此宾 孙长乐兄弟就谢公宿①，言至款杂②。刘夫人在壁后听之③，具闻其语。谢公明日还，问："昨客何似④？"刘对曰："亡兄门⑤，未有如此宾客！"谢深有愧色。

【注释】

① 孙长乐兄弟：指孙绰与其兄孙统。② 款杂：空洞芜杂。③ 刘夫人：刘惔之妹，谢安之妻。④ 何似：怎样。⑤ 亡兄：指刘惔。

【导读】

本篇记述刘夫人讥讽孙绰兄弟言论空洞，展现魏晋时期“才性”问题的探讨对女性评价的影响，是由重女德向重女才转变的生动体现。

一八、两全为难　简文与许玄度共语[1]，许云：“举君、亲以为难[2]。”简文便不复答，许去后而言曰：“玄度故可不至于此[3]！”

【注释】

① 简文：简文帝司马昱。许玄度：许询，字玄度。② 举君、亲以为难：对待君、亲，难分先后。③ 故：本来。

【导读】

本篇记述司马昱讥诮许询对待君、亲难分先后的观点，展示晋人对传统忠、孝观念的深入探讨。刘辰翁评云：“似谓玄度无忠国事耳。”

一九、禹汤之戒　谢万寿春败后[1]，还，书与王右军云：“惭负宿顾[2]。”右军推书曰：“此禹、汤之戒[3]。”

【注释】

① 谢万寿春败：晋穆帝升平三年，谢万受命北伐，骄矜致败，被废为庶人。② 惭负宿顾：惭愧辜负您平素的关怀。③ 此禹、汤之戒：《左传》记载禹、汤曾下罪己诏，此处王羲之讽刺谢万不过收买人心。

【导读】

本篇记述王羲之讽刺谢万骄矜致败，“禹汤之戒”语诮意切，王世懋评云：“此右军故调之。”

二〇、孙公听笛　蔡伯喈睹睐笛椽[1]，孙兴公听妓[2]，振且摆折[3]。王右军闻，大嗔曰[4]：“三祖寿乐器[5]，虺瓦吊[6]，孙家儿打折。”

【注释】

① 蔡伯喈：蔡邕。睹睐笛椽：蔡邕避乱江南，宿于柯亭，馆以竹为椽，蔡仰观得良竹，取以制笛，音声独绝。② 听妓：听歌女唱歌。③ 振且摆折：笛子被震动摔折。④ 嗔：怒。⑤ 三祖寿乐器：三代相传的乐器。⑥ 虺：摔打。瓦吊：陶制纺锤。

【导读】

本篇记述王羲之愤恨孙绰损坏珍贵的蔡邕笛，一方面可见晋人对汉末才士的敬仰，另一方面展现晋人对琴棋书画构筑的高雅格调的维护。

二一、林公诡辩 王中郎与林公绝不相得[①]。王谓林公诡辩，林公道王云："著腻颜帢[②]，(绤)布单衣[③]，挟《左传》，逐郑康成车后[④]，问是何物尘垢囊[⑤]！"

【注释】

① 王中郎：王坦之。林公：支道林。不相得：合不来。② 腻：垢腻。颜帢(qià)：魏晋时一种帽名。③ (绤)布：粗葛布。单衣：仅次于朝服的盛服。④ 郑康成：郑玄，东汉大儒。⑤ 何物：什么。尘垢囊：佛家语，比喻人的躯体为尘垢之囊。

【导读】

本篇记述支道林从着装与行为方面讽刺王坦之谨守儒学，一方面展现晋人个性意识的觉醒，另一方面亦体现出晋人对服饰方面的精神层面需求的增强。

二二、才士不逊 孙长乐作王长史诔云[①]："余与夫子，交非势利，心犹澄水[②]，同此玄味[③]。"王孝伯见曰[④]："才士不逊，亡祖何至与此人周旋[⑤]！"

【注释】

① 王长史：王濛。诔：哀祭之文。② 心犹澄水：心像水一样清澈，指君子之交。③ 玄味：玄妙的旨趣。④ 王孝伯：王恭，王濛之孙。⑤ 周旋：交往。

【导读】

"心犹澄水，同此玄味"写出了魏晋文人知己之交的纯净境界。王恭之语，盖士族门户之见。刘辰翁评云："兴公到处为死人所摈。"

二三、衿抱未虚 谢太傅谓子侄曰："中郎始是独有千载[①]！"车骑曰[②]："中郎衿抱未虚[③]，复那得独有？"

【注释】

① 中郎：谢万，谢安弟。② 车骑：谢玄，谢安兄谢奕子，封车骑将军。③ 衿抱未虚：胸怀不谦虚。

【导读】

本篇记述谢玄驳斥谢安之言，批评谢万衿抱未虚，展现晋人对虚己处世人生态度的推崇。

二四、《语林》之废 庾道季诧谢公曰[①]："裴郎云[②]：'谢安谓裴郎乃可不恶[③]，何得为复饮酒[④]？'裴郎又云：'谢安目支道林[⑤]，如九方皋之相马，略其玄黄[⑥]，取其俊逸。'"谢公云："都无此二语[⑦]，裴自为此辞耳！"庾意甚不以为好，因陈东亭《经酒垆下赋》[⑧]。读毕，都不下赏裁[⑨]，直云："君乃复作裴氏学！"于此《语林》遂废。今时有者，皆是先写，无复谢语。

【注释】

① 庾道季：庾龢，小字道季。诧：惊异。② 裴郎：裴启，字荣期，著有《语林》。③ 不恶：不错。④ 何得：怎能。⑤ 目：品评。⑥ 玄黄：指马的毛色。玄，黑色。⑦ 都无：全无。⑧ 东亭：王珣，封东亭侯。⑨ 下赏裁：进行评价。

【导读】

本篇记述谢安轻诋小说《语林》，使之遂损声价，可见《语林》成为人物品藻活动的牺牲品。正因如此，本条也成为有关《语林》研究的珍贵材料。

二五、纵心调畅 王北中郎不为林公所知[①]，乃著《论沙门不得为高士论》，大略云："高士必在于纵心调畅[②]。沙门虽云俗外，反更束于教，非情性自得之谓也[③]。"

【注释】

① 王北中郎：王坦之。林公：支道林。知：赏识。② 纵心调畅：任情适意。③ 自得：自适。

【导读】

本篇记述王坦之批评僧人不得随意品评高士，从反面展现了佛学、玄学的合流以及佛僧名士化程度。凌濛初评云："是'尘垢囊'业报。"

二六、洛生之咏　人问顾长康[①]："何以不作洛生咏[②]？"答曰："何至作老婢声[③]！"

【注 释】

①顾长康：顾恺之，善绘画。②作：模仿。洛生咏：洛下书生咏声重浊，谢安有鼻疾，能作洛生咏，后人多效之。③老婢：老年女奴。

【导 读】

本篇记述顾恺之不屑作洛生咏，从语言这一窗口，可见南北对立情绪的流露。

二七、庾恒嫉妒　殷觊、庾恒并是谢镇西外孙[①]。殷少而率悟[②]，庾每不推[③]。尝俱诣谢公，谢公熟视殷曰[④]："阿巢故似镇西[⑤]。"于是庾下声语曰[⑥]："定何似[⑦]？"谢公续复云："巢颊似镇西。"庾复云："颊似，足作健不[⑧]？"

【注 释】

①殷觊：字伯通，小字阿巢。庾恒：字敬则。谢镇西：谢尚。②率悟：聪敏。③推：推许。④熟视：仔细看。⑤故：确实。⑥下声：小声。⑦定：到底。⑧作健：成为强者。

【导 读】

本篇记述庾恒嫉妒谢尚推重殷觊，语言尖诮，场景生动，庾恒忿忿之态立于纸上，晋人之情真率直亦可见一斑。

二八、肘无风骨　旧目韩康伯[①]：将肘无风骨[②]。

【注 释】

①目：品评。韩康伯：韩伯。②将：大、壮。风骨：刚健的气质。

【导 读】

本篇记述时人品评韩康伯肥胖无风骨，从反面展现魏晋人物品藻中对超人的仪容之美的推崇。《说林》曰："范启云：'韩康伯似肉鸭。'"

二九、无异常人　苻宏叛来归国[①]，谢太傅每加接引。宏自以有才，多好上人[②]，坐上无折之者[③]。适王子猷来，太傅使共语。子猷直熟视良久，回语太傅云："亦复竟不异人[4]！"宏大惭而退。

【注释】

① 苻宏：北朝前秦君主苻坚子，坚为姚苌所杀，宏携母妻降晋。② 上人：居人之上。③ 折：使折服。④ 亦复：也。竟不异人：与别人没什么不同。

【导读】

本篇记述王徽之讥讽苻宏无异常人，使之惭退，展现门第制度下高门大族的品评在士人声名传播上有着举足轻重的作用。

三〇、白颈乌鸦　支道林入东[1]，见王子猷兄弟[2]，还，人问："见诸王何如？"答曰："见一群白颈乌[3]，但闻唤哑哑声[4]。"

【注释】

① 入东：到会稽去。② 王子猷兄弟：指王徽之、王献之等。③ 白颈乌：比喻王氏兄弟。④ 哑哑：乌鸦叫声。

【导读】

本篇记述支道林嘲讽王氏子弟满口吴音，可见政治优势转化为语言优势，洛语与吴语成为当时分辨士族、庶族的最灵敏的标志。

三一、相王好事　王中郎举许玄度为吏部郎[1]。郗重熙曰[2]："相王好事[3]，不可使阿讷在坐。"

【注释】

① 举：推举。许玄度：许询，小字阿讷。② 郗重熙：郗昙，字重熙，郗鉴子。③ 相王：司马昱，时为相王。好事：喜欢多事。

【导读】

本篇记述郗昙阻止王坦之推荐许询为吏部郎，顾虑会让司马昱多生事端，展现晋人干预朝政的一面。刘辰翁评云："甚恶之之辞。"

三二、失鹰之师　王兴道谓[1]：谢望蔡霍霍如失鹰师[2]。

【注释】

① 王兴道：王和之，字兴道，王胡之之子。② 谢望蔡：谢琰，谢安少子，

封望蔡公。霍霍:性急的模样。

【导读】

本篇记述王和之讥刺谢琰性情急躁,从反面展现晋人对沉静闲适气度之美的推崇。"失鹰之师"比喻新奇,发语冷峻。

三三、蒸吃好梨 桓南郡每见人不快①,辄嗔云:"君得哀家梨②,当复不烝食不③?"

【注释】

① 桓南郡:桓玄,桓温子,封南郡公。不快:不爽快。② 哀家梨:秣陵哀仲家之梨,个大味美。③ 烝:通"蒸"。不:同"否"。

【导读】

本篇记述桓玄嘲讽办事不爽利之人,蒸哀家梨之喻活现桓玄通脱率直的形象。刘辰翁评云:"说得甚近人意。"

假谲第二十七

一、魏武少时 魏武少时①,尝与袁绍好为游侠,观人新婚,因潜入主人园中,夜叫呼云:"有偷儿贼!"青庐中人皆出观②,魏武乃入,抽刃劫新妇,与绍还出,失道,坠枳棘中③,绍不能得动,复大叫云:"偷儿在此!"绍遑迫自掷出④,遂以俱免。

【注释】

① 魏武:曹操。② 青庐:青布幔为屋,用以交拜婚礼。③ 枳棘:枳木与棘木,是两种多刺的树。④ 遑迫:惶恐急迫。掷:跳。

【导读】

该篇讲述曹操少时观人新婚,巧施诡计脱身的故事。曹操的奸诈性格,从小可见一斑。

二、望梅止渴 魏武行役①,失汲道②,军皆渴,乃令曰:"前有大梅林,饶子③,甘酸,可以解渴。"士卒闻之,口皆出水,乘此得及前源④。

【注释】

① 行役：行军跋涉。② 汲道：水源。③ 饶子：果实很多。④ 及：到达。

【导读】

该篇讲述曹操行军时为稳定军心，望梅止渴。此事后成为典故，可见其文化蕴含所在。

三、危己心动 魏武常言[①]："人欲危己，己辄心动。"因语所亲小人曰[②]："汝怀刃密来我侧[③]，我必说心动。执汝使行刑[④]，汝但勿言其使，无他，当厚相报！"执者信焉，不以为惧，遂斩之。此人至死不知也。左右以为实，谋逆者挫气矣[⑤]。

【注释】

① 常言：宋刊本作"常谓"。常，通"尝"，曾经。② 所亲小人：身边侍从。③ 怀刃：怀揣利刀。④ 行刑：指处斩。⑤ 挫气：泄气。

【导读】

该篇叙述曹操为防止他人谋害自己，用谎言杀死糊涂侍从，其阴险狠毒之极可见一斑。

四、梦中杀人 魏武常云："我眠中不可妄近[①]，近便斫人，亦不自觉，左右宜深慎此！"后阳眠[②]，所幸一人窃以被覆之[③]，因便斫杀。自尔每眠[④]，左右莫敢近者。

【注释】

① 妄近：随便靠近。② 阳眠：假装入睡。阳，通"佯"。③ 幸：宠爱。④ 自尔：从此。

【导读】

该篇讲述曹操用计提防他人暗算。文意与上篇异曲同工。

五、魏武揆剑 袁绍年少时，曾遣人以剑掷魏武，少下[①]，不著。魏武揆之[②]，其后来必高，因帖卧床上[③]。剑至果高。

【注释】

① 少下：稍微向下偏了一点儿。② 揆：揣摩，估计。③ 帖：通“贴”，紧贴。

【导读】

此篇描述曹操巧妙避开袁绍行刺的趣事。表现了曹操为人机警的性格。

六、明帝英武 王大将军既为逆[1]，顿军姑孰[2]。晋明帝以英武之才[3]，犹相猜惮[4]，乃着戎服，骑巴賨马，赍一金马鞭[5]，阴察军形势。未至十余里，有一客姥，居店卖食。帝过愒之[6]，谓姥曰：“王敦举兵图逆，猜害忠良，朝廷骇惧，社稷是忧。故劬劳晨夕[7]，用相觇察[8]，恐行迹危露，或致狼狈。追迫之日，姥其匿之。”便与客姥马鞭而去。行敦营匝而出，军士觉，曰：“此非常人也！”敦卧心动，曰：“此必黄须鲜卑奴来！”命骑追之，已觉多许里[9]，追士因问向姥：“不见一黄须人骑马度此邪？”姥曰：“去已久矣，不可复及。”于是骑人息意而反[10]。

【注释】

① 王大将军既为逆：指王敦将要造反。② 顿：屯驻。③ 晋明帝：司马绍。④ 猜惮：疑惧。⑤ 赍：携带。⑥ 愒：同“憩”。⑦ 劬劳：辛勤劳累。⑧ 觇察：窥探侦察。⑨ 觉：通“较”，相差。⑩ 息意：放弃追赶的念头。反：返回。

【导读】

此篇讲述晋明帝在王敦乱中亲自窥探军情，在老姥掩护下脱险而归的故事，表现了司马绍的才能和民心之所向。

七、右军装睡 王右军年减十岁时[1]，大将军甚爱之，恒置帐中眠。大将军尝先出，右军犹未起。须臾，钱凤入[2]，屏人论事[3]，都忘右军在帐中，便言逆节之谋[4]。右军觉，既闻所论，知无活理，乃剔吐污头面被褥[5]，诈孰眠。敦论事造半，方忆右军未起，相与大惊曰：“不得不除之！”及开帐，乃见吐唾从横[6]，信其实孰眠[7]，于是得全。于时称其有智。

【注释】

① 王右军：王羲之。减：不到。② 钱凤：字世仪，吴郡人，为王敦铠曹参军。③ 屏：屏退，避开。④ 逆节：即谋反。⑤ 剔吐：乱吐唾沫。⑥ 从横：纵横交错。⑦ 孰眠：熟睡。

【导读】

本篇讲述王羲之年幼时假作熟睡，使王敦不疑，避免了自己被杀的险情，显示了王羲之敏捷的应变能力。

八、庾公逊谢 陶公自上流来，赴苏峻之难，令诛庾公。谓必戮庾，可以谢峻。庾欲奔窜[①]，则不可；欲会，恐见执[②]，进退无计。温公劝庾诣陶，曰："卿但遥拜，必无它[③]。我为卿保之。"庾从温言诣陶。至，便拜。陶自起止之，曰："庾元规何缘拜陶士行？"毕，又降就下坐[④]。陶又自要起同坐。坐定，庾乃引咎责躬[⑤]，深相逊谢。陶不觉释然[⑥]。

【注释】

① 奔窜：逃跑。② 见执：被抓到。③ 无它：没有妨害。④ 降就下坐：降身到下位就坐。⑤ 引咎责躬：承认过失，检讨自己。⑥ 释然：消除怨气。释，通"怿"。

【导读】

该篇讲述庾亮听从温峤之言，对陶侃诚恳谢罪，终使陶侃释然。

九、温公续娶 温公丧妇，从姑刘氏，家值乱离散，唯有一女，甚有姿慧，姑以属公觅婚[①]。公密有自婚意，答云："佳婿难得，但如峤比云何[②]？"姑云："丧败之余[③]，乞粗存活，便足慰吾余年，何敢希汝比？"却后少日，公报姑云："已觅得婚处，门地粗可[④]，婿身名宦，尽不减峤。"因下玉镜台一枚[⑤]。姑大喜。既婚，交礼[⑥]，女以手披纱扇[⑦]，抚掌大笑曰："我固疑是老奴[⑧]，果如所卜！"玉镜台，是公为刘越石长史[⑨]，北征刘聪所得[⑩]。

【注释】

① 属：嘱托。② 比：辈。云何：怎么样。③ 丧败之余：遭遇丧乱侥幸存活。④ 门地：即"门第"。⑤ 下：下聘礼。⑥ 交礼：新婚男女交拜的礼仪。⑦ 纱扇：古时行婚礼时新娘用以遮面，交拜后去扇，又称"却扇"。

⑧ 老奴：妻子对丈夫的昵称，犹言老东西。⑨ 刘越石：刘琨。⑩ 刘聪：字玄明，匈奴族。

【导读】

该篇讲述温峤巧娶姑女的风趣故事，作者显然带有肯定的意思。元代关汉卿以此为题材，创作了杂剧《玉镜台》。

一〇、江虨巧娶　诸葛令女，庾氏妇，既寡，誓云："不复重出[①]！"此女性甚正强，无有登车理。恢既许江思玄婚[②]，乃移家近之。初，诳女云："宜徙。"于是家人一时去[③]，独留女在后。比其觉[④]，已不复得出。江郎莫来[⑤]，女哭詈弥甚[⑥]，积日渐歇。江虨暝入宿，恒在对床上。后观其意转帖，虨乃诈厌[⑦]，良久不悟，声气转急。女乃呼婢云："唤江郎觉！"江于是跃来就之曰："我自是天下男子，厌，何预卿事而见唤邪？既尔相关[⑧]，不得不与人语。"女默然而惭，情义遂笃[⑨]。

【注释】

① 重出：再嫁。② 江思玄：江虨，曾官尚书仆射、护军将军。③ 一时：同时。④ 比：等到。⑤ 莫：通"暮"，傍晚。⑥ 哭詈：哭泣责骂。⑦ 厌：通"魇"。⑧ 既尔相关：既然如此关心我。⑨ 笃：深厚。

【导读】

该篇讲述江虨巧娶诸葛恢女的故事，情节风趣诙谐，引人入胜。

一一、愍度过江　愍度道人始欲过江[①]，与一伧道人为侣[②]，谋曰："用旧义在江东，恐不办得食。"便共立"心无义"[③]。既而此道人不成渡。愍度果讲义积年。后有伧人来，先道人寄语云："为我致意愍度[④]，无义那可立？治此计，权救饥尔[⑤]！无为遂负如来也[⑥]。"

【注释】

① 愍度道人：支愍度，晋时高僧。② 伧道人：北方僧人。南北朝时，南人称北人为伧，含鄙薄之意。③ 心无义：东晋时期佛家宗派教义之一，为支愍度所创。④ 致意：传话。⑤ 权：暂且。⑥ 无为：不可。如来：梵语译音，佛祖释迦牟尼的法号。

【导读】

此篇讲述支愍度在江南时为“权救饥”，宣扬“心无义”说。明代王世懋评云：“因悟晋人清谈，竖义亦是救饥。”

一二、兴公之诈 王文度弟阿智①，恶乃不翅②，当年长而无人与婚。孙兴公有一女，亦僻错③，又无嫁娶理。因诣文度，求见阿智。既见，便阳言④：“此定可，殊不如人所传，那得至今未有婚处？我有一女，乃不恶，但吾寒士⑤，不宜与卿计，欲令阿智娶之。”文度欣然而启蓝田云⑥：“兴公向来，忽言欲与阿智婚。”蓝田惊喜。既成婚，女之顽嚚⑦，欲过阿智⑧。方知兴公之诈。

【注释】

① 王文度：王坦之。阿智：王虔之小字。② 恶乃不翅：品性愚顽恶劣。③ 僻错：乖邪不正。④ 阳言：诈称。⑤ 但：只是。寒士：出身寒微的读书人。⑥ 启：告诉。⑦ 顽嚚(yín)：冥顽狂妄。⑧ 欲过：似乎超过。

【导读】

该篇描写孙兴公连哄带骗将女儿嫁出去的风趣故事，令人忍俊不禁。

一三、多智失会 范玄平为人①，好用智数②，而有时以多数失会③。尝失官居东阳，桓大司马在南州④，故往投之。桓时方欲招起屈滞⑤，以倾朝廷；且玄平在京，素亦有誉。桓谓远来投己，喜跃非常。比入至庭，倾身引望，语笑欢甚。顾谓袁虎曰：“范公且可作太常卿⑥。”范裁坐，桓便谢其远来意。范虽实投桓，而恐以趋时损名，乃曰：“虽怀朝宗，会有亡儿瘗在此⑦，故来省视。”桓怅然失望，向之虚伫⑧，一时都尽。

【注释】

① 范玄平：范汪，晋顺阳人。② 智数：谋略心智。③ 多数：多心计。④ 南州：此指姑孰。⑤ 招起屈滞：延揽屈处下位的人才。⑥ 太常卿：官名，九卿之一，掌管礼乐宗庙。⑦ 瘗(yì)：埋葬。⑧ 虚伫：虚心等待。

【导读】

本篇讲述范玄平好用智数，投奔桓温假称他故，不愿引来趋时之名，但同时自己欲求显达的企图也落空了，真可谓“聪明反被聪明误”。

一四、谢遏少时 谢遏年少时[1]，好著紫罗香囊[2]，垂覆手[3]。太傅患之[4]，而不欲伤其意，乃谲与赌[5]，得即烧之。

【注释】

① 谢遏：谢玄，小字遏，谢安之侄。② 著：佩戴。紫罗香囊：紫色锦罗制成的香囊。晋代男子有佩戴香囊的风尚。③ 覆手：手巾之类。④ 患：顾虑。⑤ 谲：假装，欺诈。

【导读】

本篇记述谢安戏与谢玄赌，巧烧香囊，借此使其改掉不良习性。谢安用心良苦的教育方式不愧为一门艺术。宋刘辰翁评：“为大人故难。”

黜免第二十八

一、诬为狂逆 诸葛厷在西朝[1]，少有清誉，为王夷甫所重，时论亦以拟王[2]。后为继母族党所谗，诬之为狂逆。将远徙[3]，友人王夷甫之徒，诣槛车与别[4]。厷问：“朝廷何以徙我？”王曰：“言卿狂逆。”厷曰：“逆则应杀，狂何所徙？”

【注释】

① 诸葛厷：字茂远，琅邪人，官至司空主簿。② 拟：相比。③ 远徙：古代的一种流刑，指把犯人发配到边远地区。④ 槛车：囚车，有栅栏。

【导读】

本篇讲述诸葛厷被人诬为狂逆，致使流放远地，可见时人政治命运变幻莫测的状况。

二、肝肠寸断 桓公入蜀[1]，至三峡中，部伍中有得猿子者。其母缘岸哀号[2]，行百余里不去，遂跳上船，至便即绝。破视其腹中，肠皆寸寸断。公闻之，怒，命黜其人。

【注释】

① 桓公入蜀：晋穆帝永和二年(346)，安西将军桓温率军伐蜀。

② 缘：沿着。

【导读】

该篇记述母猿因爱子肠断死去感动桓温的故事，显现了桓温体恤动物、珍爱生命的感情和境界。成语"肝肠寸断"即源于此篇。

三、咄咄怪事 殷中军被废，在信安[1]，终日恒书空作字[2]。扬州吏民寻义逐之，窃视，唯作"咄咄怪事"四字而已[3]。

【注释】

① 信安：县名，晋时属东阳郡。② 恒：常常。书空作字：用手指在空中指点写字。③ 咄咄怪事：令人惊叹诧异的怪事。

【导读】

本篇讲述殷浩被黜后，出于困惑每日空写"咄咄怪事"。从当时的背景来看，殷浩实际上是皇权和门阀政治之间角逐的牺牲品。

四、同盘不助 桓公坐有参军椅烝薤不时解[1]；共食者又不助，而椅终不放，举坐皆笑。桓公曰："同盘尚不相助，况复危难乎？"敕令免官[2]。

【注释】

① 椅：用筷子夹取。烝薤：烝即"蒸"，薤，一种植物，嫩茎可食。据《齐民要术·素食篇》记载，烝薤是秫米和葱、薤合蒸，调以油及豉汁。蒸熟后必粘成糕，故难以分解。② 敕令：命令。

【导读】

本篇讲述桓温因见参军椅烝薤时共食者笑而不助，下令尽免其官。反映了一代枭雄内心的善良仁慈。

五、上楼去梯 殷中军废后，恨简文曰："上人着百尺楼上[1]，儋梯将去[2]。"

【注释】

① 着：放置。② 儋：通"担"，肩扛。将：拿取。

【导读】

此篇讲述殷浩被免官后，抱怨简文帝既然强逼自己出来做官，出了问题却又不愿出来袒护自己。

六、何以更瘦 邓竟陵免官后赴山陵[①]，过见大司马桓公。公问之曰："卿何以更瘦？"邓曰："有愧于叔达，不能不恨于破甑[②]！"

【注释】

① 邓竟陵免官：太和四年，桓温率军北征燕国，邓遐为将，于枋头战败，桓温忿恨，因免其官。山陵：帝王的陵墓。赴山陵，参加帝王的葬礼。② 甑(zèng)：蒸饭用的炊具。

【导读】

本篇讲述邓遐被桓温免官，以"破甑"来表达自己的遗憾和怅然若失。

七、桓温上表 桓宣武既废太宰父子[①]，仍上表曰："应割近情[②]，以存远计。若除太宰父子，可无后忧。"简文手答表曰："所不忍言，况过于言[③]？"宣武又重表[④]，辞转苦切。简文更答曰："若晋室灵长[⑤]，明公便宜奉行此诏。如大运去矣[⑥]，请避贤路！"桓公读诏，手战流汗，于此乃止。太宰父子，远徙新安。

【注释】

① 太宰：指司马晞，字道升，简文帝兄，官任太宰。② 近情：亲情。③ 过于言：言辞过分。④ 重表：再次上表。⑤ 灵长：绵延长久。⑥ 大运：王朝的气数。

【导读】

本篇描述简文帝以宽大为怀，淡化桓温一再上表请杀司马晞父子的要求。从中可见东晋门阀政治势力对皇权的重大影响。

八、无复生机 桓玄败后，殷仲文还为大司马咨议[①]，意似二三[②]，非复往日。大司马府听前[③]，有一老槐，甚扶疏[④]。殷因月朔[⑤]，与众在厅，视槐良久，叹曰："槐树婆娑[⑥]，无复生意[⑦]！"

【注释】

① 殷仲文：仲堪从弟，妻子为桓玄姊。咨议：咨议参军的省称。② 意似二三：似乎有些三心二意。③ 听：通"厅"，指厅事，厅堂。④ 扶疏：枝叶

繁茂纷披的样子。⑤ 月朔：农历每月初一。⑥ 婆娑：纷披之状。⑦ 生意：生机，生趣。

【导读】

此篇描述殷仲文借感慨厅前老槐生机不在，来比喻自己官场失意。

九、仲文不平 殷仲文既素有名望，自谓必当阿衡朝政[①]。忽作东阳太守，意甚不平，及之郡[②]，至富阳，慨然叹曰："看此山川形势，当复出一孙伯符[③]！"

【注释】

① 阿衡：辅佐帝王。② 之郡：赴郡上任。③ 伯符：孙策字，三国吴郡富春人，占据江东之地。

【导读】

本篇讲述殷仲文官场失意，借孙策之事大发感慨，愤愤不已。

俭啬第二十九

一、啖李伐树 和峤性至俭，家有好李，王武子求之[①]，与不过数十[②]。王武子因其上直[③]，率将少年能食之者[④]，持斧诣园[⑤]，饱共啖毕[⑥]，伐之，送一车枝与和公，问曰："何如君李？"和既得，唯笑而已。

【注释】

① 王武子：王济，和峤妻弟。② 与：给。③ 因：趁。上直：官吏上朝值班。直，通"值"。④ 率将：带领。⑤ 诣：到。⑥ 啖：吃。

【导读】

该篇描述和峤性俭，不与人李，惹来王武子啼笑皆非的报复。从中可见在门阀士族崇尚奢华的背景下，吝啬小气为社会风气所不取。

二、王戎俭吝 王戎俭吝[①]，其从子婚[②]，与一单衣，后更责之[③]。

【注释】

① 俭吝：吝啬贪财。② 从子：侄儿。③ 责：索取。

【导读】

该篇写王戎向侄儿讨还所赠单衣的趣事。为人吝啬当然不值得称赞，但亦不失为王戎真性情的流露。

三、散筹算计 司徒王戎，既贵且富，区宅僮牧[①]，膏田水碓之属[②]，洛下无比[③]。契书鞅掌[④]，每与夫人烛下散筹算计。

【注释】

① 区宅：房屋庭院。僮牧：奴仆。② 膏田：良田。水碓：利用水力舂米的工具。③ 洛下：西晋京城洛阳一带。④ 契书鞅掌：契券账目等烦劳事务。

【导读】

本篇写王戎既贵且富却仍然日夜算计，虽极具讽刺意味却也显示了王戎作为名士的个性。

四、卖李钻核 王戎有好李，卖之，恐人得其种，恒钻其核[①]。

【注释】

① 恒：总是。

【导读】

本篇写王戎为了不让肥水流入外人田，竟然钻核坏种。其奇特想象力不禁引人忍俊不禁。

五、王戎贷钱 王戎女适裴頠[①]，贷钱数万[②]。女归，戎色不说，女遽还钱[③]，乃释然。

【注释】

① 适：出嫁。裴頠：字逸民，河东闻喜人。② 贷：借。③ 遽：立即。

【导读】

该篇写王戎对自己女儿尚且悭吝无比，其吝啬之狠，令人叹愕。

六、驱使草木 卫江州在寻阳[①]，有知旧人投之[②]，都不料理[③]，唯饷"王不留行"一斤[④]。此人得饷，便命驾[⑤]。李弘范闻之曰："家舅刻薄，乃复驱使草木[6]。”

【注释】

① 卫江州：卫展，字道舒，晋河东安邑人。② 知旧人：相识的老朋友。③ 料理：照料，款待。④ 饷：赠送。王不留行：一种草药名。⑤ 命驾：命令驾驶马车。⑥ 乃复：竟然。

【导读】

本篇讲述卫展赠老友草木“王不留行”，委婉表示逐客之意。

七、甘果烂败 王丞相俭节[1]，帐下甘果，盈溢不散。涉春烂败，都督白之[2]，公令舍去。曰：“慎不可令大郎知[3]。”

【注释】

① 俭节：节俭。② 白：禀告。③ 大郎：王导长子王悦。

【导读】

王导因节俭，所以要省吃俭用，结果反而造成浪费，这是他始料不及的。不过从王导的话中，可以得知其子王悦更为吝啬，可谓家有传人了。

八、啖薤留白 苏峻之乱，庾太尉南奔见陶公。陶公雅相赏重[1]。陶性俭吝，及食，啖薤[2]，庾因留白。陶问：“用此何为？”庾云：“故可种。”于是大叹庾非唯风流[3]，兼有治实[4]。

【注释】

① 雅相赏重：极为赏识器重。② 薤（xiè）：一种蔬菜名。③ 风流：风韵高雅。④ 治实：处理事情的实际经验才能。

【导读】

本篇讲述陶侃对庾亮啖薤留白的行为极为赞赏，并肯定庾亮这种既节约又有治实才能的行为。

九、开库一日 郗公大聚敛[1]，有钱数千万。嘉宾意甚不同，常朝旦问讯[2]。郗家法：子弟不坐。因倚语移时[3]，遂及财货事。郗公曰：“汝正当欲得吾钱耳[4]！”乃开库一日，令任意用。郗公始正谓损数百万许[5]，嘉宾遂一日乞与亲友，周旋略尽[6]。郗公闻之，惊怪不能已已[7]。

【注释】

① 郗公：郗愔，字方回。② 朝旦问讯：早晨请安问候。③ 倚语：站着说话。④ 正当：只不过。⑤ 正谓：只是以为。⑥ 周旋：交往应酬。略：完全，全部。⑦ 已已：休止。

【导读】

本篇讲述郗愔开库一日，其子郗超尽散钱财赠与亲友，数目之大令郗愔惊诧不已。父子两人可谓大异其趣。

汰侈第三十

一、美人劝饮 石崇每要客燕集①，常令美人行酒②。客饮酒不尽者，使黄门交斩美人③。王丞相与大将军尝共诣崇④。丞相素不善饮，辄自勉强，至于沈醉。每至大将军，固不饮，以观其变。已斩三人，颜色如故，尚不肯饮。丞相让之⑤，大将军曰："自杀伊家人，何预卿事！"

【注释】

① 要：通"邀"，邀请。燕：通"宴"，宴请。② 行酒：斟酒劝饮。③ 黄门：指东汉时黄门令及黄门诸官，以宦官充任，后以黄门为阉人的代称。晋时，黄门亦供显达朝官之家使用。交：互相，轮流。④ 王丞相：王导。大将军：王敦。⑤ 让：责备、责怪。

【导读】

本篇写石崇斩杀行酒美人，王敦竟然视为儿戏，暴露出门阀贵族的残忍，也从侧面反映了世家大族经济实力的雄厚和物质生活的穷奢极欲。

二、豪华厕所 石崇厕，常有十余婢侍列，皆丽服藻饰①。置甲煎粉、沉香汁之属②，无不毕备。又与新衣着令出。客多羞不能如厕。王大将军往，脱故衣，着新衣，神色傲然。群婢相谓曰："此客必能作贼。"

【注释】

① 藻饰：妆饰。② 甲煎粉：一种香粉名，或称甲香。沉香汁：用沉香粉冲成的一种汁液，沉香的木质和树脂可用做熏香的材料。

【导读】

本篇写石崇家厕所的豪华装置，写出世家大族奢靡生活，而王敦临厕神色傲然与众不同，从中亦可窥见一代枭雄的不二风范。

三、豘饮人乳 武帝尝降王武子家[1]，武子供馔，并用琉璃器。婢子百余人，皆绫罗绔襬，以手擎饮食。烝豘肥美[2]，异于常味。帝怪而问之。答曰："以人乳饮豘。"帝甚不平，食未毕，便去。王、石所未知作[3]。

【注释】

① 武帝：即晋武帝司马炎。王武子：即王济。② 豘（tún）：通"豚"。③ 王：指王恺，字君夫，晋东海人，为晋武帝舅，性豪侈。石：指石崇。

【导读】

本篇写王济家以人乳饮猪，晋武帝极为不平，拂袖而去，说明世家大族的财富和实力膨胀到令皇权仰视并自惭形秽的地步，也是西晋时期金钱至上、人欲横流风气的反映。

四、富豪斗富 王君夫以饴糒澳釜[1]，石季伦用蜡烛作炊[2]。君夫作紫丝布步障碧绫裹四十里[3]，石崇作锦步障五十里以敌之。石以椒为泥[4]，王以赤石脂泥壁[5]。

【注释】

① 王君夫：即王恺。饴（yí）糒（bèi）：饴指用麦芽糖制成的糖浆，糒指干粮。澳：冲洗。② 石季伦：即石崇，字季伦。③ 步障：一种屏幕，夹道设置，用以遮蔽风尘或视线。④ 椒：指花椒，古时用以和泥涂壁，室内芬芳。⑤ 赤石脂：一种风化石，古时道家炼丹所用的原料，亦可以涂壁，其色美观。

【导读】

本篇写王恺、石崇彼此斗富，饴糒澳釜、蜡烛作炊、丝布为障形象地反映出西晋士族社会的奢华之风。

五、富豪争雄 石崇为客作豆粥，咄嗟便办[1]。恒冬天得韭蓱齑[2]。又牛形状气力不胜王恺牛[3]，而与恺出游，极晚发，争入洛城，崇牛数十步后，迅若飞禽，恺牛绝走不能及[4]。每以此三事扼腕[5]。乃密货崇帐下都督及御车人[6]，问所以。都督曰："豆至难煮，唯豫作熟末，客至，作白粥以投之。韭蓱齑是捣韭根，杂以麦苗尔。"复问驭人牛所以驶。驭人云："牛本不迟，由将车人不及制之尔[7]。急时听偏辕[8]，则驶矣。"恺悉从之，遂争长。石崇后闻，皆杀告者。

【注释】

① 咄嗟：仓促、即刻。② 韭蓱(píng)齑(jī)：一种腌菜。③ 胜：胜过、超过。④ 绝走：极力快跑。绝，极、非常。⑤ 扼腕：扼住自己的手腕，表示某种失意、愤怒、惋惜的情绪。⑥ 货：行贿。帐下都督：职务名，庶务总管。⑦ 将：驾驭。⑧ 听：听凭、任凭。

【导读】

本篇写王恺和石崇在炊事、驭车等事上的竞争，石崇更是不惜杀死泄密的仆役，揭示出豪门贵族的奢华和自私妒忌残忍。

六、君夫赌牛　王君夫有牛[1]，名"八百里驳"[2]，常莹其蹄角。王武子语君夫："我射不如卿，今指赌卿牛，以千万对之。"君夫既恃手快，且谓骏物无有杀理[3]，便相然可。令武子先射。武子一起便破的[4]，却据胡床[5]，叱左右："速探牛心来[6]！"须臾，炙至[7]，一脔便去[8]。

【注释】

① 王君夫：即王恺。② 八百里驳：牛名，奔跑迅速毛色驳杂。八百里，形容日行之快。驳，毛色不纯。③ 骏物：指俊逸之物，此处指牛。④ 起：发射。⑤ 却：退回。据：坐。⑥ 探：拿取。⑦ 炙：烤肉。⑧ 脔：切成细块的肉。

【导读】

本篇写王武子以千万钱为赌注与王君夫赌牛，赢取之后，只取牛心炙一脔，以显示豪富，说明豪门士族财力雄厚、奢侈无度。

七、忍饥经日　王君夫尝责一人无服余衵[1]，因直内著曲阁重闺里[2]，不听人将出[3]。遂饥经日，迷不知何处去。后因缘相为垂死[4]，乃得出。

【注 释】

① 王君夫：即王恺。衵(nì)：贴身衣服。② 内：通“纳”，纳入。③ 不听人将出：不许别人领他出来。将，带领。④ 因缘相为：意谓趁着某种机会。

【导 读】

本篇写王恺的府邸庭院深邃，人竟会迷不得出，王恺经济实力之雄厚可见一斑。

八、王恺惘然 石崇与王恺争豪①，并穷绮丽，以饰舆服。武帝②，恺之甥也，每助恺。尝以一珊瑚树，高二尺许赐恺。枝柯扶疏③，世罕其比④。恺以示崇。崇视讫，以铁如意击之，应手而碎。恺既惋惜，又以为疾己之宝⑤，声色甚厉。崇曰：“不足恨⑥，今还卿。”乃命左右悉取珊瑚树，有三尺四尺，条干绝世，光彩溢目者六七枚⑦，如恺许比甚众⑧。恺惘然自失。

【注 释】

① 豪：豪奢。② 武帝：指晋武帝。③ 扶疏：繁茂状。④ 世罕其比：世上少有可以和其比较的。⑤ 疾：通“嫉”，妒忌。⑥ 恨：遗憾。⑦ 枚：株。⑧ 许：大约、估计。比：相当。

【导 读】

本篇写石崇竟然比有皇帝支持的王恺富有，说明魏晋时世家大族的实力和财富达到令皇权仰视的地步。

九、编钱绕墙 王武子被责①，移第北邙下②。于时人多地贵，济好马射，买地作埒，编钱匝地竟埒③。时人号曰“金沟”。

【注 释】

① 王武子：即王济。② 第：官僚和贵族的大住宅。北邙：山名，在今河南省洛阳市北。邙，亦作“芒”。③ 匝：环绕。

【导 读】

本篇写王济在遭到贬斥，移居北邙之后，依然以富炫人。编钱匝地竟埒，说明魏晋时世家大族的经济实力相当雄厚，追逐物质享受是当时的风气。

一〇、瓮牖语人　石崇每与王敦入学戏①，见颜、原象而叹曰②："若与同升孔堂，去人何必有间③！"王曰："不知余人云何，子贡去卿差近④。"石正色云："士当令身名俱泰，何至以瓮牖语人⑤！"

【注释】

① 学：指太学，古代贵族子弟读书的地方。戏：游玩。② 颜：指颜回，字子渊，孔门弟子，鲁人，家贫而好学，以德行著称。原：指原宪，字思，孔门弟子，宋人，亦能安贫乐道。③ 去：距离。间：差别。④ 子贡：即端木赐，字子贡，孔门弟子，卫人，尝为鲁国相，家累千金。⑤ 瓮牖：意为壁上置破罐子当窗户，形容居室简陋。

【导读】

本篇写石崇认为颜渊、原宪守贫不可取，说明"身名俱泰"这种既追逐奢华、享受物质，又向往清高完洁的观念是西晋士人理想的生活境界。

一一、彭城之牛　彭城王有快牛①，至爱惜之。王太尉与射②，赌得之。彭城王曰："君欲自乘则不论；若欲啖者，当以二十肥者代之。既不废啖，又存所爱。"王遂杀啖。

【注释】

① 彭城王：指司马权，字子舆，晋宣帝弟馗之子，武帝太始元年封彭城王。② 王太尉：指王衍。射：赌博。

【导读】

本篇写的是王衍赌得彭城王心爱之牛，不惜杀食，与上文"君夫赌牛"情节相似，均为显富炫耀。

一二、啖食牛心　王右军少时①，在周侯末坐②，割牛心啖之③，于此改观。

【注释】

① 王右军：即王羲之。② 周侯：即周顗。③ 牛心：当时俗以牛心为贵，周顗割所烹饪的牛心给王羲之吃，表示对他的重视。

【导读】

本篇写周顗割牛心给王羲之吃，王羲之因此提高声誉，可见魏晋时名人提携的确是出人头地的捷径。

忿狷第三十一

一、魏武杀妓 魏武有一妓[①]，声最清高，而情性酷恶。欲杀则爱才，欲置则不堪。于是选百人一时俱教。少时，还有一人声及之，便杀恶性者。

【注释】

① 魏武：指曹操。妓：歌女。

【导读】

本篇写曹操爱歌妓之才而恶其性情，及有人及之，便杀之，写出了枭雄曹操的奸险狡诈。

二、蓝田性急 王蓝田性急[①]。尝食鸡子，以箸刺之，不得，便大怒，举以掷地。鸡子于地圆转未止，仍下地以屐齿碾之，又不得，嗔甚[②]，复于地取内口中[③]，啮破即吐之。王右军闻而大笑曰[④]："使安期有此性[⑤]，犹当无一豪可论[⑥]，况蓝田邪？"

【注释】

① 王蓝田：王述。② 嗔：生气。③ 内：通"纳"。④ 王右军：王羲之。⑤ 安期：即王承。⑥ 豪：通"毫"。

【导读】

本篇写王述食鸡子的一连串行为动作，充分展示他的率真个性。文中细节描写生动传神，为早期笔记小说中难得者。

三、王恬性暴 王司州尝乘雪往王螭许[①]。司州言气少有牾逆于螭[②]，便作色不夷[③]。司州觉恶，便舆床就之[④]，持其臂曰："汝讵复足与老兄计？"螭拨其手曰："冷如鬼子手馨[⑤]，强来捉人臂！"

【注释】

① 王司州：即王胡之。王螭：即王恬。许：处所、地方。② 言气：言语声气。牾逆：冒犯。③ 不夷：不平。此处指王螭神情气愤不平。④ 舆：

抬。⑤ 馨：晋宋时俗语词，犹言“样”。

【导读】

本篇写的是王胡之对王恬的暴躁使性，一再忍耐退让，言语之间便写出了胡之的冷静、王恬的暴躁。

四、袁生迁怒 桓宣武与袁彦道樗蒱[①]，袁彦道齿不合[②]，遂厉色掷去五木[③]。温太真云[④]：“见袁生迁怒，知颜子为贵[⑤]。”

【注释】

① 桓宣武：桓温。袁彦道：袁耽。樗蒱：古代一种赌博游戏。② 齿不合：齿的点数不合自己的期望。齿，博具，赌博时用以投掷，视点数决定胜负。③ 五木：樗蒱游戏有五只木制棋子，故称五木。④ 温太真：温峤。⑤ 颜子：即孔子弟子颜渊。

【导读】

本篇写袁彦道因为樗蒱小事而大发雷霆，说明了这种带有赌博性质的游戏在晋时的流行，樗蒱活动将西域民族的冒险精神和魏晋时期士族文人的生活态度融为一体，充分表现出魏晋士人追求刺激，追求自由、放达的人格精神。

五、蓝田面壁 谢无奕性粗强[①]，以事不相得，自往数王蓝田[②]，肆言极骂。王正色面壁不敢动，半日。谢去良久，转头问左右小吏曰：“去未？”答云：“已去。”然后复坐。时人叹其性急而能有所容。

【注释】

① 谢无奕：谢奕。② 数：责备。王蓝田：王述。

【导读】

本篇写面对谢无奕的粗口大骂，王述能够面壁不动，可见性急的王述也有宽容的另一面。

六、王令清高 王令诣谢公[①]，值习凿齿已在坐，当与并榻。王徙倚不坐，公引之与对榻。去后，语胡儿曰[②]：“子敬实自清立，但人为尔多矜咳[③]，殊足损其自然。”

【注 释】

① 王令：即王献之。谢公：即谢安。② 胡儿：即谢朗。③ 矜咳：固执，拘泥。咳，疑为“硋”，硋同“碍”。

【导 读】

本篇写王献之不肯与习凿齿并坐一起，谢安讥讽他拘泥于世俗的门第观念，从中亦可看到魏晋时期根深蒂固的门第观念。

七、势力之交 王大、王恭尝俱在何仆射坐[①]。恭时为丹阳尹，大始拜荆州。讫将乖之际[②]，大劝恭酒。恭不饮，大逼强之，转苦[③]，便各以裙带绕手。恭府近千人，悉呼入斋，大左右虽少，亦命前，意便相杀。何仆射无计，因起排坐二人之间，方得分散。所谓势利之交，古人羞之。

【注 释】

① 王大：王忱。何仆射：何澄，字子玄，为人清正，曾任尚书左仆射。② 讫：通“迄”，至，到。乖：违背，不协调。③ 苦：甚。

【导 读】

本篇写王大、王恭因相互劝酒而险些大打出手，虽为二人怨隙所致，亦可见晋人性格直率暴躁之一斑。

八、南郡杀鹅 桓南郡小儿时[①]，与诸从兄弟各养鹅共斗。南郡鹅每不如，甚以为忿[②]。乃夜往鹅栏间取诸兄弟鹅悉杀之。既晓，家人咸以惊骇，云是变怪，以白车骑[③]。车骑曰：“无所致怪，当是南郡戏耳！”问，果如之。

【注 释】

① 桓南郡：桓玄。② 忿：愤怒，怨恨。③ 白：告诉。车骑：桓冲。

【导 读】

本篇写桓玄小时因所养之鹅不如其从兄弟，忿而杀兄弟所养之鹅。奸雄性格，小儿可见。

谗险第三十二

一、平子为人 王平子形甚散朗[①]，内实劲侠。

【注释】

① 王平子：王澄。散朗：散漫洒脱。

【导读】

本篇写王澄外形和内涵具有反差。说明时人对形神关系的关注。

二、袁悦见诛 袁悦有口才①，能短长说，亦有精理。始作谢玄参军，颇被礼遇。后丁艰②，服除还都③，唯赍《战国策》而已④。语人曰："少年时读《论语》、《老子》，又看《庄》、《易》，此皆是病痛事，当何所益邪？天下要物，正有《战国策》。"既下，说司马孝文王，大见亲待，几乱机轴⑤，俄而见诛⑥。

【注释】

① 袁悦：字元礼，晋陈郡阳夏(今河南省太康县)人。② 丁艰：遭父母丧事。③ 服除：守孝期满除去丧服。④ 赍：携带。⑤ 机轴：借指朝廷法纪。⑥ 俄：不久。

【导读】

本篇写袁悦洞晓游说的精辟道理，虽归入谗险，却似乎有欣赏之意。

三、国宝之忠 孝武甚亲敬王国宝、王雅①。雅荐王珣于帝②，帝欲见之。尝夜与国宝、雅相对，帝微有酒色，令唤珣，垂至③，已闻卒传声，国宝自知才出珣下，恐倾夺要宠，因曰："王珣当今名流，陛下不宜有酒色见之，自可别诏也。"帝然其言，心以为忠，遂不见珣。

【注释】

① 孝武：晋孝武帝。王国宝：王坦之第三子。王雅：字茂建，东海人。② 王珣：王导之孙。③ 垂：将。

【导读】

本篇写王国宝阻挠孝武帝见王珣之事，可见他的阴暗心理和卑劣行为。

四、东亭止谗 王绪数谗殷荆州于王国宝①，殷甚患之，求术于王东亭②。曰："卿但数诣王绪③，往辄屏人，因论它事，如此，则二王之好离矣。”殷从之。国宝见王绪问曰：“比与仲堪屏人何所道[4]？”绪云：“故是常往来，无它所论。”国宝谓绪于己有隐，果情好日疏，谗言以息。

【注释】

① 殷荆州：殷仲堪。② 王东亭：王珣。③ 数诣：屡次拜访。④ 比：近来。

【导读】

本篇写的是王绪、王国宝互为唇齿，同恶相求，却因殷仲堪的离间法相互疏离，小人嘴脸跃然纸上。

尤悔第三十三

一、毒杀任城 魏文帝忌弟任城王骁壮[1]。因在卞太后阁共围棋，并啖枣，文帝以毒置诸枣蒂中。自选可食者而进，王弗悟，遂杂进之。既中毒，太后索水救之。帝预敕左右毁瓶罐，太后徒跣趋井[2]，无以汲。须臾，遂卒。复欲害东阿[3]，太后曰：“汝已杀我任城，不得复杀我东阿。”

【注释】

① 魏文帝：曹丕。任城王：曹彰，字子长，魏文帝曹丕同母弟，黄须，性刚勇，封任城王，暴卒。② 徒跣：光着脚，形容急忙，未来得及穿鞋。③ 东阿：指曹植。

【导读】

本篇写的是魏文帝曹丕妒杀其弟曹彰，后又欲害其弟曹植，揭示出残酷的皇权争斗，以致兄弟相残。

二、王浑后妻 王浑后妻，琅邪颜氏女。王时为徐州刺史，交礼拜讫[1]，王将答拜，观者咸曰：“王侯州将[2]，新妇州民[3]，恐无由答拜。”王乃止。武子以其父不答拜[4]，不成礼，恐非夫妇，不为之拜[5]，谓为颜妾。颜氏耻之。以其门贵，终不敢离。

【注释】

① 交礼：指婚礼中男女的互拜。拜讫：指颜氏女拜毕。② 王侯：王浑袭父爵为京陵侯，故称王侯。③ 州民：琅邪国时属徐州，颜氏女故为州

女。④ 武子：指王浑的儿子王济，字武子。⑤ 不为之拜：指的是武子不拜后母颜氏女。

【导读】

本篇写的是寒族女子来到士族家庭的遭遇，颜氏女在婚礼上得不到丈夫的对拜，也不被儿子认作母亲，可见魏晋时期畸形的门第观念。

三、华亭鹤唳 陆平原河桥败[①]，为卢志所谗，被诛。临刑叹曰："欲闻华亭鹤唳[②]，可复得乎！"

【注释】

① 陆平原：即陆机。河桥败：指晋惠帝太安二年(303)，成都王颖讨伐长沙王乂，任命陆机为河北大都督，出师河桥，与乂战，陆机大败。河桥，桥名，在今河南省孟州南。② 华亭：地名，在今上海松江区。晋时陆机祖逊封华亭侯，陆氏世代居此。

【导读】

本篇写陆机被诛，临刑感慨欲闻华亭鹤唳不可得，写出了魏晋时期身处政治漩涡中的文人的可悲下场。陆机的感慨类于咸阳市上李斯叹黄犬之意，历史往往惊人地相似！

四、善招拙御 刘琨善能招延[①]，而拙于抚御[②]。一日虽有数千人归投，其逃散而去亦复如此。所以卒无所建。

【注释】

① 招延：招，召集；延，迎接。此处说明刘琨善于收合士众。② 抚御：安抚控制。

【导读】

本篇写刘琨善能招延，而拙于管理控制，最终无所建树。而史实上，遗民逃散，是因缺乏粮食，责琨不能守，可能是其政敌别有用心之词。

五、平子似羌 王平子始下[①]，丞相语大将军[②]："不可复使羌人东行[③]。"平子面似羌。

【注释】

① 王平子：即王澄。② 丞相：指王导。大将军：指王敦。③ 羌人：我国古代西方的少数民族之一。东行：指由荆州到建康。王平子曾任荆州刺史。

【导语】

本篇写王导向王敦进谗言，不许王澄东来，写出王导险恶的一面。史载王导明德为善，与此记载相忤。

六、周颉之死 王大将军起事[①]，丞相兄弟诣阙谢[②]。周侯深忧诸王[③]，始入，甚有忧色。丞相呼周侯曰："百口委卿[④]！"周直过不应。既入，苦相存救。既释，周大说，饮酒。及出，诸王故在门。周曰："今年杀诸贼奴，当取金印如斗大系肘后。"大将军至石头，问丞相曰："周侯可为三公不[⑤]？"丞相不答。又问："可为尚书令不？"又不应。因云："如此，唯当杀之耳！"复默然。逮周侯被害，丞相后知周侯救己，叹曰："我不杀周侯，周侯由我而死。幽冥中负此人！"

【注释】

① 王大将军起事：王大将军即王敦，王大将军起事指公元322年正月王敦以讨伐刘隗为名，兴兵武昌，攻向建康。② 丞相：指王导。谢：请罪，谢罪。③ 周侯：即周颉。诸王：指王导及其昆弟子侄二十余人。④ 百口委卿：意谓全家人的性命托付给你保全。百口，指全家人。⑤ 不：通"否"。

【导读】

本篇写王导以怨报德，构陷周颉致死，自悔不迭。既可见王导为人性格之多重，又可见当时政治环境的险恶。

七、王导论祚 王导、温峤俱见明帝[①]，帝问温前世所以得天下之由。温未答。顷，王曰："温峤年少未谙[②]，臣为陛下陈之。"王乃具叙宣王创业之始[③]，诛夷名族，宠树同己[④]。及文王之末[⑤]，高贵乡公事[⑥]。明帝闻之，覆面著床曰："若如公言，祚安得长[⑦]！"

【注释】

① 明帝：指晋明帝司马绍。② 谙：熟悉。③ 宣王：指司马懿。④"诛夷"二句：意谓诛灭权要大族，宠幸同心的人。⑤ 文王：指司马昭。⑥ 高贵乡公事：指的是司马昭杀魏主高贵乡公的政变。⑦ 祚(zuò)：皇位，皇统。

【导读】

本篇写王导借晋明帝问前世得天下之由的机会，揭露司马氏当初夺取政权的残忍阴险手段，说明封建统治阶级内部权力之争的残酷现实。

八、王敦流涕 王大将军于众坐中曰[①]："诸周由来未有作三公者。"有人答曰："唯周侯邑五马领头而不克[②]。"大将军曰："我与周，洛下相遇[③]，一面顿尽[④]。值世纷纭，遂至于此[⑤]！"因为流涕。

【注释】

① 王大将军：即王敦。② 周侯：指周顗。五马领头：以樗蒲为喻，比喻周顗已经胜局在握。樗蒲，一种博戏。③ 洛下：指洛阳，西晋都城。④ 一面顿尽：一见面就互相了解。⑤ 遂至于此：指的是周顗被王敦所杀。

【导读】

本篇王敦与众人谈及周顗功亏一篑，未得"三公"，并回忆当年交情，流涕痛惜。写出奸雄王敦真情流露的一面。

九、温峤进爵 温公初受刘司空使劝进[①]，母崔氏固驻之[②]，峤绝裾而去[③]。迄于崇贵，乡品犹不过也[④]。每爵皆发诏[⑤]。

【注释】

① 温公：指温峤。刘司空：即刘琨。劝进：指温峤为刘琨使者，奉表劝司马睿即帝位。② 固驻：坚决留止。驻，车马停止不前。③ 绝裾：扯断衣襟，表示去意坚决。④ 乡品：指魏晋时选举人才实行九品中正制，州郡县里设立中正官，评定士人品德，是谓乡品。⑤ 爵：此处用作动词，指加官进爵。发诏：指温峤乡评不称，朝廷只好发诏令进之。

【导读】

本篇写温峤不听母劝，执意仕进，虽得高官，而失乡誉，从中可见人物品藻活动对部分士人求名心切躁竞心态的不齿态度。

一〇、子南被卖 庾公欲起周子南[①]，子南执辞愈固。庾每诣周，庾从南门入，周从后门出。庾尝一往奄至[②]，周不及去，相对终日。庾从周索食，周出蔬食，庾亦强饭，极欢；并语世故，约相推引，同佐世之任[③]。既仕，至将军二千石，而不称意[④]。中宵慨然曰："大丈夫乃为庾元规所卖！"一叹，遂发背而卒[⑤]。

【注 释】

① 庾公：庾亮。周子南：周劭。② 奄至：急遽而至。奄，突然，急。③ 同佐世之任：指共同承担辅佐君主治理天下的重任。④ 称意：心满意和。⑤ 发背：指疽生于背。

【导 读】

本篇写周子南既仕，而意不称，悔愧难当，最终发背而卒，形象地写出了魏晋士人对于"仕"的复杂态度。

一一、思旷奉佛 阮思旷奉大法[①]，敬信甚至。大儿年未弱冠[②]，忽被笃疾[③]。儿既是偏所爱重，为之祈请三宝[④]，昼夜不懈。谓至诚有感者，必当蒙佑。而儿遂不济。于是结恨释氏，宿命都除。

【注 释】

① 阮思旷：阮裕。大法：释家语，常用于代称佛教。② 弱冠：二十曰弱，古代男子二十后行冠礼，后以"弱冠"为男子二十岁之代称。③ 被：遭受。笃疾：重病。④ 三宝：释家以佛、法、僧为三宝，这里指佛事。

【导 读】

本篇写阮裕从笃信佛教到结恨佛教的故事，非常形象地演示出中国人如何从实际应用的角度来决定对一种外来宗教的取舍。

一二、宣武无语 桓宣武对简文帝[①]，不甚得语[②]。废海西后[③]，宜自申叙，乃豫撰数百语，陈废立之意。既见简文，简文便泣下数十行。宣武矜愧，不得一言。

【注 释】

① 桓宣武:桓温。简文帝:指东晋简文帝司马昱,继海西公司马奕后继位。② 不甚得语:言谈很不相投合。③ 海西:指司马奕,东晋太和六年,桓温废奕而立简文。

【导 读】

本篇写桓温废海西而立简文,却又想向简文帝陈废立之意,最终抱愧而止,曲尽奸雄复杂心态。

一三、桓公之志 桓公卧语曰[①]:“作此寂寂[②],将为文、景所笑[③]!”既而屈起坐曰:“既不能流芳后世,亦不足复遗臭万载邪?”

【注 释】

① 桓公:桓温。② 寂寂:形容落寞之状。③ 文、景:晋文帝司马昭、晋景帝司马师,都曾专权于魏廷,图谋篡国。

【导 读】

本篇写桓温夜半卧语,抒发政治抱负,其不臣之心,形于音迹。

一四、人如水性 谢太傅于东船行[①],小人引船,或迟或速,或停或待,又放船从横,撞人触岸。公初不呵谴。人谓公常无嗔喜[②]。曾送兄征西葬还,日莫雨驶[③],小人皆醉,不可处分。公乃于车中,手取车柱撞驭人[④],声色甚厉。夫以水性沈柔,入隘奔激[⑤]。方之人情,固知道迫隘之地[⑥],无得保其夷粹[⑦]。

【注 释】

① 谢太傅:即谢安。② 常无嗔喜:指性情平和,喜怒不形于色。嗔,怒。③ 日莫雨驶:指天晚驾车冒雨行车。莫通“暮”。④ 驭人:车夫。⑤ 隘:狭窄的地方。⑥ 迫隘:指人处困窘之中。⑦ 夷粹:心平气和。

【导 读】

本篇写谢安在送兄征西葬还,日暮雨驶,小人皆醉的情况下大动肝火,声色甚厉,写出平易近人的谢安的另一面。

一五、不识田稻 简文见田稻不识[①],问是何草?左右答是稻。简文还，三日不出，云："宁有赖其末而不识其本[②]？"

【注释】

① 简文：指东晋皇帝司马昱。② 末：此处指稻米。本：此处指稻。

【导读】

本篇写简文帝不辨草、稻，深感愧悔，三日不出的故事。从中可见晋人凡事多从形而上的角度思考关注的自觉意识。

一六、桓冲愧死 桓车骑在上明畋猎[①]。东信至[②]，传淮上大捷[③]。语左右云："群谢年少[④]，大破贼。"因发病薨[⑤]。谈者以为此死，贤于让扬之荆[⑥]。

【注释】

① 桓车骑：桓冲。② 信：使者。③ 淮上大捷：指淝水之战，谢安大败苻坚百万军马于淝水之上。④ 群谢：指淝水之战中，谢安为征讨大都督，任命其弟石、侄玄、子琰，各任将领。⑤ 因发病薨：初桓冲认为谢安并非将才，后闻淮上大捷，愧悔难当，发病而死。⑥ 让扬之荆：指的是桓冲辞去扬州刺史的官职，让给谢安居任，自往荆州。

【导读】

本篇写桓冲以为谢安并非将才，后闻淮上大捷，羞愧而死。也可见当时官场较量场景之一斑。

一七、桓玄色恶 桓公初报破殷荆州[①]，曾讲《论语》，至"富与贵，是人之所欲，不以其道得之不处"[②]。玄意色甚恶。

【注释】

① 桓公：桓玄。破殷荆州：击败殷仲堪。殷荆州，即殷仲堪，为荆州刺史。桓玄督荆州四郡时，与殷仲堪有隙，遂袭江陵，殷仲堪兵败，被迫自杀。② "富与贵"数句：语出《论语·里仁》，意谓不贪求非分之富贵。

【导读】

本篇写桓玄大破殷仲堪后，读《论语》"富与贵，是人之所欲，不以其道得之不处"，意色愧悔，可以看出桓玄在激烈的政治权利斗争中微妙的心理活动。

纰漏第三十四

一、王敦如厕 王敦初尚主[①]，如厕[②]，见漆箱盛干枣，本以塞鼻。王谓厕上亦下果，食遂至尽。既还，婢擎金澡盘盛水，琉璃碗盛澡豆，因倒著水中而饮之，谓是干饭。群婢莫不掩口而笑之。

【注释】

① 尚：仰攀婚姻，此处指娶公主为妻。② 如：到……去。

【导读】

本篇写大将军王敦行为粗疏，在宫中误把厕枣、澡豆食用的故事，写出了贵族生活的奢华。

二、元皇言事 元皇初见贺司空[①]，言及吴时事，问："孙皓烧锯截一贺头[②]，是谁？"司空未得言，元皇自忆曰："是贺劭[③]。"司空流涕曰："臣父遭遇无道，创巨痛深无以仰答明诏。"元皇愧惭，三日不出。

【注释】

① 元皇：东晋元帝。贺司空：贺循，魏晋时人，其父为贺劭。② 孙皓：三国吴最末一帝，孙权孙，暴虐无道。③ 贺劭：三国时吴人，对孙皓暴政上书切谏，后中恶风，口不能言，孙皓疑其托疾，最终锯杀之。

【导读】

本篇写晋元帝无意中提起贺循父亲的名讳，贺循痛哭流涕，元皇惭愧不出，说明家讳在魏晋时极为严格，以至有时成为一种炫耀门第的手段。

三、误食彭蜞 蔡司徒渡江[①]，见彭蜞[②]，大喜曰："蟹有八足，加以二螯。"令烹之。既食，吐下委顿[③]，方知非蟹。后向谢仁祖说此事[④]，谢曰："卿读《尔雅》不熟[⑤]，几为《劝学》死[⑥]。"

【注释】

① 蔡司徒：蔡谟。② 彭蜞：又称"蟛蜞"，似蟹而小，其肉可饲家禽。③ 委顿：精神不振，困倦。④ 谢仁祖：即谢尚。⑤《尔雅》：古代字书，晋

郭璞注,解释名物。其中《释鱼》篇有对彭蜎的解释,说其"似蟹而小",彭蜎即蟛蜞。⑥《劝学》:《荀子》中《劝学》篇云"蟹二螯八足"。

【导读】

本篇写蔡谟误认彭蜞为螃蟹,烹食中毒,说明读书脱离实际的弊病。

四、过江前后 任育长年少时[①],甚有令名[②]。武帝崩,选百二十挽郎[③],一时之秀彦,育长亦在其中。王安丰选女婿[④],从挽郎搜其胜者,且择取四人,任犹在其中。童少时神明可爱,时人谓育长影亦好。自过江[⑤],便失志[⑥]。王丞相请先度时贤共至石头迎之[⑦],犹作畴日相待,一见便觉有异。坐席竟,下饮,便问人云:"此为茶? 为茗?"觉有异色,乃自申明云:"向问饮,为热为冷耳。"尝行从棺邸下度[⑧],流涕悲伤。王丞相闻之曰:"此是有情痴。"

【注释】

① 任育长:任瞻,字育长,晋乐安(今山东省桓台县)人,少有美名。② 令名:美名。③ 挽郎:古代送葬时,执绋牵引丧车前行唱挽歌的少年人。④ 王安丰:王戎。⑤ 过江:指晋永嘉之乱后南渡避乱。⑥ 失志:神志不清。⑦ 王丞相:王导。先度时贤:指较早渡江南下的当时的贤达人士。度,通"渡"。⑧ 棺邸:棺材店。

【导读】

本篇写晋时任育长永嘉之乱南渡之后,竟然神志不清,言语失次,反映出历史巨大的变动对士人精神世界所造成的巨大震动。

五、太傅德教 谢虎子尝上屋熏鼠[①]。胡儿既无由知父为此事[②],闻人道"痴人有作此者",戏笑之。时道此,非复一过[③]。太傅既了己之不知[④],因其言次[⑤],语胡儿曰:"世人以此谤中郎[⑥],亦言我共作此。"胡儿懊热[⑦],一月日闭斋不出。太傅虚托引己之过,以相开悟,可谓德教。

【注释】

① 谢虎子:谢据。② 胡儿:谢朗。③ 一过:一遍。④ 太傅:谢安。己之不知:指谢朗戏笑其父上房的事。⑤ 言次:言谈之间。⑥ 中郎:谢据。⑦ 懊热:烦恼。

【导读】

本篇写谢安教训自己的侄儿谢朗讦误其父谢据的故事，可见谢安教育方法的高妙，是“以无为本”的玄学思想在家庭教育方面的体现。

六、蚁动牛斗 殷仲堪父病虚悸[①]，闻床下蚁动，谓是牛斗。孝武不知是殷公，问仲堪：“有一殷，病如此不？”仲堪流涕而起曰：“臣进退维谷[②]。”

【注释】

① 殷仲堪父：名师，字师子，晋人，历任骠骑咨议参军、晋陵太守。虚悸：病名，指虚惊心跳。② 进退维谷：进退两难。

【导读】

本篇写孝武帝无意中提到殷仲堪父亲的名讳，殷仲堪痛哭流涕，说明避讳，尤其是家讳在魏晋时极为盛行，与“元皇言事”条所反映的避讳情况是一样的。

七、天时尚暖 虞啸父为孝武侍中[①]，帝从容问曰：“卿在门下，初不闻有所献替[②]。”虞家富春，近海，谓帝望其意气[③]，对曰：“天时尚暖，鮆鱼虾鲝未可致[④]，寻当有所上献。”帝抚掌大笑。

【注释】

① 虞啸父：晋会稽余姚（今浙江省余姚）人，曾任会稽内史等职。② 献替：献，进献可行者，替，去除不可行者。意为臣向君主进谏言。③ 意气：指馈献礼物。④ 鮆（zhì）鱼虾鲝（zhǎ）：鮆鱼，鱼名，产于海洋，多鲠而肥美。鲝，糟鱼，腌肉。

【导读】

本篇写晋时虞啸父误解“献替”含义，成为笑话。

八、国宝大喜 王大丧后[①]，朝论或云：“国宝应作荆州。”国宝主簿夜函白事，云：“荆州事已行。”国宝大喜，而夜开阁[②]，唤纲纪话势[③]，虽不及作荆州，而意色甚恬[④]。晓遣参问，都无此事。即唤主簿数之曰：“卿何以误人事邪？”

【注释】

① 王大：王忱。② 阁：内室。③ 纲纪：州郡主簿。④ 恬：心神安逸。

【导读】

此篇写王国宝虚闻授官以后的得意言行，寥寥几笔就刻画出这个政治野心家的真实面目。

惑溺第三十五

一、为奴破城　魏甄后惠而有色[①]，先为袁熙妻，甚获宠。曹公之屠邺也，令疾召甄[②]，左右白："五官中郎已将去[③]。"公曰："今年破贼，正为奴[④]。"

【注释】

① 魏甄后：三国中山无极人，建安中嫁袁绍中子袁熙为妻，曹操破邺，曹丕纳甄氏为后。② 疾：急速。③ 五官中郎：曹丕，建安十六年为五官中郎将。将去：带走。④ 奴：对女子的称呼，此处指甄氏。

【导读】

本文记述曹操声称破邺是为夺取甄氏，侧面表现了甄氏之美，也表现了曹操的潇洒性情。

二、以色为主　荀奉倩与妇至笃[①]，冬月妇病热，乃出中庭自取冷，还以身熨之[②]。妇亡，奉倩后少时亦卒。以是获讥于世。奉倩曰："妇人德不足称，当以色为主。"裴令闻之，曰："此乃是兴到之事[③]，非盛德言，冀后人未昧此语[④]。"

【注释】

① 荀奉倩：荀粲。至笃：感情非常深厚。② 熨：贴近。③ 兴到：兴趣所至。④ 冀：希望。昧：迷惑。

【导读】

本文记述荀粲夫妻感情深厚，反映魏晋时期重高情的风尚。

三、郭氏酷妒　贾公闾后妻郭氏酷妒[①]。有男儿名黎民，生载周[②]，充自外还，乳母抱儿在中庭，儿见充喜踊[3]，充就乳母手中呜之[4]。郭遥望见，谓充爱乳母，即杀之。儿悲思啼泣，不饮它乳，遂死。郭后终无子。

【注释】

① 贾公闾：贾充。郭氏：名槐，惠帝贾皇后之母。② 载周：一周岁。③ 喜踊：高兴跳跃。④ 呜：亲吻。

【导读】

本文记述贾充之妻郭氏天性嫉妒，误杀乳母，以致一生无子。故事短小精悍，却能把人物形象刻画得跃然纸上。

四、蒯氏悔妒 孙秀降晋[1]，晋武帝厚存宠之[2]，妻以姨妹蒯氏，室家甚笃[3]。妻尝妒，乃骂秀为"貉子"[4]，秀大不平，遂不复入[5]。蒯氏大自悔责，请救于帝。时大赦，群臣咸见。既出，帝独留秀，从容谓曰："天下旷荡，蒯夫人可得从其例不[6]？"秀免冠而谢，遂为夫妇如初。

【注释】

① 孙秀：吴郡人，先仕吴，后降晋。② 存宠：宠爱。③ 室家：夫妇。④ 貉子：魏晋时期北方人对南方人的蔑称。⑤ 不复入：不再进入卧室与蒯夫人同房。⑥"天下"二句：现在天下大赦，蒯夫人是否也能照例被宽恕呢？

【导读】

本文记述孙秀夫妇之间的感情故事，蒯夫人"貉子"之骂，反映了南北之间的文化隔阂。

五、韩寿偷香 韩寿美姿容[1]，贾充辟以为掾[2]。充每聚会，贾女于青琐中看[3]，见寿，说之[4]，恒怀存想[5]，发于吟咏。后婢往寿家，具述如此，并言女光丽。寿闻之心动，遂请婢潜修音问[6]，及期往宿。寿蹻捷绝人[7]，逾墙而入，家中莫知。自是充觉女盛自拂拭[8]，说畅有异于常[9]。后会诸吏，闻寿有奇香之气，是外国所贡，一著人则历月不歇。充计武帝唯赐己及陈骞[10]，余家无此香，疑寿与女通，而垣墙重密，门阁急峻[11]，何由得尔？乃托言有盗，令人修墙。使反曰："其余无异，唯东北角如有人迹，而墙高，非人所逾。"充乃取女左右婢考问，即以状对[12]。充秘之[13]，以女妻寿。

【注释】

① 韩寿：字德真，晋南阳人，仕晋任河南尹。② 掾（yuàn）：属吏。③ 贾女：贾充女，名午。青琐：雕有花纹的涂青窗格。④ 说：通"悦"，喜爱。⑤ 恒怀存想：经常思念不已。⑥ 潜修音问：暗中传递消息。⑦ 蹻（qiāo）捷：轻便敏捷。⑧ 拂拭：装饰打扮。⑨ 说（yuè）畅：神色喜悦舒畅。⑩ 陈骞（qiān）：晋临淮东阳人，官至大司马。⑪ 门阁急峻：门户紧密。⑫ 即以状对：按照情况如实回答。⑬ 秘之：隐瞒这件事情。

【导读】

本文记述韩寿与贾充之女私通，贾充知道后并未阻止二人恋爱，并且成全了两人的婚事。可见西晋时期家长对于子女婚姻的干预并不严酷。

六、亲卿爱卿　王安丰妇[1]，常卿安丰[2]。安丰曰："妇人卿婿，于礼为不敬，后勿复尔[3]。"妇曰："亲卿爱卿，是以卿卿[4]；我不卿卿，谁当卿卿？"遂恒听之[5]。

【注释】

① 王安丰：王戎。② 卿：夫妻间的爱称，此处用作动词，称……为卿。③ 尔：这样。④ 卿卿：称您为卿，前一个"卿"为动词，后一个"卿"指安丰。⑤ 听：任从。

【导读】

本文记述王戎夫妻间的称呼，表现二人感情深厚，同时反映当时重视个人感情的风尚。"卿卿我我"的典故，即出于此。

七、幸妾预政　王丞相有幸妾姓雷[1]，颇预政事[2]，纳货[3]。蔡公谓之"雷尚书"[4]。

【注释】

① 王丞相：王导。幸妾：被宠幸的妾。② 预：干涉。③ 纳货：收受贿赂。④ 蔡公：蔡谟。蔡公称王导妾为尚书，是讽刺她干预政事。

【导读】

本文记述王导妾雷氏干预政事，收受贿赂，遭到蔡谟嘲讽。可见枕边风行为由来已久。

仇隙第三十六

一、白首同归 孙秀既恨石崇不与绿珠[①]，又憾潘岳昔遇之不以礼[②]。后秀为中书令。岳省内见之[③]，因唤曰："孙令，忆畴昔周旋不[④]？"秀曰："中心藏之，何日忘之？"岳于是始知必不免。后收石崇、欧阳坚石[⑤]，同日收岳。石先送市[⑥]，亦不相知。潘后至，石谓潘曰："安仁，卿亦复尔邪[⑦]？"潘曰："可谓'白首同所归'。"潘《金谷集诗》云[⑧]："投分寄石友[⑨]，白首同所归。"乃成其谶[⑩]。

【注释】

①"孙秀"句：绿珠为石崇爱妓，孙秀曾向石崇求取绿珠，崇不与，孙、石由此结怨。②"又憾"句：孙秀曾为潘岳父小吏，潘岳深恶秀为人狡黠，数挞辱之，秀因此怀恨潘岳。③ 省内：中书省内。④ 畴昔：以往。周旋：交往。⑤"后收"句：赵王伦谋反，石崇、欧阳坚石等谋诛伦，事泄，孙秀矫诏捕崇及潘岳、欧阳坚石。⑥ 市：古代处决犯人行刑的地方。⑦ 尔：如此。⑧《金谷诗集》：石崇别墅在洛阳西北金谷涧，时贤常游宴其中，赋诗抒情，其集名《金谷诗集》，潘岳诗有"白首同所归"句。⑨ 投分：志趣相投。⑩ 谶：应验未来吉凶的话语。

【导读】

本文记述孙秀为报私怨，谋害石崇、欧阳坚石、潘岳等人。宠爱美妓，说明当时士人纵情享乐的生活情趣；结怨被诛，则反映当时政治诡谲，时局动荡，人人自危的社会现象。

二、刘玙获救 刘玙兄弟少时为王恺所憎[①]，尝召二人宿，欲默除之[②]。令作坑，坑毕，垂加害矣[③]。石崇素与玙、琨善，闻就恺宿，知当有变，便夜往诣恺，问二刘所在。恺卒迫不得讳[④]，答云："在后斋中眠。"石便径入[⑤]，自牵出，同车而去。语曰："少年，何以轻就人宿？"

【注释】

① 刘玙：字庆孙，中山魏昌人，与兄琨并著名于晋。② 默除：暗中杀

害。③ 垂：将要。④ 卒(cù)迫：仓猝紧迫。⑤ 径入：径直进入。

【导读】

本文记述王恺企图谋害刘玙兄弟，石崇出手相救，可见石崇心地善良的一面。

三、无忌复仇 王大将军执司马愍王①，夜遣世将载王于车而杀之②，当时不尽知也。虽愍王家，亦未之皆悉，而无忌兄弟皆稚③。王胡之与无忌④，长甚相昵⑤。胡之尝共游，无忌入告母，请为馔。母流涕曰："王敦昔肆酷汝父⑥，假手世将。吾所以积年不告汝者，王氏门强，汝兄弟尚幼，不欲使此声著⑦，盖以避祸耳！"无忌惊号⑧，抽刃而出，胡之去已远。

【注释】

① 王大将军：王敦。司马愍王：司马丞，字元敬，王敦叛乱，丞举兵讨之，战败被俘，荆州刺史王廙奉王敦之命杀之。② 世将：王廙字，王敦从弟。③ 无忌：字公寿，司马愍王之子。④ 王胡之：王廙之子。⑤ 昵(nì)：亲近。⑥ 肆酷：任意残害。⑦ 声著：张扬。⑧ 惊号：惊叫。

【导读】

本文记述司马丞被王廙所杀，两家由此结怨，丞子无忌从母亲处得知真相后悲愤欲报父仇，反映当时政局变幻对家庭关系的影响。

四、欲斫仇家 应镇南作荆州①，王修载、谯王子无忌同至新亭与别②。坐上宾甚多，不悟二人俱到③。有一客道："谯王丞致祸，非大将军意，正是平南所为耳④。"无忌因夺直兵参军刀⑤，便欲斫，修载走投水，舸上人接取⑥，得免。

【注释】

① 应镇南：应詹，字思远，晋汝南南顿人，曾为江州刺史，因此"作荆州"当为"作江州"之误。② 王修载：王耆之，王廙第三子。新亭：亭名，在今南京附近。③ 悟：料到。④ 平南：王廙，王敦从弟，曾被王敦委任为平南将军。⑤ 直兵参军：值班警卫。⑥ 舸(gě)：船。

五、右军去郡 王右军素轻蓝田①。蓝田晚节论誉转重②，右军尤不平。蓝田于会稽丁艰[3]，停山阴治丧。右军代为郡[4]，屡言出吊，连日不果[5]。后诣门自通[6]，主人既哭，不前而去，以陵辱之。于是彼此嫌隙大构。后蓝田临扬州[7]，右军尚在郡[8]。初得消息，遣一参军诣朝廷，求分会稽为越州[9]。使人受意失旨，大为时贤所笑。蓝田密令从事数其郡诸不法[10]，以先有隙，令自为其宜[11]。右军遂称疾去郡，以愤慨至终。

【注释】

① 王右军：王羲之。蓝田：王述，袭父爵为蓝田县侯。② 晚节：晚年。论誉：声誉。③ 丁艰：遭父母之丧。④ "右军"句：指王羲之代为会稽内史。⑤ 不果：不实行。⑥ 诣门自通：登门吊丧。⑦ 蓝田临扬州：指王述守丧结束后被任命为扬州刺史。⑧ 在郡：指王羲之仍在会稽当内史。⑨ "求分"句：王羲之为会稽内史，耻居王述之下，故请朝廷把会稽郡从扬州分出来置越州。⑩ 数其郡诸不法：检举会稽郡诸多不法之事。⑪ 令自为其宜：命令王羲之自己适当处理。

【导读】

本文记述王羲之与王述两人不和睦，可见文人既有和谐相处的一面，也有文人相轻的痼疾。

六、但问克终 王东亭与孝伯语[1]，后渐异[2]。孝伯谓东亭曰："卿便不可复测[3]！"答曰："王陵廷争，陈平从默[4]，但问克终云何耳[5]。"

【注释】

① 王东亭：王珣。孝伯：王恭。语：商讨，指会稽王道子宠信王国宝，珣、恭深恶国宝谄佞，商讨除之。② 渐异：慢慢意见相左。③ 不可复测：反复无常，居心难测。④ "王陵"二句：汉惠帝时，吕后当政，王陵与陈平为丞相，均反对吕后专权，但方式不同，王陵面折廷争，指责吕后，陈平沉默缄口，伺机行事，最后王陵被吕后夺去相位，陈平终于剪除吕氏。⑤ 克终云何：结局如何。

【导读】

本文记述王珣与王恭商议剪除佞臣王国宝，二人策略不同而导致意见相左，写出二人性情所在。

七、何故杀我 王孝伯死[①]，悬其首于大桁[②]。司马太傅命驾出[③]，至标所，孰视首[④]，曰："卿何故趣欲杀我邪[⑤]？"

【注释】

① 王孝伯死：安帝时会稽王道子专权，王恭起兵讨伐司马道子心腹王愉，兵败为司马道子所杀。② 大桁(háng)：朱雀桥，在建康城南朱雀门外，跨秦淮河上。③ 司马太傅：司马道子，曾任太傅。④ 孰视：仔细看。孰，通"熟"。⑤ 趣：急于。

【导读】

本文记述王恭讨逆失败，反被司马道子所杀，可见政治角逐的风云变幻莫测。

八、庾夫人语 桓玄将篡[①]，桓修欲因玄在修母许袭之[②]。庾夫人云[③]："汝等近过我余年[④]，我养之，不忍见行此事。"

【注释】

① 桓玄将篡：晋安帝元兴二年(403)桓玄篡位。② 桓修：字承祖，桓玄从兄。许：住所。③ 庾夫人：桓修母，颍川庾蔑女，字姚。④ 余年：晚年。

【导读】

本文记述桓玄将篡位，桓修欲借机袭杀桓玄，被庾夫人制止。

后　　记

在我的学术生涯和人生经历当中,《世说新语》不仅是一个重要的研究对象,也是一本具有人生启迪作用的参考书。这种特殊的情愫,使我与《世说新语》之间产生了极为深厚的感情。

非常感谢凤凰出版社给我这个难得的机会,使我能把多年来研究《世说新语》过程中对书中内容的很多体会一并融入对该书内容的评注中。我想这种方式也许不失为研究者把他们的研究对象和研究心得贯通起来的一种有益尝试。从这个方面来说,我对书中内容不无敝帚自珍的私情。但尽管如此,由于学力和种种因素所致,本书最后呈现给读者的样子也许不能完全令人满意,这是需要向读者深深致以歉意,并将其作为今后继续关注书中内容,争取能够精益求精的充足理由的。

本书由南开大学中文系部分博士、硕士研究生提供原文、注释、导读初稿,由宁稼雨在对初稿全文进行审读的基础上,对全文进行了订正修改,对部分文字进行了重写,并对全书格式做了技术处理。文字责任由宁稼雨承担。

初稿提供者名单及分工如下:

德行第一	雷斌慧
言语第二	刘杰
政事第三	李春燕
文学第四	李春燕
方正第五	孙国江
雅量第六	陈婷
识鉴第七	陈婷
赏誉第八	吴志蕊
品藻第九	雷斌慧
规箴第十	魏波

捷悟第十一	李振晶
夙惠第十二	李振晶
豪爽第十三	李振晶
容止第十四	李振晶
自新第十五	徐姗
企羡第十六	徐姗
伤逝第十七	李振晶
栖逸第十八	李振晶
贤媛第十九	李振晶
术解第二十	王利民
巧艺第二十一	王利民
宠礼第二十二	王利民
任诞第二十三	陈婷
简傲第二十四	王利民
排调第二十五	孙国江
轻诋第二十六	雷斌慧
假谲第二十七	王利民
黜免第二十八	王利民
俭啬第二十九	王利民
汰侈第三十	魏波
忿狷第三十一	魏波
谗险第三十二	徐姗
尤悔第三十三	魏波
纰漏第三十四	魏波
惑溺第三十五	刘杰
仇隙第三十六	刘杰

对以上同学谨致谢意！

另外，凤凰出版社汪允普先生为本书的选题、编写格式，乃至注释、译注内容提出很多宝贵的意见，付出很多心血，在此一并表示衷心谢意！

宁稼雨

2009年11月25日

《历代名著精选集》书目

黄帝内经
周易
诗经
周礼
左传
国语
论语
孟子
老子
庄子
管子
晏子春秋
商君书
墨子
荀子
韩非子
六韬·三略·阴符经
鬼谷子·本经阴符七术
孙子兵法
孙膑兵法
山海经
列子
吕氏春秋
战国策
楚辞
吴越春秋
新语
新书
礼记
孝经
淮南子
史记
汉书
东观汉记
后汉书
三国志
博物志
西京杂记
搜神记
华阳国志

水经注
世说新语
抱朴子
文心雕龙
金刚经
贞观政要
大唐西域记
唐宋传奇
唐诗三百首
资治通鉴
朱子语类
东京梦华录
容斋随笔
元曲三百首
阳明传习录
徐霞客游记
陶庵梦忆
东华录
扬州画舫录
人间词话

洛阳伽蓝记
颜氏家训
高僧传
诗品·二十四诗品
六祖坛经
史通
茶经
唐语林
宋词三百首
梦溪笔谈
近思录
武林旧事
元朝秘史
本草纲目
日知录
五杂组
闲情偶寄
阅微草堂笔记
曾国藩家书